BETTY CAYOUETTE

Listen To Your Heart – Lass uns über Liebe reden

Betty Cayouette

LISTEN TO YOUR HEART

Lass uns über Liebe reden

ROMAN

Deutsch von Sonja Fehling

blanvalet

Die Originalausgabe erschien 2025 unter dem Titel
Tell Me How You Really Feel bei St. Martin's Griffin, New York.

MIX
Papier | Fördert
gute Waldnutzung
FSC® C014496
www.fsc.org

Penguin Random House Verlagsgruppe FSC® N001967

1. Auflage 2025

Published by Arrangement with Elizabeth Gluckman Cayouette.
Dieses Werk wurde vermittelt durch die Literarische Agentur
Thomas Schlück GmbH, 30161 Hannover.

Neumarkter Straße 28, 81673 München
produktsicherheit@penguinrandomhouse.de
(Vorstehende Angaben sind zugleich Pflichtinformationen nach GPSR.)
Redaktion: Daniela Bühl
Umschlaggestaltung: www.buerosued.de
Innengestaltung unter Verwendung der Bilder von: © Adobe Stock (Tartila)
JS · Herstellung: DiMo
Satz: Uhl + Massopust, Aalen
Druck und Bindung: GGP Media GmbH, Pößneck
Printed in Germany
ISBN 978-3-7341-1349-9
www.blanvalet.de

*Dieses Buch ist für all die Leser*innen,*
die meinen ersten Roman unterstützt haben.
Vielen Dank.

Eins

MAEVE

»Ihr zwei werdet irgendeine Möglichkeit finden müssen, zusammenzuarbeiten. Da kommt ihr nicht drum herum.«

Ich höre zwar, wie die Worte aus dem Mund meiner Agentin Shazia dringen, doch scheinen sie direkt in meinem Hirn zu verpuffen. Sie kann sie nämlich nicht ernst gemeint haben.

»Moment, Moment, kleine Zwischenfrage«, werfe ich ein. Eine winzige Sekunde lang trifft mein Blick auf Finns und … Lächelt er etwa? Grinst er? Er kapiert es einfach nicht. Ich bin nur durch eine Wahnsinnsfügung des Universums so weit gekommen, und während ich verzweifelt an diesem Glück festzuhalten versuche, muss ich gleichzeitig alle um mich herum zufriedenstellen. Er dagegen ist der Sohn prominenter Eltern und wollte nicht mal in der Unterhaltungsbranche arbeiten. Wenn er irgendwann keinen Bock mehr darauf hat, sich jeden Sonntag von unseren Millionen von Zuhörerinnen und Zuhörern sein Ego streicheln zu lassen, kann er jederzeit gehen, ohne Probleme. Ich reiße meinen Blick von seinen faszinierenden blauen Augen los und konzentriere mich stattdessen darauf, Shazia mein Problem klarzumachen. »Es muss doch irgendeine andere Möglichkeit geben. Ich verstehe ja, dass es weiter unsere Sendung bleiben muss, aber können wir die Folgen nicht auch getrennt aufnehmen? Im Vertrag steht doch nichts davon, dass wir dabei am selben Ort sein müssen, oder?«

Finns Agent – der aussieht, als wäre er Mitglied in jedem Altherrenclub da draußen – hört auf, Nachrichten in sein Handy einzutippen. Stattdessen lässt er sich gnädigerweise dazu herab, meine Frage zu beantworten. »Keine Soloaufnahmen. Beide Vertragsparteien verpflichten sich dazu, an jeder Episode mitzuwirken.«

Ich spitze die Ohren. »Mitwirken! Nicht zusammen aufnehmen.« Ich schaue zu meiner Agentin, die den Vertrag durchblättert, der ausgebreitet auf dem wuchtigen Besprechungstisch liegt. Dem Tisch, an dem Finn und ich mit unseren Künstlervertretern sitzen – am jeweils anderen Ende.

»Maeve hat recht. Sie müssen nicht zusammen aufnehmen.«

Finn stößt ein spöttisches Lachen aus. »Es gibt eine Videoaufzeichnung! Da können wir schlecht frankensteinmäßig unsere Stimmen zusammenschneiden.«

Womit er ebenfalls recht hat. Aber seit wann interessiert er sich für unsere Produktionstechnik – oder kennt sich überhaupt damit aus?

Unverwandt sieht Finn mich an. Ich schaue aus dem Fenster, denn ich kann einfach nicht weiter in diese Augen blicken. Sie sind so hell, dass sie mich total aus der Fassung bringen. Eigentlich bin ich – wie wohl jeder auf diesem Planeten – daran gewöhnt, diese Augen zu sehen; schließlich hat seine Mutter in gefühlt jeder Romcom mitgespielt, die seit meiner Kindheit im Kino gelaufen ist. An ihm haben diese Augen allerdings eine verhängnisvolle Wirkung – besonders in Kombination mit seinem kantigen Kinn, dem dunkelbraunen, welligen Haar, den Sommersprossen und diesem Mund, der sich früher immer zu einem extra breiten Lächeln verzogen hat, das nur für mich reserviert war. Bis Cassidy kam. Er raubt mir – selbst jetzt noch – den Atem.

Damals auf dem College war ich total überrascht, dass er sich ausgerechnet mit mir unterhalten wollte. Nun, in diesem Moment, will ich nicht einmal mehr zwei Worte mit ihm wechseln. Ich kann immer noch nicht fassen, dass er unsere Freundschaft einfach so zerstört hat, als wäre sie überhaupt nichts wert.

Tell Me How You Really Feel hat als spaßige Sonntagnachmittagsbeschäftigung für Finn und mich begonnen. Nach unserem Abschluss an der Carnegie Mellon waren wir beide nach New York gezogen, und in dieser Zeit entwickelte sich unsere reine Uni-Cliquenbekanntschaft zu einer engen Freundschaft. Ich machte meinen Master in Klinischer Psychologie an der Columbia und kämpfte mich anschließend durch meine Supervisionszeit im Therapiezentrum der Uni hindurch, während er gegen seine Künstlereltern rebellierte, indem er mit seinen Verbindungsbrüdern in einer WG lebte und einen öden Job als Consultant bei einer Finanzberatung annahm. Ich hatte keinen Bock mehr, reichen Achtzehnjährigen Beziehungstipps zu geben, die sie eh nicht befolgten, und fragte mich, wieso ich meine Abschlüsse in Psychologie eigentlich nicht sinnvoll nutzte und einen Podcast mit Sex- und Beziehungsratschlägen aufnahm. Ich war geradezu süchtig nach True-Crime-Podcasts; wann immer ich in New York unterwegs war, hatte ich Geschichten von grausigen Entführungen im Ohr und zuckte jedes Mal zusammen, wenn jemand zu schnell um die Ecke bog, während in meinem Kopfhörer gerade eine Frau beschrieb, wie sie nur knapp dem Tod entronnen war. Bei meinen ganzen Ängsten ergab es zwar eigentlich keinen Sinn, dass ich ausgerechnet so was gern in meiner Freizeit hörte, aber aus irgendeinem Grund entspannte mich das Eintauchen in diese Art von Geschichten eher, als dass es mich beunruhigte. Ich fand es großartig, wenn eine Episode so gut erzählt wurde, dass ich in der U-Bahn hörbar aufkeuchte oder laut lachte. Trotzdem hatte ich keine Ahnung, wie ich meinen eigenen Podcast angehen sollte oder ob überhaupt jemand Interesse an meinen Sex- und Beziehungstipps hätte. Deshalb fragte ich Finn, ob er Lust habe, mitzumachen und das Konzept mit einer männlichen Perspektive aufzupeppen. Wenn wir zusammenarbeiteten, würden wir wenigstens unseren Spaß haben, selbst wenn die Produktion als Totalflop enden sollte. Ich weiß nicht, ob ich den Mut gehabt hätte, mich hinzusetzen und das Ganze allein aufzunehmen, wenn er abgelehnt hätte.

Bei der ersten Episode hockten wir noch in meinem winzigen Zimmer und ließen unsere iPhones laufen, während wir unsere ersten Dates durchkauten und uns gegenseitig Ratschläge gaben; in Folge zwei quatschten wir über unsere vergangenen Beziehungen und – Trommelwirbel! – darüber, wie wir die Expartner des anderen wirklich fanden. Doch erst die dritte Folge ging viral. Und damit meine ich, *richtig* viral. Denn während er bekifft und ich angeschäkert war, nahmen wir eine Episode auf, in der wir alles ausplauderten, was man über Oralsex wissen sollte. Wir luden das Gespräch hoch, und noch ehe wir wieder nüchtern waren, hatte es sich hunderttausendfach verbreitet, wir wurden aus unseren Jobs geschmissen, und nun, zwei Jahre später, haben wir einen der größten Podcastdeals aller Zeiten abgeschlossen. Denn auf einmal sind Podcasts total angesagt.

»Seit wann kennst du dich denn mit der Technik aus?«, blaffe ich Finn an. »Ich weiß nicht, wieso, aber mir ist so, als wäre ich sonst immer diejenige, die sich um die Einstellung der Mikros und Kameras kümmert. Dir ist der Podcast doch scheißegal.« Wie gesagt hatten wir anfangs noch mit unseren Handys gefilmt, dann – in der kurzen Zeit, bevor ich aus meinem Beratungsjob flog – hatte ich mir Kameras von der Columbia ausgeliehen, und als wir die ersten großen Sponsoren an Land zogen, rüstete ich hoch auf Sony-Kameras, Sennheiser-Ansteckmikros und ein riesiges LED-Panel. Ich war noch nie so dankbar dafür, dass ich auf dem College »Einführung in die Filmproduktion« als Wahlpflichtfach belegt hatte.

Finn lehnt sich in seinem Stuhl zurück und schüttelt den Kopf, sodass sein dunkelbraunes Haar in eine geradezu perfekte Welle zurückfällt, während er mich erneut finster anstarrt. »Werd nicht unfair, Maeve. Das steht dir nicht.«

Was für ein arrogantes Arschloch. Ich spüre, wie mein Puls in die Höhe schnellt, und an der Art, wie mein Herz schlägt, kann ich ablesen, dass eine Panikattacke im Anmarsch ist und ich so schnell wie möglich diesen Raum verlassen sollte. »Hörst du dir eigentlich selbst zu?«, flüstere ich. »Lass mich das doch einfach auf meine Weise machen. Ich hab nämlich keine Kraft mehr für deinen ganzen Mist.« Wir hatten mal beschlossen, den Podcast aufzunehmen, um uns gegenseitig bei der Suche nach der großen Liebe zu helfen. Außerdem dachte ich, die Sendung würde ihm die Möglichkeit bieten, seine kreative Ader auszuleben; etwas, wonach er sich insgeheim sehnte. Doch jetzt … jetzt glaube ich, dass er das alles vielleicht nur als Kick für sein Ego brauchte. Ich kenne ihn einfach nicht mehr.

»Das kann nicht dein Ernst sein. Unsere Fans wollen *uns* sehen. Zusammen sind wir richtig gut, Maeve, das weißt du.«

Ich lehne mich über den Tisch und knurre zwischen zusammengebissenen Zähnen hervor: »Heb. Dir. Dein. Selbstloses. Getue. Für. Cassidy. Auf.«

Finn klappt die Kinnlade herunter, und ich kann förmlich sehen, wie die Wut in ihm hochsteigt. »Das ist jetzt nicht wahr, oder? Ich find's echt unglaublich, dass du wieder …«

»Es reicht«, bringt Shazia ihn elegant zum Schweigen. »Im Vertrag steht nichts davon, dass ihr nicht getrennt aufnehmen könnt. Und nach meinem Verständnis obliegt Maeve die technische Leitung, während du, Finn, dich um alles Social-Media-Bedingte kümmerst. Falls Maeve also eine Möglichkeit findet, das so zu realisieren, sehe ich keinen Grund, warum jemand was dagegen haben sollte.«

Doch Finn ignoriert sie vollkommen und hält weiterhin den Blick auf mich gerichtet. Ich starre zurück, und obwohl ich kurz davor bin, entweder in Tränen auszubrechen oder in Flammen aufzugehen, weiche ich ihm nicht aus. Auf diesen Moment habe ich mich den ganzen Sommer lang vorbereitet, und ich werde keine Schwäche zeigen vor Finn.

»Maeve«, sagt er schließlich sanfter, »jetzt komm. Du hast so hart an diesem Konzept gearbeitet. Willst du dann nicht auch das Beste daraus machen?«

Und schwupps hat er mich genau da gepackt, wo ich am empfindlichsten bin: bei meinen Ängsten und Unsicherheiten. Ich kann nicht fassen, dass er so mies ist. »Du bist echt das Letzte«, flüstere ich. Und dann stehe ich auf und marschiere auf die Tür zu.

Doch im selben Moment, als meine Hand den Türknauf umfasst, ruft Finn mir nach: »Maeve, Cassidy und ich …«

»Spar's dir!«, brülle ich zurück. Ich weiß, dass die beiden sich getrennt haben. Aber das spielt verdammt noch mal keine Rolle mehr. Mit einem lauten Knall schlage ich die Tür hinter mir zu und wünschte, ich könnte die letzten Monate einfach aus meinem Gedächtnis streichen.

Genau deshalb sollten wir keine Aufnahmen mehr miteinander machen. Weil zwischen uns nicht bloß ein Funke sprüht, sondern ein ganzer Waldbrand lodert. Und weil wir das Schlimmste im anderen zum Vorschein bringen. Oder besser gesagt: Finn bringt das Schlimmste in mir zum Vorschein, während er alles bekommt, was er je wollte – und sogar noch mehr. Ich kann nicht glauben, was aus uns geworden ist: Er hat sich von einem … *Was-auch-immer* … zu einem Menschen entwickelt, mit dem ich es nicht einmal mehr im selben Raum aushalte – und das, obwohl man mir genau dafür Millionen von Dollar bezahlt.

Als ich aus dem Konferenzraum der Künstleragentur trete, habe ich keine Ahnung, wie ich zum Ausgang des Gebäudes komme. Erschöpft lehne ich mich gegen die Flurwand und führe die Atemübungen aus, die ich vor Jahren in der Therapie gelernt habe. Ich bin erst vor etwa einem Monat in L.A. angekommen, und anstatt diesen unglaublichen Dreijahresvertrag zu feiern, habe ich die meiste Zeit damit verbracht, in mein brandneues, überteuertes Kissen zu weinen, während meine Schwester mir einhämmert, was für ein Dreckskerl Finn ist. Sie ist im zweiten Jahr ihres Medizinstudiums an der USC, und dank dieses Podcastdeals kann ich ihre Studiengebühren bezahlen und gleichzeitig in einem absoluten Traumhaus wohnen. Genau genommen kann ich noch wesentlich mehr tun, seit die erste Rate auf meinem Konto eingegangen ist, aber diese riesige Menge Geld ist für mich immer noch nicht ganz greifbar – ein echtes Luxusproblem, ich weiß.

In meinem derzeitigen Zustand bin ich wahrscheinlich nicht mal in der Lage, an meiner wöchentlichen Therapiesitzung über Zoom teilzunehmen – und werde es wohl auch nicht so bald sein. Ich gehe in die Richtung, in der ich den Empfangstresen vermute, doch ich komme gar nicht weit, bevor Shazia mich einholt. Der Boden des Korridors schluckt die Schritte ihrer Turnschuhe, sodass ich sie erst bemerke, als sie mich plötzlich von hinten in einen anderen Konferenzraum zieht und die Leute rausschmeißt, die gerade darin ihr Mittagessen zu sich nehmen.

Ich richte das Gesicht zur Decke und versuche, die Tränen wegzublinzeln, die mir gerade in die Augen steigen. »Es tut mir leid«, entschuldige ich mich sofort, »aber Finn regt mich einfach auf. Ich weiß auch nicht, wieso.« Nur, dass ich es in Wahrheit sehr wohl weiß: Der Grund dafür ist, dass ich bis vor exakt einhundertundfünf Tagen in ihn verliebt war. Und dass er mich einfach weggeworfen hat – als wäre ich irgendein One-Night-Stand, den er bereut –, um stattdessen lieber mit Cassidy zusammen zu sein; die offensichtlich das Zeug zur Langzeitfreundin hat, im Gegensatz zu mir.

»Ach, das war doch gar nichts.« Shazia lacht. »Du müsstest mal sehen, was einige meiner anderen Klienten so abziehen. Außerdem tut es ihm ganz gut, wenn ihm mal jemand die Tür vor der Nase zuschlägt. Das kennt er sicher noch nicht.«

Trotz des Gefühlschaos in mir drinnen muss ich lachen. Als unser Podcast immer erfolgreicher wurde, hatte Finns Mom versucht, mich auch bei dem Agenten unterzubringen, den sie für Finn engagiert hatte. Aber mir war sofort klar, dass der nicht an mir interessiert war. Für ihn war ich nur jemand, der das Glück hatte, Finn zu kennen; das durchschnittlich aussehende Mädchen, dem Finn die Gunst erwies, mit ihm zusammen einen Podcast aufzunehmen – was sicher auch die meisten anderen denken. Vollkommen egal, dass die Idee zu dem Konzept ursprünglich von mir kam und er sich *mir* angeschlossen hat. Und unseren kometenhaften Aufstieg haben wir *gemeinsam* bestritten. Ich hasse den Gedanken, dass die Show nur mit uns beiden funktioniert. Ohne ihn wäre ich nie so unterhaltsam gewesen, dass ich mir diese riesige Fangemeinde erworben hätte. Nichtsdestotrotz bin *ich* diejenige, der diese Sendung wirklich am Herzen liegt und die für ihren Erfolg kämpft, und Shazia ist die einzige Agentin, die das erkannt hat. Vermutlich, weil sie sich nicht wie halb L. A. auf einem angenehmen finanziellen Polster ausruhen kann, das über Generationen hinweg angehäuft wurde, sondern als Dominikanerin daran gewöhnt ist, dass ihre Arbeit ebenso übersehen wird wie meine.

»Stimmt, vielleicht ist das mal ganz gut für ihn. Trotzdem wollte ich dir noch sagen, dass ich das nie gemacht hätte, wenn irgendwer von Streamify dabei gewesen wäre.« Ich muss sie unbedingt davon überzeugen, dass ich nicht total durchdrehe, auch wenn Finns Verhalten mir zusetzt. Ich will als Bereicherung gelten, nicht als Belastung.

»Das weiß ich doch, Maeve. Und es ist okay, auch mal seine Wut rauszulassen. Typen wie er haben es in die Unterhaltungsbranche geschafft, ohne je einen Finger dafür krumm zu machen. Das regt mich echt auf.« Shazia nimmt eins dieser trendigen, pH-neutralen Sprudelwasser vom Tisch und schenkt es in zwei Espressotassen ein. Durstig trinken wir beide einen großen Schluck. »Nachdem du weg warst, habe ich den beiden verboten, das Thema Cassidy anzusprechen. Oder eure Beziehung. Weder öffentlich noch privat, sonst würdest du sofort aussteigen.« Entsetzt reiße ich die Augen auf, doch ehe ich protestieren kann, spricht sie schon weiter. »Ich weiß, dass du nicht aussteigen willst. Und das brauchst du auch gar nicht. Aber die sollen wissen, dass wir es ernst meinen. Und als Finn das gehört hat, war er sofort einverstanden.«

»Echt?« Das überrascht mich. In den ersten zwei Monaten unserer Pause habe ich nichts mehr von ihm gehört, dafür genügend Paparazzifotos von ihm und Cassidy gesehen, turtelnd in den Hotspots Europas. In den letzten vier Wochen hat er mich dagegen täglich angerufen und ellenlange Nachrichten auf meiner Mailbox hinterlassen, dass er unbedingt mit mir reden müsse. Ich habe sie alle gelöscht; ich will sie nicht hören. Wir haben schon so viel geredet, und dabei hat er wirklich alles gesagt, was ich wissen muss. Das war zu viel und gleichzeitig nicht genug.

»Ja, echt. Aber jetzt lass uns lieber über dich reden: Wohin willst du mit dem Podcast? Oder auch danach?«

Seit ich vor einigen Monaten dem Deal mit Streamify zugestimmt habe, hatten Shazia und ich nur wenig Kontakt. Zu dem Zeitpunkt hatte ich das Gefühl, es endlich geschafft zu haben. Als Shazia meinte, ich solle mir einmal überlegen, was ich als Nächstes tun wolle, dachte ich, sie sei verrückt geworden. Ich wollte *Tell Me How You Really Feel* ewig machen, zusammen mit Finn. Ja, mittlerweile war der Podcast drastischer geworden, als ich es vorgehabt hatte, aber ich verstand schon, wie es lief: erst viral gehen, einen Megadeal abschließen und dann die Show genau so machen, wie ich es wollte. Gemeinsam mit Finn. Denn zusammen sprühen wir nur so vor Energie. Wenn wir früher Brainstorming gemacht und unsere Folgen aufgenommen haben, fühlte es sich die ganze Zeit über so an, als lägen mir ständig die besten Ideen meines Lebens auf der Zunge. Ich war so beflügelt, und dieses Feuer in mir wurde ständig aufs Neue angefacht; durch einen Strom von Adrenalin und Inspiration. Und Verlangen. Bis ich plötzlich in das schlimmste Tief seit Jahren stürzte. Und inzwischen frage ich mich, ob Shazia das hatte kommen sehen.

Ich atme einmal tief durch, bevor ich mit meiner Antwort herausplatze; und mich innerlich schon dafür wappne, zu hören, dass mein Konzept vollkommen unrealistisch ist. Auch wenn ich mir mittlerweile etwas aufgebaut habe – etwas von Wert – und fast zehn Jahre Ausbildung hinter mir habe, fühle ich mich in Meetings mit Agenten und Produzenten immer noch wie ein kleines Mädchen, das Verkleiden spielt. Und das Problem ist, dass ich mich damals, als ich ein kleines Mädchen war und tatsächlich Verkleiden gespielt habe, immer nach links und rechts umgedreht und gesehen habe, dass meine Schwestern es besser konnten. »Ich will eine Soloshow machen, eine, in der ich eine echte Paartherapie durchführe und die Sitzungen aufnehme und dann online stelle. Ich glaube, das könnte richtig gut werden; etwas, das den Leuten wirklich hilft. *Tell Me How You Really Feel* wird ja nicht gerade als ernsthafte Beratungsshow angesehen …« Seit dieser fatalen dritten Folge bezeichnen die Leute unsere Sendung gerne als Sexshow und nehmen meine Ratschläge dementsprechend nicht ernst. Und der Content, der viral ging, war nun einmal der mit den drastischen Details, deshalb mussten wir über Sex reden, wenn wir mehr Follower generieren wollten – besonders nachdem ich wegen unserer Show aus meinem Beratungsjob geflogen war und ein Einkommen brauchte. Trotzdem war das mehr als frustrierend. Vor allem, da ich ja schließlich keinen ASMR-Porno produzierte, sondern durch Forschung gestützte und erfahrungsbasierte Ratschläge gab. Wieso kann man als Frau nicht über Sex reden und dennoch ernst genommen werden? Hater haben mich als Nutte beschimpft und eine Petition an die CMU und Columbia University verschickt, in der sie forderten, mir meine

Abschlüsse abzuerkennen, während Finn auf dem Cover der *GQ* erschien, zusammen mit der Schlagzeile, dass er mit jeder Folge die toxische Männlichkeit weiter demontieren würde. »Ich hab wirklich das Gefühl, dass ich damit etwas Gutes bewirken könnte. Ich will den Leuten zeigen, wie man auf gesunde Weise miteinander kommunizieren kann. Über Sex, aber auch über Finanzen, Kinder, Traumata … Das ganze Programm.«

Mit angehaltenem Atem warte ich auf Shazias Antwort. Ich war nämlich nie die Begabte in unserer Familie. Meine vierundzwanzigjährige Schwester Sarah steuert gerade auf eine Zukunft als Chirurgin zu, meine dreiundzwanzigjährige Schwester Claude ist Schönheitskönigin, und die siebzehnjährige Tiffany geht demnächst mit einem Vollstipendium aufs College, um Profifußballerin zu werden. Ich dagegen bin totaler Durchschnitt, obwohl ich mich ständig anstrenge, erfolgreich zu sein. Mit der Show hatte ich echt Glück, aber die Leute schalten nicht ein, um nur mich zu sehen.

Shazia denkt einen Moment über meine Idee nach, und mir klopft das Herz bis zum Hals. Bis sie den Mund schließlich zu einem breiten Grinsen verzieht. »Ich hatte gehofft, dass du eine Soloshow vorschlägst.« Nun grinse ich ebenfalls. »Ich glaube nämlich, dass das genau dein Ding ist. Vielleicht als Reality-TV-Format?«

Ich runzle die Stirn. »Hm, eigentlich dachte ich wieder an einen Podcast. Mit Kameras, aber trotzdem für Streamify.«

Shazia zieht hörbar die Luft ein, und ich spüre, wie Angst in mir aufsteigt. »Nachdem du mir von deinen ganzen Problemen mit Finn erzählt hast, habe ich … Also, ich hab die gefragt, ob wir den Deal auch in zwei Soloshowverträge aufsplitten könnten. Aber derzeit haben sie kein Interesse daran.«

Ich schlucke und vervollständige ihren Satz: »… an einer Soloshow mit mir.« Bei Finn haben sie nämlich sehr wohl angefragt.

Als wir noch in Verhandlungen standen, wollten sie eine zusätzliche Sendung in seinen Vertrag aufnehmen; einen wöchentlichen Podcast, in dem er sämtliche Romcoms seiner Mom schaut und kommentiert. Doch er hat abgelehnt und ihnen gesagt, dass er nur mit mir zusammen Aufnahmen machen wolle.

»Sobald *Tell Me How You Really Feel* ordentlich Gewinn abwirft, ändern die sicher ihre Meinung. Aber bis dahin sollten wir vielleicht über andere Formate nachdenken. Deine Idee ist nämlich echt toll, Maeve. Ehrlich. Die wird auf jeden Fall einen Käufer finden. Also ich will die Show unbedingt.«

Ich darf aber nur bei Streamify podcasten. Genau deshalb haben wir diesen lukrativen Deal bekommen, weil wir exklusiv für diese Plattform aufnehmen müssen. Die Leute von Streamify haben einige Sendungen für Rekordsummen eingekauft, in der Hoffnung, damit Hörer von den Konkurrenzplattformen abzuwerben. Und auch wenn ich kein Problem damit hätte, meine Idee in eine TV-Show umzuwandeln – manche Realityformate sind eigentlich nur besser produzierte Podcasts, seitdem die auch mit der Kamera aufgezeichnet werden –, tut es mir trotzdem weh, dass sie mir nicht zutrauen, eine Soloshow zu moderieren. Dadurch beginne ich, mich selbst infrage zu stellen. Ich versuche, eine Strategie umzusetzen, die mir meine Therapeutin beigebracht hat, und lasse den Selbstzweifeln drei Affirmationen folgen. Den Gedanken *Ich habe kein Talent dafür* ersetze ich mit: *Ich habe etwas Tolles geschaffen. Ich habe das Leben mancher Hörerinnen und Hörer verändert. Ich habe das hier verdient.* Doch nach den kräftezehrenden letzten Monaten wirkt diese Strategie nur bedingt.

Ich zwinge mich zu einem Lächeln. »Weißt du was, eine Realityshow klingt eigentlich gar nicht so schlecht. Ich werde mal darüber nachdenken. Aber bevor ich mich für was anderes verpflichte, will ich mich erst mal um den Podcast kümmern.«

»Klar. Ich kann nur noch mal sagen: Du bist meine klügste

Klientin.« Shazia schenkt uns Wasser in die winzigen Espressotassen nach und trinkt ihres in einem Zug aus. »Hör mal, falls es mit Finn schlecht läuft, ruf mich an. Ich regle das dann. Jetzt muss ich aber zu einem anderen Meeting außerhalb der Stadt, mit einer extrem nervigen Klientin, die viral gegangen ist, weil sie sich ihre Augenlider zugeklebt hat. Und jetzt hat sie eine Beautyshow bei Netflix.«

Und genau aus diesem Grund denke ich immer wieder, dass ich das alles vielleicht doch nicht verdient habe. Weil selbst solche Leute eine eigene Netflixsendung bekommen. »Na dann, viel Spaß!«

Ich winke Shazia zum Abschied zu, dann schlüpfe ich aus meinen High Heels und lasse mich auf einen Stuhl zurückfallen. Jegliche Energie, die ich hatte, ist aus meinem Körper gewichen. Und als ich die Augen schließe, um mich zu entspannen, taucht zu meinem Schrecken Finns Gesicht vor mir auf und starrt mich an.

Zwei

FINN

Weiß sie denn nicht, dass ich das alles nur für sie tue? Mir ist schon klar, dass ich schuld an der ganzen Situation bin, aber das hier ist *ihr* Podcast. Ich habe das alles in den letzten zwei Jahren nur mitgemacht, weil sie diesen Erfolg so sehr verdient hat. Und aus egoistischen Gründen, weil ich weiß, dass diese Show die einzige Möglichkeit ist, mich mit ihr im selben Raum aufzuhalten. Aber welchen Sinn hat das Ganze noch ohne sie?

Nachdem Maeve die Tür hinter sich zugeknallt hat, steht ihre Agentin vom Tisch auf. »Das hier findet nur unter einer Bedingung statt: Kein Wort über das, was zwischen euch beiden passiert ist. Und kein Wort über Cassidy. Sonst ist meine Klientin raus.«

Mein Agent Mark stößt ein ungläubiges Grunzen aus, ohne von seinem Handy aufzublicken.

»Ich muss mich aber bei ihr entschuldigen«, versuche ich Shazia begreiflich zu machen.

Doch sie bringt mich mit einem deutlichen »Schh« zum Schweigen. »Nein. Du hast schon genug gesagt.« Seufzend blickt sie zu Mark, der uns immer noch ignoriert. Dann winkt sie mich zu sich, und ich gehe auf die andere Seite des langen Konferenztischs hinüber. Als ich bei ihr angekommen bin, lehnt sie sich zu mir vor und raunt mir ins Ohr: »Wenn dir wirklich was an ihr liegt, sprichst du das Thema nicht an. Nur so wird sie diese Situation irgendwie überstehen.«

Verärgert über mich selbst, stoße ich den Atem aus und starre an die Decke. Ich hasse den Gedanken, dass ich Maeve so wehgetan habe. Ich bin so ein Idiot. Dabei dachte ich, ich würde genau das tun, was sie wollte. Ich hielt mich nur an die Prämisse der Show und versuchte, die Richtige zu finden! Cassidy zu daten, war eine Supergrundlage für die Verhandlungen mit Streamify, und die Presse überschlug sich geradezu vor Begeisterung. Und da Cassidy so ein bekanntes It-Girl ist, bin ich durch unsere Beziehung vom B-Promi – einem Kinderstar aus einer Promifamilie, dessen Ruhm mittlerweile verflogen war – zum Topstar aufgestiegen. Was ich zwar gar nicht wollte, wovon aber der Podcast und damit auch Maeve extrem profitiert haben. Und als kleines Sahnehäubchen obendrauf habe ich meine Eltern endlich einmal glücklich gemacht. Zuerst lief alles richtig gut. Cassidy war für mich immer die Was-wäre-wenn-Frau, die eine, die ich nicht haben konnte … oder zumindest die erste, die ich nicht haben konnte. Und ich dachte wirklich, die Beziehung mit ihr könnte eine fürs Leben sein.

Aber wenn Maeve nicht darüber reden will, werde ich das akzeptieren. Ich werde alles tun, um meine Fehler wiedergutzumachen. »Also gut. Einverstanden.« Ich nicke ihrer Agentin kurz zu, gebe ihr die Hand und versuche, nicht zusammenzuzucken, als sie ebenfalls die Tür hinter sich zuknallt.

Dann setze ich mich wieder auf meinen Platz und wende mich meinem Agenten zu. »Ich mache die Show nicht ohne sie.«

Mark hört auf, wie wild auf seinem Handy herumzutippen, und legt sein Telefon mit dem Display nach unten auf den Tisch. »Finn, ich weiß, du magst dieses Mädchen. Aber sie ist …« Er wedelt mit der Hand herum, als wäre der Gedanke an Maeve eine lästige Mücke, und beim Anblick dieser Geste fängt mein Blut an zu kochen. »Du brauchst sie nicht. An den Vertrag musst du dich natürlich halten, aber du könntest eine Stunde pro Woche separat aufnehmen, und gleichzeitig besorgen wir dir ein neues Filmprojekt. Du kannst der nächste Batman werden. Mit deinem Gesicht und den Drehbüchern von deinem Dad – mit deiner Mutter als Co-Star – kannst du es in die Topriege schaffen. Betrachte Maeve einfach als das Mädchen, das dich zur Vernunft gebracht und aus der Wall-Street-Gosse geholt hat, und hak sie ab. Ohne dich ist sie ein Niemand.«

Ich verspüre das dringende Bedürfnis, ihn direkt zu feuern. Doch Mark war schon ein Freund meiner Familie, als ich noch in die Windeln gemacht habe. Er arbeitet für meine Mom, den gefeierten Filmstar Evangeline Sutton, und mein Dad und er kennen sich schon seit Ewigkeiten, deshalb wird er zu jeder Dinnerparty eingeladen, die meine Eltern veranstalten. Trotzdem kann ich nicht zulassen, dass er so über Maeve redet. »Das stimmt nicht. Dieser Podcast ist komplett von Maeve. Und ich will keine Filme, Serien oder sonst was mehr machen. Ich nehme diese Show mit ihr auf, und das war's. Aber kannst du nicht irgendwie dafür sorgen, dass wir zusammen ins Studio müssen? Ich muss unbedingt mit ihr reden.« Auch wenn unsere Beziehung derzeit ein Tabuthema ist, muss ich mich einfach persönlich bei ihr entschuldigen. Danach kann ich uns zumindest wieder an den Punkt bringen, wo wir einmal standen, das weiß ich.

Mark verdreht die Augen. »Du bist doch ein attraktiver Junge. Schick ihr Blumen. Schenk ihr ein Auto. Handtaschen, Parfüm, oder auf was sie sonst so steht. Die kriegt sich schon wieder ein.«

Nur dass Maeve leider nicht so tickt. Sie hat ihre festen Prinzipien, und mit Taschen, Schuhen und dergleichen kann man sie null beeindrucken, wenn der Anlass dafür der falsche ist. Von Mark kann ich in dieser Hinsicht jedenfalls keinen guten Rat erwarten. »Wie auch immer, wir sehen uns dann nächste Woche.«

Meine Mom veranstaltet nächste Woche eine große Party, die sie als Equal Pay Gala bezeichnet. Ihre Stiftung für Frauen und Angehörige von Minderheiten in der Filmproduktion liegt ihr sehr am Herzen, und auf der Party alias Gala wird sicher eine Riesensumme an Spendengeldern zusammenkommen. Aber wie ich gestern heimlich mitangehört habe, als sie es meinem Dad erzählt hat, dient die Veranstaltung auch dazu, mich wieder in die Hollywoodgang zu integrieren und meine Rückkehr nach L. A. zu feiern. Sämtliche Topstars der Branche werden dort sein. Und obwohl Maeve nicht mehr mit mir redet, habe ich sie und ihre drei Schwestern eingeladen, wobei Sarah die Einzige ist, die in der Gegend wohnt. Keine der vier hat auf meine Einladung geantwortet.

»Apropos nächste Woche: Du solltest dafür sorgen, dass Maeve auf der Gala erscheint. Es gibt Gerüchte, dass ihr beiden Probleme habt, und Streamify ist nicht sonderlich begeistert davon.«

»Aber wir haben ja auch Probleme«, gebe ich zurück. »Sie wird ganz sicher nicht kommen. Und hast du nicht gerade gesagt, dass ich sie nicht brauche?«

»Okay, erwischt. Streamify ist es scheißegal, aber deine Mom will, dass sie kommt. Es stört sie, dass sie sich noch nicht kennengelernt haben.« Mark steht auf und wirft seinen unangetasteten Kaffeebecher in den Mülleimer, bevor er mir die Tür aufhält: mein Zeichen zu gehen.

»Das ist gerade nicht der beste Zeitpunkt für ein Treffen.«

»Blumen. Handtaschen. Parfüm … Bis nächste Woche.«

Durch das *AD Magazin* habe ich erfahren, dass Maeve ein riesiges Haus in den Hollywood Hills gemietet hat. Ich dagegen wohne im Gästehaus meiner Eltern, weil die beiden so schockiert waren von der Mietwohnung, die ich mir letzte Woche ausgesucht habe, dass meine Mom die Maklerin angerufen und sie freundlich dazu überredet hat, die Geschäftsbeziehung zu mir aufzulösen. Aus genau diesem Grund habe ich so gern in New York gelebt.

Als ich unser Haus betrete, höre ich Musik aus dem Fitnessraum dröhnen, wo meine Mom sich offensichtlich gerade von ihrem

Personal Trainer ins Schwitzen bringen lässt. Seit sie die Fünfzig überschritten hat, trainiert sie unermüdlich, obwohl ihre Angst, dass ihre Popularität nachlassen und die Rollenangebote ausbleiben könnten, völlig unbegründet scheint. Mein Dad schreibt Drehbücher für sie, seit sich die beiden am Set ihres Durchbruchfilms – der ersten Adaption von *Malibu Rising* – kennengelernt haben, und er würde sie niemals für eine Nebenrolle besetzen. Es sei denn, ich bin für die Hauptrolle vorgesehen, obwohl ich ständig versichere, dass ich nicht mehr spielen will. Das kommt für mich nicht mehr infrage. Ich habe miterlebt, wie die Presse meine Mom auseinandergenommen hat, und am eigenen Leib erfahren, wie die Kritiker und Paparazzi mit Promikindern umgehen. Das ist brutal. Dahin will ich nicht mehr zurück, und Podcasten ist ein Kompromiss, mit dem ich gut leben kann.

»Wie ist das Meeting gelaufen?« Mein Dad, Richard, steht in der Küche und macht gerade einen aufwendigen Salat für sich und meine Mom. Und wie es aussieht, auch für mich. Egal wann ich nach Hause komme: Sie vergessen immer, dass ich schon sechsundzwanzig bin, und führen sich auf, als wäre ich sechzehn.

»Sie hasst mich. Also alles beim Alten.«

Mein Dad lässt frische Pfirsichscheiben in die gigantische Salatschüssel fallen. »Hab ich dir je erzählt, dass deine Mom mich auch auf den Tod nicht ausstehen konnte? Damals bei unserem ersten Film, da war …«

»Ja«, unterbreche ich ihn. »Nur etwa eine Million Mal, die Hälfte davon letzte Woche. Ich soll zu Kreuze kriechen, ich weiß. Nur dass ich gar nicht an sie rankomme, weil wir nicht mal zusammen im Studio sein werden. Wir nehmen die Folge diese Woche getrennt auf.«

»Wie soll das denn funktionieren?«

Ich zucke die Achseln und fange an, mir Bruschetta zu machen. Meine Eltern mögen ja neuerdings fast ohne Kohlenhydrate auskommen, doch ich brauche mehr als ein halbes Kilo Grünkohl. »Keine Ahnung. Aber sie wird das sicher irgendwie hinkriegen. Sie ist der klügste Mensch, den ich kenne. Allerdings glaube ich nicht, dass die Folge gut ankommen wird.«

»Da könntest du recht haben. Die Chemie zwischen zwei Leuten kann man nicht künstlich herstellen. Ihr habt die auf dem Bildschirm, aber wenn ihr gegen eine Wand redet und anschließend Nahaufnahmen zusammenschneidet, kommt das nicht rüber.«

»Wenn sie das macht, wird es sicher so aussehen, als wären wir im selben Raum. Sie kriegt so was ziemlich gut hin.«

Meine Mom kommt hereingestürmt, schweißnass, knallrot im Gesicht und in Sportkleidung, die keinen Zweifel daran lässt, dass ihr Sixpack besser definiert ist als meins. Sie küsst meinen Dad auf die Wange, und ich ducke mich schnell weg, um nicht in ihren Schweiß getränkt zu werden. »Und? Kommt Maeve zur Gala? Was für ein majestätischer Name, damit muss sie einfach ins Showbusiness. Sie ist übrigens wie geschaffen für die Kamera. Und so jung. Hast du gesehen, was für eine tolle Haut sie hat?«

»Ja«, zische ich. »Du brauchst mich nicht extra darauf hinzuweisen, dass sie attraktiv ist. Glaub mir, das weiß ich auch so.« Heute beim Meeting sah sie einfach umwerfend aus. Ihr Haar war noch leicht feucht, als wäre sie direkt nach dem Duschen losgefahren, deshalb wirkte es eher brünett als kastanienbraun. Ihre Haut hatte einen rötlichen Ton – die Überreste eines Sonnenbrands; braun wird sie nämlich nie, egal wie sehr sie sich anstrengt –, und sie trug ein Kleid, das ich noch nie gesehen habe. Es war leuchtend rot, weil sie genau weiß, dass ich diese Farbe an ihr am schönsten finde. Bei unserer ersten Begegnung auf dem College hatte sie ein rotes Minikleid an und war so süß verlegen, weil sie dachte, die Farbe sei zu knallig für sie als quasi Rothaarige. Ich habe ihr gesagt, dass sie ganz und gar nicht zu knallig sei. Im Gegenteil: Maeve überstrahlte das Kleid. Definitiv.

Meine Mom stibitzt ein Stück Pfirsich aus der Salatschüssel und steckt es sich kichernd in den Mund, als mein Dad versucht, ihre Hand wegzuschieben. Die beiden benehmen sich wie ein frisch verheiratetes Pärchen; immer noch bis über beide Ohren verliebt, was in Hollywood ziemlich selten vorkommt. »Ach, übrigens, nur dass du nicht überrascht bist: Cassidy kommt auch zur Gala. Als Tochter meiner besten Freundin konnte ich sie schlecht nicht einladen. Außerdem setzt sie sich am Set so vehement für gleiche Bezahlung ein, und unser neuester Film kommt nächste Woche in die Kinos.«

Ich stöhne auf. »Na super, da kann ich mich ja gleich erschießen.« Cassidy fand auch, dass wir gut zusammenpassten. Was stimmt. Für Magazinredakteure und Modehäuser sind wir das Traumpaar: Promikinder, die nicht nur attraktiv sind, sondern auch noch Talent haben. Cassidy und ich kannten uns schon als Kinder, und seit wir damals gemeinsam mit unseren Moms in einem Film mitgespielt haben, sind Fotos von uns beiden zusammen in der Öffentlichkeit immer gefragt. Aber wir verstehen uns auch richtig gut. Als wir es in diesem Sommer miteinander versucht haben, hatten wir bei jedem Date Spaß. Trotzdem haben wir beide ziemlich schnell gemerkt, dass es zwischen uns nicht so richtig passt, zumindest nicht auf diese Bis-vier-Uhr-morgens-quatschen-, Einander-die-geheimsten-Hoffnungen-und-Wünsche-erzählen-, Sich-alberne-GIFs-schicken-, Sich-gegenseitig-zu-einem-besseren-Menschen-machen-und-miteinander-lachen-bis-man-sich-übergeben-muss-Art-und-Weise.

»Ganz ruhig, Schatz, sie ist nicht sauer auf dich. Zum einen war es lieb von dir, dass du vor der Presse die ganze Schuld für eure Trennung auf dich genommen hast. Und zum anderen hat ihre Mom mir erzählt, dass es ihr immer schwergefallen ist, mit dir zu schlafen, weil ihr beide als Kinder ständig zusammen in der Badewanne gesessen habt.«

»Mom! Zu intim! Viel zu intim! Außerdem war es Cassidys Vorschlag, dass wir daten sollen! Aber egal, ich hab keine Angst, dass Cassidy sauer auf mich ist. Zwischen uns ist alles gut. Ich hab viel mehr Angst, dass Maeve wie durch ein Wunder doch noch bei der Party auftaucht und dann alles nur noch schlimmer wird, weil Cassidy auch da ist.« Vor lauter Stress fange ich an, die Bruschetta in mich hineinzustopfen.

Mein Dad verteilt den Salat auf Teller. »Vielleicht kann Cassidy dann mit ihr sprechen. Sie fragen, was sie denkt, zum Beispiel.«

»Für einen Drehbuchautor sind deine Wortspiele ziemlich flach«, erwidert meine Mutter in gespieltem Tadel.

»Sag das meinem Oscar.«

Mom hüstelt. »*Unserem* Oscar.«

»Sag ich doch!«

Die beiden sind mir echt zu viel. Deshalb brauche ich auch unbedingt eine eigene Wohnung. Ich werde mir eine übers Internet suchen. Falls meine Mom dann den Makler kontaktiert, wird er ihr Profil sicher für Fake halten. Als ich mir meinen Salat und das Brett mit den Bruschettas nehme, stibitzt mein Dad zwei Scheiben und gibt eine davon meiner Mom. »Ciao, ihr beiden. Falls euch irgendwas Superromantisches einfallen sollte, womit ich Maeve so beeindrucken kann, dass sie mir verzeiht, verwendet es bitte nicht in einem Film, sondern sagt es mir einfach.«

Drei

MAEVE

Die nächsten zwei Tage verbringe ich damit, herauszufinden, wie wir zusammen eine Folge aufnehmen können, ohne uns dabei im selben Umkreis aufhalten zu müssen. Normalerweise werden wir von drei Kameras gefilmt. Die stelle ich so ein, dass wir eine Nahaufnahme von Finn, eine von mir und eine Totale von uns beiden bekommen. Im Schnitt wechsle ich zwischen den drei Winkeln hin und her, je nachdem, wer gerade spricht, und abhängig von Körpersprache, Gesten, Reaktionen und so weiter. Dank der Lav-Mikros, die ich am Kragen oder Ausschnitt unseres jeweiligen Oberteils feststecke, ist der Ton immer astrein. Ich denke, wir könnten eine ganze Folge ausschließlich in Nahaufnahme drehen und dadurch verbergen, dass wir uns nicht im selben Raum aufhalten … Das Problem ist nur, dass unsere Episoden nicht gescriptet werden. Zwar bereiten wir die Themen vor, über die wir reden wollen, und am Schluss der Folge gibt es immer eine Liste mit den Fragen der Woche, aber ansonsten improvisieren wir.

Weil uns zusammen einfach die besten Witze einfallen. Und die klügsten Sprüche. Und vielleicht herrscht zwischen uns auch eine gewisse sexuelle Anziehung … Auf jeden Fall steigern sich meine Talente um ein Zehnfaches, wenn ich mit Finn zusammen bin.

Ich beschließe, für diese erste Episode doch ein Drehbuch zu verfassen, was ich vorher noch nie getan habe. Deshalb brüte ich stundenlang über irgendwelchen Gags; denke darüber nach, was Finn wohl sagen und wie er die Fragen beantworten würde, die ich aus unseren Onlinekommentaren und Direktnachrichten herausfiltere; und überlege mir, womit er mich aufziehen würde. Anschließend versuche ich, beide Seiten darzustellen und die Beiträge zusammenzustückeln. Das Ergebnis ist echt schlecht.

Genervt halte ich das Übungsvideo an, stehe von meinem Schnittplatz auf und fange an, durchs Zimmer zu tigern. Was früher einmal nur aus meinem Laptop im Wandschrank meiner New Yorker Wohnung bestand, ist jetzt ein Wahnsinnsaufbau, der sich in einem eigens dafür eingerichteten Zimmer in meinem riesigen Haus befindet. Ich habe zwei meterhohe Monitore für die Farbkorrektur, einen Laptop mit allem technischen Schnickschnack und einen ergonomischen Stuhl, der Streamify fünftausend Dollar gekostet hat. Am Tag meines Einzugs stand dieses ganze Equipment plötzlich vor der Tür, umwickelt mit einer roten Schleife. Finn hat gleich eine fünftausend Dollar teure Flasche Whiskey gekauft.

Ich muss das hier irgendwie hinkriegen. Ich nehme mein Handy und schicke eine Nachricht in den Schwesternchat.

SOS! Ich versuche gerade, eine Folge mit Finn und mir zu produzieren ... ohne dass wir dafür gemeinsam ins Studio müssen.

Das Ergebnis ist total scheiße.

Und mir fällt nichts mehr ein.
Ich brauche Hilfe.

Sarah beginnt zu schreiben, hört dann jedoch auf. Mit einem frustrierten Stöhnen drücke ich die Playtaste an der Aufnahme. Sie wirkt so steif und unbeholfen. Selbst mit Finn wäre sie nicht wesentlich besser geworden. Ich glaube auch nicht, dass wir diese

Folge als normal verkaufen können. Und was die Leute schreiben werden, wenn sie feststellen, dass wir nur so tun, als würden wir gemeinsam im Studio sitzen, mag ich mir gar nicht vorstellen. Unsere Fans sind zwar unglaublich loyal … aber sie bemerken auch jedes kleinste Detail. Sie könnten allesamt beim FBI anfangen. Obwohl wir für alles und jedes Codewörter benutzen, haben sie die Fotos von meinem Highschool-Abschlussball aufgespürt, herausgefunden, mit wem Finn seinen ersten Kuss erlebt hat (mit Cassidy natürlich), wer zu meiner Familie gehört und in welcher Stadt ich aufgewachsen bin. Ich gebe ihnen noch vier Wochen, dann schicken sie wahrscheinlich Vibratoren an unsere neuen Adressen. Die werden sofort wissen, dass wir sie verarschen.

In diesem Moment vibriert mein Telefon, als eine Lawine von Textnachrichten von Claude und Tiffany eingeht. Vermutlich sitzen sie sich gerade auf der Wohnzimmercouch unserer Eltern gegenüber, während sie sich dieses Nachrichtengefecht liefern. Ich vermisse mein Zuhause nicht, aber die beiden schon, und dieses energiegeladene Chaos, das sich ergibt, wenn man drei Schwestern hat, und das meine ganze Kindheit bestimmte.

Claude: *Ich finde, du solltest wieder mit ihm gemeinsam aufnehmen. Tu doch so, als wäre er ein Kollege, den du nicht leiden kannst.*

Tiffany: *Wahnsinnsidee.*

Nicht hilfreich, antworte ich.

Sarah: *Könnt ihr nicht jede/r euren Teil separat aufnehmen?*

Wirkt komisch, schreibe ich schnell zurück.

Tiffany: *Mach ein Übereinstimmungsspiel!!!*

Ihr müsst getrennt voneinander Fragen über euch beantworten und schauen, ob ihr den anderen richtig eingeschätzt habt.

Also das gefällt mir. So könnten wir erklären, wieso wir nicht gemeinsam aufnehmen, müssten nichts vertuschen und hätten sogar noch Spaß dabei. Das könnte funktionieren. Tatsächlich haben Finn und ich dieses Spiel schon einmal bei *Today* durchexerziert, und überraschenderweise hat er jede Frage über mich richtig beantwortet. Ich lag zweimal falsch, aber zu meiner Verteidigung muss ich sagen, dass es auch nicht gerade einfache Fragen waren. Woher soll ich bitte schön den Namen seiner Grundschul-Baseballmannschaft kennen? Im Gegensatz zu allen anderen Frauen und schwulen Männern Amerikas bin ich nicht von ihm besessen.

Ich glaube, diese Idee ließe sich wirklich gut umsetzen. Instinktiv greife ich nach meinem Handy, um Finn anzurufen und ihm von dem Vorschlag zu erzählen, bremse mich jedoch gerade noch rechtzeitig. In den letzten zwei Jahren war er der Erste, dem ich alles erzählt habe. Er hat sich immer so für mich gefreut, und zum ersten Mal hatte ich das Gefühl, wirklich anerkannt zu werden und jemanden zu haben, der an mich glaubt. Ich dachte ehrlich, ihm ginge es genauso wie mir und er würde spüren, dass es da diese besondere Verbindung zwischen uns gibt. Egal was wir taten, zusammen war es immer schöner. Mit ihm auf dem Boden meines Zimmers zu sitzen und Fast Food zu essen, fühlte sich nicht deprimierend an, sondern einfach nur gut, weil wir dabei lachten, Ideen entwickelten und die Gedanken des anderen weiterführten, bis wir damit sogar eine großartige Podcastfolge aufnahmen, die Millionen von Leuten streamten. Wir lasen Mails von Menschen, die wir mit unserem Content dazu bewegt hatten, eine toxische Beziehung zu beenden, die zum ersten Mal einen Orgasmus hatten oder ihrem besten Freund ihre Liebe gestanden. Und ich schlief mit dem Kopf an Finns Schulter ein, während er sich noch einmal unsere Episode anhörte, und ich dachte, das würde etwas bedeuten. Doch offensichtlich war das alles für ihn nur reiner Zeitvertreib, während er in Wirklichkeit nach einer Frau wie Cassidy suchte, die strahlend schön, perfekt und berühmt ist und nicht in einem Podcast mit ihm über Blowjobs redet.

Anstatt ihn also anzurufen, schicke ich Tiffany lieber ein Dankeschön-GIF, bevor ich mich ins Auto setze und zum Studio fahre.

»Maeve! Wir haben Sie heute gar nicht hier erwartet! Kommt Finn auch?« Erstaunt sieht mich die Empfangsdame an. Früher haben Finn und ich unsere Aufnahmen an so grandiosen Orten wie dem Boden seines Wohnzimmers, meinem Bett, seinem Bett, meiner Feuerleiter und gelegentlich der Wohnung eines Freundes gemacht. Zwar hatten wir einige Angebote von New Yorker Produktionsstudios, doch als der Podcast richtig durch die Decke ging, wollte ich die Rechte an unserem Konzept nicht jemand anderem übertragen. Natürlich habe ich nicht erwartet, dass wir so einen Megadeal abschließen würden … Aber ich wusste, dass die Vorstellung, irgendein Mann mittleren Alters könnte über Teile unserer Show bestimmen, an der ich so hart gearbeitet hatte, mir ganz und gar nicht gefiel. Selbst jetzt haben wir Streamify nur für drei Jahre ein exklusives Nutzungsrecht eingeräumt und könnten nach Ablauf des Vertrags einfach mit dem Projekt woanders hingehen. Bis dahin habe ich mir allerdings vorgenommen, mein Privileg auszuschöpfen, jederzeit die superprofessionellen Studios von Streamify nutzen zu dürfen.

»Nein, der kommt nicht! Ich will nur was ausprobieren, und er hat familiäre Verpflichtungen. Könnten Sie mir vielleicht kurz alles zeigen?«

Die Empfangsdame drückt die »1« auf dem Telefon, das sie während unseres Gespräch schon halb am Ohr hatte. »Ich schicke Ihnen sofort einen Assistenten rüber! Kann ich Ihnen was zu knabbern bringen? Etwas Kokoswasser? Oder einen Cappuccino? Wein?«

Es fühlt sich komisch an, so umsorgt zu werden. Während meine Schwestern sich auf große Veranstaltungen wie Schönheitswettbewerbe und Fußballturniere vorbereitet haben, war ich immer nur eine Randfigur, und auch wenn wir in den letzten Jahren so einen Riesenerfolg mit dem Podcast erzielt haben, hat sich das für mich nie so besonders angefühlt, weil wir immer allein aufgenommen haben. »Ein Iced Latte wäre toll. Vielen, vielen Dank.« Ich stopfe meine zerbeulte Trinkflasche wieder in meine Tasche zurück.

Noch bevor ich Zeit habe, mich hinzusetzen, kommt ein junger Mann durch eine versteckte Tür in der Wand und winkt mich zu sich. Eine Millisekunde lang frage ich mich, ob es unprofessionell ist, unsere erste Aufnahme ohne Finn durchzuführen. Er ist zwar viel mehr daran gewöhnt, verhätschelt zu werden, als ich, aber er war so begeistert von den Räumlichkeiten, die wir während der Vertragsverhandlungen besichtigt haben, und an dieser VIP-Behandlung hätte er seine helle Freude gehabt. Doch diese Suppe hat er sich selbst eingebrockt und muss sie nun auch allein auslöffeln.

»Hi, ich bin Leo. Freut mich, dich kennenzulernen«, begrüßt mich der Assistent, während er mich durch einen elegant eingerichteten Flur führt. »Ich hab die letzten vier Wochen am Studio von *Tell Me How You Really Feel* gearbeitet und bin schon ganz gespannt, was du sagst. Ich bin fünf Tage die Woche hier, also euer Hauptproduktionsassistent. Wenn ihr irgendwas braucht, einfach Bescheid geben. Ich weiß ja nicht, wie ihr beide arbeitet, aber wenn ihr lieber mitten in der Nacht aufnehmt oder so was, sagt's mir einfach, dann bin ich da.«

»Oh … wow«, stammle ich. »Danke. Also normalerweise nehmen wir …« Ich denke an die letzten anderthalb Jahre zurück. »Na ja, genau genommen haben wir gar keine festen Zeiten. Aber ich denke, jetzt, da wir bei Streamify sind, werden wir uns viel besser organisieren.« Das werden wir auch müssen, wenn wir weiter getrennt aufnehmen wollen.

»Cool, cool. Ich freue mich schon total darauf, live mitzuerleben, wie sich das Wunder entfaltet.«

Hätte ich so was Kitschiges gesagt, wäre es mir jetzt total peinlich, doch Leo meint es anscheinend völlig ernst. Er drückt gegen ein Regal, in dem sich auf den ersten Blick nur Bücher über Sex zu befinden scheinen, und bewirkt damit, dass eine Tür langsam zurückschwingt und den Blick auf das Studio von *Tell Me How You Really Feel* freigibt.

»Oh, es gefällt dir!«, ruft Leo, und erst jetzt wird mir bewusst, dass mir der Mund offen steht. Allerdings nicht vor Begeisterung. Der Tisch ist so designt worden, dass er aussieht wie eine Riesenvagina, und die Wände wurden mit lauter Umrissen nackter, sich küssender Menschen in allen Formen und Größen bemalt. Auf dem Tisch entdecke ich neben herkömmlichen Mikros auch welche in Penisform, und die Blumendeko steckt in Vasen, die wie Hintern und Brüste gestaltet sind. Auf eine Art strahlt der Raum etwas Luxuriöses aus – gleichzeitig schreit er einem aber so deutlich das Wort Sex ins Gesicht, dass sich mir die Nackenhaare aufstellen. Nun, da wir diesen Megadeal abgeschlossen haben, will ich die Sendung nach und nach seriöser gestalten und unsere Hörerschaft nicht durch noch mehr Schock- und Skandalmomente vergrößern.

»Es ist … definitiv überwältigend«, presse ich nach ein paar Sekunden hervor, weil Leo ganz offensichtlich auf meine Reaktion wartet. Dann stelle ich meine Tasche auf dem Tisch ab und fange an, alles genauer unter die Lupe zu nehmen. Die Kameraausrüstung ist besser als die, die Finn und ich benutzt haben, und der Raum ist komplett schallisoliert. Trotzdem ist die Einrichtung einfach zu viel. Mit einem einnehmenden Lächeln wende ich mich zu Leo um. »Wir arbeiten generell mit Lav-Mikros.« Dadurch kann ich zumindest sicherstellen, dass das Schlimmste verschwindet, das sich hier im Raum befindet: diese furchtbaren Penismikros, die unser Publikum zu tausend verschiedenen GIFs inspirieren würden. Und schon wieder juckt es mir instinktiv in den Fingern, Finn ein Foto davon zu schicken. »Aber wenn Finn kommt … stellt auf jeden Fall die hier wieder auf.«

»Na klar«, erklärt Leo grinsend. Dann öffnet er ein Geheimfach und holt Ansteckmikros heraus. Was soll denn diese ganze Heimlichtuerei? Es kommt mir fast so vor, als wäre Streamify der Meinung, es wirke unprofessionell, Fächer, Türen und Schränke zu zeigen. »Ich weiß, der Raum knallt ziemlich rein, aber ich dachte, das würde vielleicht helfen. Um unser Ziel zu erreichen, meine ich.«

»Welches Ziel?«, frage ich sofort. Weiß er, dass ich meine eigene Sendung will? Und dass ich mich nie wieder mit Finn im selben Raum befinden will?

Leo beginnt, die Mikros zu testen, während er weiterredet: »Die *Paul Myers Show* zu schlagen? Da beide Formate exklusiv nur bei Streamify abrufbar sind und in derselben Woche an den Start gehen, gibt es einen ziemlichen Konkurrenzkampf. Gott, ich würde mich so was von freuen, wenn mal einer Paul Myers einen

Dämpfer verpasst. Ich hasse diesen Kerl. Wie der über Migranten spricht, ist so widerlich … Als ich gehört habe, dass er auch hierherkommt, habe ich meine Chefs quasi angefleht, mich mit euch arbeiten zu lassen.«

Mir gefriert das Blut in den Adern. Davon, dass die *Paul Myers Show* auch exklusiv zu Streamify geht, hat mir niemand etwas gesagt. Ich weiß nicht, ob ich überhaupt den Vertrag unterschrieben hätte, wenn ich davon erfahren hätte. »Wieso gab es denn keine Pressemitteilung, dass er mit seiner Show auch hier rübergeht?«

Leo zuckt die Achseln. »Ich nehme an, er macht sich Sorgen um seine Zahlen und wartet bis zur ersten Woche mit der Presse. Dann ist es auch einfacher für ihn, gegen euch anzutreten.«

»Okay …« Ich schweige kurz. »Würde es dir etwas ausmachen, mich einen Moment allein zu lassen?« Ich fühle mich überrumpelt und brauche etwas Zeit, um mich zu sammeln. Eben hat mich ein Angstschub erfasst, und ich muss mich beruhigen, um nicht die Kontrolle zu verlieren.

Leo geht sofort nach draußen, und in der Sekunde, als er weg ist, lasse ich mich mit einem dumpfen Klatschen auf einen der Stühle fallen. Die *Paul Myers Show* ist derzeit der beliebteste – und problematischste – Podcast da draußen. Sein Inhalt ist fanatisch, extremistisch, hetzerisch und wahnsinnig gefährlich, wenn ich ganz ehrlich sein soll. Paul Myers ist geradezu besessen davon, die Welt in einen hasserfüllten Ort zu verwandeln. Auf uns hat er sich regelrecht eingeschossen und uns so oft beleidigt, dass ich die Male gar nicht mehr zählen kann: Mich hat er schon alles genannt, von der Hure bis zur minderbemittelten Hinterwäldlerin, während er Finn in der Regel mit allen möglichen homo- und transphoben Schimpfwörtern überhäuft – und das nur, weil Finn ein bisschen was über Gefühle, Mode und Körperpflege weiß. Das ist so ekelhaft. Und ich habe keine Ahnung, was für ein Problem er eigentlich mit uns hat. Seit wir mit unserer dritten Episode dieses eine

Mal – und wirklich nur dieses eine Mal – mehr Download- und Streamzahlen hatten als er, hat er uns gnadenlos auf dem Kieker.

Ich hole mein Handy heraus und rufe Shazia an. Schon beim zweiten Klingeln geht sie dran. »Maeve! Was gibt's?«

Ich schlucke schwer. »Wusstest du, dass Paul Myers auch exklusiv bei Streamify ist?«

»Was?« Die Überraschung in ihrer Stimme ist unüberhörbar.

»Anscheinend halten die die Pressemitteilung noch zurück. Aber er veröffentlicht seine neue Staffel in derselben Woche wie wir.« Tief atme ich durch. Ich versuche, meine Stimme trotz der Panik ruhig zu halten, doch ich höre mich selbst wie aus weiter Ferne, leise und blechern, wie durch einen Nebel aus Angst gedämpft. Die Furcht legt sich bleiern um meine Organe. Seit wir diesen Vertrag unterschrieben haben, warte ich darauf, dass alles zusammenbricht. Ich wusste, dass es irgendeinen Haken gibt. Und nun ist meine Sorge endlich begründet. »Ich bin mir nicht sicher, ob wir unterschrieben hätten, wenn wir das gewusst hätten.«

»Das hätten sie euch auch sagen müssen. Wir könnten argumentieren, dass es rufschädigend für euch ist, wenn man euch auf diese Weise mit Paul Myers in Verbindung bringt, weil er auch Teil dieser neuen Exklusivkampagne von Streamify ist. Beide Seiten haben die Option, von dem Vertrag zurückzutreten, sollte eine der Bedingungen etwas enthalten, das sich als rufschädigend erweisen könnte.«

»Aber ich will ja gar nicht aus dem Vertrag raus. Ich will nur … Ach, ich weiß auch nicht.« Zwischen uns entsteht eine lange Pause. Ich will den Vertrag nicht auflösen, immerhin geht es um sechzig *Millionen* Dollar. Mit dieser Riesensumme ändert sich einfach alles. Trotzdem komme ich mir irgendwie betrogen vor. »Glaubst du, der kriegt auch sechzig Millionen?«

Shazias Tonfall ist knallhart, als sie antwortet. »Ich denke, der bekommt mit ziemlicher Sicherheit noch mehr. Ich werde mal schauen, was ich machen kann. Vielleicht kann ich noch was Schönes für dich rausschlagen. Die wussten genau, dass ihr euch aufregen würdet, deshalb haben die das auch geheim gehalten. Die werden irgendwas in petto haben, was sie euch anbieten können.«

Ich beende das Gespräch, und meine Augen brennen, als ich die Tränen zurückdränge, die sich darin gebildet haben. An dieser Situation kann ich nichts ändern, und nachdem ich die Lage nun besser einschätzen kann, habe ich das Gefühl, meine Emotionen wieder im Griff zu haben. Also kann ich auch genauso gut mit der Arbeit anfangen. Ich klopfe gegen die Wand, damit Leo weiß, dass er wieder reinkommen kann, und nachdem er meiner Aufforderung gefolgt ist, macht er sich einfach schweigend weiter daran, die Mikros zu testen. Als er fertig ist, drückt er auf einen Knopf unterm Tisch, woraufhin sofort ein Klopfen an der Tür aka dem Bücherregal ertönt. Leo öffnet sie, indem er die Wand an einem bestimmten (aber völlig unauffälligen) Punkt berührt – was mich ziemlich beunruhigt, weil ich mich schon in dieser Orgie von Studio eingesperrt sehe –, dann nimmt er einen Iced Latte von einer jungen Frau entgegen und wendet sich zu mir um. »Wir sind übrigens alle für euch. Jeder hier hasst ihn, bis auf die Manager, denen er das dicke Geld in die Kassen spült.« Er gibt mir den Kaffee. »Geeister Latte macchiato mit Hafermilch, einer Prise Zimt und einem halben Löffel Vanillepulver.«

Irgendwie gruselig, dass er meine Bestellung kennt. Aber auch gut zu wissen, dass er auf meiner Seite steht. »Danke.«

»Okay, brauchst du eine Technikeinweisung? Es ist alles einsatzbereit, lass das Mikro am besten auf Phantomspannung, damit es den Strom aus der Kamera zieht. Die Kameras sind auf acht Stunden Laufzeit eingestellt, vier Stunden Strom, weil die Akkus nur auf halb laufen, während du aufnimmst. Falls es nötig ist, schalte ich die Akkus aus, aber ich dachte, das würde erst mal reichen.

Im Prinzip musst du einfach nur auf Aufnahme drücken. Irgendwelche Fragen?«

Ich schüttle den Kopf. Diese Kameras sind die gleichen wie unsere, nur mit noch mehr Funktionen. Dass ich nicht alle dreißig Minuten aufhören muss, um die Akkus zu wechseln, ist allerdings ein Riesenvorteil. »Alles super so, danke schön.«

»Soll ich die Bild- und Tonaufnahmen überwachen?«

Unruhig blicke ich mich im Raum um, weil ich plötzlich Angst habe, dass hier überall Kameras versteckt sind. Zu wissen, dass mich jemand beobachtet, fühlt sich merkwürdig an, auch wenn es definitiv hilfreich ist, jemanden dabeizuhaben, der überprüft, dass keins der Geräte aussetzt. Aber Finn und ich haben immer nur uns beide aufgenommen. Das war so intim, und manchmal werde ich immer noch rot, wenn ich an die Gespräche denke, die wir hochgeladen haben, für die ganze Welt zum Mithören. Während der Aufnahmen erzähle ich ihm Dinge, die ich vorher niemals freiwillig jemandem verraten hätte – schon gar keinem Massenpublikum –, weil es mir immer so vorkommt, als wären wir ganz für uns, wenn wir aufnehmen.

»Nicht nötig«, sage ich schließlich. »Falls du noch hier bist, wenn ich gehe, kannst du das Material gerne auf technische Probleme überprüfen. Und wäre es okay für dich, mir die Aufnahmen anschließend zu schicken?«

»Wird erledigt. Ich find's unglaublich, dass du den Edit tatsächlich selbst machst. Ich dachte, das wäre ein Mythos.«

Diesmal ist mein Lächeln nicht erzwungen. »Mir macht das total Spaß. Ich will, dass die Fassung perfekt ist. Und Finn will gerne …« Ich schneide mir selbst das Wort ab. Wir werden keine Zwölf-Stunden-Schichten mehr vor meinem Laptop verbringen und unseren Content bearbeiten. »Für uns funktioniert es so am besten.«

Leo öffnet die Geheimtür – diesmal legt er die Hand auf eine ganz andere Stelle – und lässt mich allein. Ich stecke mein Lav-Mikro unter mein Shirt und hefte es an meinen Ausschnitt, dann überprüfe ich zweimal, ob das Richtrohrmikro auch tatsächlich auf Phantomspannung steht. Als Nächstes schaue ich mir die Einstellung der gegenüberliegenden Kamera an, die mich in Nahaufnahme aufzeichnen soll, und zoome das Bild heran. Normalerweise würden wir über Finns Schulter hinwegfilmen, aber ich will, dass der Winkel direkt auf mein Gesicht gerichtet ist, damit die Zuschauer vergessen, dass sie Finns Rückseite nicht sehen, während er mir zuhört. Es überrascht mich immer wieder, dass so viele Leute sich die Videoaufzeichnung unserer Sendung anschauen. Wir wurden schon öfter in den Instastorys von Leuten getaggt, die unsere Show auf ihren Fernsehern verfolgen oder eine wöchentliche WG-Veranstaltung daraus machen und uns bei einem Glas Wein auf dem größten Laptop zusehen. Mehr als die Hälfte unserer Follower gucken sich die Aufzeichnung an, was es mir umso schwerer macht, mit meinem Täuschungsmanöver durchzukommen. Aber ich muss es wenigstens versuchen, weil ich nämlich nicht glaube, dass ich hier mit Finn sitzen und lockere Gespräche über Beziehungen führen kann, ohne in Tränen auszubrechen oder ihn anzuschreien. Oder beides.

Seine Worte aus unserer letzten richtigen Unterhaltung hallen noch durch meinen Kopf. Sie fand am Tag nach seinem ersten Date mit Cassidy statt, und wir führten sie über die Gegensprechanlage meiner Wohnung, weil ich ihn nicht sehen wollte und nicht ans Telefon ging, wenn er anrief.

Cassidy ist die Frau, nach der ich immer gesucht habe.

Natürlich liebe ich dich, schließlich bist du meine beste Freundin.

Das, was zwischen uns lief, müssen wir ja nicht überbewerten.

Arsch. Loch.

Ich drücke die Aufnahmetasten an meinem Mikro und den Kameras, die mich in Nahaufnahme und Totale filmen, und schalte

Finns Kamera ganz aus. Danach klappe ich meinen Laptop auf und öffne die Liste mit den Themen, die ich in dieser Episode besprechen will: die *Cuffing-Season*, also den Trend, sich für die Wintermonate noch schnell einen Partner zum Kuscheln zu angeln; welche Dating-App die beste ist und wer beim ersten Date zahlen soll; und die Fragen, die ich für die Fragen-der-Woche-Rubrik ausgewählt habe. Dann starte ich die Aufnahme.

»Hallo, ihr Lieben, wir sind wieder zurück mit einer neuen Folge von *Tell Me How You Really Feel*. Ich hab euch alle echt vermisst. Heute machen wir mal was anderes: Finn und ich nehmen unsere Kommentare getrennt auf und vergleichen sie anschließend. Seid also gespannt darauf, was er wirklich zu euren Fragen zu sagen hat. Diesmal gibt's kein Zurückrudern, wenn ich ihn streng angucke …«

»Vielleicht will ich es gar nicht wissen«, stöhne ich von meiner Luftmatratze aus. Ich hocke auf einem riesigen Einhorn im Pool, der sich im Garten meines gemieteten Hauses befindet, während Sarah auf einem Flamingo sitzt und das Display ihres Handys betrachtet. »Du hast diesen Schlechte-Nachrichten-Tonfall drauf.«

Unsere neue Folge ist gestern erschienen; an einem Sonntag um 12:01 Uhr. Als ich mit der Aufnahme fertig war, habe ich Finn in einer knappen Nachricht erklärt, was er für seinen Teil zu tun hat. Normalerweise würde ich mir Gedanken machen, weil er die Aufnahme ganz allein bewerkstelligen muss, aber ich bin mir sicher, dass Leo ihm den ganzen Ablauf erläutert oder die Technik sogar gleich selbst bedient hat. Den Edit habe ich übernommen, und Finn hat die Fassung gleich abgenickt, ohne sie sich anzuhören – was ich nur deshalb weiß, weil er mir so schnell zurückgeschrieben hat, dass er gar keine Zeit für eine komplette Sichtung gehabt haben kann.

Mir ist schon klar, dass dies nicht unsere beste Arbeit ist. Sie war ganz okay und unterhaltsam. Aber da Streamify keinerlei Mitspracherecht bei der Gestaltung unserer Episoden hat, konnte ich gestern ohne Widerstand auf den Upload-Button klicken. Die Energie zwischen uns – diese Chemie, die mich jedes Mal zum Lachen bringt, wenn ich uns zuhöre – fehlte allerdings. Wir klangen beide gepresst, gekünstelt, als hätten wir unter Zwang aufgenommen. Was ja auch irgendwie so war.

Am Freitagmorgen sind die Berichte über Paul Myers' Deal erschienen, und ich bin mir sicher, dass er an diesem Wochenende höhere Zahlen erreicht als je zuvor, da er das Topthema der Woche ist. Ich hasse den Gedanken, dass unsere Folge ausgerechnet jetzt, in der Anfangsphase des Konkurrenzkampfs, nicht berauschend geworden ist. Denn inzwischen ist der Wettbewerb definitiv eröffnet: Innerhalb einer Woche hat Shazia unseren Deal neu verhandelt und einen Bonus von neunundsechzig Prozent für uns rausgeschlagen, wenn wir Paul Myers' Zahlen im Zeitraum von zwölf aufeinanderfolgenden Episoden übertreffen. Er verdient zwar hundert Millionen für die drei Jahre, die er sich verpflichtet hat, aber mit unserem Bonus würden wir diese Summe sogar noch toppen. Um den erweiterten Deal zu bekommen, habe ich außerdem zugestimmt, mindestens einmal im Monat zusammen mit Finn auf ein Event zu gehen oder einen Vlog zu erstellen. Gerade heute Morgen habe ich die Bestätigung erhalten, dass der Vertrag von allen Parteien unterschrieben wurde; damit ist es also offiziell. Ich bin jetzt vertraglich dazu verpflichtet, so zu tun, als würde es mir Spaß machen, Zeit mit Finn zu verbringen.

Das gefällt mir zwar nicht, aber wenn wir dieses Ziel erreichen wollen, müssen wir das nun mal tun.

Und ich will dieses Ziel unbedingt erreichen. Wenn wir mehr Geld verdienen würden als Paul Myers, wären Finn und ich nämlich die höchstbezahlten Podcaster aller Zeiten. Jawohl. Und ich wäre gleichzeitig die höchstbezahlte Podcaster*in* aller Zeiten, denn obwohl ich momentan ein Wahnsinnshonorar bekomme, werden einige andere Moderatorinnen (darunter die meiner Lieblings-True-Crime-Serie) ähnlich entlohnt wie ich. Aber die höchstbezahlte (Co-)Moderatorin wäre dann eine Frau, zum ersten Mal überhaupt. Schon mein ganzes Leben über leide ich am Hochstaplersyndrom, und es wäre so toll, wenn ich endlich einen quantitativen Beweis dafür hätte, dass ich wenigstens in irgendeinem Bereich die Beste bin; was auch das erste Mal überhaupt wäre.

Paul Myers während zwölf aufeinanderfolgenden Episoden zu schlagen, wird allerdings nicht leicht. Vor allem mit diesem Start in die neue Staffel.

Sarah schweigt, was bedeutet, dass die Situation schlimmer ist, als ich dachte. »Jetzt sag schon.« Sie schwimmt ein Stück von mir weg, als würden ein paar Meter mehr Wasser zwischen uns sie vor meinen Gefühlen schützen. »Na ja, also rein technisch gesehen, sind die Zahlen nicht schlecht. Euch haben eine Menge Leute zugehört. Ihr seid die zweiterfolgreichste Show.« Das klingt logisch. Es ist unsere erste Folge nach unserer ersten längeren Pause, und Finn ist seinen Verpflichtungen nachgekommen und hat auf Social Media reichlich Werbung dafür gemacht. Allein. »Aber die Resonanz ist … nicht so optimal.«

»Sie hassen es«, sage ich knapp.

Sarah zögert einen Moment. Aber sie ist eher kopflastig als emotional, weshalb sie auch eine sehr gute Chirurgin werden wird. »Sie hassen es«, bestätigt sie. »Der allgemeine Tenor ist: *Was soll der Scheiß?* Bei *POPSUGAR* fragt man sich, ob die Folge mit KI erstellt wurde. Und die *Paul Myers Show* hat auf TikTok eine Parodie von euch veröffentlicht, in der ihr beide getrennt aufnehmt, während man euch Wasserpistolen an den Kopf hält. Die Fans wollen wissen, wieso ihr plötzlich nicht mehr … na ja, euer Ding macht. Über eure Dates sprecht, seine Trennung von Cassidy, ob du gerade jemanden hast und so was.«

»Verdammt«, stöhne ich. Genau das habe ich die ganze Zeit über befürchtet. Dass auf einmal allen klar wird, dass ich in Wirklichkeit total durchschnittlich bin und es sich nicht lohnt, mir zuzuhören. Dass dieses Haus hier, dieses Leben, dieses Publikum und jegliche Chance auf eine Soloshow sich in Luft auflösen. Momentan ist es egal, wie viele Affirmationen und Meditationen ich durchführe und zu wie vielen Therapiesitzungen ich gehe. Ich kann so viele Fortschritte machen, wie ich will – diese Ängste werde ich einfach nicht los.

»So schlimm ist es jetzt auch wieder nicht«, versucht Sarah, mich zu trösten. »Es ist doch nur die erste Episode. Die nächste könnt ihr beiden ja wieder ganz normal aufnehmen.«

Ich tauche unter Wasser und halte den Atem an, bis ich Sterne sehe. Als ich wieder hochkomme, um Luft zu holen, klatscht Sarah Applaus. »Das waren fast zwei Minuten. Neuer Rekord. Die Verzweiflung treibt dich anscheinend zu Höchstleistungen an.«

»Na, danke.« Ich steige aus dem Pool und ziehe mir einen übergroßen Badeponcho über, bevor ich mir ein ordentliches Glas Rosé einschenke. »Selbst wenn wir wieder zusammen aufnehmen – ich kann nicht über Cassidy reden. Für mich ist es, ehrlich gesagt, noch schlimmer, dass er sich so schnell wieder von ihr getrennt hat. Ich meine, was heißt denn das? Dass keine Frau für ihn gut genug ist? Ich kann auch nicht über *uns* reden. Oder überhaupt über das ganze Thema.«

Einen Moment lang sagt Sarah nichts und streicht nur stumm mit den Händen durchs Wasser. »Aber«, antwortet sie dann, »genau darum geht es doch in eurer Show, Maeve.«

»Dann müssen wir uns irgendwas anderes überlegen«, murmle ich. Seufzend greife ich nach meinem Handy und beginne, die Kommentare unter dem Teaser zu lesen, den Finn bei Instagram zu unserer Folge gepostet hat. Der ist wirklich gut geworden, weil er den Fokus auf den spielerischen Aspekt unserer Aufnahmemethode legt. Doch die Kommentare sind hart. Die meisten weiblichen Fans schreiben, dass ich langweilig sei, aber Finn wenigstens heiß. Ich weiß, dass ich allein etwas steif war, trotzdem tut es mir weh, dass sie die guten Ratschläge, die ich während der Episode gegeben habe, anscheinend nicht wertschätzen. Ich habe mir wirklich Gedanken über das gemacht, was ich sage, während Finn nur herumwitzelt und sich offensichtlich gar nicht vorbereitet hat. Da hatte ich mir mehr Einsatz von ihm erwartet. Es kommt mir fast so vor, als wollte er dieses Format sabotieren, weil er unbedingt mit mir gemeinsam moderieren will.

»Vielleicht müssen die Leute sich einfach erst daran gewöhnen«, sage ich, hauptsächlich aus Selbstschutz. Ich weiß nicht, was ich machen soll. Ich will Paul Myers unbedingt übertrumpfen, und ich will eine Sendung produzieren, auf die ich stolz sein kann. Doch ich habe wirklich das Gefühl, dass ich es nicht überleben werde, wenn ich jetzt mit Finn zusammen aufnehme. Ich brauche mehr Zeit. Vielleicht drei Jahre oder so was.

»Finn ist es nicht wert, dir all das hier kaputtmachen zu lassen.« Sarah deutet auf das Haus hinter mir. Zwar spricht sie es nicht laut aus, aber ich weiß, dass sie auch an die Kosten der Familie denkt, die ich übernommen habe: ihre Studiengebühren, die Hypothek unserer Eltern, die Kleider für die Schönheitswettbewerbe und die Fußballausrüstung. Es freut mich, dass ich nun endlich in der Lage bin, sie zu unterstützen, auch wenn ich den Familienchat auf »Bitte nicht stören« setzen und eine neue Gruppe nur mit meinen Schwestern erstellen musste, weil ich es so leid war, dass meine Mom ständig Fotos von Kleidern und Fußballpokalen gepostet hat statt Screenshots von meinem Rang in den Podcastcharts. »Wieso gehst du nicht einfach zu dieser Party und redest mit ihm? Probierst es aus, ob er es durchhält, fünf Minuten lang nicht die Tabuthemen anzusprechen. Vielleicht könnt ihr zwei ja einen Waffenstillstand schließen. Ich glaube, wenn ihr ein paar Episoden zusammen macht, werden die ganz gut ankommen, selbst wenn ihr über ganz beliebige Sachen redet, so wie in der letzten. Ich komme auch mit.«

Was Sarah nicht versteht, ist, dass es nicht reicht, wenn er sich an Shazias Bedingungen hält und nicht über unser Privatleben spricht … Zu wissen, dass er mich nicht so liebt, wie ich ihn geliebt habe, gibt mir jedes Mal, wenn ich ihn sehe, das Gefühl, als würde jemand meine Eingeweide packen und sie einmal durch den Fleischwolf drehen. Jedes Mal, wenn wir miteinander sprechen und es sich so anfühlt wie früher, tut es mir weh. Aber sie hat trotzdem recht. Was soll ich sonst machen? »Na schön, wir gehen hin.«

Vier

Zwei Jahre vor dem Deal mit Streamify

MAEVE

Ich versuche, mich im Bett auf die andere Seite zu rollen, und lande dabei fast auf dem Boden. Dann überkommt mich eine plötzliche Erkenntnis. *Verdammt. Das ist nicht mein Bett.* So schnell es geht, fange ich mich und rutsche mit geradezu chirurgischer Behutsamkeit aus dem Bett, ohne dabei den Mann neben mir aufzuwecken. Er ist irgendein Chad … oder vielleicht auch Brad. Oder Pete? Ich weiß es nicht mehr, aber er arbeitet bei einer Investmentbank und hat gestern Abend nicht nur meine Getränke bezahlt, sondern auch die meiner beiden Mitbewohner. Und meinen hämmernden Kopfschmerzen nach zu urteilen – und der Tatsache, dass ich mich gestern nicht nach Hause geschlichen habe –, müssen es ziemlich viele Getränke gewesen sein.

Nachdem ich meine Klamotten vom Boden aufgesammelt und mich sicher im Bad eingeschlossen habe, hole ich mein Handy heraus. Nur noch fünf Prozent Akku. Verdammt. Wusste ich doch, dass dieser Typ kein Burner war. Egal, wie betrunken ich bin – ich hänge *immer* mein Telefon an den Strom. Und als ich aufgestanden bin, war es sein Handy, das auf dem Nachttisch lag und ans Kabel angeschlossen war. Ich nutze die letzten paar Prozent meines Akkus dazu, Finn zu texten.

Na, auch verkatert? Treffen im Jamie's?

Akku gleich leer, wir sehen uns dort.

Irgendwie haben diese mickrigen zwei Nachrichten meinen Akku ganze drei Prozent gekostet. Ich durchsuche die Badezimmerschränke, bis ich einen Zehnerpack Zahnbürsten gefunden habe, und löse eine davon aus der Plastikhülle. Als ich mich frisch gemacht und erfolglos versucht habe, meinem bauchfreien Top und Minirock etwas mehr Länge zu verleihen, kündigt ein Klingeln den Eingang einer Nachricht von Finn auf meinem Handy an.

Bin in zwanzig Minuten da.

Danach gibt mein Telefon seinen Geist auf. Ich straffe die Schultern und gehe zurück ins Schlafzimmer, wo der quasi unidentifizierte Mann immer noch vor sich hinschnarcht. Ich lasse die Tür hinter mir zuknallen. Doch er zeigt keinerlei Regung. Mit einem schweren Seufzer pikse ich ihn unsanft in den Rücken.

Er rollt sich herum. »Babe, komm wieder ins Bett. Ich bestelle uns was zu essen bei UberEats.«

Auf gar keinen Fall. »Du, ich muss leider los …«, entgegne ich und lächle ihn entschuldigend an, während ich ihm sein Handy hinstrecke. »Mein Akku ist leer. Kannst du mir bitte ein Uber bestellen?«

Mit einiger Mühe entsperrt er sein Telefon, gibt es mir wieder zurück und rollt sich auf die andere Seite. »Speicher deine Nummer gleich mit ein«, murmelt er.

Das mache ich nicht. Aber ich gönne mir ein Uber Black mit professionellem Fahrer.

Fünfzehn Minuten später betrete ich das Diner und lasse mich zu Finn in die Nische fallen. Mit dieser Tradition haben wir kurz nach unserem Umzug nach New York begonnen, und es überrascht mich immer wieder, wie sehr ich diese Treffen genieße. Auf dem College waren wir zwar in derselben Clique, aber nicht so gut befreundet, dass wir zu zweit miteinander abgehangen hätten. Doch seitdem wir hier wohnen und es die meisten unserer Freunde woandershin verschlagen hat, ist unsere Freundschaft wesentlich enger geworden. Finn hat mich für meine Zulassungsprüfung als klinische Psychologin abgefragt, und ich bringe ihm selbst gekochtes Abendessen, wenn er bis spät in die Nacht bei seiner Finanzberatung arbeiten muss. Unsere am meisten gepflegte Tradition ist allerdings das Katerfrühstück oder eher der Katerbrunch.

Bevor ich irgendetwas sagen kann, bringt uns die Bedienung Essen an den Tisch. »Ich hab schon mal bestellt«, erklärt Finn, während die Kellnerin alles vor uns ausbreitet.

Bei jedem anderen Mann würde es mich wahrscheinlich aufregen, wenn er für mich mitbestellt. Was, wenn ich mal was anderes essen will? Doch wir haben eine strikte Dinertradition, die immer gilt, unabhängig von der Tages- und Nachtzeit: Milchshakes, zwei der seltsamsten Angebote auf der Karte und – wenn wir so richtig verkatert sind – ein normales Frühstücksgericht.

Als die Kellnerin fertig ist, beginnt Finn damit, seine Auswahl zu erläutern. »Kaffee, weil … ist klar. Schokoshake für dich, Erdbeere für mich. Armer Ritter mit Fruchtreisflocken und veganes Hähnchen mit Waffeln, allerdings mit Chilisoße. Ich dachte mir, das ist schon so dicht dran an normal, dass wir nicht noch was anderes brauchen.«

»Auf keinen Fall«, pflichte ich ihm bei. »Aber ganz ehrlich: Wenn die Waffeln durch das Hähnchen zu scharf sind, könnte es passieren, dass ich mich übergebe.«

Finn hebt eine Augenbraue. »So schlimm? Okay, Lagebericht.«

»Na ja, also zuallererst mal kann ich mich beim besten Willen nicht mehr an seinen Namen erinnern. Aber er hatte eine Wahnsinnswohnung, und wenn meine Erinnerung mich nicht total trügt, hat er mich geleckt. Und zwar richtig gut. Aber er ist reich, großkotzig, langweilig und versucht wahrscheinlich, irgendwelche Komplexe aus seiner Kindheit dadurch zu kompensieren, dass er Unsummen von Geld für Frauen und Partys ausgibt. Zwischen uns hat es so gar nicht gefunkt.«

Grinsend sieht Finn mich an. »Na ja, wie sagst du immer …«, zieht er mich auf.

»›… den Richtigen findet man nicht nach zehn Uhr abends‹«, zitiere ich mich brav. »Bäh, ich wünschte, ich wäre nicht über Nacht geblieben. Ich bin eingeschlafen und erst wieder aufgewacht, als es zu spät war, um abzuhauen.«

»Nein! Du hast bei ihm übernachtet? Ich dachte, das verdient sich ein Mann erst beim dritten Date.« In gespieltem Entsetzen reißt Finn die Augen auf, bevor er sich ein riesiges Stück Toast mit lila Kruste in den Mund stopft.

Ich nicke kläglich. »Ich *weiß*. Und er hat mein Handy vom Ladegerät getrennt und stattdessen seins eingestöpselt. Voll dreist! Aber ich hab ihm nicht meine Nummer gegeben, also sonst alles normal.« Ich trinke einen großen Schluck von meinem Milchshake, dann von meinem Kaffee, während ich weiter skeptisch die Waffeln mit den frittierten Hähnchenstücken beäuge. »Jetzt bist du dran. Du hattest ein richtiges Date!«

»Na ja, es ist etwas anders gelaufen … Ich hab sie zum Abendessen eingeladen, und es war richtig gut, deshalb wollte ich einen deiner Tricks anwenden und …«

»Tricks? Ich habe keine Tricks. Ich habe Ratschläge«, korrigiere ich ihn leicht eingeschnappt. Dann schneide ich mir ein winziges Stück Waffel mit Geflügelbeilage ab und stecke es in den Mund, woraufhin sich eine so extreme Schärfe auf meiner Zunge ausbreitet, dass ich Angst habe, gleich einen Herzinfarkt zu bekommen.

Schnell trinke ich einen großzügigen Schluck Milchshake, sodass ich nun nicht mehr nur wegen der Chilisoße das Gesicht verziehe, sondern auch, weil mein Gehirn vereist ist.

»Wie auch immer. Ich wollte mit ihr einen Spaziergang machen und ihr beim Straßenverkäufer einen Strauß Blumen kaufen. Aber sie wollte unbedingt ins Marquee.«

»Oh nein!«, rufe ich, während mir von dem Feuer in meinem Mund Tränen übers Gesicht laufen. »Nicht ins Marquee. Ausgerechnet. Jetzt sag nicht, du bist mitgegangen und hast dir das schöne Date durch Tanzen versaut. Du tanzt furchtbar.«

Finn nickt grimmig und schneidet sich ebenfalls ein Stück vom Hähnchen und der Waffel ab. »Ich hab aber getanzt. Oder es zumindest versucht.« Er fängt an zu kauen und verzieht das Gesicht, während seine Augen sich sofort röten. Innerhalb von Sekunden läuft ihm der Schweiß die Schläfen hinab.

»Finn, für dich sind romantische Abendessen perfekt. Du kannst gut in Locations gehen, wo du dich unterhalten und deinen Charme spielen lassen kannst. Geh in irgendeine Kneipe oder Cocktailbar und beeindrucke sie mit deinem Wissen über exotische Drinks. Aber tanzen … Du tanzt wie eine kaputte Marionette.«

Finn grunzt in seinen Milchshake hinein, den er gerade auf ex zu trinken versucht, um die Schärfe in seinem Mund abzumildern. »Ach komm, als könntest du das besser«, bringt er schließlich krächzend hervor. »Du hast erst vor zwei Wochen so getan, als wäre dir schlecht, damit du nicht in den Club mitmusst.«

Theatralisch verdrehe ich die Augen. »Und wie ist der Abend ausgegangen? Habt ihr euch wenigstens geküsst?«

Finn stößt einen Seufzer aus und lässt die Schultern kreisen. »Ich glaube, sie fand mich plötzlich nicht mehr so toll. Nach etwa anderthalb Stunden hab ich ihr ein Uber gerufen. Wir haben uns nicht mal einen Abschiedskuss gegeben. Ich war vor Mitternacht im Bett, und ich denke nicht, dass sie ein zweites Date mit mir will.«

»Gib mir dein Handy. Und wie heißt sie überhaupt?«

»Kelsea.« Er reicht mir sein Telefon und macht sich über die Reste des armen Ritters her, während ich eine Textnachricht verfasse.

> Hey Kelsea! Der Abend gestern war wirklich schön. Ich weiß, ich tanze furchtbar und hoffe, das hat dich nicht abgeschreckt. Ich würde dich gerne wiedersehen und mehr erfahren über

»Wofür interessiert Kelsea sich? Oder was macht sie beruflich? Hat sie irgendwelche Hobbys? Ich brauche irgendwas, das sie dir über dich erzählt hat.«

»Sie liebt Sticken, vorzugsweise Taylor-Swift-Motive«, antwortet Finn schnell.

> Hey Kelsea! Der Abend gestern war wirklich schön. Ich würde dich gerne wiedersehen und dich besser kennenlernen. Du hast mir von deinen Stickereien von Taylor Swift erzählt, darüber würde ich gerne mehr wissen. Ich weiß, ich tanze furchtbar, aber ich dachte mir, »I'm just gonna shake, shake, shake, shake, shake, shake it off«, und hoffe, du siehst es mir nach und gibst mir die Chance auf ein zweites Date. 😊

Bevor ich die Nachricht abschicke, gebe ich ihm das Handy zurück, damit er sie sich durchlesen kann. »Bist du sicher, das ist nicht zu viel? Ich meine, wieso muss ich überhaupt das Tanzen erwähnen? Können wir die peinlichen Sachen nicht einfach vergessen? Und ich will auch nicht, dass sie mich für einen Stalker hält wegen dem Sticken.«

»Du musst ihr zeigen, dass du dich für sie interessierst und ihr zugehört hast, im Gegensatz zu den Typen, die sie sonst datet. Und das mit dem Tanzen hab ich doch extra locker geschrieben, deswegen das Taylor-Swift-Wortspiel. Du kannst das nicht weglassen, sonst denkt sie weiter darüber nach und ist abgeschreckt. Schick's einfach ab! Was hast du zu verlieren?«

Finn zuckt die Achseln und drückt auf »Senden«.

Es dauert keine fünf Minuten, und sie hat schon geantwortet, dass sie sich gerne auf ein zweites Date mit ihm treffen möchte. Und sie hat ihre Nachricht mit einem pinken Herz-Emoji versehen. »Ich sollte Geld dafür verlangen«, sage ich entzückt.

»Äh, Maeve, du bekommst schon Geld dafür.«

»Na ja, Geld ist relativ. Ich muss mir jetzt erst mal einen Job in einer Praxis suchen, nachdem meine Supervisionszeit rum ist. Ich hab nämlich keinen Bock mehr, so wenig zu verdienen, und die Studenten an der Columbia nehmen meinen Rat sowieso nicht an. Außerdem arbeite ich nie lange genug mit einem Patienten, um irgendwas zu erreichen. Während der Therapie will ich den Leuten dabei helfen, eigene Antworten zu finden, aber das kann ich nicht, wenn ich nicht die Zeit habe, jede Woche mit ihnen zu arbeiten. Dir kann ich wenigstens sagen, was ich wirklich denke, und dir bei der Lösung deines Problems helfen. Und du lernst was draus und bist beim nächsten Mal schlauer. Das ist zwar keine Therapie, sondern eine Beratung, aber es macht mir total Spaß. Und wie du weißt, sind meine Ratschläge gut. Ich sollte vielleicht einen Podcast machen.« Mit diesen Worten nehme ich Finn den Teller mit dem Toast ab und probiere das letzte Stück. Wer hätte gedacht, dass Reisflocken mit Fruchtgeschmack so lecker sein können?

Als ich wieder zu Finn hochblicke, sieht er mich mit weit aufgerissenen Augen an und wirkt wie erstarrt. »Maeve, das ist es! Du solltest tatsächlich einen Podcast machen. Und den solltest du dann *Tell Me How You Really Feel* nennen.«

Ich muss lachen. Aber irgendwas an dem Titel löst ein Kribbeln auf meiner Wirbelsäule aus. Er ist gar nicht so schlecht. »Du spinnst. Podcasts machen Leute wie … keine Ahnung, Beamte von der Kripo, die was über echte Kriminalfälle erzählen. So was kommt gut an … Oder irgendwelche weißen Männer mittleren Alters, die eigentlich nichts zu erzählen haben und trotzdem gehört werden, wenn auch nicht von uns. Aber *ich* bin doch total uninteressant. Wer will denn schon einen Podcast von mir hören?«

Finn schüttelt vehement den Kopf. »Nein, nein, nein. Das ist genau dein Ding. Ich meine das echt ernst. Podcasts sind gerade total angesagt, und du würdest das so gut machen. Außerdem liebst du Podcasts! Du schickst mir täglich Ausschnitte von diesem True-Crime-Ding. Und bei jedem Wohnblock, an dem wir vorbeigehen, erzählst du mir von irgendeinem Mord, der dort passiert ist, weil sie darüber in irgendeiner Podcastfolge gesprochen haben. Du könntest eine Sendung machen, in der du Beziehungsratschläge gibst, aber in einem richtigen Gespräch, so wie wir jetzt hier. Und das Gute ist, dass deine Ratschläge richtig Hand und Fuß haben, weil du wirklich Therapeutin bist.«

Ich trinke einen großen Schluck Kaffee. Die Idee klingt auf einmal ziemlich gut, und ich will, dass mein Kater verschwindet, damit ich ernsthaft darüber nachdenken kann. »Und wen soll ich in diese Sendung einladen? Ich kenne doch gar nicht so viele Leute.«

»Keine Ahnung. Du könntest auch einfach über unsere Sachen sprechen. Oder die Zuhörer können dir Fragen schicken.«

Ich leere den Rest meines Kaffeebechers aus und bin mittlerweile so elektrisiert von dieser Idee, dass meine Kopfschmerzen nur noch eine vage Erinnerung sind. »Weißt du was, du machst mit«, sage ich. »Wir nehmen einfach uns auf, so wie hier. Im Prinzip brauchen wir nur unsere Gespräche beim Katerfrühstück aufzunehmen, unsere Lageberichte vom Morgen danach, und die dann sonntagnachmittags hochzuladen.«

Finns Gesicht verzieht sich zu einem breiten Grinsen. »Ja, lass uns das machen. *Tell Me How You Really Feel* beginnt ab jetzt.«

Fünf

FINN

Beim Anblick von Maeve in unserem Wohnzimmer stockt mir buchstäblich der Atem. Sie ist mit ihrer Schwester gekommen, die mich ziemlich böse ansieht. Wenn Blicke töten könnten … Meine Blicke kann ich dagegen nicht von Maeve in ihrem Kleid abwenden. Der Rock ist schwarz, doch das Oberteil hat exakt die gleiche Farbe wie ihr Teint, nur dass sich schwarze Blumen aus Spitze darüberschlängeln. Die entscheidenden Stellen sind alle bedeckt, trotzdem sieht es so aus, als hätte sie fast nichts an.

Auf einmal spüre ich eine Hand auf meiner Schulter, nehme sie jedoch kaum wahr. Maeve hat mich immer noch nicht bemerkt, und ihre Schwester lehnt sich unauffällig so vor sie, dass sie ihr die Sicht auf mich versperrt. »Sie sieht toll aus, oder? Ich habe meine Stylistin angewiesen, ihnen eine Auswahl an Kleidern zu schicken.«

Die Stimme meiner Mutter tönt leise in mein Ohr. Sarah hat sich jetzt gänzlich in mein Blickfeld geschoben, sodass ich Maeve nicht mehr sehen kann, deshalb wende ich mich zu meiner Mom um und konzentriere mich auf die Unterhaltung mit ihr. »Was hast du? Mom! Du sollst dich da raushalten.«

»Wieso? Nur weil mein Sohn sich wie ein Idiot aufgeführt hat, ist es mir doch wohl nicht verboten, mich mit einer talentierten jungen Frau aus der Unterhaltungsbranche zu treffen. Also, stell mich ihr vor.« Sie steuert auf Maeve zu, und einen Moment lang überlege ich tatsächlich, ihr ein Bein zu stellen. Ihre Absätze sind so hoch, dass es auf jeden Fall wie ein Unfall aussehen würde. Ich zögere eine Sekunde lang, bevor ich mich beeile, zu ihr aufzuschließen, denn sie schlingt bereits ihre Arme um Maeve. Meine Mutter ragt so hoch über ihr auf, dass Maeves Gesicht buchstäblich in ihrem leicht offenherzigen Dekolleté landet. Gott, ist das peinlich. »Wie schön, dass wir uns endlich kennenlernen! Ich bin Evangeline«, ruft meine Mom entzückt. »Ich habe sämtliche eurer Folgen gehört und muss sagen, ich bin wahnsinnig beeindruckt. Du hast wirklich Talent! Und Finn hat mir erzählt, du machst alles selbst … die Aufnahmen und den Edit? Ich habe meine Leute dafür, falls du mal jemanden brauchen solltest … Aber so oder so, der Podcast ist einfach fantastisch, und ich freue mich wirklich, dich kennenzulernen.«

Als sie endlich Luft holen muss, nutze ich die entstandene Pause. »Maeve, das ist meine Mom. Mom, Maeve.« Ich weiß, dass Maeve sich auf Partys immer unwohl fühlt. Normalerweise treten wir als Einheit auf, unterhalten uns mit Leuten, tauschen abfällige Kommentare aus und holen uns Inspiration für unsere Episoden. Da hier außer ihr und Sarah jedoch nur Topstars sind, fühlt sie sich sicher besonders fehl am Platz. Trotz des Erfolgs von *Tell Me How You Really Feel* hat sie immer noch eher den Status einer C-Prominenten als den einer echten Berühmtheit – wobei ich glaube, dass unser Streamify-Deal daran schon sehr bald etwas ändern wird.

Sarah öffnet den Mund – vermutlich, um die Gelegenheit zu nutzen, mich vor meiner Mutter zusammenzustauchen –, doch Maeve schreitet ein. Auf ihrem Gesicht breitet sich ein Lächeln aus, und würde ich sie nicht besser kennen, würde ich ihr sogar abnehmen, dass es echt ist. »Natürlich. Es ist so schön, Sie kennenzulernen. Meine Schwester und ich sind mit Ihnen aufgewachsen. Ach, und vielen, vielen Dank für die Kleider und die Stylisten … Wir hatten echt viel Spaß.«

»Na, das hast du dir auch verdient nach dem, was er dir angetan hat.« Ich hab das Gefühl, mich in einem wahr gewordenen Albtraum zu befinden, denn wie durch Zauberhand ist plötzlich Cassidy auf meiner anderen Seite aufgetaucht. Sie wirft mir einen Blick zu, bevor sie weiterspricht. »Verzieh dich, Finn. Lass uns Frauen alleine miteinander quatschen.«

Könnte sein, dass ich mich gleich übergebe. Oder sterbe. Oder zusammenbreche. Passiert das hier gerade wirklich? Fragend schaue ich zu Maeve hinüber; was auch immer sie will, werde ich tun. Sie ist der einzige Mensch, den ich mit nur einem Blick einschätzen kann. Früher dachte ich immer, das sei bloß eine Erfindung aus Büchern, dass man nur durch einen einzigen Blick weiß, was jemand denkt. Aber ich habe schon so viele Stunden damit verbracht, Maeve anzusehen: ihre dünnen Fingerknöchel, während sie die Folgen schneidet; die kleine Lücke in ihrer linken Augenbraue, die sie seit eines Fahrradsturzes hat; die Handbewegung, mit der sie sich das Haar hinters Ohr streicht, wenn sie sich unwohl fühlt; wie sich ihre Augen ganz leicht weiten, bevor sie sie zusammenkneift, wenn sie geschockt ist, es aber nicht sagen will; die eine silbrige Füllung in ihrem Backenzahn, die nur dann sichtbar wird, wenn sie aus vollem Herzen lacht. Durch einen Blick in ihr Gesicht erfahre ich mehr als durch eine ganze Unterhaltung mit irgendwem sonst.

Sie nickt mir fast unmerklich zu – oder vielleicht ist es auch nur ein Glitzern in ihren Augen –, woraufhin ich mich umdrehe und sie allein lasse. Meine Hände zittern. Früher habe ich mal gedacht, ich wäre wahnsinnig selbstsicher. In Wahrheit hatte ich einfach nie Angst, etwas oder jemanden zu verlieren.

Ich schenke mir zwei Fingerbreit Whiskey ein und gehe mit dem Glas nach draußen an den Pool. Ja, den Pool. Den Infinitypool, den meine Eltern sich haben bauen lassen, obwohl wir am Strand wohnen. Genau genommen haben sie ihn wahrscheinlich nur einbauen lassen, weil wir an einem *öffentlichen* Strand leben. Mir war gar nicht bewusst, dass es seltsam ist, einen Pool zu haben, wenn man am Wasser wohnt, bis ich Maeve davon erzählt habe und sie sich direkt über diese Dekadenz lustig gemacht hat. Ich habe keine Ahnung, ob Cassidy ihr gerade dabei hilft, meinen Untergang zu planen, oder ihr sagt, dass ich sie wirklich liebe. Verzweifelt bemühe ich mich, irgendetwas von dem Gespräch mitzubekommen, als der Geschäftsführer von Streamify sich auf die Sonnenliege neben mir fallen lässt.

»Finn, mein Junge. Wie läuft's?« Derek ist fast fünfundsechzig, tut aber gerne so, als wäre er noch zwanzig. Was seine Freundinnen tatsächlich sind. Das Angebot von Streamify war das einzige, das wir ernsthaft in Betracht gezogen haben, da sie nicht an unseren Rechten interessiert waren, sondern nur an Exklusivität. Dass sie auch Paul Myers verpflichtet haben, löst in mir allerdings das Bedürfnis aus, mich aus dem Deal zurückzuziehen. Wenn ich nicht wüsste, dass Maeve das Geld braucht, würde ich es auch tun.

»Ach, ganz okay.« Ich bemühe mich stark, möglichst relaxed aufzutreten und mir nicht anmerken zu lassen, dass ich gerade dabei zusehe, wie mein Leben in Trümmer zerfällt. »Und bei dir?«

Derek versetzt mir einen Klaps auf den Rücken. »Es würde besser laufen, wenn nicht just zwei meiner teuersten Einkäufe in diesem Jahr ihre erste Folge getrasht hätten. Diese ganzen Memes? Dass wir euch beide zwingen würden, für uns zu arbeiten? Fand ich nicht sonderlich witzig.«

Ich leere den Rest von meinem Whiskeyglas in einem Zug. »Wir müssen uns erst noch richtig eingrooven.«

»Nee, mein Lieber, ihr zwei redet kein Wort mehr miteinander. Aber es ist noch nicht zu spät für die Soloshow. Falls ihr beide innerhalb der ersten drei Monate aus den Top One Hundred fliegt, können wir den Vertrag für *Tell Me How You Really Feel* locker auflösen.«

Mir gefriert das Blut in den Adern. Ich werde Maeve nicht rauskicken. Der Podcast ist die einzige Chance, die ich habe, um die Sache mit ihr wieder geradezubiegen. Und sie hat sich diesen Deal so verdient. »Wir kriegen das wieder hin. Das war nur ein terminliches Problem. Meine Schuld.«

Ich zucke zusammen, als ich eine Hand auf meinem Rücken spüre. Maeves Berührung erkenne ich sofort. Sie ist so sanft, dass sie sich fast wie ein zarter Windhauch oder ein Schmetterling anfühlt; außerdem hat sie immer eiskalte Hände, und sie verwendet diese Bodylotion, die nach Ahornsirup duftet und jedes Mal Appetit auf Pfannkuchen in mir weckt. Als sie sich neben mich auf die Liege setzt, kommt es mir vor, als würde jede einzelne Zelle in meinem Körper erleichtert aufseufzen, weil ich wieder an ihrer Seite sein darf. Ich habe keine Ahnung, wie ich es so lange ohne sie ausgehalten habe.

Derek schenkt ihr ein breites Lächeln, obwohl er mir noch vor wenigen Sekunden gesagt hat, dass er sie abschießen will. »Maeve! Du siehst umwerfend aus. Wir müssen euch unbedingt öfter auf Events schicken. Ihr zwei seht fantastisch aus. Zusammen.« Demonstrativ hebt er eine Augenbraue.

»Danke, Derek«, entgegnet Maeve freundlich. Ich hasse es, wie er sie anglotzt.

»Derek meinte gerade, dass er den Vertrag auflösen kann. Falls wir innerhalb der ersten drei Monate nicht unter die Top One Hundred kommen.« Ich habe genügend Unterhaltungen mit meiner Mutter und Maeve geführt, um zu wissen, wie oft Frauen bei Geschäftsgesprächen außen vor gelassen werden, weil diese Art von Unterhaltungen meistens in irgendwelchen Herrenclubs oder auf Golfplätzen stattfinden. Und ich werde ihr den Inhalt dieser Absprachen hinter vorgehaltener Hand nicht verschweigen, wenn es um die Show geht, die sie ins Leben gerufen hat. Vor allem nicht an einem Abend, der sich um das Thema gleiche Bezahlung dreht.

Ich spüre, wie Maeve sich kaum wahrnehmbar neben mir versteift, sich die Reaktion jedoch nicht anmerken lässt. »Also, darüber brauchen wir uns keine Sorgen zu machen. Für nächste Woche haben wir eine Superfolge geplant. Finns Mom kommt in die Sendung!«

Dereks Miene hellt sich deutlich auf. »Mensch, Finn, das hättest du mir auch gleich sagen können. Das ist ja fantastisch, vielleicht können wir gleich hier ein paar Fotos von euch dreien machen für die Promo. Ich sage direkt meinem Assistenten Bescheid.«

Ehe wir protestieren können, stürmt er schon davon und brüllt Anweisungen in sein Handy. Maeve und ich bleiben allein zurück, und sie ist mir so nah, dass ich ihr Zittern spüren kann. Als ich mich zu ihr umwende, senkt sie den Blick in ihr Weinglas und verbirgt ihr Gesicht vor mir. »Ist das wirklich wahr? Dass sie die Show absetzen können?«, will sie wissen.

Diese Frage überrascht mich. Selbst als ich früher die Vertragsverhandlungen mit unseren Sponsoren übernommen habe, hat sie die Bestimmungen jedes Mal so gründlich durchgelesen, dass ich schon Witze darüber gemacht und ihr vorgeschlagen habe, die Verhandlungen doch selbst zu führen. Ich nutze die Gelegenheit, so dicht neben ihr zu sitzen, um sie zu mustern. Sie ist genauso schön wie immer, trotzdem sehe ich die dunklen Ringe unter ihren Augen, die sie mit Make-up kaschiert hat. Und in ihrem Schläfenbereich hat sich vereinzelt Akne gebildet, die immer an diesen Stellen auftritt, wenn sie gestresst ist. Ich hasse den Gedanken, dass ich schuld an ihrem Kummer bin. »Ja. Aber das wird nicht passieren. Stimmt es denn, dass meine Mom in einer Folge auftreten will?«

»Ja«, bestätigt sie und hebt nun tatsächlich den Blick, um mich anzusehen. Ihre Augen sind feucht, und dieser Anblick bringt mich fast um. Noch hat sich keine ihrer Tränen gelöst, aber ich kann sehen, wie Maeve sie wegblinzelt, und ich erkenne die Qualen in ihren dunkelbraunen Iris. Qualen, weil sie mit mir sprechen muss.

»Es tut mir leid«, platzt es aus mir heraus. »Ich …«

»Finn!« Ihre Stimme bricht. »Hör auf. Shazia hat das, was sie gesagt hat, ernst gemeint. Ich kann nicht dauernd Angst davor haben, dass alles wieder hochkommt. Ich kann nicht darüber reden, das geht einfach nicht. Und wenn wir weiter zusammenarbeiten wollen, muss das Thema Beziehungen tabu sein.«

Ich weiß zwar nicht, wie wir die Downloadzahlen auf Dauer erhöhen wollen, wenn wir so vorgehen, aber derzeit würde ich zu allem Ja sagen, was sie will, wenn ich ihr damit auch nur ein Quäntchen von ihrem Stress nehmen kann. Und obwohl ich weiß, dass Maeve ihre Ängste in den letzten Jahren gut unter Kontrolle hatte, sehe ich, dass sie kurz vor einer Panikattacke steht. »Wenn du das so willst, klammere ich das Thema aus. Versprochen.«

»Danke«, flüstert sie. In diesem Moment rinnt ihr doch eine Träne über die Wange, und als ich sie mit meiner Serviette wegtupfen will, zuckt Maeve zusammen.

Reumütig weiche ich zurück. »Tut mir leid.«

Sie ignoriert mich und wischt sich die Träne selbst weg, genau in dem Moment, als Derek zusammen mit einem Fotografen aus dem Haus geeilt kommt, gefolgt von Cassidy und meiner Mom. »Fototermin!«, kommandiert er.

Ich will ihm sagen, dass gerade kein guter Zeitpunkt ist, doch als ich Zustimmung suchend zu Maeve schaue, weicht sie meinem Blick aus, setzt ein Lächeln auf und wendet sich stattdessen zu den anderen um. »Na dann, los!« Sie streckt mir ihre Hand entgegen, und ich helfe ihr hoch, denn wenn wir nur so tun als ob, ist Anfassen anscheinend okay.

Hinter uns geht gerade die Sonne unter, und die Aussicht ist traumhaft. Wir lassen uns vom Fotografen aufstellen. Zuerst macht er einige Bilder von mir zwischen meiner Mom und Maeve, dann ein paar von Maeve und mir, während sie sich an meine Brust schmiegt. Ich lege mein Kinn auf ihren Kopf – was dank ihrer hohen Absätze geht –, und einen Moment lang spüre ich, wie sie sich in die Umarmung fallen lässt. Sie schließt die Augen. Es tut weh, sie anzusehen, weil ich weiß, dass es sich für sie genauso richtig anfühlt wie für mich, aber ich habe es kaputtgemacht. Ich habe alles kaputtgemacht. Ohne sie bin ich so orientierungslos, so ohne jegliche Verbindung. Ich hebe den Blick, und genau in dieser Sekunde löst der Fotograf das Blitzlicht aus.

»Diese Augen«, murmelt er und dreht uns das Display seiner Kamera zu. Maeve befreit sich aus meinen Armen, um sich die Aufnahmen anzusehen. Ich komme mir so entblößt vor, als stünde mir alles, was ich fühle, ins Gesicht geschrieben. Doch Derek macht nur schweigend ein Foto von der Vorschau mit seinem Handy und schickt es an irgendjemanden, bevor er uns weitere Anweisungen gibt.

Meine Mom nimmt meine Hand und drückt sie einmal kurz. Zum ersten Mal, seitdem das alles passiert ist, wirkt sie besorgt. Ich denke, sie hat erst jetzt erkannt, dass Maeve für mich nicht irgendeine Frau ist. Sie bedeutet mir alles.

Als Nächstes folgt eine witzige Fotoserie: Maeve und meine Mom, wie sie an meinen Armen zerren und wie sie sich etwas ins Ohr flüstern, während Maeve mein Gesicht mit der Handfläche wegdrückt; Maeve und ich, wie wir Schere, Stein, Papier spielen und wie ich sie hochhebe und sie mir über die Schulter werfe. Cassidy filmt das Ganze und schickt die Videos an Derek, damit er sie in den sozialen Medien teilen kann, doch sie blickt von Minute zu Minute gequälter drein. Obwohl wir Dinge tun, die nach außen hin spaßig wirken, ist die Stimmung zwischen uns eher traurig als spielerisch.

»Können wir noch eins machen? Vielleicht eins mit euch beiden und Cassidy?«, schlägt Derek vor.

»Nein«, rufen Maeve und Cassidy gleichzeitig.

Meine Mom schaltet sich ebenfalls ein und spricht direkt mit dem Fotografen. »Das reicht jetzt, danke.«

Derek verdreht die Augen. »Na toll. Danke euch allen, das war super. Ich freue mich schon auf die Zahlen!« Damit stapft er auch schon davon, bevor einer von uns etwas sagen kann, und lässt uns vier allein zurück, während seine Aufforderung immer noch drohend über uns schwebt.

»Finn, mein Schatz, kannst du mal mit in die Küche kommen und mir was helfen?« Dankbar folge ich meiner Mom ins Haus, allerdings erst, nachdem ich mich vergewissert habe, dass Maeve mir keinen entsetzten Lass-mich-nicht-mit-ihr-allein-Blick zuwirft. Stattdessen beachtet sie mich gar nicht und unterhält sich betont auffällig mit Cassidy.

Meine Mom führt mich in eins der Gästezimmer, da sich in der Küche gerade das Catering- und Servicepersonal drängt. Nachdem sie sich aufs Bett gesetzt hat, zieht sie ihre High Heels aus und beginnt, sich die Füße zu massieren. Ich lasse mich neben sie fallen, doch es vergehen mindestens zwei Minuten, in denen nichts außer ihrem schmerzerfüllten Stöhnen zu hören ist, während sie ihren Füßen diese Pause von den hohen Absätzen gönnt. »Maeve ist ganz entzückend«, bemerkt sie schließlich.

»Ja, das ist sie.«

»Wären wir in einem meiner Filme, würde ich dir jetzt raten, dir was richtig Grandioses einfallen zu lassen – irgendwas, das sie so richtig umhaut –, um dich zu entschuldigen. Aber das hier ist leider das wahre Leben. Deshalb solltest du dich erst mal damit zufriedengeben, nur mit ihr befreundet zu sein. Vielleicht für immer nur mit ihr befreundet zu sein. Und wenn du diese Basis irgendwann wieder erreicht hast, kannst du von dort aus weitermachen.«

»Das ist aber nicht gerade romantisch.« Meine Stimme klingt gepresst.

»Das liegt daran, dass das mit euch tiefer geht.«

Ich nicke. Ja, das stimmt. Aber ich bekomme das hin. Ich kann auch nur mit ihr befreundet sein. Besser so, als wenn ich ihr gar nichts mehr bedeute. »Okay, ich versuche es.«

»Gut. Und jetzt geh wieder raus und lass dich von ihrer Schwester anschreien. Wenn ihre Familie weiter sauer auf dich ist, kommst du nämlich nicht weit.«

Sechs

MAEVE

Mein Kopf dreht sich, als ich die Party verlasse. Ich darf diesen Podcast nicht verlieren. Dafür habe ich zu hart daran gearbeitet. Eigentlich lautet der Deal: Gibst du mir was, gebe ich dir was. Ich liefere einige Jahre provokativen Content und breite mein Privatleben vor der Öffentlichkeit aus, und dafür bekomme ich meine eigene Sendung – sobald die Fans mich so sehr mögen, dass sie mich auch ohne Finn anhören beziehungsweise ansehen wollen. Doch das wird offensichtlich nie passieren. Ich nehme meine Schlüssel von dem Parkdienstmitarbeiter entgegen, den Evangeline engagiert hat, und steige in mein Auto ein.

»Maeve, warte! Warte mal.« Finn kommt hinter mir aus dem Haus gerannt. »Können wir bitte darüber reden?«

Ich setze mich hinters Steuer, aber Finn hält die Fahrertür fest, bevor ich sie schließen kann. Dieser Anblick sollte nicht so sexy sein: wie seine Finger sich um die Tür krallen, die ich gerade zuschlagen wollte, während er sich mit der anderen Hand an der Karosserie abstützt. Gegen meinen Willen schlägt mein Magen einen Purzelbaum, während ich mich an das letzte Mal erinnere, als diese Hände mich berührt haben … Doch ich schiebe die Gedanken entschlossen beiseite. »Was gibt es da noch zu reden? Wir nehmen die Folge mit deiner Mom auf, erhöhen die Zahlen und machen dann weiter wie bisher.« Oder so ähnlich.

»Maeve, bitte. Lass dich nicht von deinem Hass auf mich davon abhalten, das Beste aus *Tell Me How You Really Feel* herauszuholen. Lass uns in ein Diner fahren, so wie früher in New York, und ein Brainstorming machen.« Bevor ich widersprechen kann, redet er schnell weiter. »Ich weiß, es ist nicht mehr so wie früher. Aber lass uns doch nach einer neuen Möglichkeit suchen, wie wir diese Situation in den Griff kriegen, anstatt sie nur notdürftig zu flicken. Komm.«

Ich lasse die Tür los und umklammere das Steuer so fest, dass meine Fingerknöchel weiß hervortreten. »Na gut, steig ein.«

Zwanzig Minuten später hat Finn mich zu einem Diner am Rande seines Viertels gelotst. Es befindet sich in einem alten Cable-Car-Waggon, den man so umgebaut hat, dass darin das wohl winzigste Diner der Welt Platz hat. Es ist süß, aber ich wünschte, es wäre nur die seelenlose Filiale irgendeiner Restaurantkette, damit ich nicht über noch ein Lokal in Verzückung gerate, das Finn für uns aussucht. In New York haben wir uns andauernd in Diners getroffen, um uns über unsere Dates auf den neuesten Stand zu bringen, und es waren immer Lokale, die vierundzwanzig Stunden geöffnet hatten – nicht diese Hipster-Avocado-auf-Toast-Brunch-Restaurants, in denen sich unsere Freunde vom College trafen. Finn verbrachte Stunden damit, nach den ausgefallensten Locations zu suchen. Einmal hat er sogar ein Auto gemietet, um mit mir ins Hudson Valley zu einem Diner im Flüsterkneipenstil zu fahren. Und er hat mich in das Diner aus *Harry und Sally* ausgeführt und die Orgasmusszene mit umgekehrten Rollen nachgestellt, was nicht nur zu viral gegangenen Videos der anderen Gäste, sondern auch zu einem lebenslangen Zutrittsverbot für uns beide geführt hat.

Im selben Moment, als wir uns setzen, geht Finn schon die Karte durch, und als die Bedienung an unseren Tisch kommt, bestellt er einfach, ohne mich vorher zu fragen. Früher hätte ich das süß gefunden, doch heute ärgert es mich. »Wir hätten gern das Krabben-Frischkäse-Omelette, einen Schokoshake, einen Erdbeershake und zwei Kaffee, bitte.«

Die Kellnerin verzieht das Gesicht, als er das Omelette bestellt. »Und Rührei auf Toast, bitte«, füge ich hinzu.

Nun nickt sie eifrig. »Kommt sofort.«

Als ich den Blick von ihr abwende und stattdessen auf Finn richte, stelle ich fest, dass er verletzt aussieht. »Das Omelette schmeckt sicher scheußlich, so wie die geguckt hat«, sage ich.

»Das denke ich mir, aber dafür haben wir ja die Milchshakes.«

Fassungslos starre ich ihn an. Er hat kein Recht mehr, den Menschen zu spielen, der mich am besten kennt. Ich muss ihn unbedingt auf Distanz halten, denn wenn er immer noch eine Hälfte meines Gehirns besetzt, werde ich die Arbeit mit ihm nicht durchziehen können. »Okay. Du wolltest brainstormen?«

Finn entfernt den niedergeschlagenen Ausdruck aus seinem Gesicht. Mit seinen verletzten Gefühle habe ich kein Mitleid, schließlich nimmt er nicht annähernd so viel Rücksicht auf meine, wie ich immer auf seine genommen habe. Ich habe immer gedacht, die anderen würden einfach nicht verstehen, wie sensibel und einfühlsam er ist. Und dass sein Auftreten als der freche, naive und verwöhnte Promisohn eben nur eine Rolle ist. Doch in Wahrheit war ich diejenige, der er etwas vorgespielt hat.

»Genau. Also, nur um das noch mal zu bestätigen: Unsere Beziehungen sind tabu. In unserer Show geht es darum, uns gegenseitig Beziehungstipps zu geben, damit wir beide die große Liebe finden können. Meine Mom kommt diese Woche, und sie ist berühmt. Keiner will, dass wir die Show getrennt aufnehmen. Wegen der Magie, bla, bla.« Ich verdrehe die Augen, um zu verbergen, wie weh es tut, dass unsere Fans nicht an mir allein interessiert sind. Dass ich nicht genug Talent habe, um eine Soloshow zu machen. Dass all das ohne Finn nicht möglich wäre. »Wenn unsere Zahlen sinken, werden wir abgesägt, und …«

»*Ich* werde abgesägt«, unterbreche ich ihn. »Du brauchst dir gar keine Sorgen zu machen.«

»Ohne dich geht es für mich auch nicht weiter, Maeve.« Finns Tonfall ist ernst und ziemlich emotional. Nach dem Aus der Show kann er auf jeden Fall super wieder als Schauspieler arbeiten. Nach dem Aus mit mir. »Ohne dich werde ich keine Sendung machen.«

Ich schweige einen Moment, und in dieser Zeit kommt die Kellnerin mit unseren Milchshakes und dem Essen an den Tisch. Sie verzieht die Nase beim Anblick des widerlichen Omeletts, das ziemlich streng riecht. Als sie wieder weg ist, beuge ich mich zu Finn vor. »Iss das nicht, sonst holst du dir noch eine Lebensmittelvergiftung. Und für die Aufnahmen wäre es besser, wenn du noch am Leben wärst.«

Finn nimmt sein Besteck und schneidet sich ein Stück direkt aus der Mitte heraus. Krabbenmatsch tropft von seiner Gabel. Ohne mich aus den Augen zu lassen, steckt er sich den Bissen in den Mund und unterdrückt ein Würgen, während er kaut und schluckt. »Ich werde doch unsere Glückssträhne nicht unterbrechen. Alles andere haben wir schließlich schon probiert.«

Früher haben wir immer als eins gezählt; wenn also nur er das Essen probiert hat, zählte es für uns beide. »Das ist jetzt *deine* Glückssträhne.« Sofort erlischt das Leuchten in seinen Augen, und zum ersten Mal, seitdem das alles passiert ist, habe ich ein leichtes schlechtes Gewissen, weil ich mich weigere, ihn wieder in mein Leben zu lassen. Aber ich weiß, was Sarah jetzt sagen würde. Und Shazia. *Scheiß auf ihn.*

»Vielleicht sollten wir Gäste einladen«, platzt es plötzlich aus Finn heraus. »Also, abgesehen von meiner Mom. Andere Podcaster haben auch Gäste, und das pusht deren Zahlen total in die Höhe.«

Ich weiß, dass er dabei an die *Paul Myers Show* denkt. Paul Myers lädt jeden ein; je extremer, desto besser. Und er stachelt seine Gäste so auf, dass sie irgendetwas Skandalöses von sich geben, nur um die Zahlen zu steigern. Aber jeder Gast bringt seine oder ihre eigene Fangemeinde mit, und viele davon bleiben hinterher weiter dran. Außerdem erregt es die Aufmerksamkeit der Presse, wenn man Promis in der Sendung hat. Bis jetzt haben wir keine Gäste eingeladen, obwohl diverse Leute uns geradezu angebettelt haben, doch wir wollten nicht, dass jemand die Dynamik zwischen uns stört. Mittlerweile gibt es allerdings keine Dynamik mehr.

»Dass wir mit Evangeline anfangen, ist schon ein Riesencoup. Wenn andere A-Promis sie sehen, wollen die sicher auch mitmachen. Glaubst du, die wären wirklich bereit, mit uns über ihr Sex- und Liebesleben zu reden? Ich will nicht so stark vom Thema abweichen und über deren Filme oder irgendwas Belangloses sprechen.«

»Wenn das unsere Bedingung für eine Einladung ist, schon. Und wenn meine Mom das auch macht.« Finn lächelt mich an, und bevor ich es verhindern kann, lächle ich aus Reflex zurück, woraufhin er nur noch mehr strahlt. Ich hatte ganz vergessen, wie es ist, mit ihm zu brainstormen. Wie viel Energie es mir gibt, als stünde jede meiner Gehirnzellen unter Strom und wir würden fliegen.

»Ich könnte vielleicht ernsthafter beraten, so wie damals im Therapiezentrum, als ich richtig therapeutisch gearbeitet habe. Und du könntest die männliche Perspektive einbringen, so wie immer. Rumflachsen, dafür sorgen, dass die Gäste sich wohlfühlen. Gott sei Dank hab ich die Ausbildung bis zum Ende durchgezogen, sodass ich mich nun wirklich approbierte Therapeutin nennen darf.«

»Du meinst, deine fünftausend Stunden Supervision? Das war heftig.«

»Es waren nur dreitausend.«

»Ach so, na dann war das ja ein Klacks.«

Gegen meinen Willen muss ich lächeln. Als ich damals den

Master gemacht habe und meine Praxisstunden und die Supervisionszeit absolvieren musste, hatte ich das Gefühl, nie fertig zu werden. Ich weiß noch, wie Finn und ich in einem Diner saßen, ziemlich ähnlich wie dieses hier, und er mich beruhigen musste, weil ich mich immer mehr in die Angst hineinsteigerte, dass ich frühestens mit fünfundzwanzig – eigentlich sogar eher sechsundzwanzig – approbierte Psychotherapeutin sein und bis dahin nicht viel Geld verdienen würde; worauf ich gerne herumritt, wenn die Panik besonders groß wurde. Hätte ich nur gewusst, dass quasi in dem Moment, als ich mit der Supervision durch war, unsere Show durch die Decke ging und ich mit siebenundzwanzig eine Riesensumme auf dem Konto hatte, die ich mir immer noch nicht ganz vorstellen konnte. Ich trinke einen großen Schluck von meinem Schokomilchshake – als könnte ich durch den Zucker die ganzen Jahre vergessen, in denen Finn wirklich mein bester Freund war – und zucke zusammen, als mein Hirn vereist.

»Das passiert dir jedes Mal«, flüstert Finn.

»Ich kann einfach nicht anders. Ich muss den Gedanken auslöschen, dass du tatsächlich was von diesem Omelette gegessen hast. Das ist echt eklig.«

»Ja, da hast du wohl recht.« Finn trinkt einen wesentlich vernünftigeren Schluck von seinem Shake und streckt die Hand nach meinem Becher aus. Abrupt hält er inne, faltet die Hände ineinander und legt sie in seinen Schoß. Sicher hinterlässt er gerade Fettflecken auf seinem teuren Smoking. Und ich werde mein Kleid ruinieren, weil ich so wahnsinnig schwitze; durch den Stress und die Aufregung, die Finns Gegenwart in mir verursacht. »Ich finde die Idee aber echt gut. Wir lassen uns durch Promigäste pushen. Und das ist auch eine Änderung, erklärt also, wieso wir nicht über … uns reden. Außerdem wirst du das so gut machen, Maeve. Du machst das jetzt schon toll, aber du kannst noch so viel mehr.«

»Um ehrlich zu sein, habe ich mir schon überlegt, irgendwann eine eigene Show zu machen«, sprudelt es aus mir heraus. »Ich will, na ja, eine richtige Therapie durchführen, mit regelmäßigen Gästen. So, dass die Hörer wirklich alles mitbekommen, und ich will hier und da Kommentare von mir einfügen, damit die Hörer noch mehr daraus mitnehmen können.« Ich spüre, wie mir Hitze in die Wangen steigt, und wünschte, ich hätte mehr Make-up aufgetragen. Ich bin so blass, dass ich es nicht verbergen kann, wenn mir irgendetwas peinlich ist; selbst meine Ohren werden rot. Ich sollte ihm das alles gar nicht erzählen. Das hat nichts mit den Themen zu tun, über die wir sprechen müssen, um weiter zusammenarbeiten zu können.

»Das finde ich genial. Wieso machst du das nicht jetzt schon? Streamify würde dir doch sicher auch einen zweiten Podcast finanzieren.«

Ich schüttle den Kopf. Natürlich geht Finn wieder davon aus, dass alle die gleichen Privilegien haben wie er. Er hat nie verstanden, warum ich oder einer unserer Freunde uns Sorgen gemacht haben, sei es über die Kosten eines Taxis zum Flughafen oder darüber, keinen Platz in einem Masterstudiengang zu bekommen. Wäre er nicht so ein großzügiger Mensch, würde man ihn dafür echt hassen. »Wir sind nicht alle berühmt, Finn. Die zahlen mir gar nichts. Die wollen uns zusammen, nicht mich allein. Vielleicht in ein paar Jahren, wenn ich denen bewiesen habe, dass ich was draufhabe.«

Er wirkt wütend. Seine Kiefermuskeln spannen sich an, und ich kann sehen, dass er mit den Zähnen knirscht. Außerdem blitzt in seinen hellen Augen ein ärgerlicher Funken auf. »Das ist doch total bescheuert. Du bist wesentlich intelligenter als irgendwer, den die sonst noch in ihrem Programm haben. Deine Show wäre das Beste, was die je kriegen können. Wie wäre es, wenn ich mal mit Derek rede. Ich denke, ich …«

In meiner Nase und meinen Augen breitet sich ein Brennen aus, und ich versuche, mir einzureden, dass es immer noch die Kältekopfschmerzen und keine Tränen sind. Hastig blinzle ich, um zu verhindern, dass sie überlaufen und schwarze Bahnen auf meinen Wangen hinterlassen. Wenn ich so unsicher bin, fange ich leicht an zu weinen, und obwohl ich so viele Jahre an mir gearbeitet habe – die Zeit, die ich in Therapie verbracht habe, hat dazu geführt, dass ich Therapeutin werden wollte –, ist es mir peinlich, dass ich in Finns Beisein so emotional bin. Ich hasse es, dass sich unsere Beziehung in diesen Zustand verwandelt hat. Und ich weiß auch nicht, wie ich je auf den Gedanken kommen konnte, dass eine Zusammenarbeit zwischen Finn und mir möglich ist. Er versteht überhaupt nicht, wie das wahre Leben funktioniert. Gerade kommt es mir so vor, als würde ich in die Rolle einer C-Prominenten schlüpfen, während er in den letzten Jahren die Rolle des normalen Jungen von nebenan gespielt hat, der sich eine Auszeit von seinem Leben als berühmter Star nimmt. Für ihn ist das alles nur ein Spaß. Ich dagegen arbeite zweimal so hart wie er und komme trotzdem nie an den Status, den er von Geburt an hat. Ich will nicht, dass er meine Probleme für mich löst. Ich werde mir die Soloshow durch harte Arbeit und gute Zahlen verdienen, doch selbst dann wird man mir dafür keinen Respekt entgegenbringen; alle werden immer noch sagen, dass man mir die Sendung ja quasi auf dem Silbertablett gereicht hat oder dass ich nur über Sex rede – oder welche abfälligen, sexistischen Kommentare auch immer ausgegraben werden, um Frauen wie mich, denen beruflicher Erfolg wichtig ist und die sich wirklich dafür anstrengen, abzuwerten. »Du kapierst es einfach nicht«, blaffe ich Finn an. »Wir brauchen nicht darüber zu reden. Und wehe, du sagst was zu Derek.«

Ich trinke noch einen letzten großen Schluck von meinem Milchshake und knalle den Becher dann auf den Tisch. »Wir sehen uns im Studio.« Damit stampfe ich auf meinen High Heels davon, und es tut nur ein kleines bisschen mehr weh als vor unserem Gespräch, als ich einen Blick über die Schulter werfe und feststelle, dass Finn mir ungeniert hinterherstarrt.

Diese Woche in der Therapie habe ich mich selbst beim Jammern darüber ertappt, dass ich noch für keinen Mann annähernd das Gleiche gefühlt habe wie für Finn. Meine Therapeutin meinte, dass er vielleicht der einzige Mensch ist, den ich in mein Innerstes blicken lasse, und dass es mir helfen könnte, mich ernsthaft um eine neue Beziehung zu bemühen, also andere Männer zu daten. Doch nachdem ich mir mehrere Dating-Apps downgeloaded hatte, hat es gerade einmal fünf Minuten gedauert, bis meine Ängste hochkamen, und so habe ich sie direkt wieder gelöscht. Ich schaffe es einfach nicht, mich irgendjemandem zu öffnen, wenn meine tiefste Wunde sowieso jede Woche bei den Aufnahmen mit Finn aufgerissen wird.

Und als ich am Dienstag das Studio betrete, ist die Stimmung extrem angespannt. Ich bin früh dort und richte gemeinsam mit Leo eine vierte und fünfte Kamera ein, damit wir eine Nahaufnahme von Evangeline bekommen und eine von ihr und Finn. Die beiden nebeneinander zu sehen, ist seltsam. Obwohl Finn optisch sehr nach seinem Vater schlägt und seine Kinnpartie maskuliner ist, hat er definitiv auch weibliche Züge. Und die hellblauen Augen der beiden sind einfach atemberaubend. Ich würde die Sendung schon allein deshalb einschalten, um die beiden zu sehen.

Finn hat die Episode mit einigen der Fotos beworben, die auf der Party von uns dreien gemacht wurden, und unsere Fans sind total ausgerastet. Wir haben Tausende von Nachrichten mit Fragen bekommen, die wir Evangeline während der Fragen-der-Woche-Rubrik stellen sollen, und außerdem wollen die Leute wissen, ob

Finn und ich eine Krise hätten. Als Streamify dann auch noch das Pärchenbild von Finn und mir postet, wird es auf sämtlichen Kanälen gezeigt und über einhunderttausendmal von unseren Fans geteilt, die darüber spekulieren, dass wir uns nur zurückgehalten hätten, weil wir in Wahrheit zusammen seien. Na, super! Wenn die wüssten, dass Finn niemals eine ernsthafte Beziehung mit einer Frau eingehen würde, die nicht aus seinen Reihen stammt. Dass er mit mir nur seinen Spaß hätte, während er nach der Richtigen Ausschau halten würde.

»Wow, ich hab das Gefühl, ich bin an einem Filmset gelandet. In einem feuchten Traum«, witzelt Evangeline.

»Mom!« Peinlich berührt zieht Finn eine Grimasse. »Die Aufnahme läuft schon.«

»Was denn? Ihr beiden habt doch gesagt, ich soll über Knick Knack und so was reden.«

Finn stöhnt auf und lässt den Kopf auf die Tischplatte fallen, auf der mittlerweile keine Penismikros mehr stehen. »O mein Gott, bitte nenn das nie wieder so.«

Ich schalte mich ein. »Und hier sind wir wieder mit einer neuen Folge von *Tell Me How You Really Feel.* Und heute haben wir zum ersten Mal einen Gast beziehungsweise eine Gästin ... Evangeline Sutton!«

»Alias meine Mom«, ergänzt Finn.

»Ich denke, das wissen alle, Finn. Die Ähnlichkeit ist nicht zu übersehen«, ziehe ich ihn auf. Im Beisein einer Anstandsdame fällt es mir viel leichter, locker mit ihm umzugehen. Evangeline scheint unser Gefrotzel auch zu genießen; in ihren Augen liegt ein Funkeln, während sie zwischen uns hin- und herblickt.

Finn beugt sich herüber, legt einen Arm um seine Mom und lehnt seinen Kopf gegen ihre Schläfe. »Ich weiß ja nicht, wie ihr darauf kommt«, sagt er. In gespielter Entrüstung verdrehe ich die Augen. »Aber wie auch immer: Du hast recht, Mom, wir haben dich eingeladen, um mit dir über das Wesentliche zu reden: Sex, Beziehungen, die ganze Palette. Du brauchst dich also nicht zurückzuhalten, wobei ich wahrscheinlich hiernach in Therapie muss, um dieses Erlebnis wieder aus meinem Gedächtnis zu löschen.«

»Ach, du Armer. Aber du hast ja eine Therapeutin direkt vor dir sitzen. Ich glaube, du wirst es überleben«, entgegne ich in flirtendem Tonfall. Ich habe mir die ganze letzte Woche über alte Episoden von uns angehört, um in mein altes Ich zurückzufinden und nicht mehr so zu klingen, als würde ich Finn am liebsten das Herz rausreißen und darauf herumtrampeln, so wie er es mit meinem gemacht hat. Und in sämtlichen Folgen hören wir uns so an, als wären wir nur Sekunden davon entfernt, das Mikro auszuschalten und uns die Kleider vom Leib zu reißen. Die Chemie zwischen uns ist geradezu erdrückend.

»Einverstanden!«, ruft Evangeline. »Ich hab dich auch nicht so erzogen, dass es dir peinlich sein müsste, über Sex zu reden. Und da ich eure erste Gästin überhaupt bin, will ich auch gleich mit einem Knaller starten: Mir ist es ein Anliegen, sämtliche Lücken und Klüfte in unserer Gesellschaft zu beseitigen. Die Gehaltslücke. Die Bildungskluft. Und …« Sie haut auf den Tisch, direkt in die Mitte der Vagina, wo die Klitoris wäre, wenn der Aufbau anatomisch korrekter wäre. »… die Orgasmuslücke.«

Evangeline wechselt einen bedeutungsvollen Blick mit mir. Vor der Show haben wir telefoniert, um zu besprechen, welche Themen für sie in Ordnung wären, und sie hat vorgeschlagen, darüber zu reden, wie Richard und sie eine extreme Orgasmuskluft überwunden haben. Deshalb klinke ich mich ohne Umschweife ein. »Für diejenigen unter euch, die noch nie von der Orgasmuslücke – oder englisch *orgasm gap* – gehört haben …«

Finn hüstelt ins Mikro. »Heterosexuelle Männer!«

»Darunter versteht man das Ungleichgewicht der Orgasmushäufigkeit bei Männern und Frauen. Es gibt unterschiedliche Studien dazu, aber einige sagen aus, dass in heterosexuellen Beziehungen fünfundneunzig Prozent der Männer beim Geschlechtsakt einen Orgasmus haben, während nur dreiundsechzig Prozent der Frauen das Gleiche behaupten können. Was seltsam ist, weil die Wahrscheinlichkeit, bei der Selbstbefriedung zum Orgasmus zu kommen, bei Männern und Frauen gleich ist.«

»Also heißt das im Wesentlichen: Männer sind schlecht im Bett und kümmern sich nicht genug um die Befriedigung der Frau«, meldet sich Finn mit der Laienperspektive zu Wort.

»Im Prinzip ja«, pflichte ich ihm bei. »Aber das ist nicht allein ihre Schuld. In den Medien – also von Filmen über Büchern bis hin zur Standardpornografie – fokussiert sich die Darstellung von Sex oft ausschließlich auf die männliche Lust. Die bestehen sozusagen alle nicht den Klitoristest – sie erwähnen beziehungsweise zeigen die Klitoris gar nicht. Und wusstest du, dass ein Film, in dem ein weiblicher Orgasmus vorkommt, häufig erst ab achtzehn statt ab sechzehn freigegeben wird? So oder so muss bei den meisten Frauen die Klitoris stimuliert werden, damit sie zum Orgasmus kommen können.« Ich wende mich Evangeline zu. »Also, Evangeline, welche Erfahrung hast du mit der *orgasm gap*?«

Auf Evangelines Gesicht breitet sich ein strahlendes Lächeln aus, weil sie weiß, dass diese Folge auf jeden Fall viral gehen wird. »Im ersten Jahr meiner Beziehung mit Richard, meinem jetzigen Mann, seit einunddreißig Jahren, hatte ich keinen einzigen Orgasmus. Wirklich keinen.«

Ungläubig öffnet Finn den Mund. »Dad! Also echt!«

Evangeline nickt. »Schlimm, oder? Aber damals hat man nicht so offen über Sexualität geredet, so wie ihr beiden heute. Ich war erst zwanzig und hatte bis dahin nur wenige Male guten Sex gehabt. Und als ich deinen Dad kennenlernte, haben wir uns sofort bis über beide Ohren ineinander verliebt. Wir verlieben uns jetzt noch täglich ineinander, wie Finn sicher bestätigen kann.«

»Ja, das kann ich. Seit ich wieder nach L. A. gezogen bin, habe ich sie so oft rumknutschen gesehen – das ist sicher nicht gesund für mich als Sohn. Es kommt mir echt so vor, als hätten sie vergessen, dass man auch die Tür schließen kann.« Finn dreht sich zu seiner Mom um. »Auf jeden Fall muss Dad dann ja irgendwie rausgefunden haben, wie man es richtig macht. Was hat sich denn nach dem ersten Jahr geändert?«

»Vor allem, dass wir endlich angefangen haben, über Sex zu reden. Er dachte, er müsste sich wie ein Macho aufführen und mich so befriedigen, wie er das in Filmen gesehen hat, zumal ich ja auch noch buchstäblich ein Filmstar war.« Evangeline wirft ihr Haar über die Schulter. Vielleicht schiebe ich im Schnitt an dieser Stelle noch ein paar Paparazzi- oder Premierenfotos von ihr ein. Sie wurde zum Superstar, als ihre und Richards Verfilmung von *Malibu Rising* rauskam – in der Zeit, in der ihre Beziehung gerade ernster wurde. »Er wusste nicht mal, wo sich die Klitoris befindet – damals hatten wir ja so gut wie keine sexuelle Aufklärung. Und ich dachte, ich müsste so tun, als wäre er ganz toll, obwohl ich nicht mal annähernd auf dem Weg zum Orgasmus war. Was mich wirklich geärgert hat. Da es für Männer so viel einfacher ist zu kommen, war er natürlich jedes Mal erfolgreich. Und für die meisten meiner Freundinnen – selbst andere Schauspielerinnen, die auch verheiratet waren und wahnsinnig schön und erfolgreich – war es ebenfalls normal, beim Sex mit ihren Partnern so gut wie nie einen Orgasmus zu haben. Die haben mir nur den Tipp gegeben, mir einen Vibrator zu kaufen und den anschließend zu benutzen, wenn er in der Dusche ist. Deshalb wusste ich gar nicht, was ich machen soll, vor allem, weil alles andere in unserer Beziehung perfekt war. Er war mein Seelenpartner. Da war ich mir absolut sicher. Aber ich war mir nicht sicher, ob ich mein ganzes Leben ohne Orgasmus verbringen wollte. Ich weiß noch, wie ich das Thema bei ihm angesprochen habe. Ich hatte so Angst, dass er mir das übel nehmen und sich von mir trennen würde. Und jetzt bin ich so froh, dass ich offen mit ihm geredet und für meine Befriedigung gekämpft habe. Richard liebt mich nämlich und wollte lernen, wie er mir Lust bereiten kann. Und wie sich herausgestellt hat, war er sogar ganz erleichtert, dass ich ihm gesagt habe, was mir gefällt, weil er so nicht mehr blind herumtasten musste.«

Ich kann es kaum glauben, dass Evangeline bereit ist, so offen mit uns zu reden. Und uns erlaubt, die Folge zu veröffentlichen. Selbst jetzt noch, da Sex nicht mehr so ein Riesentabuthema in den Medien ist, spreche ich viel offener – und anschaulicher – darüber als die meisten anderen Frauen. Megastars schon gar nicht. Diese Folge wird eingeschlagen wie eine Bombe. »Was genau hast du damals zu Richard gesagt?«

Nachdenklich legt Evangeline den Kopf schief. »Ich glaube, so was in der Art wie ›Schatz, ich hab dir doch mal gesagt, dass ich immer komme, wenn wir Sex haben … Das war gelogen. Und es wird auch nie so weit sein, wenn du nicht herausfindest, wo du mich berühren musst‹. Nicht besonders wortgewandt, ich weiß. Ich hätte es auf jeden Fall feinfühliger ansprechen sollen. Zuerst haben wir uns auch ziemlich gestritten, aber danach konnten wir wirklich darüber sprechen, was ich brauchte, und ab da hat es besser funktioniert. Selbst heute lernen wir noch was Neues übereinander. Aber Maeve, jetzt bin ich neugierig: Was hättest du als ausgebildete Therapeutin dazu gesagt?«

Diese Wendung hatten wir gar nicht besprochen, doch ich bin froh über ihre Frage. Dadurch habe ich nicht nur die Chance, meine Fähigkeiten unter Beweis zu stellen, sondern rücke auch ein kleines Stückchen näher an meine Soloshow heran. »Also, erst einmal möchte ich noch sagen, dass es immer besser ist, das überhaupt anzusprechen, anstatt es die ganze Zeit über mit sich herumzutragen. Es ist toll, dass du das Gespräch gesucht und dich für deinen Orgasmus eingesetzt hast, und das, obwohl deine Freundinnen sich mit weit weniger zufriedengegeben haben. Aber ich persönlich würde grundsätzlich dazu raten, diese Unterhaltung außerhalb des Schlafzimmers zu führen und die Sätze positiv zu formulieren. Das Schlafzimmer sollte ein Ort für alles Schöne sein: schlafen, Sex, kuscheln …«

»Heißt das, kein Essen und Podcasten mehr im Bett?«, fragt Finn und verzieht schmollend den Mund.

»Vielleicht wenn du ganz lieb bittest …«, frotzele ich. »Aber im Ernst: Ich würde solche Gespräche auf der Couch führen – oder am Esstisch oder im Auto. Irgendwo, wo ihr unter euch seid, es aber nicht so intim ist. Und es geht ganz schnell, dass sich der Partner angegriffen oder entmannt fühlt, wenn er erfährt, dass er es sozusagen nicht gebracht hat. Deshalb ist eine sehr gute Methode, während dieser Unterhaltung positive Formulierungen zu wählen. Anstatt also zu sagen: ›Du machst das total falsch, ich komme quasi nie‹, könnte man sagen: ›Schatz, ich liebe dich über alles und ich fühle mich dir so nah beim Sex, aber ich würde gerne jedes Mal kommen. Was du momentan machst, fühlt sich wirklich gut an, aber darf ich dir sagen – oder zeigen –, was mich so anmachen würde, dass ich richtig heftig kommen würde?‹«

Finn beugt sich zum Mikro vor. »Maeve, du bist echt genial. Wenn eine Frau mir so was sagen würde, würde ich nicht mal merken, dass ich es bisher nicht gebracht habe. Mich würde das total heißmachen!«

»Und ihr, liebe Hörer, seid bei diesem denkwürdigen Moment dabei«, sagt Evangeline lachend.

Wir nehmen noch eine ganze Stunde weiter mit Evangeline auf, und ich ziehe mich ein wenig in den Hintergrund zurück, um Finn die Fragen der Woche zu überlassen. Schließlich war ich genug am Anfang zu hören. Und obwohl es schwer ist, wieder in diese frotzelnde, flirtende Dynamik mit Finn einzutauchen, verlasse ich das Studio später mit einem Lächeln im Gesicht. Diese Folge wird ein Hit, da bin ich mir sicher.

Sieben

Finn

»Es tut mir leid, aber das ist echt lächerlich.« Maeve sollte eigentlich begeistert sein, doch stattdessen klingt sie gestresst. »Seit wann werden Podcaster zur Met Gala eingeladen? Das hab ich noch nie gesehen. Hat deine Mom das eingefädelt?«

»Äh, nein. Vielleicht werden wir jetzt, da wir ein filmstarmäßiges Honorar bekommen, auch wie Filmstars behandelt.«

Die Folge mit meiner Mom war die am häufigsten angehörte Episode aller Zeiten auf Streamify. Sämtliche berühmten Schauspielerfreundinnen und -freunde haben sie in den sozialen Medien geteilt, und sie ist so was von viral gegangen, dass wir seitdem die Nummer eins in den Charts sind. Klar waren wir auch sonst immer erfolgreich – richtig erfolgreich, in den Top drei oder fünf –, aber noch nie hatten wir die meisten Hörerzahlen.

Nun kann Streamify nicht einmal mehr darüber nachdenken, unsere Show rauszuschmeißen. Tatsächlich wollen sie sogar noch mehr Geld in PR investieren, und die erste tolle Idee, die ihnen dazu einfiel, ist, uns beide zur Met Gala zu schicken – als eins unserer obligatorischen monatlichen Zweierevents. Und das nicht als gewöhnliche Gäste, die durch irgendeinen Seiteneingang hineinkommen … nein, nein, wir sollen über den roten Teppich laufen. Wir haben sogar die strikte Anweisung, »so zu tun, als würden wir uns mögen« und eine Beziehung weder zu bestätigen noch abzustreiten – woraufhin Maeve vehement protestiert und erklärt hat, dass die Welt unbedingt erfahren solle, dass sie *nicht* mit mir zusammen sei. Doch Derek will die Spekulationen anheizen und meinte, wenn wir so weit seien, in unserer Sendung über unsere nicht vorhandene Beziehung zu sprechen, dürften wir ehrlich sein. Aber bis dahin sollen wir unsere monatlichen Auftritte absolvieren und uns in dieser Grauzone bewegen, in der wir quasi (und irgendwie auch wieder nicht) vorgeben, einander zu daten.

Tja, ich nehme, was ich kriegen kann.

Wir sitzen im Wagen, der uns zum Hotel bringt, wo ein eigenes Haare-Make-up-Team jeden von uns für die Gala bereit machen wird. Wobei: Maeve hat ein Haare-Make-up-*Team*, ich habe einen einzelnen *Stylisten*, wie man in Hollywoodkreisen gerne sagt, damit wir Männer uns nicht unmännlich fühlen. »Du könntest es auch ganz anders sehen: ›Hey, ich gehe zur Met Gala! Wie cool ist das denn? Das wird total toll, auch wenn ich dafür Zeit mit meinem Co-Moderator verbringen muss, den ich hasse. Aber vielleicht hasse ich ihn ja etwas weniger, wenn ich was getrunken hab.‹ Wie wär's damit?«

Maeve wendet mir nun komplett den Rücken zu und starrt aus dem Fenster. »Ich hab das Gefühl, wir sind bei der *Versteckten Kamera*. Das hier kann einfach alles nicht real sein.«

»Ach, Maeve, jetzt komm. Ich weiß, du hast dich in deiner Kindheit immer übersehen gefühlt und so, aber jetzt bist du der Star. Kannst du das nicht einfach genießen?« Genervt stoße ich einen Seufzer aus. Ich weiß ja, dass Maeve nicht rumzickt, sondern wirklich daran zweifelt, dass wir eingeladen wurden. Aber sie muss endlich mal verstehen, dass sie mit jedem Tag bekannter wird und nicht mehr weit davon entfernt ist, ein echter A-Promi zu sein. Ich will doch nur, dass sie diese Zeit genießt.

Maeve atmet einmal tief durch und bläst den Atem ganz langsam wieder aus, und als sie mir antwortet, kann ich hören, dass sie die Worte durch zusammengebissene Zähne hervorpresst. »Meine Kindheit geht dich nichts mehr an, Finn. Ich bin nun mal Angstpatientin, und ich kann nicht immer kontrollieren, wann die Angst kommt. Und ich weiß auch, dass sie nicht jedes Mal begründet ist.«

Jetzt komme ich mir wie ein totales Arschloch vor. Maeve starrt weiterhin aus dem Fenster und lehnt sich so weit weg von mir wie möglich, doch ihr ist nicht bewusst, dass ich ihr Spiegelbild in der abgedunkelten Fensterscheibe sehen kann. Sie hat die Lippen vor Anspannung fest zusammengedrückt, und ich wünschte, ich könnte mich einfach zu ihr herüberbeugen und sie küs... Ich muss mich dringend zusammenreißen. »Wir wurden zur Met Gala eingeladen, weil du eine großartige Show kreiert hast und weil unsere letzte Folge durch die Decke gegangen ist und Streamify Tickets organisiert hat, um durch die ganze Publicity noch mal kräftig abzusahnen. Das ist der Grund.« Ich bemühe mich um einen möglichst sanften Tonfall, in der Hoffnung, dass sie mir auch wirklich glaubt und ich ihr etwas von ihrer Angst nehmen kann, die durch ihr Hochstaplersyndrom ausgelöst wurde.

Sie sagt nichts. Doch ich kann sehen, dass ihre Schultern sich ganz leicht entspannen.

Als wir im Hotel ankommen, herrscht zwischen uns immer noch Schweigen, und keine drei Sekunden, nachdem wir unsere aneinandergrenzenden Suiten bezogen haben, höre ich, wie Maeve das Schloss der Verbindungstür erst austestet und dann verriegelt. Wenig später dröhnt »Karma« von Taylor Swift durch die Wand, und ich weiß sofort, dass sie gerade einen Zusammenbruch hat. Sie lässt sich nie von anderen helfen, als würde sie irgendwelche Pluspunkte sammeln, wenn sie alles allein macht und niemandem sagt, dass es ihr schlecht geht. Würde ich in diesem Moment an ihre Tür klopfen, würde sie mir nicht öffnen oder nur, um mir die Tür direkt vor der Nase wieder zuzuschlagen. Aber ich will für sie da sein. Ich muss es irgendwie hinbekommen, dass wir zusammen gestylt werden, damit ich sie ein bisschen aufbauen kann, bevor wir auf den roten Teppich hinausgescheucht werden und sie eine richtig heftige Angstattacke erleidet.

Entschlossen hole ich mein Handy heraus und rufe Lavender, unsere Haus-und-Hof-Stylistin, an. Sie arbeitet auch für meine Mom, aber heute Abend wird ihre Rechnung von Streamify bezahlt. Sie hat die Leitung des Haare-Make-up-Teams übernommen, und ich hoffe, sie hilft mir dabei, irgendetwas auszuklügeln.

»Finn, alles okay?« Es klingt, als wäre Lavender gerade mitten in einem Spinningkurs. Oder bei einem Konzert. Im Hintergrund dröhnt Musik, und sie muss in ihr Headset schreien. Ganz leise höre ich jemanden sagen, dass Handys hier nicht gestattet seien.

»Hi, ja. Na ja, mehr oder weniger. Ich wollte dich nur fragen, ob du vielleicht meinem Stylisten absagen könntest.«

Lavender lacht und ignoriert die wiederholte Aufforderung, ihr Handy auszuschalten, die – da bin ich mir jetzt sicher – von ihrem Spinningkursleiter kommt. »Nein. Du siehst zwar gut aus, aber so gut nun auch wieder nicht. Du, bei diesen Events haben mittlerweile alle Männer Make-up drauf. Das ist normal! Frag deinen Dad …«

»Nein, Quatsch, das Make-up macht mir nichts aus. Es ist nur … ich würde mich gerne mit Maeve zusammen fertig machen. Und wenn mein Stylist absagen würde und wir uns einen teilen müssten, hätte ich einen Grund, mich in ihrer Suite aufzuhalten.« Mir ist schon klar, wie erbärmlich sich das anhört, aber das ist mir egal. Ich war so oft nicht für Maeve da – hab sozusagen mein Kontingent an Freifahrtscheinen bis zum Rest meines Lebens aufgebraucht –, und nun muss ich sie einfach unterstützen, auch wenn sie sauer auf mich ist.

»Wie alt bist du? Zehn? Frag sie doch einfach, ob ihr euch zusammen stylen könnt.«

»Wir hatten Streit auf der Fahrt, deshalb wird sie sofort Nein sagen. Bitte! Du könntest auch einfach meinen Stylisten in ihr

Team stecken und so tun, als würde er dazugehören, damit er den Auftrag nicht verliert. Und wir geben dann vor, irgendein imaginärer Stylist hätte abgesagt. Ich verdopple auch das Trinkgeld für alle. Und ich mache Werbung für euch. Auf Instagram, TikTok, YouTube, was immer du willst, und du kannst die Fotos aussuchen.« Ich fahre wirklich alles auf, und ihr Schweigen am anderen Ende der Leitung zeigt mir, dass es funktioniert.

»Du hast Glück, dass deine Mom meine beste Kundin ist«, sagt Lavender schließlich grummelnd. »Einen Moment noch!«, schreit sie unvermittelt in Richtung des Kursleiters. »Ich hab schließlich hierfür bezahlt! Also entspann dich! Vom Stirnrunzeln kriegt man nur Falten.« Dann richtet sie ihre Aufmerksamkeit wieder auf mich. »Okay, hör zu, ich bin in einer Stunde da, und dann frage ich Maeve für dich, ob es okay für sie ist, wenn du von ihrem Team mitgestylt wirst. Und wenn sie Nein sagt, kommt dein Stylist wieder rüber zu dir, und ich erzähle ihr von unserem Deal. Wie klingt das?«

»Das klingt gut. Danke!«

Eine Stunde später stellt sich heraus, dass Maeve mich offensichtlich noch nicht ganz furchtbar findet – und die gute Presse, die wir zusammen generieren, sicher auch nicht –, zumindest lässt sie mich in ihre Suite. Ich war schon auf genügend Veranstaltungen mit meiner Mom, um zu wissen, dass die eigentliche Party davor, während des Stylings, stattfindet, und da dies Maeves erstes großes Event ist, will ich sicherstellen, dass sie wenigstens ein bisschen Spaß hat.

Lavender hat in Maeves Suite mehrere Stationen aufbauen lassen: zwei für Haare und Make-up, da ich nun auch hier bin; eine für Mani- und Pediküre, die ich definitiv auslassen werde; und eine, an der sich das Kleid und die Schuhe befinden, die Maeve in L. A. ausgewählt hat. Ich habe keine Ahnung, wie ihr Kleid aussieht, aber ich weiß, dass es ihren typischen Rotton hat, da das Thema der Gala dieses Jahr »geschmacklos« ist und wir uns als Figuren aus klassischen Slasherfilmen verkleiden werden. Außerdem wird das Styling sicher noch auf sexy-romantisch getrimmt, mit rotem Lippenstift und allem Drum und Dran, schließlich will Streamify es den Leuten quasi ins Gesicht klatschen, dass wir eine Sendung über Sex machen.

»Wow, das ist … eine Menge Zeug.« Maeve und ich stehen in flauschige weiße Bademäntel gehüllt im Raum, während sie sich mit großen Augen umsieht. In ihrem Blick mischen sich Angst und gespannte Erwartung, aber ich will nur noch Begeisterung darin sehen.

Ich gehe hinüber zu dem schwarzen Stuhl, der – wie ich annehme – für mich ist, und lasse mich darauf fallen. »Weißt du noch, damals im College, als das Vorglühen das Beste an der Party war?«

»Finn, das Vorglühen ist immer noch das Beste an der Party. Ich hasse Partys.«

Wäre noch alles so wie vor einem Jahr, würde ich sie jetzt auf meinen Schoß ziehen und wir würden ein witziges Video für unsere Fans machen. Nun hält sie einen Meter Abstand zu mir. »Hm, stimmt. Gut, dass wir heute Abend arbeiten müssen. Du liebst Arbeit.«

Das entlockt ihr tatsächlich ein Lächeln. »Ja, gut.«

Ich kann mir gar nicht vorstellen, wie mein Leben verlaufen wäre, wenn ich nicht zur Uni gegangen und somit Maeve nie begegnet wäre. Ich habe mich aus einem total spontanen Impuls heraus an der Carnegie Mallon eingeschrieben, weil Pittsburgh für mich nach irgendeiner unbedeutenden Stadt klang, in der sich niemand darum scheren würde, dass ich der Sohn von Evangeline Sutton war. Außerdem gab es dort ein fantastisches Theaterangebot, deshalb dachte ich, dass ich vielleicht – wenn mich wirklich keiner erkennen würde – wieder spielen könnte. Einfach so, nur zum Spaß. Ohne großen Erwartungsdruck (eigentlich ganz ohne Druck), nur aus Spaß an der Freude und nicht, um damit Geld zu verdienen. Einfach nur spielen. Natürlich ist es nicht ganz so gelaufen. Offensichtlich sehe ich meiner Mom so ähnlich, dass ich mich selbst in Pittsburgh nicht verstecken konnte, deshalb meldete ich mich schon nach einer Woche wieder vom Theaterkurs ab. Aber das machte mir gar nichts aus, denn zum ersten Mal in meinem Leben hatte ich Menschen wie Maeve kennengelernt, denen es egal war, wer meine Mom war – obwohl sie von ihrer Berühmtheit wussten. Und vier Jahre lang konnte ich mich fast normal bewegen, solange ich mich von den Theaterleuten fernhielt, die unbedingt wollten, dass ich sie meinen Eltern vorstellte. Und was noch viel wichtiger ist: Im Laufe der Jahre ist es mir gelungen, Maeves Schutzmauern zu durchbrechen und sie besser kennenzulernen. Deshalb ist es auch noch frustrierender, dass ich in nur wenigen Monaten unsere jahrelange Freundschaft zerstört habe.

Lavender kommt in den Raum gewirbelt und – schwupps – ist der innige Moment, der zwischen uns hätte entstehen können, davongeflogen. Doch unsere Stylistin hat sich offensichtlich vorgenommen, für Stimmung zu sorgen, und ihre Energie ist ansteckend. »Maeve, vielen, vielen Dank, dass du so flexibel bist. Du bist ein Engel! Mit Wangenknochen zum Niederknien, wenn ich das sagen darf. So, und jetzt: PARTY!«

Sie öffnet eine Flasche Champagner und schenkt uns ein Glas ein, während ihre Teammitglieder Musik aufdrehen und anfangen, ihre Utensilien auszulegen. Als Maeve und ich schließlich nebeneinander auf den Stühlen sitzen, wendet Lavender sich uns zu. »Also, heute Abend machen wir keine halben Sachen, okay? Ihr zwei seht umwerfend aus zusammen, ihr ergänzt euch echt super, vor allem in den Outfits, die wir für euch zusammengestellt haben. Wir fangen mit Maeves Haaren an, damit die schon mal trocknen können, während wir uns um eure Hautpflege kümmern und Maeves Nägel machen.« Lavender bemerkt meinen Gesichtsausdruck. »Und deine auch«, fügt sie dann hinzu. »Ich habe außerdem eine Bitte an euch von Derek …« Maeve und ich sehen uns an. Wir wissen schon, was kommt. »Ein bisschen Content. Was Witziges vielleicht? Wie ihr euch für die Gala fertig macht? Irgend so was in der Art? Oder was anderes?«

Ich schaue zu Maeve hinüber. Das hier ist unser obligatorischer Auftritt, deshalb sind die Extravideos zwar als Bitte getarnt – in Wirklichkeit sind sie jedoch eine Anweisung. »Na schön«, stimmt Maeve schließlich zu. »Aber wenn wir das schon machen, dann wenigstens richtig.«

Überrascht hebe ich die Augenbrauen. »Tequila?«

Sie nickt. »Tequila.« Wir haben sicher schon tausend Videos von uns gedreht, während wir Tequila Shots trinken; bevor wir ausgegangen sind, während besonders plastischer Episoden und an der Bar mit Fans. Unser Ritual ist, die Arme zu überkreuzen und einander aus dem Glas des anderen trinken zu lassen. Dabei stehen wir so dicht voreinander, dass wir uns nur wenige Zentimeter zur Seite bewegen müssten, um uns zu küssen. Und meistens umarme ich sie danach, und sie schmiegt sich an mich, und es fühlt sich großartig … »Finn! Nimm dein Glas.«

Maeve wedelt mit einem Schnapsglas vor meinem Gesicht herum. Lavender filmt uns, während wir uns in unseren Bademänteln gegenüberstehen und die Arme kreuzen. So nah war ich ihr schon seit Monaten nicht mehr. Ich könnte ihre Wimpern zählen, die so unglaublich lang sind und fast vollkommen blond. Damals auf dem College ging sie nie ohne Mascara aus dem Haus, aber als wir nach New York zogen und anfingen, miteinander abzuhängen, wurde sie irgendwann so locker, dass sie sich auch ungeschminkt wohlfühlte.

Unsere Blicke treffen sich, und einen Moment lang kommt es mir so vor, als wäre die Zeit stehen geblieben. Eigentlich sollten wir Tequila exen, lachen, schauspielern und eine tolle Show abziehen für die Kamera. Doch für eine Sekunde fühlt es sich an, als hätten wir beide unser Schutzschild abgelegt und es gäbe keine Feindschaft mehr zwischen uns. Ich würde sie so gerne küssen. Ich will nie wieder eine andere küssen als sie. Ich will sie im Arm halten, sie lieben und sie jeden Tag stärken. Ich kann mir nicht vorstellen, weiter ohne sie zu leben.

»Bereit?«, flüstert Maeve so leise, dass das Handy es über die laute Musik hinweg nicht aufnehmen kann.

»Immer. Aber Maeve … Du hast dir das alles hier verdient, okay? Versuch, dich heute Abend immer daran zu erinnern. Im Gegensatz zu mir – und so ziemlich allen anderen da draußen auf dem roten Teppich – hast du dir das wirklich erarbeitet.«

Sie weicht meinem Blick nicht aus. Dann blinzelt sie, und ich kann die Äderchen auf ihren Lidern sehen, die verirrten Härchen unter ihren Augenbrauen, die ihr schon bald ausgezupft werden, die Röte in ihren Wangen, die das halbe Glas Champagner ausgelöst hat – oder vielleicht auch die Tatsache, dass wir so dicht voreinander stehen. Sie reagiert nicht auf das, was ich gesagt habe. Weil ich das Arschloch bin, das so einen Schwachsinn daherredet, nachdem ich ihr das Gefühl gegeben habe, dass sie für mich nichts Besonderes ist. Stattdessen zählt sie einfach herunter: »Drei, zwei, eins.« Und wir kippen den Tequila hinunter.

Die nächsten drei Stunden ziehen in einem Rausch aus Haarspray, Nagellack, Make-up, Champagner und Gelächter an uns vorbei. Lavender und ihr Team geben alles, um uns die langwierige Prozedur so unterhaltsam wie möglich zu gestalten, was allerdings auch bedeutet, dass Maeve und ich einiges an liebevollem Spott über uns ergehen lassen müssen, als das Thema auf unsere ersten Folgen kommt. Zwischen Maeve und ihrer Hairstylistin entwickelt sich ein angeregtes Gespräch, als sie feststellen, dass sie beide aus der Gegend von Pittsburgh stammen, und als wir mit Haaren,

Make-up und sonstigem Körperstyling durch sind, hat jeder hier im Raum sein Liebesleben vor den anderen ausgebreitet. Nur wir nicht. Und offensichtlich wurden alle angewiesen, nicht danach zu fragen, vermutlich von meiner Mom durch Lavender.

Ich gehe wieder in meine Suite hinüber, um mich umzuziehen. Meine Garderobe für den Abend besteht im Wesentlichen aus einem klassischen Smoking; mit dem Unterschied, dass sich roter Stoff meine Ärmel hinaufschlängelt und meine Brust mit roten Spritzern übersät ist. Als Maeve fertig ist, klopft Lavender dreimal an die Verbindungstür; das Zeichen, dass ich zurückkommen darf. Ich öffne die Tür und spüre, wie mir die Kinnlade herunterklappt.

Maeves Outfit wurde offensichtlich von dem Film *Carrie* inspiriert, wodurch mein eigenes Outfit nun wesentlich mehr Sinn ergibt. Der Rock ihres Kleides ist in Rosa gehalten, doch das Oberteil ist rot und so geschnitten, dass es aussieht, als würde Blut nach unten rinnen, aber auf eine elegante, kunstvolle Weise. Ihr Haar wirkt feucht, was ich vorhin seltsam fand – auch wenn ich nichts dazu gesagt habe –, aber jetzt verstehe ich auch, warum. Es ist so zurückgegelt, dass es an die Szenen von Carrie erinnert, nachdem sie mit Blut übergossen wurde. Und dazu sind Maeves Lippen knallrot geschminkt.

»Ich hab mir überlegt, wie man das Ganze noch ein wenig abrunden könnte«, erklärt Lavender, bevor ich irgendetwas sagen kann. »Es ist zwar ein bisschen holzhammermäßig, aber ich dachte, Maeve könnte dir einen Kuss auf die Wange geben … so hättest du einen Lippenstiftabdruck dort.«

Maeve scheint von diesem Vorschlag überrascht zu sein. Ehe sie antworten kann, beeile ich mich, wenigstens irgendetwas zu ihrem Outfit zu sagen. »Du siehst umwerfend aus, Maeve. Wirklich. Als wärst du für die Met Gala geschaffen. Das mit dem Kuss musst du entscheiden.«

Sie legt den Kopf schief. »Ach, was soll's?« Mit diesen Worten marschiert sie zu mir herüber – erstaunlich gerade auf ihren High Heels –, reicht mir allerdings trotz hoher Schuhe nur bis zur Schulter. Um nicht das Gleichgewicht zu verlieren, stützt sie sich auf meinem Arm ab, und ich lege ihr eine Hand in den Rücken.

»Ist das okay?«, frage ich leise.

Sie nickt. Und dann streckt sie den Kopf und will mich tatsächlich küssen. Ich bin wie erstarrt, schaffe es nicht, das Gesicht wegzudrehen, um ihr meine Wange hinzuhalten, wie ich es tun sollte. Das letzte Mal waren wir uns so nah, als … Wie konnte ich das alles aufgeben? Maeve hebt die Hand und legt ihre Finger sanft um mein Kinn, bevor sie mir die Arbeit abnimmt und meinen Kopf in die richtige Position dreht. Fest presst sie die Lippen auf meine Wange und lehnt sich anschließend zurück, um ihr Werk zu begutachten.

»Dir steht Rot auch ziemlich gut.«

Acht

Vor dem Deal mit Streamify

MAEVE

Ich rolle mich in meinem New Yorker Bett – aus dem praktisch mein ganzes Zimmer besteht – herum und greife nach meinem Handy. Es summt schon die ganze Zeit über unablässig, so laut, dass ich davon aufgewacht bin, obwohl ich mich erst gegen zwei Uhr morgens hingelegt habe und es jetzt gerade mal sieben ist. Gestern Nacht haben wir ein bisschen zu viel getrunken und in diesem Zustand unsere dritte Podcastepisode veröffentlicht, die schon hart an der Grenze zur Unanständigkeit ist und bereits in den ersten drei Stunden fünfhundert Downloads hatte – ein neuer Rekord für uns.

Und gerade vibriert mein Handy so oft, dass ich die gleichzeitig eingehenden Benachrichtigungen gar nicht zählen kann: Episodendownloads; Leute, die mich in Instagram- und TikTok-Videos taggen; Threads; Tweets – alles, was irgendwie einen Alarmton abgeben kann, tut es auch.

Ich lehne mich über die Bettkante und werfe ein Kissen direkt in Finns Gesicht. »Finn! Wach auf!«

Stöhnend schlägt er einen Arm über seine Augen. »Wie spät ist es?«

»Egal! Das hier musst du dir ansehen.«

Offensichtlich nimmt er irgendwas an meinem Tonfall wahr, das ihn dazu bewegt, sich sehr schnell und sehr abrupt aufzusetzen und seine hellblauen Augen auf mich zu richten. Durch seinen intensiven Blick, sein zerzaustes Haar und den Abdruck meiner Gästebettwäsche auf der einen Seite seines Gesichts kommt es mir eine Sekunde lang so vor, als wäre dies unser erster »Morgen danach«. Den es nie geben wird. Trotzdem wirft mich dieser Moment aus der Bahn, weil ich eine winzige Sekunde lang wünschte, wir hätten einen »Morgen danach«. Auch wenn der wirkliche Morgen viel besser und einmaliger ist: unsere fünfzehn Minuten Ruhm, gemäß Andy Warhols weiser Einschätzung. Trotzdem irritiert es mich, wie intensiv ich mich nach diesem Mehr sehne; besonders, nachdem ich mich eigentlich schon davon überzeugt hatte, dass ich es nicht brauche. Dachte ich zumindest.

»Maeve? Was ist los?«, bohren sich seine Worte in meine Gedanken. Es liegt nur an seinen Augen, dass ich so verwirrendes Zeug denke. Ich muss mich zusammenreißen.

Bedeutungsvoll halte ich mein Handy hoch. »Wir sind viral gegangen. Ich meine, so *richtig* viral.«

Finn beugt sich herüber, um auf mein Display zu schauen, und stemmt sich schließlich auf mein Bett hoch. Ich liege unter der Decke, während er sich darauf langmacht und seine Beine mit meinen verschränkt, nur getrennt durch den dünnen Stoff. Lässig legt er den Arm hinter mir auf das Kopfteil des Betts, während er auf mein Handy blickt. Er ist mir so nah, dass ich seinen morgendlichen Atem riechen kann und mir sicher bin, dass es ihm umgekehrt genauso geht. Aber wir haben ein so freundschaftliches Verhältnis, dass es okay ist. Mir ist es jedenfalls egal, wobei sich irgendwo in meinem Hinterkopf der Gedanke formt, dass es mir vielleicht, nur vielleicht, doch etwas auszumachen beginnt.

Unvermittelt streckt Finn den Arm aus und bedeckt das Display mit der Hand. »Halt, warte. Lass uns raten.«

»Was raten?«

»Wie viele Downloads es sind.« Nachdenklich lehnt er den

Kopf zurück. »Ich tippe auf fünftausend«, sagt er und schlüpft nun doch zu mir unter die Bettdecke.

Wortlos mache ich es mir unter seinem Arm bequem und schmiege mich in meinen Schlafsachen, die nur aus einem Tanktop und einer Boxershorts bestehen, an seine nackte Brust. »Ich auf fünfzig.«

»Tausend?«

Ich drehe mich zu ihm um, kann ihn jedoch, weil wir so dicht beieinanderliegen, gar nicht richtig sehen, nur einzelne Details von ihm: die dünne Narbe an seiner Brust, die er sich beim Sturz gegen einen Zaun geholt hat; die Bartstoppeln an seinem Kinn und die Unterseite seiner Wimpern, die ungerechterweise viel länger sind, als es Männerwimpern zusteht. Ich denke immer, dass ich in diesem seltsamen Winkel, aus dieser Nähe, schlechter aussehe, aber vielleicht sieht jemand, den man gernhat, auch immer gut aus. »Guck mal, wie viele Benachrichtigungen ich habe! Da will ich dein Handy gar nicht erst sehen.«

Finn blickt auf den Boden. »Das scheint tot zu sein.«

Ziemlich sicher sogar, sonst würde es zehnmal so oft summen wie meins. Ich öffne die entsprechende Seite auf meinem Telefon, und es fühlt sich an, als wäre die Zeit stehen geblieben, während wir uns die Downloadzahlen anschauen. Dass Finn unter mir ausatmet, spüre ich erst, als ich den Bildschirm betrachte und mich frage, ob es sich bei dem, was ich sehe, auch um einen dummen Scherz handeln könnte. Vielleicht hat eine meiner Schwestern heimlich Programmieren gelernt? Es gibt praktisch nichts, was Claude nicht hinkriegt, also besteht durchaus eine Wahrscheinlichkeit dafür.

»Das kann nicht sein.« Ich aktualisiere die Seite, und die Zahl vergrößert sich um fünftausend: 3 567 310 Downloads.

»Ach du Scheiße«, kommentiert Finn leise.

Ich drehe mein Handy um und lege es mit dem Display nach

unten auf die Bettdecke. Als es weitervibriert, schnappt Finn es sich, stellt den Ton aus und wirft es auf sein provisorisches Bett – eine doppelte Luftmatratze, die wir gestern Nacht nur halb aufgeblasen haben, bevor wir ins Koma gefallen sind, trunken von der Episode und zu vielen Gläsern Wein und THC-Drinks. Ich will, dass er irgendetwas sagt. Seine Eltern kann man definitiv als berühmt bezeichnen, und er ist untrennbar mit diesem Ruhm verbunden, so wie alle Promikinder. Er konnte zwar unbehelligt vier Jahre auf einem normalen College verbringen, aber sobald er einen Club in New York oder L. A. betritt, wird er von Paparazzi fotografiert. Er war quasi immer nur einen Schritt oder Stolperer vom großen Ruhm entfernt, aber das hier … das ist ein Riesensprung.

Als er schließlich seinen Arm um mich legt, mich an sich zieht und einen dramatischen Schrei ausstößt, weicht auch die Anspannung aus meinem Körper, und ich lasse mich erleichtert an ihn sinken. Ich kichere, reiße mich dann jedoch zusammen und traue mich, die eigentliche Frage zu stellen, die mir die ganze Zeit über durch den Kopf geht: »Damit sind wir offensichtlich viral gegangen – bist du jetzt enttäuscht?«

Finn drückt meinen Kopf noch enger an sich. »Nein. Bei dir war das zu erwarten. Ich wusste es die ganze Zeit, du hast mir nur nicht geglaubt.«

»Das hast du nie gesagt. Wieso hast du dann überhaupt mitgemacht? Das ist doch das Gegenteil von deinem Ich-bin-nicht-meine-Mutter-Image, an dem du die ganze Zeit arbeitest.«

Er umarmt mich fest. Auf dem College hatten wir nie so eine Beziehung. Aber seit wir nach New York gezogen sind, hat sich unser Verhältnis irgendwie von unseren Nach-dem-Date-Brunches bis hin zu Wir-erzählen-dreieinhalb-Millionen-Leuten-wie-man-Oralsex-hat-und-kuscheln-halb-nackt-miteinander-im-Bett entwickelt. Vielleicht haben wir uns nun, da wir der Welt verkündet haben, dass wir nur Freunde sind und nach der und dem Richtigen suchen, dieses peinliche Umeinanderherumtänzeln erspart, das in den meisten Freundschaften zwischen Männern und Frauen unweigerlich irgendwann auftritt. Diese Erkenntnis muss ich jetzt nur noch den heißkalten Schauern verklickern, die mir über die Arme laufen.

Finn bemerkt meine Gänsehaut und reibt geistesabwesend über meine Arme, während er sich meine Worte durch den Kopf gehen lässt. Anscheinend denkt er, mir sei kalt. Die Vorstellung, dass aus uns irgendwann mehr werden könnte, ist ja auch lächerlich. »Ich dachte, mit dir zusammen könnte es Spaß machen. Du willst den Leuten wirklich helfen, nicht nur möglichst viel Geld scheffeln und dein Gesicht auf irgendwelchen Werbeplakaten sehen. Deshalb hab ich die Dinge mit dir einfach laufen lassen.«

Finn hat die Art von Gesicht, die dafür geschaffen ist, auf Werbeplakaten abgedruckt zu werden. Mir war immer schon klar, dass er irgendwann ein Star werden würde, und wenn wir zusammen abhängen, kommt es mir fast wie ein Verbrechen vor, dass ich ihn stundenlang anstarren darf, allein. Ich bin hübsch, das weiß ich, und an guten Tagen – in letzter Zeit an den meisten – fühle ich mich auch so. Manchmal schleichen sich allerdings trotzdem aufdringliche Gedanken ein, und dann gehen mir Sätze wie gerade durch den Kopf: *Du wirst nie auf einem Werbeplakat erscheinen. Du bist nicht wie deine Schwestern. Dein Gesicht ist unscheinbar. Die Leute schalten nur ein, um Finn zu sehen.* Und dann muss ich mich bremsen und bewusst daran erinnern, dass ich meine Haare und meine Sommersprossen liebe, die sich in der sonnigen Jahreszeit vermehren und die Finn noch gestern Abend zu zählen versucht hat, bevor er bei zweihundertsiebenunddreißig aufgab. Meine Haut ist hell und rein, wofür ich in der Highschool alles gegeben hätte. Ich mag mich, und in Momenten wie diesem versuche ich auch, solche Gedanken in meinem Kopf ständig zu wiederholen. *Ich mag mich. Ich bin schön. Ich bin dankbar.* Und ich hoffe, dass ich mich eines Tages nicht mehr daran erinnern muss.

»Sollen wir brunchen gehen?«, frage ich in die Stille hinein. »Ich glaube, ich brauche Kaffee und Unmengen von Fett, bevor ich mich mit dem Inhalt dieser Folge befasse.«

Finn setzt sich auf, und plötzlich ist meine Schulter kalt an der Stelle, an die sich eben noch seine warme Brust geschmiegt hat. »Dann lassen wir aber die Handys aus. Ich will nicht hören, was alle anderen dazu zu sagen haben.«

In unserer Episode haben wir *detailliert* erklärt, wie man Oralsex durchführt. Die Beschreibungen waren ziemlich bildhaft und unsere Diskussionen über die richtige Technik sehr hitzig. An einem Punkt dachte ich sogar, Finn würde gleich darauf bestehen, dass wir die Machbarkeit unserer Methoden beweisen müssten. Ursprünglich hatte ich geplant, in der Show Beziehungstipps zu geben und eher weniger über Sexpraktiken zu reden, aber kurz vor der Aufnahme hatte ich mich mal wieder bei meiner Schwester über einen Mann beschwert, der keine Ahnung von dem hatte, was er da tat, woraufhin Finn meinte, dass auch nicht alle Frauen wüssten, wie das gehe. Und auf einmal lehnten unsere Handys an Kaffeebechern, die Kameras waren an, und das Aufnahmegerät, dass ich von der Columbia ausgeliehen hatte, blinkte rot. Hätten wir bis zum nächsten Morgen damit gewartet, die Folge hochzuladen, hätte ich das nie getan.

Der Vorschlag, die Handys auszulassen, klang für mich also ziemlich gut. »Einverstanden. Vor Montag will ich auch nicht wissen, ob ich entlassen bin.«

Während Finn in meinem Zimmer seine Klamotten vom Vortag anzieht, gehe ich ins Bad. Ich habe vier Mitbewohner, da ich mir mit meinem College-Therapeutinnengehalt keine eigene Wohnung in New York City leisten kann. Ich kann mir ja kaum ein Zimmer leisten, und meine Eltern finden es albern, dass ich nicht wieder zu Hause eingezogen bin und mir einen Job in Pittsburgh gesucht habe. Aber irgendwie fühlt es sich hier so an, als wäre alles möglich. Ich verfüge über kein besonderes Talent so wie meine Schwestern – meine ganze Kindheit über habe ich versucht, meine Hausaufgaben in einem fahrenden Minivan zu erledigen, während meine Mom uns zwischen den diversen Veranstaltungen und Siegerehrungen der drei hin und her kutschiert hat –, und in New York, dachte ich, könnte ich vielleicht einen anderen Platz finden als den am Rand, der mir sonst gefühlt ein Leben lang zugedacht wäre.

Als Finn mich fragte, ob ich nach dem Abschluss ebenfalls nach New York gehen würde, habe ich deshalb auch »Klar, ich ziehe nächste Woche um!« gesagt.

Dieser Podcast ist definitiv etwas Besonderes. In spontaner Euphorie, weil die ganze Situation so unglaublich ist, tanze ich durch das winzige Bad. Plötzlich reißt Finn die Tür auf.

»Hey, ich hätte nackt sein können!«, kreische ich.

Doch er lacht nur und kommt in den engen Raum hinein, mit meinem Laptop in der Hand. »Ich konnte dich tanzen hören. Dafür brauchst du definitiv Musik.«

Ich strecke die Hand aus und entsperre meinen Computer mit meinem Fingerabdruck. Finn öffnet YouTube, tippt »P-A« ein, und schon poppt ein Video von meinem Lieblingslied »Paper Rings« auf. Nach einem Klick auf »Play« dröhnt der Song durch den Raum und weckt garantiert meine Mitbewohner auf, aber das ist mir total egal, weil wir wie wild tanzen und Finn meine Hände nimmt und mich so heftig herumwirbelt, wie es geht, ohne dabei meinen Computer vom Toilettensitz zu stoßen. Lachend feiern wir unsere kleine Party im Bad. Denn *Tell Me How You Really Feel* ist definitiv der Beginn von irgendetwas Neuem.

Neun

Vor dem Deal mit Streamify

FINN

»In dieser Episode von *Tell Me How You Really Feel* wird es sehr emotional, und wir werden uns über die große Liebe unterhalten, aus der nie was geworden ist«, verkündet Maeve und sieht mich lächelnd von ihrem Platz auf der anderen Seite der Couch aus an.

Ich will nichts über Maeves große Liebe hören. Wenn sie mir von ihren Dates und One-Night-Stands erzählt, ist das eine Sache, aber von irgendeinem Kerl zu erfahren, für den sie immer noch Gefühle hat, werde ich nicht so leicht wegstecken. Trotzdem spiele ich mit. »Uff, das wird hart. Wie nennen wir deinen Typen? Meine Angebetete können wir … hm … das nette Mädchen von nebenan taufen.«

Maeve stößt ein amüsiertes Grunzen aus. »Als ob du je ein Mädchen von nebenan gedatet hättest. Wir sollten sie gleich Miss Dior nennen.«

Grinsend blicke ich in die Kamera, die auf mein Gesicht gerichtet ist, und verdrehe die Augen. Wir nehmen *Tell Me How You Really Feel* zwar erst seit ein paar Monaten auf, doch in dieser Zeit hat sich unsere Ausrüstung deutlich verbessert. Mittlerweile haben wir viel mehr Zeit, uns auf die Qualität unserer Produktion zu fokussieren, da Maeve aus ihrem Job an der Columbia entlassen wurde und ich unter dem Druck meines Vorgesetzten gekündigt habe. Außerdem haben wir nun einen Sponsor und unseren ersten Scheck dazu benutzt, uns gebrauchte Kameras im Internet zu ersteigern. Ich hätte uns schon vor Monaten neuwertige Kameras gekauft, aber Maeve hat darauf bestanden, dass wir alles Produktionsrelevante nur von unserem Verdienst mit der Show finanzieren. Jedenfalls können wir uns jetzt in der Totale und jeweils in Nahaufnahme filmen und so wirklich jeden noch so komischen Gesichtsausdruck festhalten.

Was Maeves Kommentar angeht, hat sie mal wieder recht: Jeder, der über einen Internetzugang verfügt, kann ganz leicht herausfinden, dass ich von Cassidy Cross spreche, meiner besten Freundin aus der Kindheit. Als Promikind ist Cassidy noch wesentlich berühmter als ich, und davon abgesehen, dass sie sich einen Namen als It-Girl gemacht hat, ist sie unter anderem auch noch das Gesicht der aktuellen Miss-Dior-Parfümkollektion.

Maeves Verflossener dagegen ist ein großes Geheimnis. »Und? Wie sollen wir deinen nennen?«

Nachdenklich neigt sie den Kopf zur Seite. »Den Highschoolcharmeur.«

»Das klingt aber wirklich nach dem netten Jungen von nebenan.«

Maeve nickt, und ein leichtes Lächeln umspielt ihren Mund. »Oh, das war er auch. Ziemlich gut aussehend, lieb, und er hatte diese leuchtend grünen Augen und langen Wimpern. Ein Traum.«

»Und wieso ist aus dem Traum nichts geworden?«

Maeve hebt ihre Füße auf die Couch, und ich lege sie auf meine Oberschenkel, bevor ich eine Decke über uns ausbreite. Als ich die Hand auf Maeves nackte Wade lege, stelle ich fest, dass sie sich heute Morgen die Beine rasiert haben muss: Ihre Haut fühlt sich ganz seidig an und leicht klebrig von Bodylotion. »Tja, wir sind zusammen zum Abschlussball gegangen. Der Abend war richtig toll, wir haben …«

»Hattest du etwa dein erstes Mal mit ihm?«, unterbreche ich sie. »Am Abend des Abschlussballs? Wie im Film?«

Maeves Wangen färben sich rot. »Finn! Das wollte ich gerade erzählen.«

»Sorry, sorry. Ich bin nur so begeistert, weil wir uns quasi gerade in einer Hallmark-Romcom befinden.« Beruhigend drücke ich ihr Bein unter der Decke. Falls sie die Geschichte ihres ersten Mals nicht in unserem Podcast erzählen will, können wir den Teil später rausschneiden.

»Die Pärchen in den Hallmark-Filmen haben keinen Sex«, korrigiert Maeve mich streng. »Die küssen sich höchstens, ganz bieder. Auf jeden Fall haben wir tatsächlich nach dem Abschlussball miteinander geschlafen, nach einem wirklich perfekten Abend. Und ich dachte auch, dass es für uns beide das erste Mal wäre. Aber wie sich herausstellte, hatte er schon Sex, exakt zwei Wochen vorher … mit meiner besten Freundin.«

Mitfühlend zieht sich mein Herz zusammen. Ich weiß, wie unterlegen Maeve sich immer gegenüber ihren Schwestern gefühlt hat, und auch wenn es hierbei nur um eine Freundin ging, hat es das sicher nicht besser gemacht. Gerade gestern Abend hat sie mir noch erzählt, dass sie erst jetzt, seit sie ihren Master gemacht hat, in New York lebt und einen Podcast betreibt, so langsam das Gefühl hat, an ihre Schwestern heranzureichen. »Wie hast du denn davon erfahren?«

Maeve verzieht das Gesicht zu einem dramatischen Wehe-mir-Ausdruck, doch ich kann an ihren Augen ablesen, dass die Erinnerung tatsächlich ziemlich schmerzhaft für sie ist. »Er hatte ein markantes Muttermal. Direkt über seinem Schwanz. Und ich hab mich so gefreut, endlich Sex gehabt zu haben, dass ich natürlich meiner besten Freundin davon erzählt habe. Sie war die einzige Freundin, die ich nicht auch noch mit meinen Schwestern teilen musste. Und bevor ich überhaupt meine großen Neuigkeiten loswerden konnte, hat sie mir von einem Typ erzählt, mit dem sie auf einer Party geschlafen hat, und als sie das Muttermal erwähnt hat, wusste ich sofort Bescheid. Ich hab ihr jahrelang nichts davon gesagt. Und ihm damals auch nicht; ich hab ihn nur blockiert. Aber einige Monate später hatte ich einen Ferienjob in einem Eiscafé – in unserer Kleinstadt, nicht in Pittsburgh, wo er übrigens auch studiert hat, allerdings an einer anderen Uni –, und da ist er eines Tages aufgetaucht. Ich habe ihm direkt die Meinung gegeigt, und er hat sich entschuldigt, meinte, dass er wirklich Gefühle für mich hätte, dass das mit meiner Freundin nur ein One-Night-Stand auf einer Party war, bla, bla, bla. Aber das war mir egal. Er hat mit ihr den großen Moment erlebt, nicht mit mir, und ich hab ihm auch nicht geglaubt, dass er wirklich Gefühle für mich hatte.«

Ich schweige einen Augenblick, bevor ich etwas sage, um sicherzugehen, dass sie nicht noch etwas ergänzen will. »Und wieso ist er die große Liebe, aus der nichts geworden ist? Er klingt nicht gerade wie ein toller Typ. War der Sex mit ihm so gut?«

Laut atmet Maeve aus. »Nein. Er hat den Klitoristest nicht bestanden. Aber wir waren auch erst achtzehn und hatten noch keine Ahnung, dass es so was wie Gleitgel gibt. Trotzdem ist er die große Liebe, weil ich wirklich in ihn verliebt war. Er war der Erste, bei dem es so richtig gefunkt hat. Wir hatten nicht nur denselben Vertrauenslehrer, sondern auch fast alle Kurse zusammen, und wir haben uns echt gut verstanden. Ich wollte ständig in seiner Nähe sein. Er war intelligent und witzig, und irgendwie hab ich es immer ein bisschen bedauert, dass ich ihm keine zweite Chance gegeben habe. Meine Freundin hat mir sogar erzählt, dass der Sex nur Sex war und sie beide ihr erstes Mal mit jemandem haben wollten, zu dem sie Vertrauen hatten, aber in den sie nicht verliebt waren – einfach, um es hinter sich zu bringen. Also hat er vielleicht wirklich die Wahrheit gesagt. Aber … na ja … er wusste auch, dass sie meine Freundin war.«

»Weißt du, was aus ihm geworden ist?«

Mit dieser Frage ändert sich Maeves Stimmung schlagartig. Sie beißt sich auf die Lippe, um sich das Lachen zu verkneifen. »Wenn ich dir das erzählen würde, wäre das viel zu eindeutig. Du hast ihn nämlich schon mal gesehen.«

Überrascht öffne ich den Mund. »War er etwa doch irgendwann mit uns auf der Uni?«

Sie schüttelt den Kopf, und ihr Blick huscht hin und her. »Nein … aber kannst du dich noch an den Kerl aus Pittsburgh erinnern, der bei der *Bachelorette* war?«

Es dauert einen Moment, doch plötzlich weiß ich, wen sie meint, weil ich mit ihr zusammen jede Folge der letzten Staffel angeschaut habe. »Nein! Der Profifußgänger?«

Sie nickt bedeutungsschwer. »Richtig. Der, der sich der wichtigen Aufgabe verschrieben hat, die Einwohner von Pittsburgh dazu zu animieren, öfter zu Fuß zu gehen. Fitnessstudio? Viel zu großes Ziel. Pack dein Bier in eine Kühltasche und ab nach draußen. Hin und her gehen vor dem Fernseher zählt auch.«

Nun kann ich mein Lachen nicht mehr zurückhalten. Ich pruste los, und Maeve lässt sich von mir anstecken, bis uns beiden die Tränen kommen. »Also, er ist schon extrem heiß, das muss ich dir lassen«, sage ich schließlich. »Aber glaub mir, du kannst noch viel bessere kriegen.«

»Ich denke aber immer noch an *ihn*!«, ruft Maeve aus, allerdings wesentlich unbeschwerter, nachdem wir den Ernst ihrer Geschichte durch unseren Lachanfall gelöst haben. »Ich meine, wenn wir uns jetzt wiedersehen würden, wüssten wir wahrscheinlich nicht, worüber wir reden sollten. Aber damals in der Schule? Da haben echt alle für ihn geschwärmt. Ich hoffe, er hat inzwischen seine große Liebe gefunden. Bei der *Bachelorette* war er ja fast bis zum Schluss dabei. Aber genug von mir: Jetzt bist du dran. Deine Geschichte ist viel schöner.«

»Okay, dieses eine Mal lasse ich dich davonkommen«, frotzele ich. Da Maeve und ich schon diverse Male im Podcast über Cassidy gesprochen haben, kennt sie schon die ganzen Einzelheiten. »Also meine große Liebe ist auch meine *erste* Liebe. Was aber nicht heißt, dass ich ein Spätzünder war: Ich hab mich nämlich mit neun Jahren das erste Mal verliebt.«

»Und du warst sicher schon damals ein Herzensbrecher«, kommentiert Maeve grinsend.

»Das werde ich weder bestätigen noch verneinen – so eitel bin ich nun auch wieder nicht. Aber wie auch immer: Das nette Mädchen von nebenan …«

»Miss Dior.«

»Na schön! Miss Dior.« Die Leute wissen sowieso, von wem wir sprechen, wenn wir über unsere Verflossenen reden. Unsere Fans haben eine detaillierte Chronik von meinem Liebesleben erstellt (quasi ein Zeitstrahl mit sämtlichen Dates, die ich je hatte) und akribisch recherchiert, um auch Maeves Beziehungsleben zusammenzupuzzeln. »Miss Dior und ich waren bei Dreharbeiten in Kroatien, weil wir gemeinsam mit unseren Müttern in einem Film mitgespielt haben. Sehr romantisch, ich weiß. Unsere Moms haben beste Freundinnen gespielt, die sich verkracht haben und sich dann in dem kleinen Ort am Meer wiederbegegnen, wo sie früher jeden Sommer zusammen verbracht haben – weil ihre Kinder sich ineinander verlieben.«

»Warst du dafür nicht sogar für den Emmy nominiert?«, schiebt Maeve ein.

Mein Magen knotet sich zusammen. »Ja, war ich.« Diese Emmy-Nominierung hat alles kaputtgemacht. Bis dahin war die Schauspielerei für mich etwas ganz Besonderes, das mir Spaß gemacht hat. Ich wollte einfach nur so sein wie meine Mom und hab jede Sekunde der Dreharbeiten mit ihr geliebt. Nach der Nominierung haben allerdings die Paparazzi gnadenlos Jagd auf mich gemacht. So stark, dass ich sogar gebeten wurde, aus der Fußballmannschaft der Schule auszutreten. Ich wurde von jeder Geburtstagsfeier und allen anderen Aktivitäten nach der Schule ausgeschlossen, weil ich allein durch meine Anwesenheit für Unruhe gesorgt habe, und ich konnte mich nicht mehr normal bewegen, bis ich für mehrere Jahre abgetaucht bin. In der Zeit wurde ich mit Cassidy zusammen am Set unterrichtet, wo sie und unsere Mütter weiter Filme drehten.

Maeve scheint zu spüren, dass ich nicht weiter darüber reden will, denn sie presst sanft ihren Fuß gegen meinen Bauch, um mir zu zeigen, dass sie an meiner Seite ist. Außerdem hakt sie nicht weiter nach. »Fang einfach noch mal an. Ich schneide meine Frage dann raus.«

Dankbar nicke ich. »Der Film spielte in der Kleinstadt am Meer, in der die beiden Mütter aufgewachsen sind, und Miss Dior und ich standen damals zum ersten Mal vor der Kamera. Das Ganze war quasi eine Familienproduktion: Ihr Stiefvater war der Regisseur, und mein Vater hat das Drehbuch geschrieben. Eigentlich kannte ich Miss Dior schon mein ganzes Leben, aber da wir zu der Zeit noch so jung waren und wir mit unseren echten Müttern gedreht haben, hat sich irgendwann alles so … vermischt. Also die Realität und die Filmgeschichte.

Und wir wussten, dass wir uns in der einen Szene küssen sollten. Deshalb kam Miss Dior irgendwann zu mir und meinte, wir müssten das üben, damit wir den Film nicht durch einen schlechten Kuss ruinieren.« Bei der Erinnerung daran muss ich lächeln. »Sie hat mir einen Schokokuss gebracht und mich gefragt, ob ich ihr ihren ersten richtigen Kuss geben würde, bevor wir es für den Oscar tun.«

Maeve kann sich ein Lachen nicht verkneifen. »Das hättet ihr im Film verwenden müssen. So was Süßes hab ich noch nie gesehen.«

»Ja, das stimmt. Auf jeden Fall war ich natürlich einverstanden und habe meiner Mom gesagt, dass ich Miss Dior auf ein richtiges Date einladen wolle. Also haben unsere Moms uns zu einem noblen Restaurant gefahren und am Nebentisch gesessen, während ich Miss Dior ›zum Essen ausgeführt‹ habe. Mit neun. Wir hatten einen richtig tollen Abend – das beste Restaurantdate meines Leben, wenn ich ehrlich bin –, und als ich sie später zu ihrem Hotelzimmer begleitet habe, sind unsere Moms am Fahrstuhl stehen geblieben, und ich habe sie vor ihrer Tür geküsst. Das ist immer noch der romantischste Abend meines Lebens, muss ich wirklich sagen. Ich hatte meinen Höhepunkt schon mit neun.«

Mit feuchten Augen nimmt Maeve meine Hand und drückt sie. »Du hast mir noch nie die ganze Geschichte erzählt, Finn! Was ist denn danach passiert?«

»Nichts. Ich meine, wir waren schließlich erst neun. Wir sind einfach weiter Freunde geblieben und haben den Film zu Ende gedreht. Ich glaube, ich hab sie sogar am Tag danach beim Dreh gefragt, ob wir jetzt miteinander gehen würden, und sie hat nur so was gesagt wie ›Spinnst du? Ich bin doch erst neun, du Dummi.‹«

»Oh, das ist hart. Habt ihr je wieder darüber gesprochen?«

Ich zucke die Achseln. »Wir amüsieren uns immer wieder darüber. Wir sind gute Freunde, und unsere Familien sind immer noch extrem eng.«

Stirnrunzelnd sieht Maeve mich an. »Wieso hast du es nie wieder bei ihr probiert? Ich meine, offensichtlich gefällt sie dir doch. Und verdammt gut sieht sie auch aus.«

Ich zögere, während ich mir ihre Worte durch den Kopf gehen lasse. »Ich schätze, ich hab nie wirklich darüber nachgedacht. Klar, sie ist definitiv die große Liebe, aus der nie was geworden ist, aber wir sind noch so jung und ich hatte nie das Gefühl, dass unsere Zeit schon gekommen ist, weißt du, was ich meine? Ich glaube, wenn wir zusammenkämen, wäre das dann wirklich für immer, weil wir so gute Freunde sind. Und sie ist ja auch perfekt, oder? Eine bessere Frau als sie würde ich nicht finden.«

»Und wenn sie tatsächlich die Eine ist? Willst du das nicht zumindest rausfinden?« Maeves Stimme ist kaum mehr als ein Flüstern, und sie hat die Augen weit aufgerissen.

»Ganz ehrlich, ich glaube gar nicht, dass sie auf die Art an mir interessiert ist«, sage ich leichthin. Wieso habe ich es nie bei Cassidy probiert? Ich komme mir fast blöd vor, aber der Gedanke ist mir tatsächlich noch nie gekommen. Sie war die ganzen Jahre über immer eine gute Freundin, und mittlerweile führen wir vollkommen unterschiedliche Leben, seit sie ins Rampenlicht getreten ist und ich davor geflüchtet bin. »Ich meine, ihr letzter Ex ist Ja… Oscargewinner-wie-auch-immer-wir-ihn-nennen-wollen«, stottere ich. »Lass uns das rauspiepsen. Aber apropos Hollywoodgröße: Ich hab gehört, er hat seine drei Oscars bei sich ins Klo gestellt.«

»Also, das einzige Wort, das ich gerade gehört habe, ist ›Ex‹. Aber mal kurz im Ernst: Ich finde, du solltest es versuchen, wenn sich die Gelegenheit ergibt«, sagt Maeve mit Nachdruck. »Der Sinn unserer Sendung ist schließlich, uns gegenseitig dabei zu helfen, unser vollstes Potenzial in Sachen Dates zu entfalten, damit wir den Richtigen oder die Richtige finden. Du solltest es zumindest probieren. Ich meine, sogar ich würde Miss Dior daten, wenn ich die Chance hätte. Sie ist so was von cool.«

»Ich frage sie mal, ob sie deine Nummer haben will.«

»Wir sind wieder zurück mit einer neuen Folge von *Tell Me How You Really Feel*, und diese Woche geht es ans Eingemachte, denn sowohl Maeve als auch ich hatten beide gestern Abend ein Date.«

Grinsend sehe ich Maeve an. Wir sitzen in meinem Wohnzimmer, voll mit Mikros ausgestattet, und nehmen die nächste Episode auf. Über die letzten neun Monate ist unsere Show jeden Tag erfolgreicher geworden. Eigentlich würde mir das fast Angst einjagen, aber mit Maeve an meiner Seite kommt mir der Erfolg gar nicht real vor; als wäre es nur ein Scherz zwischen uns, den wir jederzeit beenden könnten. Wenn wir allerdings zusammen rausgehen, werden wir ziemlich oft erkannt, und mehrere Produktionsfirmen haben versucht, uns die Rechte an unserem Podcast für eine ansehnliche Summe abzukaufen.

»Das ist wahr«, pflichtet Maeve mir bei. »Aber so gern ich auch was über dein Date hören würde … Ich muss dir unbedingt von meinem erzählen, und zwar dringend, bevor die eine Netflixserie über ihn drehen.«

»Jetzt sag nicht, du warst mit Jeffrey Dahmer aus. Oder etwa einem von den Trumps?« Mein Tonfall ist zwar flapsig, aber wenn Maeve von ihren Dates erzählt, die meistens furchtbar sind, stellen sich die Haare auf meinem Arm auf, und mir dreht sich der Magen um. Ich mache mir Sorgen, wenn sie mit Männern ausgeht, die wir nicht kennen.

»Nicht ganz. Dieser Typ, nennen wir ihn …«

»Den Netflixmann?«

Sie nickt und grinst mich breit an. »Den Netflixmann. Also, der Netflixmann zahlt mein Taxi, gut, führt mich ins Nobu aus, super, und alles läuft perfekt. Er hat weder … ähm, irgendwelche Hörner auf dem Kopf oder eine Peniskrawatte um oder irgendwas anderes Komisches. Er hat sogar einen Job! Manager bei einer Bank oder so was. Und er behauptet – natürlich –, dass er unsere Show nicht kennt, doch dann rutscht ihm raus, dass er uns jede Woche anhört.«

»Also das Übliche.«

»Richtig. Aber das Date lief wirklich *gut.*« Das hat sie noch nie zuvor gesagt. Und obwohl ich mich für sie freuen sollte, kommt mir mein Lächeln plötzlich sehr angestrengt vor. »So gut, dass ich nicht Nein gesagt habe, als er noch einen Absacker mit mir trinken wollte.«

»Nein! Echt jetzt? Hast du nicht immer gesagt – ich zitiere – ›Wenn man nur daten will, sollte man mit dem Sex so lange wie möglich warten, damit er sich verliebt‹?«

Maeve nickt, todernst. »Ja, und schäm dich, Finn, dass du denkst, ein Absacker bedeutet automatisch Sex.«

Ich verdrehe die Augen. »Schön, erwischt.«

»Wie auch immer«, fährt sie fort und wirft mit einer dramatischen Geste ihr Haar zurück, bevor sie mich erneut angrinst. Sie glaubt, die Leute würden sich unsere Videoaufnahmen nur meinetwegen anschauen, aber ich weiß, dass schätzungsweise *alle* unsere männlichen Zuschauer einschalten, nur um zu sehen, wie sie ihr Haar zurückwirft, sich die Träger ihres Tanktops zurechtzieht oder ihre Beine überschlägt beziehungsweise wieder löst, wenn wir zu lange gesessen haben. Männer sind widerlich. »Er ruft uns ein Uber Black, und wir fahren zu seiner Wohnung auf der Upper East Side. Ich unterhalte mich total gerne mit ihm, weil er so interessant ist: Er mag die gleichen Comedians wie ich, ist sehr belesen, sportlich, das volle Programm. Und als wir bei ihm ankommen … ich meine, *wow*. So herrenhausmäßig, alter New Yorker Geldadel … Und da, wie du ja weißt, sonst alle meine Dates furchtbar waren, denke ich mir: ›Oh, verdammt, was, wenn er der Richtige ist? Worüber sollen wir in der Show noch reden, wenn ich jetzt schon den Einen finde?‹ Also, wir gehen rein, ich will mich umschauen, und er sagt: ›Pst‹ und scheucht mich ins Wohnzimmer.« Sie macht eine dramatische Pause und sieht mich mit weit aufgerissenen Augen an. »Denn er ist sechsunddreißig und wohnt bei seiner Mom!«

»Nein!«

»Doch! Und sie hat uns gehört und kommt aus ihrem Schlafzimmer mit einer Katze auf dem Arm, aber keiner normalen. Die sah aus wie – keine Ahnung – ein Luchs oder so was? Du weißt schon, diese Katzen, die man nicht halten darf, weil es … äh, illegal ist. Die, die sich irgendwelche Promis für einen Riesenbatzen Geld besorgen, bis sie deswegen überall ausgeladen werden. Aber egal, jedenfalls erkennt sie mich! Und erzählt mir, dass sie den Vibrator gekauft hat, den ich letzten Monat im Podcast empfohlen habe.«

Mir klappt die Kinnlade bis zum Boden herunter. Ich wäre im Boden versunken oder auf der Stelle gestorben. »Und was hast du gesagt?«

»Ich hab mich bei ihr bedankt und ihr heute Morgen eine Flasche ›*Tell Me How You Really Feel*‹-Gleitgel geschickt!«

Das Lachen, das ich mir die ganze Zeit zu verkneifen versucht habe, platzt aus mir heraus, und ich kann nicht mehr aufhören. »Nicht dein Ernst!«, quetsche ich hervor.

»Doch!«, beharrt Maeve. »Ich zeige dir meine Kreditkartenrechnung, ehrlich! Sie verdient Gleitgel!«

»Und was hast du zum Netflixmann gesagt? Ah, Moment, wieso heißt er eigentlich Netflixmann und nicht Muttersöhnchen?«

»Ah, gute Frage!« Maeve umklammert meinen Unterarm und blickt mir tief in die Augen. »Weil ich zu dem Zeitpunkt noch nicht gegangen bin. Ich wollte unbedingt wissen, was er vorhat. Die Situation war ihm definitiv peinlich, und seine Mom wollte einfach nicht gehen, also hat er meine Hand genommen und mich aus dem Zimmer geführt. Den Flur hinunter zu einer Feuerleiter. Was sehr romantisch sein kann!«

»Ich ahne was, aber das gefällt mir gar nicht …«

»Also, wir gehen raus, doch anstatt uns hinzusetzen, uns zu unterhalten und eine Flasche teuren Wein zu öffnen (denn zu dem Zeitpunkt hatte ich den echt nötig), klettert er nach oben. Zur Wohnung über uns. Also bin ich ihm gefolgt.«

»Nein! Maeve, du kannst doch nicht einfach irgendwelchen Männern über Feuerleitern in fremde Wohnungen folgen! Das ist gruselig! Also, nächste Woche muss ich dich echt von draußen beobachten, wie ein Stalker oder als dein Bodyguard oder so was.« Keine schlechte Idee, wenn ich so darüber nachdenke …

»Ich war doch eh schon dort … Also, ich bin ihm nach oben in die Wohnung gefolgt, und die war komplett leer. Bis auf … einen Käfig.« Die Gänsehaut, die jeden Zentimeter meines Körpers überzieht, als sie »Käfig« sagt, verheißt nichts Gutes. Doch bevor ich irgendetwas sagen kann, hebt sie eine Hand. »In dem Käfig waren lauter Raubkatzen, die er illegal gezüchtet hat. Für den Muttertag. Aber daneben, das glaubst du nicht … neben den armen eingesperrten Tieren hatte er eine Decke auf dem Boden ausgebreitet mit einem Brett darauf, so eins für Fleisch, und das lag da, als hätte er es erst vor fünf Stunden dahingelegt, bevor er zu unserem Date gefahren ist. Und daneben … stand noch ein Käfig, ein leerer … Für den nächsten Wurf Katzen, hat er behauptet, aber wer weiß … Deshalb hab ich praktisch die Beine in die Hand genommen und bin geflüchtet … Tadaa! Tell Me How You Really Feel.«

»Na ja, erst mal bin ich immer noch geschockt, weil du ihm über diese Feuerleiter hinterhergeklettert bist in sein Zimmer voller Käfige. Bitte mach das nie wieder. Beim nächsten Mal ruf mich einfach an, dann lasse ich meine bereits verstorbene Oma noch mal sterben oder so was, damit du eine Ausrede hast, um zu gehen, weil du dich um mich kümmern musst. Zweitens finde ich das Ganze echt gruselig, und zwar alles daran. Der Typ hätte dich umbringen können, selbst wenn er so lange damit gewartet hat. Drittens war es gut, dass du die Biege gemacht und dem Kerl nicht deine Adresse genannt hast.« Mein Tonfall ist zwar humorvoll, doch der Gedanke, dass Maeve Kontakt zu so einem Kerl hatte, jagt mir eine Riesenangst ein. Vor allem, weil ich weiß, dass sie das teilweise nur für die Sendung tut. Außerdem ist es das erste Mal, dass ich das Gefühl hatte, sie könnte wirklich Gefallen an einem Mann finden. Und dann dieses Ziehen in meinem Bauch, als mir klar wurde, dass das Date schlecht gelaufen ist … Ich glaube, das war Erleichterung.

Worüber ich mir wahrscheinlich keine weiteren Gedanken machen sollte, da unsere Show darauf basiert, dass wir beide Dates mit anderen Leuten haben. Was Maeve sicher nicht als Hauptcontent vorgeschlagen hätte, wenn sie mit mir ausgehen wollen würde. Weder jetzt noch in Zukunft. Ich muss mich dringend wieder fangen und sollte einfach dankbar sein, weil ich derjenige bin, der diese Sendung mit ihr machen darf.

»Alles gute Argumente«, entgegnet Maeve. »Und jetzt erzähl mal: Wie war *dein* Date?«

»Ach, meins war wesentlich unspektakulärer. Aber eine Sache war schon etwas komisch, als wir im Bett gelandet sind.« Ich werde rot. Mir kommt es immer noch seltsam vor, wenn ich über Sex rede. Normalerweise bin ich der Typ, der genießt und schweigt. Aber ich versuche immerhin, so respektvoll wie möglich darüber zu reden, und überlasse es Maeve, Witze zu machen, wenn etwas wirklich Lustiges passiert ist. Und außerdem verwenden wir diese Geschichten ja hauptsächlich als Lehrmaterial.

»Wie lautet ihr Codename?«, unterbricht Maeve mich.

»Die Würgerin«, antworte ich sofort.

»Ooooh, der gefällt mir. Klingt aufregend!« Dank ihrer Bemerkung werde ich noch röter. Die Vorstellung, dass Maeve gewürgt wird – oder überhaupt Sex hat –, ist zu viel für mich. Immerhin habe ich sie schon im Bikini gesehen, und da ich nur allzu gut weiß, dass unter ihren ganzen Rollkragenpullis und langärmeligen Shirts sehr viel Schönes wartet, muss ich mich sehr stark konzentrieren, um meine Professionalität zu bewahren.

»Also, wir haben angefangen rumzufummeln, und alles war normal. Das Date lief sogar ziemlich gut! Und das Mehr ging von ihr aus. Also fange ich an, mich nach unten vorzuarbeiten, als sie mich plötzlich an meinen Haaren hochzieht und mir befiehlt, sie zu fesseln und zu würgen, während ich sie vögle.«

»Wow! Sie weiß, was sie will! So was finde ich gut.«

Stirnrunzelnd sehe ich sie an. »Ist es ja auch! Wenn sie jemanden findet, der auf so was steht. Aber ich bin da ein bisschen … konventioneller. Ich hab mich damit überhaupt nicht wohlgefühlt. Und ich konnte auch nicht so tun, als hätte ich sie nicht gehört, weil sie quasi meinen Kopf von ihrer Klitoris hochgerissen hat, um mir das mitzuteilen.«

»Oh Mann, Finn, du kannst sowieso nicht so tun, als hättest du sie nicht gehört. Das ist … total kindisch.«

»Aber das war unangenehm!«

»Okay, und was hast du gesagt? Ich hoffe, du hast sie nicht gekränkt deswegen oder so was.«

»Ich habe gesagt: ›Okay‹ und bin ins Nebenzimmer gegangen, um so zu tun, als würde ich ein Seil – oder was auch immer – holen. Und dann bin ich zurückgegangen und habe gesagt, dass ich wegmuss, weil meine Mom gerade angerufen und mir mitgeteilt hat, dass meine Oma gestorben ist. Ob ich ihr ein Taxi rufen solle …«

Maeve schüttelt lachend den Kopf. »Finn, deine komplette Familiengeschichte steht im Internet. Fürs nächste Mal gebe ich dir die Erlaubnis, so zu tun, als gäbe es bei mir einen Notfall. Aber keine tote Oma! Ich will nicht, dass meine dadurch irgendwie verflucht wird oder so was.«

»Danke, das weiß ich sehr zu schätzen. Tell Me How You Really Feel. Wie habe ich mich angestellt?«

»Ich gebe dir nur fünf Punkte wegen deiner Unehrlichkeit. Willst du wissen, was ich gesagt hätte?«

»Ja klar.« Und das meine ich ernst. Maeve ist genial, wenn es um Beziehungen geht, weshalb es mich auch so erstaunt, dass sie keine hat. Sie ist ungelogen die perfekte Partnerin. Nicht nur vielseitig begabt, intelligent, witzig und empathisch, sondern auch verdammt attraktiv. Das ganze Paket.

»Ich würde sagen: ›Süße, danke, dass du mir so offen gesagt

hast, auf was du stehst. Ich hab so was allerdings noch nie gemacht und fühle mich noch nicht bereit, das heute auszuprobieren, aber ich finde es wahnsinnig sexy, dass du weißt, was du willst, und wenn es okay für dich ist, jetzt noch nicht so weit zu gehen, würde ich trotzdem gerne dafür sorgen, dass du heute Nacht eine gute Zeit hast.‹ Damit hast du für den Abend eine Grenze gezogen, und sie muss sich trotzdem nicht schlecht fühlen. Außerdem machst du die Tür für die Zukunft nicht komplett zu. Ich denke, das ist ein guter Kompromiss.«

Ich hebe eine Augenbraue. »Und wenn ich das Ganze nie ausprobieren will, auch nicht, nachdem ich darüber nachgedacht habe?«

Maeve lacht. »Dann schreibst du ihr. Das ist wesentlich angenehmer für alle Beteiligten. ›Der Abend gestern war wirklich schön, aber ich glaube, wir wollen beide nicht das Gleiche. Wünsche dir alles Gute!‹«

»Wieso findest du eigentlich immer die passenden Worte?«

»Für irgendwas müssen acht Jahre überteuerte Ausbildung ja gut sein.«

Zehn

MAEVE

Eigentlich sollte es sich nicht so gut anfühlen, vorzugeben, dass zwischen Finn und mir alles normal ist. Dass zwischen uns überhaupt mal irgendwas normal war. Doch während wir auf der Treppe zur Met Gala posieren, Blitzlichter aufleuchten, Leute irgendetwas schreien und ich eigentlich Panik bekommen sollte, nehme ich nur seine Hand an meinem Rücken wahr. Ihr warmer Druck ist auf stille Weise beruhigend, so, wie nur er es schafft.

Ich blicke zu ihm hoch. »Danke, dass du das alles mitmachst.«

Er müsste das nicht tun, das weiß ich. Er musste es nie. Mir fällt nur ein einziger Grund ein, warum er bei unserem Podcast geblieben ist (denn seit letztem Sommer weiß ich, dass er es nicht meinetwegen tut, wie ich es mir insgeheim erhofft hatte): Ich glaube, die Show regt seine Kreativität an. Um ein normales Leben führen zu können, hat er versucht, seine kreative Sehnsucht zu unterdrücken, aber ich weiß, dass sie immer noch in ihm ist, weil ich irgendwann, als ich in seiner Wohnung nach einem Ladegerät gesucht habe, auf eine Schublade voller Drehbücher mit lauter Anmerkungen gestoßen bin. Man hat nicht so viel Talent als Schauspieler und so viel Spaß daran wie er damals mit neun, um dann nie wieder einen Gedanken daran zu verschwenden, eines Tages erneut damit anzufangen.

Finn sieht zu mir herunter und fängt meinen Blick auf. Durch seine Körpergröße fühle ich mich gleichzeitig winzig und beschützt. Ich habe immer gesagt, dass ein extremer Größenunterschied keine Rolle spielt. Für mich wäre er kein Ausschlusskriterium. Bei Finn ist er sogar ein Pluspunkt. »Spinnst du? Ich müsste mich bei dir bedanken. Du könntest mich jederzeit gegen irgendeinen anderen Typ austauschen, der halbwegs intelligent und attraktiv ist, und du wärst immer noch erfolgreich, Maeve.«

»Darauf würde ich nicht wetten.«

»Küssen! Küssen!«, fangen einige Leute an zu rufen. »Seid ihr zusammen oder nicht?«

Verschwörerisch sehe ich Finn an und hebe eine Augenbraue, woraufhin er schelmisch lächelt. Kann sein, dass gerade der Tequila aus mir spricht, aber ich weiß, dass wir beide das Gleiche denken: *Showtime!* Er beugt sich herunter, als wollte er mich mit einem dramatischen Kuss überfallen … doch dann hält er inne und raunt mir ins Ohr: »Ich würde schon darauf wetten.«

Der Rest des roten Teppichs – Fotos, Interviews und Zeitungspresse – verläuft ohne großes Trara. Immerhin sind so bedeutende Leute wie das Supermodel Karli oder die Schauspielerin Sandra Streap hier, die wohl mit den meisten Preisen der Welt überhäuft wurde. Wir sind sicher eine schöne Abwechslung, aber die beiden sind richtig, richtig berühmt. Als wir im Gebäude ankommen, lassen wir uns einen Cocktail geben und schlendern dann durch die wunderschöne Ausstellung mundgeblasener Glasskulpturen in leuchtenden Farben. Nach der Gala wird diese Ausstellung für alle Besucher geöffnet werden, doch momentan versammeln sich hier – wie ich mit einem aufgeregten Kribbeln feststelle – sämtliche Promis, die ich aus dem Fernsehen oder von meinem Handydisplay kenne, und tragen die ausgeflipptesten Outfits aller Zeiten zur Schau, während sie sich unter die Leute mischen und dabei beiläufig die Kunstgegenstände betrachten.

Ich entdecke meine Lieblingssängerin, die gerade die Tafel neben einer knallpinken Skulptur liest, und lasse vor Überraschung fast mein Glas fallen. Wie habe ich es bloß bis hierher geschafft? Plötzlich legt sich Finns Hand auf meinen nackten Rücken, und ich zucke erschrocken zusammen.

»Du starrst sie ziemlich auffällig an«, flüstert er.

»Wie kannst du sie nicht anstarren?«

Ich lasse zu, dass Finn mich näher zu sich zieht und seine Hand auf meine Hüfte legt, um mich durch die Ausstellung zu führen. Dabei rede ich mir ein, dass ich das nur wegen der Show tue. Ich spüre, dass seine Hände schwitzen, aber ihm ist sicher nur zu heiß in seinem Jackett. Nervosität kann es schließlich nicht sein, denn was hätte er je für einen Grund, nervös zu sein? Und hier drinnen hat man definitiv die Heizung aufgedreht, damit all die Frauen in ihren provokativen und oft sehr viel Haut zeigenden Outfits nicht frieren. Draußen gab es Heizpilze, was mir bisher in der umfangreichen Berichterstattung über das Event nie aufgefallen war, wofür ich aber sehr dankbar bin. »Das hier ist übrigens eine Netzwerkveranstaltung. Du könntest sie einfach ansprechen.«

Ich trinke einen großen Schluck von meinem Cocktail. »Vielleicht, nachdem ich mir eine neue Persönlichkeit habe transplantieren lassen. Du bist der Gesellige von uns beiden. Aber du kannst ruhig gehen. Ich komme auch allein klar.«

So wütend ich immer noch auf Finn bin – als er direkt den Kopf schüttelt, bin ich echt erleichtert. »Ich lasse dich garantiert nicht bei der Met Gala allein hier rumstehen. Und falls du's vergessen haben solltest: Wir arbeiten heute Abend. Wir müssen uns als Einheit präsentieren.«

Klar. Deshalb will er mich nicht allein lassen. Ich muss echt aufhören, mir auch nur eine Sekunde lang einzubilden, dass diese Verbindung zwischen uns etwas bedeutet. Wir sind keine Freunde mehr, wir sind Kollegen. Irgendwann haben wir es bis zu unserem Tisch geschafft, den wir uns mit einer Reihe berühmter Persönlichkeiten teilen werden: einem Schauspieler, einem Footballspieler, einer Sängerin, die dieses Jahr als beste Newcomerin bei den

Country Music Awards nominiert war, einem beliebten YouTuber und einem Tennisstar mitsamt deren Mann, einem Tech-Milliardär. Die Met Gala ist bekannt dafür, die Gäste strategisch zu platzieren, neben Leuten, mit denen man auf den ersten Blick vielleicht nichts gemeinsam haben mag, es aber doch hat. Deshalb bin ich schon gespannt darauf, wie der Abend verlaufen wird. Die Tische befinden sich im Atrium des Museums, und obwohl es draußen noch hell ist, herrscht in der Halle rötliches Dämmerlicht, weil man das Glasdach abgedunkelt hat. Im Gegensatz zu dieser eher gruseligen Atmosphäre ist die Tischdeko recht verspielt: Platzdeckchen aus Spitze, verziertes Porzellan und in der Mitte Barbiepuppen, die das typische Outfit des jeweiligen Gastes tragen. Es ist gleichzeitig schaurig und toll. Und wenn ich gehe, werde ich definitiv meine Barbie mit nach draußen schmuggeln.

Wir sind die Ersten am Tisch, und da ich hier nicht allein mit Finn sitzen will, während wir verkrampft schweigen – oder noch schlimmer, uns angeregt unterhalten, sodass ich wieder zu zweifeln beginne –, entschuldige ich mich und verziehe mich auf die Damentoilette.

Eigentlich hatte ich damit gerechnet, dass hier nur wenig los sein würde, aber wie es aussieht, ist der Grund, warum das Atrium noch so leer ist, der, dass alle auf der Toilette sind. Ich muss ein überraschtes Keuchen unterdrücken, als ich die gesamte weibliche Dynastie einer Realityserie vor dem Spiegel vorfinde, die gerade damit beschäftigt ist, ihr Make-up aufzufrischen. Unauffällig zwicke ich mich in den Ellbogen – einer der wenigen Stellen an meinem Körper, die nicht mit Make-up überdeckt sind –, um mich zu vergewissern, dass ich nicht träume. Ich bin in einer Unterschichtenfamilie in einem Vorort von Pittsburgh aufgewachsen, wo der größte Luxus darin bestand, am Geburtstag auswärts zu essen. Und das Restaurant war das Primanti Bros, ein billiger Sandwichladen. Meine Eltern steckten ihr ganzes Geld in die Schönheitswettbewerbe, Fußballturniere und Studienvorbereitung meiner Schwestern, deshalb gab es Monate, in denen wir kein WLAN im Haus hatten, und wenn ich mir die Eskapaden der A-Promis anschauen wollte, die gerade auf der Toilette um mich herumstehen, musste ich in unsere örtliche Bibliothek gehen. Wie also kann es sein, dass ich jetzt hier bin?

»Maeve!« Syma, die Hauptdarstellerin einer megaerfolgreichen HBO-Serie, dreht sich um und sieht mich an. »O mein Gott! Ich bin so ein Fan eures Podcasts!«

»Oh, wow!« Ich lächle sie an, während ich mich verstohlen umblicke, um zu sehen, ob wir von irgendeiner der anderen Frauen gefilmt werden, die ein Scherzvideo für ihren Onlinekanal dreht oder so was. »Vielen, vielen Dank! Ich meine, ich bin auch ein Riesenfan *eurer* Serie.«

In diesem Moment kommt ihre Filmpartnerin Renee aus einer der Kabinen. »Ich hab dich gleich an deiner Stimme erkannt. Ich höre euch jeden Tag. Eure Folge über Oralsex kann ich, glaube ich, inzwischen mitsprechen. Meine Verlobte sollte euch echt einen Riesenkorb voll Obst oder so was schicken.« Renee war ursprünglich eine *Bachelorette* und wurde durch ihre Keinen-Sex-vor-der-Ehe-Haltung berühmt, beendete die Sendung dann aber ohne Partner und spielt seitdem nicht nur an Symas Seite in *The End of Us* mit, sondern ist auch mittlerweile mit einer lesbischen Popsängerin verlobt.

»Vergiss den Geschenkkorb – ihr beide müsst unbedingt in die Show kommen!« Das ist ein ziemlich dreister Vorstoß von mir, und als ich für diese Anbiederung einen Seitenblick von einer Schauspielerin kassiere, die gerade ihren Eyeliner nachzieht, fange ich an, aus jeder Pore meines Körpers zu schwitzen.

Doch Renee quietscht entzückt auf. »Was, echt? Ihr ladet jetzt auch Gäste ein? Ich hab gedacht, Evangeline war nur ein Einzelfall. Aber ja, bitte, bitte!«

Die Aufregung, die auf unserer Seite des Raums entsteht, und die Aussicht auf Publicity durch unsere Show sorgen dafür, dass sich noch weitere freundliche und bekannte Gesichter zu mir umdrehen. Als ich die letzte Handynummer in mein Telefon eingebe – was ziemlich gefährlich werden könnte, denn was, wenn ich anstatt meiner Schwester Sarah der Schauspielerin Sarah aus *How to End a Love Story* eine Textnachricht schicke? –, winkt Syma alle Anwesenden innerhalb der Damentoilette zum Spiegel herüber.

»Zeit für ein Selfie. Das muss sein. Ist schließlich Kult!«

Sofort positionieren sich die Mitglieder der Reality-TV-Familie ganz vorne; anscheinend haben sie nur auf diesen Moment gewartet. Sind deswegen alle auf der Toilette? Wegen des berühmten Spiegelselfies auf der Met Gala? Ich blicke mich zum Ausgang um, weil ich sicher nicht mit auf dieses Foto gehöre, doch Renee packt mich am Arm und zieht mich in die erste Reihe, direkt in die Mitte. Handys klicken, Bilder werden verschickt, und plötzlich ströme ich mit den berühmtesten Frauen der Welt aus der Damentoilette. Ich blicke auf mein Display und rechne schon halb damit, dass das Foto verschwunden ist; rausgefischt von irgendeinem PR-Menschen aus dem Darknet, damit jemand von so niedrigem Stand wie ich – ein unbedeutendes Wesen aus Pennsylvania, das gerade mal zwei Sekunden lang viral gegangen ist – kein Bild posten kann, das mich in irgendeiner Weise mit der berühmtesten Rapperin aller Zeiten in Verbindung bringt, die rechts oben mit einem Schmollmund in die Kamera blickt, eine Hand auf ihren Babybauch gelegt. Doch das Foto ist immer noch da, genau wie die Nachrichten von all den Frauen, mit denen ich auf der Toilette Nummern ausgetauscht habe. Meine Instagram-Benachrichtigungen hören gar nicht mehr auf, weil ich in drei verschiedenen Bildern getaggt wurde, deshalb stelle ich mein Handy auf lautlos und stecke es in meine Clutch.

Immer noch unter Schock lasse ich mich in meinen Stuhl sinken, und sofort legt sich Finns Arm um meinen Rücken. »Alles okay? Du warst so lange weg.« Auf seiner Stirn zeichnen sich Sorgenfalten ab, und er lehnt sich so dicht an mich heran, dass ich sein Eau de Toilette riechen kann. Als ich nichts sage, schenkt er ein Glas Wasser ein und stellt es vor mich hin. »Wir können jederzeit gehen, wenn du willst.«

Ich trinke einen großen Schluck. »Nein, mir geht's gut. Aber du solltest dringend mal auf die Toilette gehen und Networking betreiben. Ich glaube, ich habe da drinnen gerade unsere Gäste für die nächsten sechs Monate gebucht.«

»Aha, ich fürchte nur, bei uns Männern funktioniert das so nicht. Aber Graham will auf jeden Fall dabei sein.« Finn deutet auf den Footballspieler, der wie ein Koloss auf der anderen Seite des Tisches vor uns aufragt. Er nickt und winkt kurz zu mir herüber. »Er braucht deinen Rat, quasi gestern.«

Lächelnd sehe ich unseren Tischnachbarn an und strecke ihm meine Hand entgegen. »Hi, ich bin Maeve. Freut mich, dich kennenzulernen. Ich glaube, für nächste Woche habe ich gerade schon jemanden eingeladen. Aber wie wäre es mit der übernächsten?«

»Ist notiert.«

Der Rest des Abends geht vorbei wie im Fluge und ist überraschend kurz. Unsere PR-Beauftragte von Streamify hatte uns schon vorgewarnt, dass die Gala für uns nicht lange dauern würde, weil wir uns noch auf den After-Show-Partys sehen lassen müssten. Deshalb schleichen Finn und ich uns irgendwann aus dem Saal und schlüpfen in einen Wagen, der uns etwa einen Häuserblock weiter zu unserem Hotel bringt. Dort warten bereits Lavender und ihr Team auf uns, um unser Make-up aufzufrischen und uns in neue Outfits hineinzuhelfen. Wir ziehen uns nicht mehr für das Motto an, bleiben aber trotzdem aufeinander abgestimmt.

Mittlerweile hatten wir diverse Drinks, deshalb ist dieses Wegschleichen und Umziehen gleichzeitig aufregend und albern.

Als Finn in einem total durchsichtigen Smoking aus seinem Zimmer kommt, durch den ein knallpinkes Unterhemd und pinke Seidenboxershorts hindurchleuchten – passend zu meinem grellpinken Kleid –, kann ich mir ein prustendes Lachen nicht verkneifen. »Jetzt sag nicht, dass du dir das selbst ausgesucht hast.«

»Die meinten, das wäre cool!«, ruft er. »Was? Ich traue mich halt auch mal was. Echte Männer tragen Pink und so … Da sind schließlich überall Paparazzi.«

»Du hast quasi nur Unterwäsche an.« Schmollend verzieht er den Mund, bevor er sich in verschiedene Posen wirft. Lavender filmt unsere Reaktionen auf die Outfits für die sozialen Medien, doch im Gegensatz zu vorhin verstelle ich mich nicht mehr. Ich bin es leid, mich dauernd daran zu erinnern, Finn zu hassen, und will den Rest des Abends genießen. Auch wenn es morgen früh wehtun wird, sobald ich wieder nüchtern bin. »Okay, jetzt, da der erste Schock nachgelassen hat, finde ich es großartig. Dass du so spärlich bekleidet bist, während ich mich verhüllen darf.«

Finn lässt seinen Blick über meinen Körper huschen, und ich sehe, dass er schlucken muss. Seine Stimme klingt heiser, als er antwortet: »Also, ich weiß ja nicht, ob ich das als ›verhüllt‹ bezeichnen würde.«

Ich schaue auf mein Kleid hinunter. Es ist eng, aber der Stoff ist so dünn, dass es trotzdem noch bequem sitzt. Was allerdings auch bedeutet, dass meine Brustspitzen deutlich zu sehen sind und das Kleid jede meiner Kurven preisgibt. Da es ein Zweiteiler ist, lugt ein Streifen meines Bauchs hervor, und durch die Monsterabsätze meiner Schuhe sehen meine Beine einfach fantastisch aus. »Die wichtigen Bereiche sind verhüllt.«

Finn stößt hörbar den Atem aus. »Ach, ich hab noch was für dich.« Damit eilt er in sein Zimmer zurück und kommt mit einem

Paar Turnschuhen zurück, die farblich perfekt zu meinem Kleid passen. »In einer Stunde werden dich deine Füße umbringen, wenn sie das nicht eh schon tun. Du hasst hohe Absätze.«

Ich nehme ihm die Schuhe ab und bewundere sie jetzt schon. Ihre Farbe ist wunderschön, und irgendwie habe ich den leisen Verdacht, dass er sie extra für mich hat anfertigen lassen. Was sich bestätigt, als ich sie umdrehe und unser Logo auf der Unterseite entdecke. »Finn, die sind der Hammer. Aber neben diesen ganzen Models und Schauspielerinnen sehe ich sowieso schon aus wie ein Hobbit. Ich weiß nicht, ob …«

»Ja, ich weiß, du bist klein.« Er nimmt mir die Schuhe aus der Hand, knotet die Bänder zusammen und legt sie sich dann über die Schulter. »Ich trage sie, als mein Accessoire sozusagen. Und sobald wir vor Ort sind, können wir deine Schuhe an der Garderobe abgeben. Drinnen sind ja keine Fotografen, und so passen wir noch besser zusammen.«

Er streckt seinen Fuß vor, der in dem gleichen Schuh steckt. Wieso ist er so aufmerksam? Diese Schuhe sollten kein warmes Kribbeln in mir auslösen. Doch nach dem Ereignis auf der Toilette habe ich mir geschworen, die Situation zu akzeptieren, meine verletzten Gefühle für diesen Abend beiseitezuschieben und einfach Spaß zu haben. Und so ertappe ich mich dabei, dass ich nicke. Und auf Finn zugehe und ihn umarme. »Danke.«

Wir sollten nicht so gut zusammenpassen, wie wir es tun. Er ist ein Riese, und ich bin nur knapp über eins fünfzig groß. Doch irgendwie fügen wir uns immer perfekt ineinander – egal, wie hoch meine Schuhe sind. Ich lasse mich entspannt an ihn sinken, und er legt zärtlich die Hände um meinen Hinterkopf. Als ich mich wieder von ihm löse, sind seine Augen feucht. »Bereit?«

Draußen vor dem Hotel bricht ein Blitzlichtgewitter los, als wir Hand in Hand zur After-Show-Party schlendern, während meine Turnschuhe gegen seine Brust baumeln. Ich spüre, wie sich ein strahlendes Lächeln auf meinem Gesicht ausbreitet, weil es so ein schönes Gefühl ist, wieder mit Finn befreundet zu sein, selbst wenn es nur für eine Nacht ist. Als ich ihm einen Blick zuwerfe, stelle ich fest, dass er mich beobachtet, mit einem ebenso breiten Lächeln auf den Lippen, und ich hoffe, dass jemand ein Foto von diesem Moment geschossen hat, denn obwohl es schmerzen wird, wenn ich wieder nüchtern bin und mich daran erinnere, dass er nicht mehr von mir will als Freundschaft, möchte ich diesen Augenblick festhalten.

Nach all dem Geschrei und den Blitzlichtern auf der Straße ist es angenehm, drinnen endlich Privatsphäre zu haben. Meine Füße bringen mich tatsächlich um, deshalb dauert es keine halbe Stunde, bis Finn meine High Heels an der Garderobe abgegeben hat und ich mir in meinen neuen Turnschuhen die Seele aus dem Leib tanze. Hätte ich immer noch die Absatzschuhe an, würde ich entweder irgendwo sitzen oder wäre total langweilig und würde schon im Bett liegen. Auf der Party befinden sich erstaunlicherweise noch mehr Stars als bei der Gala, weil die Promis, die nicht an dem offiziellen Event teilgenommen haben, aber trotzdem feiern wollten, nun alle hier sind. Ich entdecke nicht nur Cassidy auf der anderen Seite des Raumes, sondern auch sämtliche Supermodels, denen ich je auf Social Media gefolgt bin, sowie all meine Lieblingssänger und -schauspieler, männlich wie weiblich – von der achtzehnjährigen Nachwuchsdarstellerin einer Realityserie bis hin zu den großen Altstars, mit denen schon meine Eltern aufgewachsen sind. Viele von ihnen wissen sogar, wer wir sind – oder zumindest, wer Finn ist –, und kommen herüber, um uns Hallo zu sagen.

Und Finn weicht keinen Schritt von meiner Seite. Wir tanzen, essen, trinken Shots mit Graham und Renee und tanzen noch mehr. Erst nach ein paar Stunden mag ich mich hinsetzen und folge Finn zu einer Lounge im Hinterzimmer, wo eine Bar aufgebaut ist. Erschöpft lassen wir uns auf eine Couch fallen, und ohne weitere Diskussion zieht Finn mich an sich, und ich entspanne mich. Es fühlt sich so gut an, wieder in seinen Armen zu liegen; sein Unterhemd ist so schön weich, und den durchsichtigen plastikartigen Smoking hat er längst ausgezogen, nachdem das Material durch sein Schwitzen ständig beschlagen war. Er lehnt seinen Kopf gegen meinen, und ich schlinge meinen Arm um ihn und …

Abrupt schrecke ich hoch. Finn schüttelt mich an der Schulter, und um uns herum sind die Angestellten mit Aufräumen beschäftigt. Im Veranstaltungsraum befinden sich keinerlei Partygäste mehr, und die Musik ist aus. »Maeve, wir müssen los. Es ist schon sechs Uhr morgens.«

»Wieso hast du mich nicht eher geweckt?«, murmle ich.

»Du hast so entspannt ausgesehen.«

Finn holt sein Handy aus der Tasche und fängt an, darauf herumzutippen. »Der Wagen steht schon draußen.« Er hilft mir hoch, und gemeinsam verlassen wir die Bar. Meine Beine tun weh von all dem Tanzen und den vielen Stunden auf hohen Schuhen, und fast bin ich versucht, Finn zu bitten, mich hinauszutragen. Er hat mich schon aus unzähligen New Yorker Clubs und Verbindungspartys während des Studiums getragen, als ich wegen meiner Absätze nicht mehr laufen konnte. Der Mann an der Garderobe ist bereits weg, und auf dem Tresen liegen Finns Anzug und meine High Heels. Finn nimmt sie und führt mich nach draußen.

Man sollte meinen, die Fotografen wären alle gegangen, nachdem die Party vorbei war. Doch draußen steht noch ein einsamer Paparazzo und knipst Bilder von uns, während wir den Veranstaltungsraum verlassen. Finn versucht, mich halb mit seinem Arm zu verdecken, und seinem verschwitzten, zerknitterten Zustand nach zu urteilen, sehe ich sicher ähnlich schlimm aus. Vielleicht können wir diese Fotos kaufen und verhindern, dass sie veröffentlicht werden. Aber wohl eher nicht, denn es wirkt, als würden wir uns wegschleichen, nachdem wir irgendetwas Verbotenes auf der Party getan haben.

Im Wagen drückt der Chauffeur Finn eine Tüte in die Hand, und deren Duft erkenne ich sofort. »Das gibt's nicht.«

»Oh doch.« Er hat mein Lieblingskaterfrühstück besorgt: Bagelsandwiches von einer Kette, die es nur in New York gibt.

»O mein Gott. Ich liebe dich.« Im nächsten Moment fangen meine Wangen an zu leuchten. Früher haben wir einander dauernd so was gesagt, schließlich waren wir enge Freunde. Doch nachdem ich die drei Worte auch so gemeint habe und er nicht – zumindest nicht richtig –, habe ich sie nie wieder gesagt. Nun, da der Rummel vorbei ist, und ich das Ganze bei Tageslicht betrachte, komme ich mir dumm vor, weil ich gedacht habe, ich könnte alles, was mit Finn passiert ist, vergessen und wieder so mit ihm befreundet sein wie früher. Dafür fühlt sich das Zusammensein mit ihm einfach zu gut an. Wenn ich ihn so dicht an mich heranlasse, werde ich nie über ihn hinwegkommen.

Finn spürt die Änderung in meinem Verhalten. Als wir beim Hotel ankommen, will er mir aus dem Wagen helfen, doch ich stoße ihn zurück. Nachdem wir den Aufzug betreten haben, drückt er den Knopf für unsere Etage, und während die Türen sich schließen, sieht er mich intensiv an. »Ich liebe dich auch«, sagt er leise.

»Tust du nicht«, presse ich hervor. Meine Augen füllen sich mit Tränen. Ich renne praktisch zu meiner Zimmertür und öffne sie, ohne mich zu ihm umzublicken. Er folgt mir, holt seinen Bagel aus der Tüte und gibt die Tüte dann mir. Wortlos reiße ich sie ihm aus der Hand, beeile mich, in mein Zimmer zu kommen, und schließe hastig die Tür, bevor die Dämme endgültig brechen.

»Maeve!«, höre ich ihn durch die Tür rufen, und er läuft einige Male hin und her, bis er schließlich seine Zimmertür zuknallt. Dann dringt Wasserrauschen durch die Wand, und ich folge seinem Beispiel.

Ich ziehe mein verschwitztes Kleid aus, lasse es in einem Haufen auf dem Boden des Badezimmers liegen und betrete die Dusche, wo ich mich in das Becken sinke lasse. Als das Wasser auf meinen Rücken trifft und die Nacht von mir abwäscht, beginne ich zu schluchzen. Mit ihm zusammen zu sein und es zu genießen, hat mich nur daran erinnert, dass sich das, was zwischen uns ist, viel zu gut anfühlt. Für mich ist es eine Verbindung, die es nur einmal im Leben gibt, für ihn jedoch nicht. Deshalb darf ich ihn nicht an mich heranlassen, weil es mich zerstören wird. Ich muss mich schützen.

Elf

FINN

»Habe ich dir nicht gezeigt, dass du mir wichtig bist?«, zische ich Maeve zu. Wir sitzen im Studio und warten auf Renee. »Ich habe alles gemacht, was ich konnte. Nicht angerufen. Angerufen. Nicht über Tabuthemen gesprochen. Mich entschuldigt. Maeve, ich liebe dich! Wirklich. Und du bist mir nicht egal. Schau mich doch mal an.«

Seit sie heute Morgen hergekommen ist, behandelt Maeve mich eiskalt. Sie antwortet mir nur, wenn ich sie direkt anspreche, und sie hat mir nicht ein einziges Mal in die Augen gesehen. Bei der Gala hat sich alles so normal angefühlt, aber als wir von der Party weggefahren sind und ich ihr ihre Lieblingsbagels besorgt habe, scheint sie irgendetwas daran aufgeregt zu haben. Ich verstehe sie einfach nicht. Sie ist so viel schwerer zu durchschauen als andere Frauen, was ich normalerweise an ihr liebe, doch gerade bringt es mich um. Kann sie denn nicht wenigstens mit mir reden? Sie ist Therapeutin, verdammt noch mal, und ich bettele sie förmlich an, mir zu sagen, was ich tun kann, um die Sache zwischen uns wiedergutzumachen.

»Nein. Wir sollten uns professionell verhalten.«

»Ach, so wie während der After-Show-Party, als du in meinen Armen eingeschlafen bist?«

Mein Tonfall klingt hart, und ich bereue meine Worte in dem Moment, als ich sie ausgesprochen habe. Doch in Maeves Augen blitzt etwas auf, und ihr Blick trifft auf meinen, also ist es vielleicht besser, dass ich es gesagt habe. Mir ist es lieber, wenn sie mich anschreit, als dass sie mich ignoriert. »Das war ein Fehler von mir, und ich entschuldige mich dafür. Das nächste Mal denke ich daran, den Platz für Cassidy frei zu machen oder für irgendein Supermodel.«

Ich überprüfe mehrmals mein Mikro, um sicherzustellen, dass es nicht aufnimmt. »Wieso trittst du unsere ganze Freundschaft mit Füßen, nur weil ich mit Cassidy zusammen war, verdammt?«

»Ich bin nicht diejenige, die unsere Freundschaft mit Füßen tritt. Und ich habe dir gesagt, dass ich nicht darüber reden will. Und weißt du was? Du kannst mich mal kreuzweise, Finn. Hörst du? Leck mich. Ich weiß, es ist eine neue Erfahrung für dich, mal nicht alles zu kriegen, was du willst. Aber du kannst nicht einfach mit mir schlafen und mich dann wegwerfen, als wäre ich nichts wert. Also, leck mich. Oder leck alle anderen, die dir besser gefallen. Egal, was du machst, mir ist es scheißegal!«

Ungläubig schüttle ich den Kopf. »Ich fasse es nicht, dass du das sagst.« Genau so haben mich alle unsere Freunde immer gesehen: als den Typ Mann, der wild in der Gegend rumvögelt, nur weil ich mit vielen verschiedenen Frauen aus war. Sie dachten, dass jemand wie ich nicht daran interessiert sei, einen Menschen zu finden, mit dem er eine tiefere Verbindung eingehen könnte, und dass ich mit all den Frauen geschlafen hätte. Was nicht stimmt, deshalb tut es weh, dass Maeve mich als einen so furchtbaren Menschen darstellt, obwohl sie mich besser kennt. Ich habe nur versucht, mit einer komplizierten Situation umzugehen und trotzdem glücklich zu werden. Dass ich reich und berühmt bin, heißt nicht automatisch, dass ich auch erfüllt bin. Ich brauche mehr als das, und ich dachte, mit dem Podcast hätte ich dieses Mehr gefunden. Doch wie sich herausstellt, war es nicht die Show – auch wenn sie besser ist als mein Job in der Finanzwelt –, also muss das, was mich die letzten zwei Jahre so glücklich gemacht hat, Maeve sein. Maeve, die mich immer als den Menschen gesehen hat, der ich wirklich bin, und die mich jetzt für ein Arschloch hält. Ich öffne den Mund, um etwas zu sagen, weil diese Situation mich ehrlich aufregt, schließe ihn jedoch sofort wieder, als die Tür aufgeht.

Renee kommt ins Studio, begleitet von einer fruchtigen Parfümwolke und einem Tablett mit geeistem Kaffee, auf dessen Bechern unsere Namen stehen. »Die hier habe ich von eurem Assistenten bekommen! Ich freue mich so auf die Sendung.« Begeistert stellt sie das Tablett auf dem Tisch ab. Ich habe sie zwar nur kurz bei der After-Show-Party kennengelernt, habe aber den ganzen gestrigen Abend damit verbracht, mir ihre Serie und Youtube-Videos von ihren *Bachelorette*-Highlights anzuschauen, um mehr über sie zu erfahren. »Ich fühle mich praktisch wie eure erste Gästin, Evangeline gehört schließlich zur Familie.«

»Einverstanden.« Ich klinge angespannt. Maeve dagegen lächelt engelsgleich, als wäre sie der glücklichste Mensch der Welt. Sie wirft mir vor, dass mir alles egal sei, dabei ist sie diejenige, die ihre Gefühle an- und ausknipst, sobald es um die Arbeit geht.

In diesem Moment steht sie auf, umarmt Renee und hilft ihr dabei, das Ansteckmikro unter ihrem Shirt hindurchzubugsieren, während ich den Blick abwende. Dann zeigt sie ihr, wo und wie sie sitzen soll. Als wir endlich alles fertig eingerichtet haben und ich aufstehe, um die Kameras einzuschalten, brodelt es immer noch in mir wegen unseres Gesprächs. Maeve hat die Dualkamera von letzter Woche abgebaut, sodass wir jetzt nur noch über vier Kameras verfügen: drei für Nahaufnahmen von uns und die vierte für die Totale von uns allen. Außerdem hat sie uns noch bessere Mikros besorgt, die sich mit einer dünnen Nadel statt einer Klemme an unseren Shirts anbringen lassen und fast unsichtbar sind.

Da wir uns immer abwechseln, mache ich heute die Einführung. »Hier sind wir wieder mit einer neuen Folge von *Tell Me*

How You Really Feel und unserer nächsten Gästin: Renee Jones. Renee ist quasi ein Profi darin, Leuten zu sagen, was sie wirklich fühlt: sei es den Männern, die sie bei der *Bachelorette* rausgekickt hat, oder ihrer Verlobten, der sie erst letzten Monat einen Antrag gemacht hat.«

»Gott, willst du mich vorstellen oder mich niedermachen?«, witzelt sie. »Vielen Dank euch beiden für die Einladung. Wenn ich sage, dass ich *gekreischt* habe, als ich Maeve während der Met Gala auf der Toilette begegnet bin …«

»Das kann ich bestätigen«, schaltet Maeve sich ein. »Das Wort ›Oralsex‹ hatte ich noch den ganzen Abend lang im Ohr.«

»Wie komme ich als Mann in die Damentoilette? Klingt, als hättet ihr da totalen Spaß! Solche Gespräche führen wir nicht an den Pissoirs.«

»Na, das kann ich mir vorstellen«, kommentiert Maeve spitz. »Okay, Renee, dann lass uns mal direkt loslegen: Auf der Toilette bei der Met Gala hast du mir gesagt, deine Verlobte würde mir einen Obstkorb schulden wegen unserer berühmten dritten Folge, in der es um Oralsex geht. Und ich muss leider zugeben, dass eigentlich Finn die essbaren Teile in diesem Korb verdient hat.«

Ich tue so, als würde ich mir den Staub von den Schultern wischen. »Was soll ich sagen, ich bin halt für die Wohltätigkeitsarbeit bei uns beiden zuständig.«

»Nein, also ehrlich gesagt«, wirft Renee grinsend ein, »versteht mich nicht falsch, seine Tipps in Folge drei sind gut. Der Stellungswechsel, um ihre Klitoris von der Seite aus zu stimulieren? Der Hammer. Aber es wurde erst so richtig hammermäßig, nachdem ich mir Folge einundsiebzig angehört hatte, in der Maeve über das O-Gesicht redet.«

»Okay, das will ich genauer wissen.« Wir haben ziemlich viele Komplimente für unsere dritte Episode bekommen. Sie ist nicht ohne Grund viral gegangen, da sonst niemand so genau beschreibt, wie man jemanden oral befriedigt, und viele Leute buchstäblich im Dunkeln tappen. Aber was Renee sagt, habe ich noch nicht gehört.

»Na ja, im Prinzip konnte ich nicht kommen. Meine Freundin ist fantastisch im Bett, aber ich habe die ganze Zeit viel zu sehr darüber nachgedacht, wie ich aussehe, und konnte mich nicht entspannen. Wie jeder weiß, war ich noch Jungfrau, als ich bei der *Bachelorette* mitgemacht habe. Ich habe mich für die Ehe aufgespart, und meine lieben Eltern in ihrer Kleinstadt im tiefsten Alabama glauben, weil ich mit Candice zusammen bin, wäre ich immer noch Jungfrau. Die hat noch niemand darüber aufgeklärt, dass es noch andere Arten von Sex gibt als nur die Penetration. Aber obwohl sich unser Sex gut angefühlt hat, konnte ich einfach nicht richtig loslassen, weil ich mir so viele Gedanken darüber gemacht habe, dass ich auch gut dabei aussehe. Wie Maeve gesagt hat, wurde mein ganzes Leben lang von mir erwartet, hübsch zu sein, für die Männer. Diese Ansicht hat sich irgendwie bei mir eingebrannt, und deshalb habe ich, obwohl Candice eine Frau ist, trotzdem noch versucht, mich darzustellen, anstatt mich in meine Lust fallen zu lassen. Und das war mir überhaupt nicht klar, bis Maeve in der Folge darüber gesprochen hat.«

»Ich erinnere mich daran. Sogar noch sehr deutlich. Ich habe deswegen nämlich mein eigenes Verhalten geändert, so viel kann ich sagen«, erzähle ich.

Maeve nickt. »Für alle, die sich diese Episode noch nicht angehört haben: Ich habe die Männer quasi angefleht, uns nicht anzustarren, während sie uns oral befriedigen. Ich will, dass sie die Augen schließen oder auf meine unteren Regionen richten, damit ich kommen kann, ohne mir dabei Gedanken zu machen, dass ich auch ja das perfekte süße O-Gesicht mache. Es gibt vielleicht, hm, sechs Menschen, in deren Gegenwart ich mich so wohlfühle, dass ich kein Problem damit habe, furchtbar auszusehen, und ein neuer Partner gehört ganz sicher nicht dazu. Für den will ich hübsch sein und nicht weiter darüber nachdenken!«

»Und wer sind die sechs?«, fragt Renee.

Maeve wird rot. »Meine Eltern, zwei, meine drei Schwestern, sind fünf ...« Sie zögert, und ihr Schweigen ist bedeutungsschwanger. In der Episode hat sie nie gesagt, wer die sechs sind, und ich hatte gar nicht daran gedacht, nachzuhaken, ob es die tatsächliche Zahl ist. Mein Herzschlag beschleunigt sich, während ich darauf warte, wer die oder der Sechste ist. Ihr Highschoolfreund? Irgendein Typ vom College? »Und der Sechste ist Finn. Ich sehe oft extrem schlunzig aus, wenn wir gemeinsam das Material schneiden oder einfach nur zusammen abhängen.«

Das stimmt nicht. Nicht mehr. Im letzten halben Jahr habe ich sie nur ein einziges Mal ohne Make-up gesehen, und das war im Hotelzimmer vor der Met Gala. Und mittlerweile trägt sie nur noch schöne Sachen anstatt ihrer sonst üblichen *»Tell Me How You Really Feel«*-Jogginganzüge – als müsste sie sich in meiner Gegenwart eine Rüstung anlegen.

Renee hebt eine Augenbraue, deshalb beeile ich mich, etwas zu sagen, bevor sie eine Frage stellen kann, die wir beide nicht beantworten wollen. »Moment mal, Renee, wieso ist eigentlich deine Verlobte diejenige, die uns den Obstkorb schicken müsste?«

Renee legt auf theatralische Art den Kopf schief und grinst. »Weil sie jetzt keine Komplexe mehr haben muss, dass sie mich nicht zum Höhepunkt bringt. Keine Sorge, ihr da draußen: Sie ist großartig. Keine Orgasmuslücke bei uns beiden.«

»Das hören wir sehr gern!« Maeve klatscht sanft in die Hände. »Okay, Renee, du hast erwähnt, dass deine Eltern etwas andere Ansichten in puncto Sex und Sexualität haben als du. Wie war es für dich, erst die *Bachelorette* zu sein, die nach einem Ehemann sucht, und dann deiner Verlobten einen Antrag zu machen?«

Renee trinkt einen großen Schluck von ihrem Kaffee. »Ihr solltet lieber auch was trinken. Das hier wird etwas länger dauern.«

Ich lache, und Maeve nickt ermunternd. »Wir sind gespannt.«

»Auf jeden Fall war es dadurch noch verwirrender, als ich mich in Candice verliebt habe. Es hat Monate gedauert, bis mir klar war, dass meine Gefühle für sie mehr waren als nur der Wunsch, ihre beste Freundin zu sein. Dass ich vielleicht vorher schon ein paarmal verliebt war und dachte, ich wollte nur mit den Frauen befreundet sein, weil ich durch meine Erziehung so geprägt war, dass ich geglaubt habe, homosexuell zu sein, käme für mich nicht infrage. Oder dass ich, weil ich definitiv auf Männer stehe, nicht die gleichen intensiven Gefühle für eine Frau haben könnte.«

Maeve steigt in das Gespräch ein und hilft Renee dabei, ihre Gefühle zu entschlüsseln, und obwohl ich hier und da etwas einwerfe, bin ich durch die Situation zwischen Maeve und mir abgelenkt. Sie fühlt sich nicht mehr wohl in meiner Gegenwart. Während der Gala dachte ich, ich sollte jede Gelegenheit nutzen, um die Sache zwischen uns wieder in Ordnung zu bringen: mit ihr Händchen halten, tanzen, kuscheln ... Doch ich habe ihr Vertrauen zerstört, und wie es aussieht, sorge ich mit meinen Bemühungen nur dafür, dass sie noch überforderter und hinterher umso wütender auf mich ist. Ich will sie unbedingt davon überzeugen, dass sie mir viel bedeutet. Aber vielleicht geht das nur, wenn ich einen Schritt zurücktrete und ihr zeige, dass unsere Beziehung nicht mehr so sein muss wie früher, nicht mehr so innig und eng. Ich werde respektieren, dass sie Abstand braucht, und versuchen, alles etwas langsamer anzugehen und unsere Freundschaft wiederaufzubauen, anstatt so vorzupreschen und an dem Punkt weiterzumachen, an dem ich es verbockt habe.

Die Aufnahme mit Renee dauert über zwei Stunden, doch die Zeit vergeht wie im Flug. »Kann ich mit zu dir kommen und schneiden?«, frage ich Maeve, während wir zusammenpacken.

Sie wirft mir einen vernichtenden Blick zu. »Nein. Ich werde Leo bitten, dir eine Festplatte vorbeizubringen, wenn ich alles zusammengeschnitten habe. Schick mir einfach den Timecode, wenn du irgendwas ändern willst.«

Die Leute von Streamify sind wahnsinnig paranoid und wollen nicht, dass wir das Material in eine Sharing-Plattform hochladen, was wir normalerweise tun würden, um gegenseitig auf die Episoden zugreifen zu können, falls einer von uns nicht in der Stadt ist oder dergleichen. Aber selbst wenn es gar nicht nötig ist, findet Maeve natürlich eine Möglichkeit, dass wir die Folgen auch ja getrennt voneinander bearbeiten. Ich atme einmal tief durch. Ich will das mit uns in Ordnung bringen, aber sie ist so abweisend, und das regt mich wirklich auf. »Wäre es nicht einfacher, wenn wir gleich zusammenarbeiten würden?«

»Äh, nein. Es geht schneller, wenn ich es alleine mache. Such dir ein anderes Hobby, Finn, als mir beim Schneiden zuzusehen.« Damit marschiert sie aus dem Studio, ohne sich noch einmal umzudrehen, und ich fühle mich zum zweiten Mal an diesem Tag so, als hätte mir jemand einen Schlag in die Magengrube verpasst.

Auf der Fahrt nach Hause hallen ihre Worte durch meinen Kopf. Seit wir den Podcast nicht mehr wirklich zusammen betreiben, bin ich irgendwie so ungebunden. Nach meinem Ausflug in die Finanzwelt war es eine Erleichterung, wieder etwas Kreatives tun zu können, aber es macht keinen richtigen Spaß, wenn ich nicht mit Maeve zusammenarbeiten kann. Sie war während der letzten zwei Jahre meine Führung. Doch wenn sie mich nicht mehr an Bord lässt, kann ich mich nicht von ihrer Energie mitreißen lassen, und ich vermisse es, eine kreative Betätigung zu haben, die sich sicher anfühlt.

Meine Eltern versuchen ständig, mich in ihre Projekte zu holen. Aber ich kann nicht mehr als Schauspieler arbeiten. Ich habe die Drehbücher gelesen, die Cassidy mir heimlich geschickt hat, und bevor mir unsere Beziehung um die Ohren geflogen ist, war ich immer ihr Übungspartner per Videochat. Und das hat mir wahnsinnigen Spaß gemacht. Seit diesem ersten Film als Kind liebe ich es zu spielen. Ich blühe dabei richtig auf; es ist der reinste Adrenalinkick. Und das Einzige, was dem gleichkommt, ist der Funke, den ich spüre, wenn ich mit Maeve zusammen bin. Aber ich komme nicht mehr damit klar, vierundzwanzig Stunden am Tag von Paparazzi verfolgt zu werden. Dass fremde Männer gegen meine Windschutzscheibe hämmern und meinem Wagen hinterherjagen. Diese Erfahrung in meiner Kindheit war traumatisch, und allein der Gedanke daran sorgt dafür, dass meine Hände anfangen zu schwitzen und sich mir die Kehle zuschnürt. Die Schauspielerei ist das nicht wert.

Ich muss unbedingt die Sache mit Maeve wieder geradebiegen, denn ich weiß, wenn ich mit ihr zusammen bin – wenn wir die Show richtig zusammen betreiben –, reicht mir das. Es muss einfach reichen.

Zwölf

Vor dem Deal mit Streamify

MAEVE

Ich greife hinüber und stelle das Mikro endgültig ab. »Ich kann nicht mehr. Noch eine Aufnahme und ich drehe durch.«

Lachend wirft Finn sein Mikro auf den Couchtisch. »Heute war es etwas schwierig.«

Jedes Mal, wenn wir in dieser Woche versucht haben, etwas aufzunehmen, gab es irgendeine Störung. Zuerst fanden am Mauerwerk von Finns Wohnhaus irgendwelche Sanierungsarbeiten statt, sodass direkt gegen die Wand neben uns gehämmert wurde. Es klang, als wollte jemand das Gebäude abreißen. Dann, als wir den nächsten Versuch bei mir starteten, beschloss mein Nachbar offensichtlich, einen Harry-Potter-Film-Marathon zu starten; zumindest dröhnten die ersten drei Teile durch die Wand. Und nun, da wir uns in das wunderschöne Brownstone-Haus einer Freundin von Finns Mutter zurückgezogen haben, hat sich draußen vor dem Fenster irgendein Unfall ereignet.

»Nur heute? Du meinst wohl, die ganze Woche.«

Finn beginnt, die Mikros einzupacken, während ich die Kameras verstaue. »Vielleicht sollten wir die nächsten Aufnahmen nachts machen«, schlägt er vor.

»Bei unserem Glück organisiert dann irgendjemand einen Flashmob direkt vor unserem Fenster. Oder nein, direkt in unserer Wohnung.«

»Dann lass uns doch die Stadt verlassen. Warst du je in den Hamptons? In Montauk?« Finns Augen leuchten, und er stellt die Techniktasche wieder auf den Boden.

Lachend schalte ich die dritte Kamera ab. »Sehe ich aus wie jemand, der den Sommer in den Hamptons verbringt?«

»Dann los, lass uns das machen. Ich besorge uns einen Mietwagen. In vier Stunden sind wir in den Hamptons. Immerhin ist einer der Sponsoren unserer neuen Staffel ein Weinhändler, da sind wir doch geradezu verpflichtet, in eine Weinregion zu fahren.«

Ich verdrehe die Augen und nehme die Akkus aus der Kamera, um sie ins Ladegerät zu stecken. »Es kostet Unsummen, dahinzufahren.« Ich bin ja schon froh, dass ich mittlerweile genug verdiene, um mir ein Apartment ohne Mitbewohner zu leisten, aber ich habe so gut wie keine Ersparnisse und bin weit entfernt davon, reich zu sein.

Finn hebt einen Finger, um mich zum Schweigen zu bringen. »Also, wenn du kostenlos dort wohnen könntest, würdest du hinfahren? Sofort, meine ich?«

»Wenn du uns eine kostenlose Übernachtungsmöglichkeit in den Hamptons besorgen kannst, ja, dann würde ich fahren. Allerdings nur, wenn ich vorher noch ein paar Klamotten aus meiner Wohnung holen kann.«

Finn gehört zu den Menschen, die tausend Leute kennen. Die alles möglich machen können; die nach Cannes fahren und die Zeit mit den berühmtesten Schauspielerinnen und Schauspielern auf einer Jacht verbringen, obwohl sie eigentlich nur kurz dortbleiben wollten. Manchmal vergesse ich, wie gut er vernetzt ist und dass er aus einer stinkreichen Familie kommt. Deshalb bin ich auch immer noch leicht überrascht, als wir nicht mal eine Stunde später in einem geliehenen Cabrio sitzen und auf dem Weg nach Montauk sind, wo ein Freund von Finns Familie ein Haus besitzt.

Finn hockt selbstbewusst hinterm Steuer, hat nur eine Hand ans Lenkrad gelegt, und sein dunkles Haar weht im Wind, während ihm die Sonnenbrille die Nase hinunterrutscht. Genau genommen sieht er in seinem halb aufgeknöpften weißen Leinenhemd aus, als wäre er bereits in den Hamptons. Als er zu mir sieht und mich angrinst, stockt mir einen Moment lang der Atem. Die Art, wie er mich anschaut, für den Bruchteil einer Sekunde, während wir vor einer roten Ampel stehen ... Wenn ich es nicht besser wüsste, würde ich denken, dass er Gefühle für mich hat. Mehr als nur freundschaftliche.

Aber das Konzept unserer Sendung basiert darauf, dass wir nur Freunde sind. Die sich gegenseitig dabei helfen, die große Liebe zu finden. Und die freundschaftliche Ausflüge in die Hamptons unternehmen, um dort aufzunehmen und anschließend in getrennten Räumen zu schlafen.

»Also dann, erzähl mal, wie sieht dein Traumstudio aus?«

»Was?« Finn liebt es, mir ohne Vorwarnung irgendwelche Fragen zu stellen. Man sollte meinen, dass ich als Therapeutin das Fragenstellen übernehmen würde, doch wenn man mit ihm zusammen ist, darf man sich über nichts mehr wundern.

»Dein zukünftiges Podcaststudio. Wie soll es aussehen?«

Darüber habe ich noch nie groß nachgedacht. Aber ich spiele sein Spiel gerne mit. Lässig strecke ich einen Arm aus dem Wagen und spüre, wie der Wind ihn umweht. Nun, da wir fast in den Hamptons sind, fahren wir mit offenem Verdeck, und ich kann den aufziehenden Regen riechen. Ich liebe diesen Geruch. Aber noch mehr als alles andere liebe ich die Tatsache, dass ich mit Finn hier bin.

»Zuerst mal muss es schalldicht sein. Und sehr gemütlich. Ich will, dass es sich so anfühlt wie zu Hause im Wohnzimmer. Aber, na ja, in einem superschönen Wohnzimmer. Mit braunen Ledersesseln, aber ganz viel Weiß, damit es nicht zu männlich wirkt.

Und pinken Akzenten, zum Beispiel bei der Deko auf dem Tisch oder bei den Bilderrahmen. Und …« Ich verstumme, während ich nachdenke. »Und an den Wänden soll Kunst hängen, die nur von weiblichen Künstlerinnen kreiert wurde. Sexy Kunst, aber trotzdem ein bisschen zurückhaltender. Klassisch, ich möchte nämlich, dass die Show ein bisschen niveauvoller wird, sobald wir nicht mehr jede Woche unser Sexleben ausbreiten und viral gehen.«

»Das gefällt mir«, sagt Finn. »Klingt sehr niveauvoll. Extrem niveauvoll. Wie wäre es mit einem Schild, auf dem ›Tell Me How You Really Feel‹ steht?«

»Vielleicht. Wenn es subtil ist«, stimme ich zu. »Und ich will, dass die Atmosphäre im Studio immer hell ist, so wie an einem sonnigen Morgen oder Abend mit goldenem Licht. Aber das müsste komplett künstliches Licht sein, damit es immer gleich aussieht und wir jederzeit aufnehmen können, ohne ständig die Beleuchtung neu auszurichten, weil natürliches Licht sich verändert.«

Finn legt den Kopf in den Nacken und lacht laut, was wiederum dazu führt, dass ich leicht erröte, allerdings vor Begeisterung. Ich halte mich überhaupt nicht für witzig, deshalb freue ich mich jedes Mal, wenn ich ihn zum Lachen bringe. Jeder Insiderwitz zwischen uns kommt mir vor wie ein weiterer Baustein in unserer Geschichte, und manchmal wünschte ich, es gäbe dieses Uns, das nicht möglich ist, weil es sich nicht mit dem Podcast vereinbaren lässt. Eine Version von uns, in der wir zusammen ins Bett gehen würden, anstatt uns nur zusammen die Zähne zu putzen und uns anschließend Textnachrichten aus verschiedenen Zimmern zu schreiben. »Das klingt total nach dir«, merkt Finn an. »Eine grandiose Idee, aber gleichzeitig megapraktisch.«

»Das ist doch die Traumkombi! Und vorne hätte ich noch einen Raum für mich, in dem ich mich um den Social-Media-Content kümmern könnte. Und einen riesigen Schnittbereich, und eine Küche, in der es immer alles zu essen gibt, was wir haben wollen.«

»Hört sich an, als bräuchtest du ein ganzes Haus.«

Ich nicke. Dann fällt mir ein, dass er ja fährt und nicht sehen kann, wie ich nicke. »Im Prinzip schon. Stell dir ein superluxuriöses Poolhaus vor. Voll ausgestattet mit der neuesten Technik! Da könnten wir dann auch die Kameras und Mikros die ganze Zeit über stehen lassen und müssten nicht jedes Mal alles abbauen.«

»Na, das klingt traumhaft für mich. Wobei: Wenn wir uns das leisten können, sind wir so reich und erfolgreich, dass wir dafür auch Leute einstellen können.« Finn biegt in eine lange Auffahrt ein, die zu einem Haus direkt am Meer führt. »Wir sind da.«

Lass uns für immer nur zu zweit bleiben. Diese Worte liegen mir auf der Zunge. Doch ich bin gerade damit beschäftigt, den Anblick dieses Hauses in mich aufzunehmen, das offensichtlich leer steht. »Echt jetzt? Das ist kein Witz oder so was?«

»Das ist mein voller Ernst.« Finn springt aus dem Wagen und holt unsere beiden Koffer heraus. »Die haben die Haushälterin gebeten, etwas zu essen und Wein für uns einzukaufen, wir sollten also gut versorgt sein. Aber hier in der Gegend gibt es diverse richtig gute Restaurants, deshalb sollten wir morgen unbedingt auswärts essen gehen.«

Mir ist ganz schwindlig, während ich Finn ins Innere des Hauses folge. Oder besser gesagt: ins Innere dieser riesigen Villa. Durch die deckenhohen Fenster im Wohnzimmer kann ich einen unfassbar großen Infinitypool sehen, einen Außengrill, Marmortische und einen privaten Zugang zum Strand. Die Küche, also eigentlich die gesamte Einrichtung, ist der reinste Immobilientraum. »Wie kommt es, dass die Eigentümer nicht jede freie Minute hier verbringen? Wäre das mein Haus, würde ich das definitiv machen.«

Finn zuckt die Achseln. »Ich glaube, die drehen gerade. In der

Antarktis oder in Alaska oder so was. Auf jeden Fall irgendwo weit entfernt.«

Ich öffne den Kühlschrank, der bis zum Rand gefüllt ist mit Bioprodukten, vorgekochten Mahlzeiten und allem, was das Herz sonst noch so begehrt. Und auf der Küchentheke stehen mehrere Flaschen Rotwein, Weißwein und Rosé, von denen jede einzelne teurer aussieht als das, was ich mir leisten kann.

»Wieso lebst du noch mal in der Stadt? In einer Wohnung mit vier anderen Leuten? Und gehst arbeiten?«

Finn ignoriert meine Frage und nimmt eine Portion Chips mit Guacamole aus dem Kühlschrank. »Der Koch hier macht eine Hammerguacamole. Die musst du unbedingt probieren.« Ich folge ihm nach draußen, wo wir uns auf die Veranda setzen und den Sonnenuntergang bei Guacamole genießen, die tatsächlich wahnsinnig gut schmeckt. Was eigentlich klar war. Denn wieso sollten sich die Leute hier irgendwas leisten, das nicht unglaublich ist?

»Und? Wieso hast du jetzt studiert und tust dir das Arbeitsleben an?« Vielleicht sollte ich ihn nicht so drängen. Aber aus irgendeinem Grund will ich es wirklich wissen.

Finn wird vom goldenen Sonnenlicht bestrahlt und sieht aus wie ein Pinterest-Foto, das zum Leben erwacht ist. In diesem Licht leuchten seine Augen noch blauer und werfen mich noch mehr aus der Bahn als ohnehin schon. »Weil ich ein normales Leben führen will.«

Ich lasse den Blick schweifen, betrachte die Aussicht, das Haus, alles um uns herum. »Aber ich meine … wieso? Das interessiert mich wirklich.« Das tut es. Weil ich in dem winzigsten Haus aufgewachsen bin, das es gibt, in der beschissensten Kleinstadt unter der Sonne. Man hat uns das Wasser abgestellt, wenn meine Mom in dem Monat nicht genügend Schichten bekommen hat. Ich kann mir überhaupt nicht vorstellen, warum man freiwillig ins

Studentenwohnheim oder anschließend in irgendein New Yorker Rattenloch zieht, wenn man ganz andere Möglichkeiten hätte.

Finn stößt einen schweren Seufzer aus. »Also, zuerst mal will ich mich gar nicht beklagen. Und ich erzähle das auch nur dir.«

»Das ist klar, Finn. Ich hab ja auch danach gefragt.«

Er wendet den Blick ab und schaut aufs Meer hinaus. »Meine erste Erinnerung aus der Kindheit hat nichts mit meiner Mom oder meinem Dad oder irgendeinem schönen Erlebnis im Pool zu tun. Nein, ich erinnere mich daran, wie wir vor Paparazzi aus einem Laden geflüchtet sind. Ich saß im Buggy, und den hat meine Mom schließlich stehen gelassen und mich ins Auto gezerrt. Sie hatte solche Angst, weil die Typen so dicht an uns herangekommen sind, dass sie sich nicht getraut hat, den Buggy einzuladen. Das war eine ganze Gruppe von Männern mit Kameras, und die waren richtig aggressiv. In Kalifornien steht es mittlerweile unter Strafe, die Kinder von Prominenten zu fotografieren, aber wir waren tatsächlich hier, in den Hamptons. Hier ist man Freiwild. Und so lief quasi meine ganze Kindheit ab. Vor allem nach dem Film. Ich konnte nirgendwohin: spazieren gehen, in den Park oder überhaupt irgendwas machen. Nur auf abgeschottetem Privatgelände oder im Ausland. Das ist einfach kein Leben. Und je älter ich wurde, desto schlimmer wurde es. Die jagen dich wirklich, weißt du?«

Nein, das weiß ich nicht. Ich kann mir auch nicht vorstellen, wie das ist, wenn man so aufwächst. Trotzdem nicke ich, um ihn zum Weiterreden zu ermutigen. Er spricht so gut wie nie über dieses Thema. Als er mich nun anschaut, kann ich in seinen Augen erkennen, wie sehr ihn diese Erinnerungen quälen. »Meine erste richtige Freundin – nicht Cassidy –, als Teenager, hat mit mir Schluss gemacht, nachdem man jedes einzelne Detail über ihr Leben im *People Magazine* ausgebreitet hat. Als ich durch die Fahrprüfung gerasselt bin, stand das in fünf verschiedenen Boulevardblättern! Ich konnte nichts mehr allein machen. Die Leute haben mich dauernd gefragt, wann ich wieder in einem Film mitspielen würde. Und als Kind habe ich es geliebt zu schauspielern. Ich hab zu Hause immer kleine Sketche aufgeführt, für meine Eltern, und damals, als wir den Film gedreht haben, das war eine der besten Zeiten meines Lebens. Aber ich wusste, dass die mich immer weiter zerstören würden – egal, was ich mache –; die würden mein Leben immer weiter zerreißen, in immer kleinere Schnipsel, bis am Ende nichts mehr für mich übrig wäre. Also habe ich beschlossen, so langweilig wie möglich zu werden. Und in den langweiligsten aller Bundesstaaten zu ziehen, nach Pennsylvania, wo es keine Paparazzi gibt. Und ein so unspektakuläres Leben zu führen, dass die keine guten Fotos von mir bekommen und mich in Ruhe lassen würden.«

Mein Magen zieht sich zusammen, denn das, was er als zu unspektakulär für die Fotografen bezeichnet, ist mein Leben. Meine Heimat. Doch dieser Moment gehört ihm, und ich verstehe, was er sagen will. »Aber … die Show …« Ich verstumme, weil ich die Antwort bereits kenne. Er hat meinetwegen mitgemacht. »Kommst du denn damit klar?«

Er nickt. »Ich habe mich bewusst dazu entschieden, den Podcast mit dir gemeinsam aufzuziehen, Maeve. Du hast mich ja nicht dazu gezwungen. Du musstest mich nicht mal dazu überreden. Und ich liebe es, die Show mit dir zusammen zu machen. Es war sowieso unrealistisch zu glauben, dass ich mich ewig aus der Öffentlichkeit fernhalten kann.«

Die Sonne ist mittlerweile fast untergegangen. Nur noch ein winziger glühender Streifen ist am Horizont zu sehen, und die Luft ist kühler geworden. Ich will schon vorschlagen, dass wir reingehen, weil es dunkel wird, als plötzlich um uns herum kleine Lämpchen angehen, ausgelöst durch das schwindende Sonnenlicht. So ist das, wenn man reich ist. Für jedes Bedürfnis ist gesorgt, ohne dass man weiter darüber nachdenken muss. Ich hatte nie das Verlangen, reich zu sein, doch nun, da ich die Aussicht auf finanzielle Sicherheit in meinem Leben habe und merke, mit welchen Annehmlichkeiten das einhergeht, ertappe ich mich dabei, dass ich es doch sein will. »Es tut mir leid, Finn, das klingt furchtbar. So was sollte kein Kind durchmachen müssen.«

»Dafür bekomme ich all das hier«, antwortet er mit einem düsteren Lächeln. »Es ist ein Tauschgeschäft. Nur, dass meine Eltern es abgeschlossen haben, nicht ich.«

Wir sehen zu, wie die letzten Strahlen der Sonne verblassen. Ich greife nach Finns Hand und drücke sie einmal, bevor ich sie wieder loslasse. »Also ich bin jedenfalls froh, dass wir die Show zusammen machen.«

Zum ersten Mal, seit wir hier draußen sitzen, wirkt Finn ganz entspannt. Sein Lächeln ist ehrlich und sein Blick weich. »Ich auch, Maeve. Ich auch.«

Dreizehn

MAEVE

»Soll ich dir was sagen: Das hier ist echt schön. Daran könnte ich mich gewöhnen.« Ich liege auf Sarahs Doppelbett im Zimmer ihres Wohnheims und betrachte die Lichterketten und Polaroidfotos, die an den Wänden kleben. »Ich meine, es ist so minimalistisch. Vielleicht sollten wir ab jetzt hier chillen. Wir könnten eine *»Tell Me How You Really Feel«*-Collegereihe aufzeichnen. ›Ist der Fickfreund, der nicht auf meine Textnachrichten antwortet, mein Seelenpartner?‹ – das wird eine einfache Woche für mich.«

Sarah wirft mir ein Kissen an den Kopf. »Beim nächsten Mal nehme ich ein Lehrbuch. Ich weiß, das hier kann nicht mit deinen Met-Gala-Palaststandards mithalten, aber einige von uns studieren noch.«

Ergeben hebe ich die Hände. »Ich ziehe jegliche Aussagen zurück. Aber können wir trotzdem in die Mensa gehen? Das hier macht mich ganz nostalgisch, und ich kriege Hunger auf Frozen Joghurt mit Gefrierbrand und Pommes, weil alles andere ungenießbar ist.«

Sarah durchbohrt mich mit einem tödlichen Blick von ihrem Platz auf dem Bett ihrer Mitbewohnerin aus. »Nein. Du bist jetzt berühmt. Und viel zu alt, um im Speisesaal zu essen. Das ist gruselig, solange du noch unter – keine Ahnung – fünfzig bist und keine eigenen Kinder hast. Aber du darfst mich gerne ins La Barca einladen.«

Zwanzig Minuten später sitzen wir auf der Terrasse des La Barca und starren auf unsere Auswahl an Drachenfrucht-, Hibiskus-, Ananas- und Rosé-Margaritas. Sarah stützt ihr Kinn auf ihre Faust und tut so, als würde sie eine imaginäre Brille über ihre Nase schieben. »Und, Maeve? Was denkst du?«

»Dass du … peinlich bist. Ehrlich, deine Imitation ist echt schlecht.« Ich trinke einen großen Schluck von der Drachenfrucht-Margarita. Meine Schwester hat mich kurz nach meinem Umzug in diesen Laden geschleift, nachdem sie die letzten Jahre dauernd davon geschwärmt hat. Und zu meiner Überraschung wurde ich nicht enttäuscht, obwohl sie sich normalerweise nur von Ramen und Pizzabagels ernährt.

»Ich wollte dich doch nur ärgern! Aber jetzt mal ehrlich: Wie läuft's mit Finn? Die neuen Folgen sind echt gut. Ich hab euch zwei zusammen vermisst.« Sie bemerkt, dass ich die Augenbrauen zusammengekniffen habe. »Aber ich hasse ihn natürlich und bin jederzeit bereit, sein Auto zu zerkratzen, einen Shitstorm im Internet zu starten oder Enthaarungscreme in sein Shampoo zu schütten. Egal was, ich tu's.«

Manchmal habe ich einen echten Hass auf meine Schwestern, aber in Momenten wie diesen fällt mir wieder ein, dass ich sie liebe, auch wenn ich sie hasse. »Danke. Ich meine, vor der Kamera oder hinterm Mikro oder was auch immer lassen wir uns nichts anmerken, aber … es ist echt furchtbar.«

Sarah hebt eine Augenbraue. »Deine Nachrichten von der Gala sagen aber was anderes, und du warst betrunken.«

Ich leere den Rest der Drachenfrucht-Margarita und gehe zur Ananasvariante über. »Glaub mir, ich hab meine Strafe schon dafür bekommen, dass ich dachte, wir könnten wieder normal miteinander umgehen – direkt, als ich wieder nüchtern war. Zu wissen, dass ich für ihn so austauschbar bin … Ich kann ihm einfach nicht vertrauen. Und mit ihm rumzualbern, tut echt weh! Ich meine, so richtig. Wenn ich mit ihm über irgendwas lache, fühlt sich das so an, als würde ich absichtlich Nadeln in mein Herz stechen, weil ich mir dann wünsche, dass es wieder so ist wie früher. Gewünscht *habe*. Jetzt hasse ich ihn nämlich wieder, und jemanden, den man hasst, kann man nicht lieben, es sei denn, er gehört zur Familie. Aber es tut wirklich weh. Wusstest du, dass Liebeskummer die gleiche Reaktion im Gehirn auslöst wie ein harter Drogenentzug? Das ist wissenschaftlich erwiesen.«

In diesem Moment bringt uns der Kellner unser Essen, und wir machen uns hungrig über unsere Fisch-und-Shrimps-Tacos her. Zwischen zwei Bissen antwortet Sarah auf meinen Bericht. »Das ist echt scheiße. Aber jetzt mal ehrlich: Euer Vertrag läuft über drei Jahre. Und Finn die ganze Zeit über zu hassen, wird wahnsinnig anstrengend, deshalb musst du irgendeine Möglichkeit finden, wieder freundschaftlich mit ihm umzugehen. Oder zumindest einen Waffenstillstand zu schließen. Vielleicht hast du dich bei der Gala auch zu sehr reingehängt. Behandle ihn doch einfach so wie Claude, nachdem du dich so richtig über sie aufgeregt hast, sie aber beim Fußball gewonnen hat und du nicht total sauer auf sie sein kannst.«

»Zu Claude muss ich aber nett sein – sie ist meine Schwester. Bei Finn ist das nicht so einfach.« Claude mag vielleicht mein Lieblingsshirt ruinieren, aber Finn hat mich dazu gebracht, ihm von meinen ganzen Unsicherheiten zu erzählen und ihm all meine wunden Punkte zu verraten, nur um dann mit einer vielzackigen Heugabel zuzustechen und jeden einzelnen davon zu treffen.

»Na ja, dafür ist er deine Eintrittskarte in eine glorreiche Zukunft, in der du in die Geschichte eingehen kannst: als höchstbezahlte Podcasterin aller Zeiten, die Paul Myers übertroffen hat und ihre eigene Soloshow bekommt – quasi alles, was du dir je erträumt hast. Ich meine, ich will ja nichts sagen, aber wenn das kein Anreiz ist …« Sarah greift über den Tisch, um einen Taco von meinem Teller zu stibitzen, und ich schlage ihre Hand weg.

»Vielleicht solltest du auch Therapeutin werden.« Mein Tonfall ist zwar heiter, doch ihre Worte hallen noch in meinen Ohren nach. *Er ist deine Eintrittskarte.* Offensichtlich glaubt sie auch nicht, dass ich es allein schaffen kann. *Verdammt.* Ich weiß, das ist nur ein dummer Gedanke. Sie ist meine Schwester, und sie glaubt an mich. Trotzdem schwirrt der Gedanke weiter durch meinen Kopf. *Offensichtlich glaubt sie auch nicht, dass ich es allein schaffen kann.*

Grinsend fegt sie einen Shrimp von meinem Taco und legt ihn auf ihren eigenen. »Das wäre mir zu einfach. Wie viele Jahre hast du noch mal studiert? Sechs? Sieben? Versuch's mal mit fünfzehn Jahren Studium und Facharztausbildung.«

»Der Platz als bestbezahlte Podcasterin wird immer attraktiver«, murmle ich vor mich hin. Sarahs Miene verdunkelt sich leicht, und ich beiße mir im Stillen auf die Zunge. Sie soll kein schlechtes Gewissen bekommen oder sich irgendwie verpflichtet fühlen, weil ich ihr Studium bezahle. Na ja, vielleicht so verpflichtet, dass ich sie jederzeit anrufen kann, wenn ich medizinische Fragen habe, aber sie soll nicht das Gefühl haben, mir irgendetwas schuldig zu sein. »War nur ein Scherz. Du weißt, dass ich dir gerne dein Studium finanziere.«

»Und dafür bin ich dir sehr dankbar.«

Sarah sieht aus, als wollte sie noch irgendetwas Gefühlsduseliges sagen, doch in diesem Augenblick gibt mein Handy ein lautes Zwitschern von sich. Ich habe es so eingestellt, dass alle Mails, die den Podcast betreffen, in einem speziellen Ordner landen und ich eine Benachrichtigung bekomme, damit ich nichts verpasse. Nun, da ich mir keine Sorgen mehr darüber machen muss, dass die Show abgesetzt wird, versuche ich, mich wieder auf die Arbeit zu konzentrieren, mir die guten Zahlen zunutze zu machen und unseren Platz in den Charts so lange wie nötig gegen die *Paul Myers Show* zu verteidigen. Ich hole mein Handy heraus, um die

Mail zu öffnen, und werde mit einem fünf Absätze langen Aufsatz begrüßt.

»Was ist los? Du machst ganz große Augen.« Sarah beugt sich vor, um die Nachricht lesen zu können.

»Die ist von Graham, unserem nächsten Gast. Dem Footballer. Er hat Finn gesagt, dass er ein bestimmtes Problem hat, bei dem er Hilfe braucht, und offensichtlich hat er damit nicht übertrieben.« Schnell überfliege ich die Mail. Zusammengefasst hat Graham es sich ziemlich heftig mit seiner Freundin verscherzt.

»Wieso berätst du dich nicht mit Finn?«

Ich verdrehe die Augen. »Wieso sollte ich? Er ist bei uns hauptsächlich für die Komik zuständig.« Sarah starrt mich nur schweigend an. Sie weiß, dass das nicht wirklich stimmt. Während der zwei Jahre, in denen wir die Sendung nun schon machen, habe ich sie oft angerufen, ganz aufgekratzt von den vielen Stunden, die ich mit Finn an einer Folge gearbeitet habe. Ich war immer erfüllt von den Ideen, die wir uns hin- und hergeworfen und aus denen wir am Ende etwas Tolles geschaffen haben. »Na schön. Ich schreibe ihm.«

Hab die E-Mail gelesen. Willst du zum Brainstormen vorbeikommen?

Ich schaue Sarah an. »Fertig, aber er ist mittlerweile auch sauer auf *mich*. Du hättest uns letzte Woche mal hören sollen. Es gibt kein …«

Mein Handy vibriert.

Bin in dreißig Minuten da.

Sarah langt über den Tisch und reißt mir das Telefon aus der Hand. »Untersteh dich!«, rufe ich.

»Dann … bis … gleich …«, tippt Sarah ein, bevor sie mich ansieht. »Soll ich noch ›Waffenstillstand?‹ hinzufügen?«

Abrupt stehe ich auf und hole mir mein Handy zurück. »Ich denke, das hat er schon verstanden. Ich muss jetzt los. Bis nach Hause brauche ich mindestens eine halbe Stunde.« Kritisch blicke ich auf mein Outfit hinunter: Trainingsanzug, fettiges Haar und kein Make-up …

Sarah kichert. »Also, wenn er dir egal ist, brauchst du dich auch nicht für ihn aufzubrezeln.«

Ich winke einem Kellner und halte meine Uhr an das Kartenlesegerät, um zu bezahlen. »Genieß den Spaziergang zurück zum Campus«, rufe ich über die Schulter zurück, während ich in Richtung Ausgang eile. Die Fahrt zu meinem Haus in den Hollywood Hills dauert theoretisch achtundzwanzig Minuten, aber tatsächlich mindestens vierzig, da der Verkehr in L. A. zu jeder Zeit die Hölle ist. Als ich in meine Auffahrt einbiege, ist Finn schon dort; er hockt auf der Treppenstufe und hat den Kopf gegen die Haustür gelehnt.

»Sorry, dass ich so spät komme«, entschuldige ich mich, während ich aussteige.

Meine Ankunft scheint Finns Laune sichtlich gehoben zu haben. »Ich dachte schon, du hättest mich versetzt.«

Stumm schließe ich die Tür auf, und in dem Moment, als Finn über die Schwelle tritt, geht er direkt ins Innere durch und sieht sich alles an; als würde er sich in meinen vier Wänden sofort wie zu Hause fühlen – ein wenig zu schnell für meinen Geschmack. »Wow, Maeve, das ist ein tolles Haus. Genau das, was du dir immer gewünscht hast.«

»Fast.« Früher habe ich mir immer vorgestellt, mal eine breite Kücheninsel mit Marmorplatte zu haben, an der meine Schwestern sitzen können, während ich koche. Und einen Riesenpool und ein Kino. Und das alles habe ich jetzt auch, allerdings war dieses Haus mal …

»Gooott!« Finns Ausruf zeigt mir, dass er herausgefunden hat, warum dieses Haus ein Schnäppchen war. »Maeve! Das ist das Haus aus deinem True-Crime-Podcast, oder?«

Ich folge ihm ins Wohnzimmer. Das Haus ist ziemlich bekannt, weil die Eigentümer, bevor ich es gemietet habe, Netflix erlaubt haben, hier die allererste Videoepisode meines Lieblingspodcasts zu drehen, in der es zufällig um den grausamen Mord ging, der in ebendiesem Wohnzimmer passiert ist.

Finn dreht sich mit weit aufgerissenen Augen zu mir um. »Das ist es, stimmt's?«

»Sarah hat es noch nicht mitbekommen. Das war ein Superangebot …« Ich blicke mich um. Das Zimmer wurde mit glitzernder Farbe angestrichen, und ich durfte die tollen Möbel behalten, die sie beim Netflixdreh benutzt haben. Aber ich habe auch die Fotos vom Tatort gesehen, und die Wand, an der mein Fernseher hängt, war mit Eingeweiden bespritzt, weil eine Frau hier ihre Nachbarin mit einer Axt zerstückelt hat, als sie herausfand, dass die ihre Kinder nicht hatte impfen lassen und ihr Baby sich bei ihnen mit Masern angesteckt hat, woran es schließlich gestorben ist. »Und na ja, ich meine, irgendwie hat die Nachbarin doch auch das Baby getötet.« Noch während ich das sage, verziehe ich das Gesicht. »Vergiss es, das habe ich nie gesagt. Streich das. Aber ich schwöre, hier im Haus gehen keine bösen Geister um oder so was. Und vielleicht geht es ja in die Podcastgeschichte ein. Außerdem hat es einen Pool.«

»Ich fasse es nicht, dass du mir das nicht erzählt hast. Du weißt doch, dass ich die Show auch liebe! Die wird übrigens gerade fürs Fernsehen adaptiert. Mein Dad arbeitet an den Büchern, und die Podcaster produzieren das Ganze selbst.« Grinsend sieht Finn mich an. »Das Haus ist echt cool, ehrlich. Ich meine, es könnten auch freundliche Geister sein.«

»Soll ich dir was sagen? Genau damit hat der Makler auch

geworben. Shazia war entsetzt, dass ich das Haus genommen habe, aber mir gefällt es irgendwie. Und wer weiß, die wollen es ja eigentlich verkaufen, vielleicht kaufe ich es, wenn ich es ein Jahr mit den Geistern aushalte, und bekomme es für einen guten Preis.« Obwohl ich mittlerweile mehr Geld verdiene, als ich mir je erträumt hätte, kommt es mir immer noch so unwirklich vor. Es bereitet mir weiterhin Bauchschmerzen, wenn ich mir das Essen liefern lasse, anstatt es abzuholen, was um einiges günstiger wäre, und ich kann mir überhaupt nicht vorstellen, mir ein Flugticket für die erste Klasse zu kaufen. Neulich habe ich Artikel im Wert von zweitausend Dollar in meinen Online-Einkaufswagen gelegt, konnte mich aber nicht dazu überwinden, sie zu kaufen. Stattdessen habe ich sie einfach als Favoriten markiert und beschlossen zu warten, bis sie runtergesetzt werden. Vielleicht werde ich eines Tages begreifen, wie viel Geld ich habe, aber nachdem ich mein ganzes Leben lang sparsam war, kommt es mir immer noch so vor, als könnte ich innerhalb von Sekunden alles wieder verlieren. Ich lasse mich auf eine Seite der Couch fallen, und Finn nimmt auf der anderen Seite Platz, in einem schon fast lächerlich großen Abstand zu mir. »Okay, dann zu der Mail …«

Finn grunzt amüsiert. »Den Roman meinst du? Wenn Graham mal seine Memoiren schreibt, braucht er auf jeden Fall keinen Ghostwriter. Der kann das Manuskript direkt abgeben.«

Ich lege meine Füße auf die Ottomane, und Finn folgt meinem Beispiel. Während wir uns in eine bequeme Position bringen, berühren sich einen winzigen Moment lang unsere in Socken steckenden Zehen, und sofort ziehen wir unsere Beine wieder zurück. Er lässt seine Füße schließlich direkt an der Kante sinken, während ich unangenehm berührt den Blick abwende und meinen Laptop aufklappe, der in der Ecke der Couch liegt. Ich hätte nie gedacht, dass es zwischen uns mal so sein könnte. Ich dachte, unsere Beziehung könnte nie so tief fallen, dass wir nur noch verschämte Blicke und bissige Bemerkungen austauschen oder uns an die Gurgel gehen wollen. Das beweist nur, dass ich zwar gut darin bin, andere Leute zu beraten, aber deshalb nicht automatisch auch mein eigenes Leben auf die Reihe bekomme.

»Also, noch mal zusammengefasst hat er sich ziemlich tief in die Scheiße geritten«, sage ich. »Er ist betrunken zur Taufe seiner Tochter erschienen. Großer Fehler. Und er hat seiner Freundin keinen Antrag gemacht, als sie schwanger wurde, weil er warten wollte, bis er den Super Bowl gewonnen hat. Dann hat sein Team verloren, und er hat den Antrag nicht gemacht. Also hatte sie sowieso schon den Eindruck, dass er es nicht ernst meint mit ihr, und durch die Taufe hat er es noch schlimmer gemacht. Sie spricht nicht mehr mit ihm, und er schläft im Gästehaus und will nicht nur seine Beziehung wieder in Ordnung bringen, sondern auch endlich den Antrag nachholen, weil er weiß, dass er schon viel zu lange damit gewartet hat.«

Finn stößt einen Pfiff aus. »Ja, ziemlich tief in der Scheiße, würde ich sagen. Und ich nehme mal an, mit einer Entschuldigung hat er es schon versucht.«

»Tja, wer weiß, wie er sich dabei angestellt hat«, gebe ich zurück. Finn hebt fragend eine Augenbraue, und ich setze dazu an, meine Gedanken weiter auszuführen, indem ich eine Männerstimme imitiere. Finns Stimme, genauer gesagt. »Es tut mir leid, aber du verstehst das einfach nicht. Ich meinte X, Y, Z und bla, bla, bla, Quark, Quark, Quark.«

»Autsch … Er wirkt aber so, als hätte er gute Absichten. Und er liebt sie!«

»Tja, Taten haben nun mal Konsequenzen.«

Nervös zieht Finn am Ausschnitt seines T-Shirts. Ich kann sehen, dass sich auf seiner Stirn bereits Schweißperlen bilden. »Hast du vielleicht ein Glas Wasser für mich?«

Ich stehe auf, um ihm ein Glas zu holen, halte jedoch inne.

»Lust, in den Pool zu springen?« Ich kann immer noch nicht fassen, dass ich einen Pool habe – und zwar einen, der in den Boden eingelassen ist; kein ein Meter achtzig hohes Bassin auf dem Rasen. Mir wäre nie im Traum eingefallen, dass ich mal zu den Leuten gehören würde, die einen Pool haben, denn in meiner Kindheit bedeutete das, so richtig reich zu sein. Wobei die Leute, die ich als Kind für richtig reich gehalten habe, aus Finns Perspektive wahrscheinlich arm sind.

»Ich hab keine Badehose dabei.« Er blickt an sich herunter. »Aber wenn du nicht guckst, gucke ich auch nicht.«

Ich spreche ganz langsam, wie zu einem Idioten, denn offensichtlich ist er einer. »Wenn du glaubst, dass wir nackt baden, hast du echt einen an der Waffel. Lass einfach deine Boxershorts an. Ich gehe mich umziehen. Wasser steht im Kühlschrank.«

Ich renne praktisch die Treppe hinauf und schließe meine Schlafzimmertür hinter mir ab. Dann kneife ich die Augen zusammen und versuche, die Erinnerung an das letzte Mal zu vergessen, als ich Finn nackt gesehen habe. Wie gut er damals ausgesehen hat. Wie er mich angeschaut hat. Wie sich mein Magen zusammengekrampft hat, als ich gesehen habe, wie er Cassidy nur wenige Wochen später angeschaut hat. Ich atme mehrmals tief durch und esse ein halbes THC-Gummibärchen, um runterzukommen und hoffentlich die Panikattacke zu stoppen, die sich schon anbahnt und bereit ist, voll zuzuschlagen, sobald Finn noch was Idiotisches sagt. Dann durchwühle ich meinen Kleiderschrank auf der Suche nach meinem sexysten Bikini. Er soll schließlich sehen, was er verpasst.

Als ich wieder nach unten gehe, stelle ich fest, dass Finn bereits im Pool ist und auf dem aufblasbaren Flamingo liegt, in einem engen grauen Calvin-Klein-Slip. Und anstatt wie ein Idiot auszusehen, könnte er leider ohne Probleme als Männermodel durchgehen. Das ist so nervig. Genauso wie die Tatsache, dass bei seinem

Anblick meine Brustspitzen hart werden und ich tief in meinem Unterleib etwas spüre. Aber zumindest bin ich nicht die Einzige mit einer körperlichen Reaktion, wie ich mit einer gewissen Genugtuung bemerke.

Finns blaue Augen wirken dunkler, während ich auf ihn zugehe und er mir entgegenblickt. Und um ganz ehrlich zu sein, gehe ich ein wenig langsamer als üblich. Und lasse die Hüften schwingen. Ich mag vielleicht kein ein Meter achtzig großes Model wie Cassidy sein, aber ich bin durchtrainiert, und genau wie meine Schwestern habe ich an einigen richtig guten Stellen Kurven. Und dieser ziemlich knappe Bikini überlässt nicht allzu viel der Fantasie.

Mit einem Sprung, der Finn mit einer ordentlichen Ladung Wasser bespritzt, lande ich im Pool und halte dabei krampfhaft mein Oberteil fest, bevor ich auf das aufblasbare Einhorn klettere. »Also, Lösungsvorschläge für Graham.«

»Okay.« Finns Stimme ist ganz rau, und er muss husten. »Vielleicht solltest du ihm genau erklären, wie er sich am besten entschuldigt. Damit er es richtig macht und auch wirklich für seine Fehler einsteht. Und danach konzentrieren wir uns darauf, wie er ihr zeigen kann, was sie ihm bedeutet.«

Ich lasse mein Schwimmtier sanft kreisen und lehne mich an den Hals des Einhorns, während ich die Beine ins Wasser baumeln lasse. »Er muss ihr auf jeden Fall klarmachen, dass er sie liebt. Und sie die ganze Zeit über geliebt hat und das alles nicht nur macht, weil sie ein Kind zusammen haben. Es geht um sie.«

»Was wäre denn so schlimm daran, dass er offiziell eine Familie mit ihr gründen will, jetzt da sie ein gemeinsames Kind haben?« Finn dreht sein Tier ebenfalls, indem er mit den Händen rudert, um mir weiter ins Gesicht sehen zu können.

»Gar nichts. Aber eine Ehe, zumindest eine gute, soll doch ein Leben lang halten. Wieso sollte sie also jemanden heiraten, der sich nicht wirklich für *sie* entscheidet?«

»Vielleicht weiß er einfach nicht, wie er ihr beweisen kann, dass er sich für sie entscheidet.«

Ich bin mir nicht sicher, ob wir immer noch über Graham sprechen. Aber ich rede weiter, als wäre es so. »Wenn er etwas, das ihr wichtig ist, nicht ernst nimmt, wie die Taufe zum Beispiel, ist das nicht gerade ein guter Beweis. Ich denke, er kann den Antrag nicht sofort machen. Ich glaube, er muss sich erst mal wieder einen Platz in ihrem Leben verdienen, dann kann er sie fragen, ob sie ihn heiraten will. Und dabei sollte es nur um sie gehen, nicht um ihn, wie bei dem Plan mit dem Footballspiel.«

Finn ist still. Ich hoffe, er denkt nicht, dass ich damit sagen will, dass er immer noch eine Chance bei mir hat. Denn das mit uns ist Geschichte. Definitiv. Ich strecke meine Hand in seine Richtung aus, und er paddelt auf mich zu. Dann reicht er mir zaghaft ebenfalls die Hand. Abrupt packe ich sie, umklammere sie fest und fange an zu ziehen, doch als er vornüberkippt und ich hochblicke, fällt mir auf, dass er den Mund geöffnet hat und mich mit weit aufgerissenen, ernsten Augen ansieht, als ob er etwas sagen wollte.

Vierzehn

FINN

Prustend tauche ich wieder auf. Ich dachte, es hätte da so einen Moment zwischen uns gegeben. »Wofür war das denn?« Statt einer Antwort prallt ein Wasserball direkt gegen meine Brust. Ich schlage ihn zurück zu Maeve, und er trifft sie mit einem lauten Klatschen, bevor er sie aus dem Gleichgewicht bringt.

Sie rollt von ihrem Schwimmtier, und ich kann mich nur mühsam davon abhalten, nicht genau nachzusehen, ob dieser völlig unpraktische Bikini verrutscht. »Wer zuerst einen Treffer erzielt, darf den anderen alles fragen, was er will. Und man muss ehrlich antworten.«

Okay, lasset die Spiele beginnen. »Und wo sind die Tore?«

Maeve deutet auf die beiden gegenüberliegenden Enden der Längsseite. »Bei den Zwei-Meter-Markierungen.« Sie wirft den Ball in die Mitte der tieferen Seite und schiebt ihr Schwimmtier zum seichteren Ende.

»Okay, auf geht's«, sage ich und kneife die Augen zusammen. »Drei, zwei, eins!«

Gleichzeitig stürzen wir uns auf den Ball, beide mit grimmiger Entschlossenheit. Wir sind monatelang umeinander herumgeschlichen, haben peinlich genau darauf geachtet, uns nicht zu berühren, und kaum miteinander gesprochen. Doch jetzt stößt sie mich mit den Ellbogen weg, und ich schubse sie. Zuerst habe ich Angst, ihr wehzutun, während wir um den Ball kämpfen – immerhin bin ich doppelt so groß wie sie. Doch nachdem sie mich mindestens zehn Sekunden lang unter Wasser gedrückt und das Ganze mit einem Tritt gegen meine Rippen beendet hat, wird mir bewusst, dass wir, wenn sie unfair spielt und ich fair, einander ziemlich ebenbürtig sind. Diese spontane, kämpferische Wasserballvariante müsste eigentlich erotisch sein, wenn man bedenkt, dass wir beide fast nackt sind. Aber ich habe vergessen, wie ehrgeizig wir sind. Zwischen uns besteht nicht mal ein Funke sexueller Spannung, nur monatelanger Frust, der sich jetzt auf beiden Seiten entlädt.

Genau in dem Moment, in dem es so aussieht, als würde Maeve gleich den Ball über meinen Kopf werfen und einen Treffer erzielen, stürze ich mich auf sie, packe sie am Arm und ziehe uns beide unter Wasser. Für den Bruchteil einer Sekunde mache ich mir Sorgen, dass ich sie verletzt haben könnte. Wie viele Stunden habe ich schon dabei zugesehen, wie dieser Arm ein Mikro hält oder wie dieses Handgelenk elegant über der Computertastatur verharrt, während sie schneidet? Doch sie schüttelt mich ab und nutzt meine kurzfristige Abgelenktheit zu ihrem Vorteil, indem sie sich den Ball zurückholt und mir frech ins Gesicht lacht.

Wir ringen um den Ball, bis meine Beine schmerzen. Mittlerweile haben wir beide Kratzer an den Armen, und es könnte sein, dass ich mir eine Rippe geprellt habe. Doch schließlich gelingt es mir, den Ball zu werfen und ihre Zwei-Meter-Markierung zu treffen. »Jaa!«, gröle ich. »Nimm dies!«

»Drei Runden?«, probiert sie es bei mir. Gemeinsam schwimmen wir an den Beckenrand und halten uns schwer atmend fest.

»Netter Versuch. Aber ich weiß schon, was ich dich fragen will.«

»Na schön. Aber lass mich erst aus dem Pool raus.«

Unter einigen Anstrengungen klettert Maeve über den Rand und hält sich gar nicht erst damit auf, zu einer Liege zu gehen, sondern lässt sich direkt flach auf den Boden fallen. Ihre Brust hebt und senkt sich dramatisch, während sie versucht, wieder zu

Atem zu kommen, und ich strecke mich neben ihr aus, aber so, dass nur unsere Köpfe voreinander liegen und unsere Füße in die andere Richtung zeigen. Jetzt, da ich es langsam und behutsam angehen lassen will, möchte ich ihr genügend Raum für sich geben.

»Du weißt schon, dass das hier genau die Stelle ist, wo sie die Leiche hingeschleift hat?« Ich deute auf die Wiese. »Oder zumindest die größeren Teile. Sie hat sie in einem Eimer gesammelt und auf dem Rasen ausgeleert.«

»Krieg dich wieder ein, die haben das Stück gründlich gesäubert.«

Ich lache kurz auf, weil ich immer noch nach Luft schnappe und deshalb nicht genügend Kraft habe, um in ein richtiges Gelächter auszubrechen. Maeve ist der einzige Mensch, den ich kenne, dem es nichts ausmacht, am Tatort eines Verbrechens zu leben. »Vermisst du uns? Ich meine, unser Verhältnis, wie es mal war?«

»Das ist deine Frage«, entgegnet Maeve, und es klingt mehr wie eine Feststellung. Ich nicke, und anscheinend spürt sie die Bewegung meines Kopfes oder bekommt Tröpfchen von meinen nassen Haaren ab, oder sie weiß auch so, worauf ich hinauswill. Zumindest fährt sie direkt mit einer Antwort fort. »Ja, das tue ich. Aber wir können die Zeit nicht zurückdrehen. Das geht nicht.« Einen Moment lang schweigt sie, und die Stille wirkt erdrückend. Ich wende meinen Kopf in ihre Richtung, doch sie blickt nach oben, und ich kann nur die Seite ihres Gesichts sehen. Ihr kastanienbraunes Haar wirkt dunkler, weil es nass ist, und sie hat es sich so nach hinten gestrichen, dass sich ein Rinnsal auf dem Beckenrand des Pools bildet. Ihre Wangen sind gerötet, und sie beißt sich auf die Lippe; eine Gewohnheit, die immer dann zutage tritt, wenn sie nervös ist. Winzige Wassertropfen fallen von ihren Wimpern auf ihr Gesicht hinab. Zumindest glaube ich, dass es sich um Wasser handelt. Sicher bin ich mir da nicht. »Aber du hattest recht«, sagt sie irgendwann. »Der ursprüngliche Sinn des Podcasts war, dass wir beide die große Liebe finden. Es wurde Zeit, dass wir zwei die Beziehungssuche ernsthaft angehen, das war unser Konzept. Und Cassidy hat gut zu dir gepasst. Schließlich war sie die Frau, die du nie haben konntest – es wäre dumm gewesen, es nicht wenigstens zu versuchen.«

Ja, die Show hat mir geholfen, die große Liebe zu finden. Aber das ist nicht Cassidy, sondern du. Diese Gedanken gehen mir gerade durch den Kopf, doch ich kann sie nicht laut äußern. Nicht jetzt. Maeve würde mir nicht glauben.

»Können wir nicht wieder Freunde sein? Ich meine, nur Freunde? Du fehlst mir. Wir müssen ja nicht rumkuscheln oder uns dauernd anfassen, aber ich vermisse uns, Maeve«, flüstere ich, und mein ganzer Körper strebt in ihre Richtung.

Sie dreht den Kopf, nur ein winziges bisschen, und begegnet meinem Blick. »Nur Freunde?« Ich nicke kaum merklich, und sie wendet ihr Gesicht wieder dem Himmel zu. Zwar kann ich nicht hören, wie sie ausatmet, doch ich sehe, wie ihre Brust sich hebt und senkt. »Okay. Nur Freunde. Normale Freunde.«

Ich weiß nicht, was normal für uns bedeutet. Für mich ist es normal, ihr alles von mir zu geben, jedes kleinste Fünkchen von mir; all das Gute in mir, von dessen Existenz ich nicht einmal etwas wusste, bevor sie in mein Leben getreten ist. Aber normal ist besser, als von ihr gehasst zu werden.

Ich stehe auf und strecke ihr meine Hand entgegen, um ihr hochzuhelfen. »Danke.« Gemeinsam gehen wir zu den Liegen beim Poolhaus hinüber, und ich deute auf die Mitte des Rasens, wo offensichtlich ein Stück Gras ausgetauscht wurde. »Ist das die Stelle, wo man sie gefunden hat?«

Maeve nickt. »Am liebsten würde ich sie aufbuddeln. Die haben gesagt, dass mindestens zehn kleine Knochen nie gefunden wurden.«

Ich lasse mich auf eine der Liegen plumpsen und blicke über die Schulter zu dem Flecken, während Maeve mehrere Flaschen Wasser aus dem Außenkühlschrank holt. »Wenn du willst, übernehme ich die Knochenarbeit für dich.« Ich grinse über das Wortspiel. »Du brauchst die potenziellen Knöchelchen dann nur noch mit dem Schlauch abzuspritzen.«

»Einverstanden.«

Einige Minuten sitzen wir einfach nur da und trinken Wasser. Und erst als ich anderthalb Flaschen intus habe und die Gefahr besteht, mich zu übertrinken, höre ich auf. »Okay, wo kam das mit dem Wasserball plötzlich her?«

»Ach, meine Schwestern und ich haben das immer gespielt, wenn wir so richtig sauer aufeinander waren. Das bricht das Eis.«

Ich nicke, und mir wird ganz warm ums Herz. Das bedeutet, dass Maeve unser Verhältnis auch verbessern wollte, zumindest ein bisschen. »Ihr hattet einen Pool?«

Sie schüttelt den Kopf. »Wir haben im öffentlichen Schwimmbad gespielt. Deshalb ist die Rundenzahl auch begrenzt, weil die Bademeister uns jedes Mal rausgeworfen haben. Wir haben sämtliche Schwimmbäder in Pittsburgh durch, bis auf eins.«

»Hm, dann hoffe ich, ihr hebt euch das letzte für einen richtig heftigen Streit auf.«

»Klar.«

Ich wappne mich innerlich, dann leere ich den Rest meines Wassers aus. Während des Wettkampfs habe ich wesentlich mehr als zwei Flaschen ausgeschwitzt. »Ist dir eigentlich klar, dass wir mittlerweile seit zwei Wochen hintereinander auf Platz eins sind?«

Maeve spritzt mich mit dem Rest aus ihrer Flasche nass, und ich schüttle den Kopf wie ein Hund. »Wir sind heute auf Platz zwei gerutscht.«

»Scheiße. *Er*?«

»Jepp. Er hatte einen fiesen Tech-Milliardär zu Gast. Sechs Monate hintereinander auf Platz eins zu bleiben, wird echt schwer.«

»Ich glaube daran, dass wir das schaffen können. Vielleicht wird er ja abgesetzt.«

Jetzt schüttelt Maeve den Kopf. Ihr Haar trocknet langsam in der Sonne, und einige Strähnen werden merklich röter. Ich liebe es, sie so zu sehen, in diesen Zwischenstadien, in denen unsere Fans sie nie zu Gesicht bekommen, aber ich schon. Wobei ich gerade so viel von ihr zu sehen bekomme, dass ich mich regelrecht dazu zwingen muss, an unerotische Dinge zu denken – nicht funktionierende Mikros; aufgelöste Verträge; nicht aufnehmende Weitwinkelkameras; einstweilige Blockierung in den sozialen Medien wegen unangemessener Inhalte –, um ihr nicht zu zeigen, wie attraktiv ich sie finde. Mein Slip überlässt nicht viel der Fantasie, aber sie schaut zum Glück nicht hin. »Paul Myers kriegt es hin, noch bessere Zahlen zu generieren, wenn er abgesetzt wird. Ich hasse ihn, und es regt mich auf, wie geschickt er die Zahlen manipulieren kann. Aber wir haben ja noch Zeit. Das mit den Gästen läuft gut für uns.« Einen Moment lang tritt Stille ein. Und diesmal ist sie angenehm, nicht die angespannte Sprich-mich-bloß-nicht-an-Stille, die sonst zwischen uns herrscht. »Und was hast du so getrieben?«, fragt Maeve schließlich.

Es ist das erste Mal seit dem »Vorfall«, dass sie mich nach meinem Leben fragt. Ich versuche, mir meine Überraschung nicht anmerken zu lassen. »Du meinst, abgesehen von der Show?« Sie nickt, und ich kann ihr ansehen, dass ihre Frage ernst gemeint ist und sie wirklich hören will, was ich zu sagen habe. »Nichts, um ehrlich zu sein.«

Sie runzelt die Stirn. »Was soll das heißen? Du musstest doch kein Material bearbeiten, also musst du doch wenigstens ein bisschen Freizeit haben.«

»Oh, keine Sorge, die habe ich. Aber ich … ich weiß irgendwie nicht, was ich mit mir anfangen soll.«

Maeve verstummt eine Weile, während sie über meine Bemerkung nachdenkt. »Wir leben doch jetzt in L. A. Du könntest doch wieder schauspie…«

»Kann ich nicht«, unterbreche ich sie, und bei der Vorstellung steigt eine vertraute Angst in mir hoch, die dafür sorgt, dass sich mir der Magen umdreht.

Meine starke Reaktion führt dazu, dass Maeve die Augenbrauen hebt. »Die Paparazzi müssen sich mittlerweile an mehr Regeln halten als damals in deiner Kindheit.«

»Dafür haben die Fans Smartphones. Das gleicht sich wieder aus.« Ich stoße einen langen und schweren Seufzer aus. Über all das habe ich bereits nachgedacht, meistens spätnachts, wenn ich mich unbefriedigt und einsam fühle. Aber ich komme immer wieder an den gleichen Punkt: Ich spüre noch deutlich die Angst, die ich als Kind hatte bei dem Geschrei der Paparazzi, bei den Blitzlichtern und während der Verfolgungsjagden.

»Wir sind doch jetzt schon berühmt. Die Sendung ist ein Riesenerfolg, und du bist sowieso, wer du bist. Diesen Sommer hast du deinen Bekanntheitsgrad sogar noch wesentlich erhöht. Ich glaube wirklich, dass dein Leben nicht viel anders wäre als jetzt.« Sie spitzt die Lippen und hält offensichtlich etwas zurück, das sie noch sagen wollte.

»Denk mal an die Frauen aus deinem Krimipodcast«, argumentiere ich. »Die sind auch extrem berühmt, zumindest für Podcasterinnen. Die haben fast eine Million Follower, die gehen zu Preisverleihungen und so was. Aber die können immer noch normal irgendwo auswärts essen, wenn das Restaurant nicht gerade ein Hotspot ist, und normal einkaufen oder was auch immer. Und dann denk mal dran, was passieren würde, wenn meine Mom in eine Mall gehen würde.«

»Die würden über sie herfallen«, gibt Maeve zu.

»Richtig. Und was deren eine Million Follower angeht: Ich habe dreißig Millionen, und zehn davon sind mir sogar in den zehn Jahren treu geblieben, in denen ich nichts gepostet habe. Wenn ich wieder drehen würde, wäre das Ganze tausendmal schlimmer. Es wäre wieder so wie damals als Kind. Die würden mich jagen.« Allein der Gedanke, wieder so leben zu müssen, verursacht mir eine Gänsehaut. »Ich bin einfach nicht bereit dazu, die Vorteile aufzugeben, die ich noch habe, zum Beispiel unbehelligt durch einen *Drivethrough* zu fahren. Aber du hast recht: Zu drehen würde mir total Spaß machen. Bis es irgendwann unerträglich wäre.«

Maeve hört mir schweigend zu, ohne mich zu drängen. Und sie sagt auch nicht, dass wir nicht darüber reden müssen, weil mich das Thema zu sehr aufwühlt. Sie ist der einzige Mensch, mit dem ich darüber rede. Nach einigen Minuten der Stille, in denen es nur uns und den sanften Sommerwind gibt, antwortet sie mir endlich. »Falls du irgendwann beschließen solltest, dass es dir das alles wert ist und du lernen möchtest, wie du deine Angst aushalten kannst, bin ich für dich da. Und ich weiß: Wenn du dich einmal dazu entschieden hast, dann kannst du das auch. Du wirst eine Möglichkeit finden, trotz alledem ein erfülltes Leben zu führen, so wie deine Mom.«

»Danke«, sage ich knapp. Sie versteht nicht, wie hart es war, mitansehen zu müssen, wie die Presse über Jahre hinweg das Selbstvertrauen meiner Mom zerstört, unsere Familie verfolgt und mich belästigt hat, wo immer ich hinging. Podcasten ist eine Sache. Aber wenn ich wieder mit der Schauspielerei anfange … Das ist ein zu großes Risiko. Bei *Tell Me How You Really Feel* wusste ich, worauf ich mich einlasse, und außerdem war es die Gelegenheit, Zeit mit Maeve zu verbringen. Das war es mir wert. Aber Filmen ist eine ganz andere Geschichte. Trotzdem versuche ich, die Spannung zwischen uns zu lösen, weil es mir wichtiger ist, die gute Stimmung aufrechtzuerhalten, als meine Existenzkrise auszudiskutieren. »Und wem soll ich die Rechnung für diese Therapiesitzung schicken?«

Maeve kichert und bespritzt mich erneut mit Wasser. Den Rest des Nachmittags verbringen wir damit, ein Konzept für die Episode mit Graham und die ausstehenden Folgen der Staffel zu erstellen: welche Gäste wir als Nächstes einladen wollen; wie sich die Sessions aufpeppen lassen; welchen coolen Content wir für die Social-Media-Accounts filmen könnten. Ich glaube wirklich, dass wir, wenn wir richtig gut zusammenarbeiten, den ersten Platz dauerhaft halten können.

Als ich an diesem Abend ins Bett gehe, kann ich mich zum ersten Mal seit Monaten in der Sekunde entspannen, als mein Kopf das Kissen berührt. Nun, da sich Maeves und mein Verhältnis wieder etwas normalisiert hat, geht es mir wesentlich besser. Doch gerade, als ich kurz vor dem Einschlafen stehe, gibt mein Handy ein Klingeln von sich.

Eine Textnachricht von Maeve.

Ich glaube, du hast die Geister heraufbeschworen. Ich spüre einen kühlen Luftzug.

Eigentlich sollte mich eine einzige Nachricht nicht so zum Strahlen bringen, als hätte ich gerade im Lotto gewonnen. Aber ich kann einfach nicht anders.

Ich dachte, das könnten auch freundliche Geister sein?

Stimmt. Ich lade sie mal ein, sich unseren Podcast anzuhören.

Vielleicht können wir ja eine Sonderfolge machen: »Ratschläge aus dem Jenseits«.

Das wird ein Hit!

Mit dem Telefon in der Hand schlafe ich schließlich ein, immer noch ein breites Lächeln im Gesicht.

Fünfzehn

Vor dem Deal mit Streamify

FINN

Maeve und ich sind auf dem Weg zu einem Restaurant in Dumbo, nachdem wir den Tag in einem Dachterrassenpool verbracht haben, mit schwimmen, lesen und trinken – Letzteres zusammen mit den Fans, die aufgetaucht sind, nachdem jemand gepostet hat, dass wir uns dort aufhalten. In New York sind es über dreißig Grad, gefühlt an die vierzig, und obwohl ich mir erst vor einer Stunde die Sonnencreme und das Chlorwasser abgeduscht habe, klebt schon wieder der Schweiß an mir.

»Was denkst du, worüber sollen wir diese Woche sprechen?«, frage ich Maeve lustlos. Bei der Hitze ist es echt schwer, sich über die neueste Folge Gedanken zu machen, und wir scrollen beide stumpfsinnig durch unsere Handys.

»Blowjobs? Anal? Das ist doch das Einzige, was die Leute interessiert.« Sie fängt an, sich Luft mit ihrer Handtasche zuzufächeln, was allerdings wenig wirksam ist, deshalb beteilige ich mich, indem ich ihr die heiße Luft mit meinem Taschenbuch zuwedele. »Lass uns mal die Direktnachrichten checken.«

Da wir jede Episode mit den Fragen der Woche abschließen, mailen uns unsere Fans ständig Fragen und Themen, die wir ansprechen sollen. Zumindest waren es anfangs nur Fragen und begeisterte Nachrichten. Mittlerweile kommen auch eine Menge Bittbriefe und eine Riesenauswahl an Beschwerden rein, hauptsächlich von Fans der *Paul Myers Show*, die vom Moderator selbst angestachelt werden. Den Hauptanteil bekommt Maeve ab, meist von widerlichen Männern ohne eigene Follower, Posts oder Profilfotos, die ihr sagen, dass sie eine Nutte sei und in die Hölle käme – und andere schlimme Dinge. Es ist nicht klar, warum Myers uns so hasst, aber seit wir ihn in unserer dritten Woche vom ersten Platz gestoßen haben, zerreißt er sich ständig das Maul über uns und wird dafür noch mit Millionen von Klicks belohnt.

Ich rufe meinen Instagram-Account auf, klicke auf den Posteingang und scrolle die Mails durch. Die ersten drei Nachrichten stammen von Frauen, die ein Date mit mir wollen, deshalb ignoriere ich sie. Die nächste ist ein ziemlich eindeutiges Foto (blockieren und löschen). Als ich zu Maeves Display hinüberschiele, sehe ich, dass sie gerade zehn Nachrichten mit *Dick Pics* hintereinander löscht. Da habe ich es definitiv leichter als sie. Nachdem ich meine Aufmerksamkeit wieder auf mein Handy gerichtet habe, scrolle ich mich durch verschiedene Fragen hindurch: darüber, wer bei einem Date bezahlen soll; ob ein Partner bei einer guten Freundin übernachten darf; was man beim ersten Date anziehen soll; und diverse Anal- und Oralsexfragen.

»Das hier haben wir noch nicht gemacht: ›Kann man beim ersten Date kurze Hosen anziehen?‹«, schlage ich vor. »›Und wie sieht's mit Poloshirts aus?‹«

Stirnrunzelnd blickt Maeve von ihrem Handy auf. In diesem Moment öffnet sich die Tür der U-Bahn und lässt noch mehr Leute in den Wagen, bis es so voll ist, dass wir Mühe haben, uns ins Gesicht zu sehen, obwohl wir nebeneinandersitzen. »Schwierig. Ich tendiere ja fast dazu, bei beidem Nein zu sagen, aber andererseits … Vielleicht stehen manche Frauen darauf?«

»Ich schaue weiter«, entgegne ich und fahre mit dem Scrollen fort, bis ich auf eine Nachricht stoße, die mir das Blut in den Adern gefrieren lässt.

Erschies dich lieber. Du bist so widderlich. Kein Talent, wahrscheinl. nicht mal was von dein Eltern. Fck dich.

Dieser Mensch kann nicht mal richtig schreiben. Er oder sie hat keine eigene Seite und kennt mich überhaupt nicht. Trotzdem sorgt die Nachricht dafür, dass mein Puls zu rasen anfängt und Adrenalin durch meine Adern schießt, als ich die Worte lese.

Talentfreier Schmierfink. STERB! Dein Film is auch scheisse.

Ich blockiere den Absender und lösche die Nachricht. Doch nach einigen netten Mails kommen noch mehr gemeine.

Ich werde dich und Maeve töten. Ich weis, wo du wohnst. Deine Sendung ist voll widderlich, ihr macht Huren aus Frauen. Teufelszeug.

Du hälst dich für witzig? Kack Sendung. Promikind ohne Talent. Mommy nd Daddy haben deine Fans gekauft. Looser

»Manche Leute sind echt schlimm«, beklage ich mich bei Maeve.

»Wem sagst du das«, stimmt sie mir zu. »Dieser eine Typ hier hat geschrieben: Er hofft, dass ich mich an einem Schwanz verschlucke und abkratze. Ich meine, was sind denn das für Menschen? Mindestens fünf dieser Formulierungen stammen eins zu eins aus Pauls Show.«

In einer der neuesten Folgen seines Podcasts hat Paul Myers seinen Fans Hasssätze vorgeschlagen, die sie uns schicken sollen, weil unsere Sendung die Jugend verderbe, unchristlich sei und schwachsinnigen Content aus der untersten Schublade enthalte. Er geht mit ziemlich erschreckenden Methoden auf uns los, vor allem, wenn man bedenkt, dass wir nie irgendetwas Schlechtes über ihn gesagt haben. Wenigstens sind Maeve und ich zu zweit und können manchmal darüber lachen beziehungsweise seine Kommentare als idiotisch abtun, anstatt uns davon Angst einjagen zu lassen.

»Vielleicht sollten wir eine Folge darüber machen, wie das ideale erste Date für uns beide aussieht«, schlägt Maeve irgendwann vor. Ich habe aufgehört, die Mails durchzuscrollen und versuche nur noch, den Schweiß zu ignorieren, der mir den Rücken hinunterrinnt, da es in der Bahn mit jeder Person, die hinzukommt, noch heißer wird. »Damit könnten wir zeigen, dass Vorstellungen unterschiedlich sein können, aber auch über die Gemeinsamkeiten sprechen. Und die Dinge, die man auf keinen Fall tun sollte. Als Fragen der Woche könnten die Leute uns Geschichten über ihre schlimmsten Dates schicken.«

»Das gefällt mir.« Momentan würde mir allerdings alles gefallen. Es ist einfach zu heiß zum Denken.

Maeve postet ein Foto von uns am Pool mit einer Q&A-Kommentarfunktion, in der die Leute Anekdoten über schlechte Dates und No-Gos bei einem ersten Date hinterlassen können. Dann poste ich die gleiche Frage, versehe sie aber mit einem Foto von uns, auf dem wir eingekeilt zwischen den Schenkeln stehender U-Bahn-Passagiere zu sehen sind, mit strubbligen Haaren und glänzenden Gesichtern. Als ich damit fertig bin, hat Maeve schon einige Antworten bekommen, doch wir stecken unsere Handys weg.

»Nur noch fünf Stationen«, merkt Maeve lustlos an.

Ich reagiere nicht darauf. Mir kommt es so vor, als würde ich stärker schwitzen, als ich sollte, selbst hier in dieser Hitze und eingequetscht wie in einer Sardinenbüchse. Außerdem spüre ich so einen Druck in meiner Brust, als würde jemand mein Herz zusammendrücken, und es fällt mir schwerer zu atmen. Ich versuche, ganz langsam und tief einzuatmen, doch das macht es nur noch schlimmer.

Wir erreichen die nächste Station und lassen sie schließlich hinter uns, doch das Gefühl nimmt zu. Es ist, als würde ein Elefant auf meiner Brust sitzen, und mir ist gleichzeitig heiß und kalt, während ich vollkommen nass geschwitzt bin. Als wir bei der nächsten Station halten, habe ich plötzlich nur noch den Drang, diesen vollen Wagen zu verlassen. »Ich muss hier raus«, sage ich, zu leise. Wieso spreche ich so leise? Ich drängle mich durch die Menge, lasse mein Buch auf dem Sitz liegen und trete in die immer noch schwüle Luft in der Station hinaus. Ich will nach draußen, an die frische Luft, doch ich glaube nicht, dass ich das schaffe. Keuchend lasse ich mich auf einem Sitz nieder und nehme den Kopf zwischen die Knie.

»Finn! Finn!« Maeve entdeckt mich und rennt zu mir herüber, während die anderen Leute sich Richtung Ausgang entfernen. Sie hat ihre Sachen und mein Buch dabei und hockt sich vor mich auf den schmutzigen Boden. »Finn? Was ist los? Was ist passiert?«

»Ich glaube, ich habe einen Herzinfarkt«, presse ich hervor. Ist das möglich? Kann man durch Alkoholgenuss am Tag und ein Leben mit übermäßigem Drogenkonsum und reichlich fettigem Essen schon in den Zwanzigern einen Herzinfarkt bekommen? Sicher passiert das hin und wieder.

»Was? Wie fühlt sich das denn an?«

»Ich glaube … ich … sterbe«, keuche ich. »Kriege … keine … Luft.« Es fühlt sich an, als würde es nie aufhören, als gäbe es keine Luft mehr und diese Enge in meiner Brust, dieses Gewicht, das darauf lastet, würde mich umbringen.

»Atme tief ein«, sagt Maeve, während sie ihr Handy herausholt. »Versuch zu atmen.«

Ein Polizist kommt auf uns zu. »Ist alles in Ordnung bei Ihnen, Miss?«

»Ich glaube, wir brauchen einen Krankenwagen«, entgegnet

Maeve mit Panik in der Stimme. »Aber ich hab hier unten kein Netz.«

»Die Uniklinik ist direkt gegenüber. Ich helfe Ihnen, ihn hier rauszuschaffen.« Damit packt der Polizist mich unter der Schulter. »Können Sie aufstehen?«

Maeve versucht, sich an meiner anderen Schulter unterzuhaken, doch sie ist viel zu klein. Schließlich presst sie ihren Arm an meinen Rücken und gibt mir Halt, während wir die Station verlassen und über die Straße auf die Automatiktüren der Notfallambulanz zugehen. Nachdem wir das Krankenhaus betreten haben, setzt der Polizist mich auf einer Trage im Flur ab und lässt uns dann allein, während Maeve mir nicht von der Seite weicht. »Versuch einfach nur weiterzuatmen. Ich hole jemanden.«

Ich habe immer noch das Gefühl zu sterben, wobei es auf dem Weg hierher nicht schlimmer geworden ist. Innerhalb von Minuten ist Maeve zurück, mit einer erschreckend jung aussehenden Ärztin im Schlepptau. »Er hat einen Herzinfarkt oder so was«, ruft Maeve. »Sie müssen ihm helfen!«

Die Ärztin blickt mich skeptisch an, bevor sie beginnt, meine Vitalfunktionen zu prüfen. Ich habe mich nach vorn gekrümmt. Meine Bruste fühlt sich an, als würde sie gleich explodieren, als könnte ich sterben, noch bevor mich jemand untersucht, der älter ist als zehn. Noch nie habe ich so was gespürt, und es jagt mir wahnsinnige Angst ein. Maeve nimmt meine Hand und drückt sie, während sie zwischen mir und der Ärztin hin- und hersieht.

»Sind die Schmerzen in Ihrer Brust scharf oder stumpf?«, fragt die Doktorin mich.

»Scharf. Ich hab das Gefühl … Da ist so ein Druck.«

Sie nickt, hält ihr Stethoskop an meine Brust und lauscht. »Ich glaube nicht, dass Sie einen Herzinfarkt haben. Aber ich lasse Sie vorsichtshalber stationär aufnehmen, dann machen wir ein EKG, um ganz sicherzugehen.«

»Sind Sie denn eine richtige Ärztin? Oder noch Assistentin oder so was, wie die in *Grey's Anatomy*?«, will Maeve wissen.

Die Ärztin wirft ihr einen finsteren Blick zu, während sie mir dabei hilft, mich hinzulegen, und anschließend die Trage zu schieben beginnt. »Ich bin in der Facharztausbildung. Und absolut qualifiziert, Ihrem Freund hier zu helfen. Sie können die Anmeldung am Empfang ausfüllen, während ich mich um sein EKG kümmere.«

Maeve öffnet den Mund, um zu protestieren, doch bevor sie etwas sagen kann, werde ich schon in einen anderen Raum gerollt. Das EKG scheint Stunden zu dauern, während meine Brust einstürzt, und ich schwitze mehr, als ich je für möglich gehalten hätte.

»Wie lange warst du weg?«, frage ich Maeve, als sie zurückkommt.

»Zehn Minuten«, sagt sie, und ihre Stimme klingt gepresst, während sie angespannt zur Ärztin blickt.

»Es ist kein Infarkt«, verkündet die mit Nachdruck. »Ich denke, er hat eine Panikattacke.«

In Maeves Gesicht blitzt Erkenntnis auf, und sie greift nach meiner Hand. »Sind Sie sicher? Müssen Sie noch irgendwelche anderen Tests machen, um das abzuklären?«

»Ich könnte noch ein Blutbild machen lassen. Aber ich glaube nicht, dass das nötig ist.«

»Bitte lassen Sie es trotzdem machen«, ordnet Maeve in bestimmtem Tonfall an.

»Sehr gern. Das könnte allerdings noch ein bis zwei Stunden dauern. Wir haben gerade zwei Schussverletzungen reinbekommen, und dafür brauchen wir sämtliches verfügbares Personal. Aber ich schicke jemanden vorbei.«

Damit zieht sie den Vorhang auf und geht. Maeve wendet sich mir zu und klettert auf das schmale Bett. Ich habe nur Unterwäsche und ein Krankenhaushemdchen an und komme mir ziemlich lächerlich vor. In meiner Brust herrscht immer noch ein angespanntes, unangenehmes Gefühl, das ich noch nie hatte, aber nun, da ich weiß, dass ich nicht sterben werde, ist es mir echt peinlich.

»Es wird alles gut«, sagt Maeve und legt ihren Kopf auf meine Schulter.

Ich schlinge den Arm um sie, und dank ihrer Anwesenheit, ihrer körperlichen Nähe, werde ich wesentlich ruhiger. Eine Weile liegen wir einfach so da, und Maeves gleichmäßige Atmung, das Heben und Senken ihrer Brust, ist wie ein Leuchtturm für mich, während ich versuche, wieder normal zu atmen. Mir kommt es vor wie wenige Minuten, doch als ich auf meine Uhr blicke, stelle ich fest, dass bereits über eine Stunde vergangen ist.

»Es tut mir leid«, sage ich.

Abrupt setzt Maeve sich auf. »Was denn?«

»Äh … dass du wegen mir in die Notaufnahme musstest.« Erneut schaue ich auf die Uhr. »Unsere Reservierung war vor zwei Stunden.«

»Jetzt red doch keinen Schwachsinn. Das ist mir doch völlig egal.« Sie schmiegt sich wieder an meine Brust. »Du hast mir nur einen Heidenschrecken eingejagt. Ich bin froh, dass es dir wieder besser geht.«

»Ich hab noch nie … Ich hatte noch nie so ein komisches Gefühl«, gestehe ich.

»Ich weiß.«

Maeve habe ich schon während einer Panikattacke erlebt und ihr da durchgeholfen. Mir war nur nie klar, dass es sich so anfühlt. Als würde man sterben.

»Normalerweise bin ich nicht mal ängstlich oder so was. Ich hab keine Ahnung, wie das passieren konnte.«

Eine Weile herrscht Stille zwischen uns. Als Maeve schließlich antwortet, ist ihre Stimme ganz leise. »Morddrohungen und Hassmails können bei jedem eine Panikattacke auslösen, Finn.«

Mit dem Verstand weiß ich, dass ich die schlimmen Kommentare einfach ignorieren sollte. Hätte mich gestern oder auch nur vor ein paar Stunden jemand gefragt, ob mir diese Mails etwas ausmachen würden, hätte ich gelacht. Aber Nachrichten von Fremden zu lesen, die damit drohen, Maeve und mich umzubringen, oder uns sagen, dass wir uns selbst umbringen sollen, dass ich nichts wert und ein Niemand bin – so was ist schwer abzuschütteln. Meine Eltern und ich, vor allem meine Mom, mussten uns mein ganzes Leben lang mit der Presse herumschlagen, deshalb wollte ich auch nichts mehr damit zu tun haben. Ich habe am eigenen Leib erfahren, wie sehr ein schlimmes Paparazzofoto das Leben vergiften kann. Daher dachte ich auch, ich wäre darauf vorbereitet. Ich dachte, wenn ich podcaste, anstatt Filme zu drehen, würde ich nicht die volle Wucht abbekommen. Aber nichts kann einen wirklich darauf vorbereiten, wie es sich anfühlt, wenn die Leute einen so sehr hassen.

»Manche Menschen sind echt scheiße«, sage ich leise und müde. Mein Körper ist total erschöpft, und die Schwester, die vor einiger Zeit hereingekommen ist, hat gesagt, dass es noch mindestens eine weitere Stunde dauernd wird, bis man mir Blut abnehmen kann, da sie noch mehr Notfälle haben. »Sollen wir nach Hause fahren?«

»Willst du kein Blutbild machen lassen?«

Ich lehne meine Stirn an Maeves Kopf. »Nein. Ich will das hier weitermachen, aber zu Hause auf der Couch und angezogen. Und dazu will ich Pizza. Und einen Film gucken. Nachdem ich geduscht habe.«

Und genau so machen wir es auch.

Sechzehn

MAEVE

»Wow, Maeve, das Set ist der Hammer.« Fasziniert von meiner Neugestaltung, lässt Finn den Blick durch den Raum schweifen. Wir befinden uns immer noch in unserem BDSM-Keller/Studio, doch mit Leos Hilfe ist es mir gelungen, die Kameras in den Wänden zu verstecken. Man kann zwar noch die schmalen Schlitze erkennen, hinter denen sich die Linsen befinden, doch ansonsten sind sie vollkommen unauffällig, und der Raum wirkt weniger wie ein Aufnahmestudio, sondern eher wie ein Ort, an dem wir einfach nur abhängen.

»Ich denke, in dieser Atmosphäre werden sich unsere Gäste noch mehr öffnen können. Die ganzen Stars sind ja so an den Umgang mit Medien gewöhnt, dass ich glaube, es fällt ihnen noch schwerer, sich vor der Kamera verletzlich zu zeigen. Jetzt vergessen sie hoffentlich, dass wir überhaupt Kameras hier haben.«

Finn geht hinüber zur Wand und lugt durch den Schlitz auf die Kamera. Das Loch ist genau auf die Linse zugeschnitten, sodass er nicht dahinterblicken kann. »Und wie richtest du sie aus?«

Ich komme zu ihm und drücke rechts neben der Kamera gegen die Wand, genauso, wie ich es mache, wenn ich die Studiotür öffnen will. Leise gleitet die Wand zur Seite und gibt den Blick frei auf die Kamera, die auf einem Stativ steht. »Voilà!«, rufe ich.

Finn applaudiert leicht. »Wie lange hast du denn dafür gebraucht? Ich hätte dir auch geholfen.«

Behutsam schließe ich die Wand wieder, bevor ich um den

Tisch herumgehe und mich in meinen Stuhl fallen lasse. »Das ist das Beste daran: Ich hab vielleicht ’ne Stunde gebraucht, um Leo und dem Technikteam zu erklären, was ich mir so vorstelle. Und dann haben sie es einfach umgesetzt.«

»Tja, du bist mir wie immer zehn Schritte voraus.«

Ehe ich antworten kann, klopft Leo an die Tür und führt anschließend Graham ins Studio. »Graham! Wie geht’s dir?« Finn schlägt ihm zur Begrüßung sanft auf den Rücken.

Graham sieht – milde ausgedrückt – furchtbar aus. Er hat dunkle Ringe unter den Augen und wirkt dünner als bei unserer letzten Begegnung, doch sein Gesicht ist ganz aufgedunsen, als hätte er entweder zu viel getrunken oder geweint. »Schön, dich wiederzusehen«, füge ich hinzu.

Graham nickt verdrießlich. »Habt ihr meine Mail bekommen?« Sein Blick klebt geradezu an mir, als wäre ich der einzige Mensch, der ihn aus seiner misslichen Lage befreien kann.

Nickend schnappe ich mir Grahams Mikroset und gebe es Finn. »Haben wir! Und wir denken, wir können dir helfen.« Grahams Aufmerksamkeit bleibt weiterhin auf mich gerichtet, während Finn das Kabel des Ansteckmikros unter seinem T-Shirt durchschlängelt und es dann an seinem Kragen befestigt. Den Empfänger klemmt er an Grahams Hosenbund und begleitet ihn anschließend zu dem Stuhl, der gegenüber von uns steht.

»Wirklich?« Graham greift in die Tasche seiner Trainingshose, holt eine Schachtel von Tiffany’s heraus und klappt sie auf. Im Innern befindet sich ein wuchtiger, mit Diamanten gespickter Ring, mindestens fünf Karat. »Ich hab einen Ring besorgt. Soll ich ihr den Antrag machen? Vielleicht besänftigt sie der?«

Leise steht Finn auf und fängt an, die Kamerafächer zu öffnen, um sicherzugehen, dass wir auch aufnehmen, während ich mich zu Graham hinüberlehne und sanft die Ringschachtel zuklappe. »Ein Schritt nach dem anderen, Graham.«

Finn setzt sich wieder hin und beugt sich zu mir vor. »Aufnahme läuft«, raunt er mir zu.

Für einen kurzen Moment halte ich seinen Blick, damit er weiß, dass ich der gleichen Meinung bin: kein Intro, sondern direkt zur Sache. Eine Einleitung können wir auch noch am Schluss drehen, aber gerade ist Graham ein nervliches Wrack, das ist mehr als offensichtlich. Es fühlt sich gut an, wieder ein Team zu sein. »Also, Graham, ich möchte noch mal die Situation zusammenfassen, um sicherzugehen, dass wir alle auf dem gleichen Stand der Ereignisse sind.« Und damit unsere Hörerschaft weiß, worum es überhaupt geht, schließlich haben sie seine Mail nicht gelesen. »Zwischen dir und deiner Freundin Tif lief es richtig gut, und du hattest vor, ihr bei deinem ersten Super Bowl einen Heiratsantrag zu machen. Noch bevor du wusstest, ob du und dein Team es überhaupt in die Playoffs schafft, wurde Tif schwanger. Daraufhin hast du beschlossen, mit dem Antrag bis zum Super Bowl zu warten, in der Hoffnung, dass ihr gewinnt. Ihr kommt tatsächlich ins Finale, aber … oje, ihr gewinnt nicht, und du machst den Antrag nicht. Tif bekommt das Baby, und zwischen euch entstehen immer mehr Spannungen. Dann, vor drei Wochen, erscheinst du sturzbetrunken bei der Taufe deiner Tochter, und seitdem wohnst du in eurem Gästehaus.«

»Genau so!«, ruft Graham aus. »Und ich weiß nicht, was ich machen soll. Sie wollte nicht mal mit mir zur Met Gala kommen. Sie meinte, sie würde nur auf Taten reagieren, nicht auf Worte, und meine würden nicht zusammenpassen. Und ihre Mom hätte ihr immer gesagt, dass ich es nicht ernst meine mit ihr, und damit hätte sie recht gehabt. Aber ich meine es ernst. Ich liebe Tif. Ich hab sie schon geliebt, als wir noch sechzehn waren.«

Mit gelassenem Gesichtsausdruck nicke ich, um ihn zu beruhigen. »Ich verstehe. Und du hast auch versucht, dich bei ihr zu entschuldigen. Weißt du noch, was du genau gesagt hast?«

Graham holt sein Handy heraus und scrollt seine Nachrichten durch. »Es tut mir so leid, Babe. Ich hab das Datum verwechselt, und als du mir getextet hast, hatte ich nicht mehr genug Zeit zum Ausnüchtern. Das wird nie wieder passieren.« Neben mir zieht Finn hörbar die Luft ein, und Grahams Augen weiten sich alarmiert. »Was denn, Mann? Ich hab mich doch entschuldigt!«

Schweigend werfe ich Finn einen Blick zu, um ihm zu signalisieren, dass er sich in die Unterhaltung einklinken kann. »Ich weiß, ich weiß«, sagt er. »Bevor ich Maeve kannte, hätte ich wahrscheinlich genau das Gleiche gesagt. Aber du hast die Verantwortung für dein Handeln nicht übernommen. Weißt du, was ich meine? Ich meine, jetzt mal ehrlich, sie hat dir sicher gesagt, wann die Taufe stattfindet. Vielleicht hing sogar die Einladung dafür an deinem Kühlschrank. Und ich würde darauf wetten, dass sie auch deiner Assistentin Bescheid gegeben hat und die den Termin wiederum in deinen Kalender eingetragen hat. Du hast nur erklärt, wieso dir das passiert ist, anstatt auf ihre Gefühle einzugehen und ihr zu zeigen, dass du verstehen kannst, wieso das, was du getan hast, sie verletzt hat.«

»Möchtest du vielleicht mal versuchen, deine Entschuldigung anders zu formulieren?«, frage ich. »Nicht, um sie abzuschicken – nur als Übung.«

Graham legt den Kopf schief. »Klar. Sicher. Ich glaube, ich verstehe, worauf du hinauswillst. Wie wäre es mit: ›Es tut mir leid, Babe. Es war bescheuert von mir, mir die Daten nicht besser zu merken. Das wird mir nie wieder passieren.‹?«

»Das ist auf jeden Fall schon mal ein guter Anfang!«, sage ich aufmunternd. »Wäre es okay, wenn ich dir sage, was ich gerne hören würde?«

»Ja, *bitte*!«

Ohne es zu wollen, schaue ich kurz zu Finn, bevor ich den Blick bewusst wieder auf Graham richte. Wenn Finn so genau weiß, wie man sich entschuldigt, wieso hat er es dann bei mir nie geschafft? Doch ich sage nichts. Stattdessen atme ich einmal tief durch und lenke meine Aufmerksamkeit wieder auf das Hier und Jetzt. »Bei einer guten Entschuldigung erkennt man an, was man falsch gemacht hat und wie diese Fehler sich auf den anderen ausgewirkt haben, und man erklärt, wie man es in Zukunft anders machen will. Also, so in der Art: ›Es tut mir wahnsinnig leid, Babe. Ich liebe dich und unsere Tochter so sehr, und ich verstehe, dass, wenn ich bei einem so wichtigen Ereignis nicht auftauche, es so aussieht, als wäre mir unsere Familie nicht wichtig, und dadurch hast du wahrscheinlich das Gefühl, dass ich die ganze harte Arbeit, die du leistest, um unsere Tochter großzuziehen, nicht zu schätzen weiß. Aber ich werde nicht mehr so rücksichtslos mit deiner Zeit und deinen Gefühlen umgehen. Ich weiß, Worte sind schnell gemacht, aber ich werde mich ehrlich bemühen, dir von nun an – in den noch kommenden Wochen, Monaten und hoffentlich auch Jahren – immer mit allem, was ich tue, zu zeigen, was ich wirklich fühle, nämlich, dass du und unsere fantastische Tochter das Wichtigste in meinem Leben seid. In Zukunft wird die Familie für mich immer an erster Stelle stehen, ich werde mich viel mehr einbringen und gemeinsame Aktivitäten für uns planen, und außerdem werde ich immer darauf achten, dass du siehst, wie dankbar ich dir bin für all das, was du für mich tust, und dafür, dass du in meinem Leben bist.‹«

Als ich fertig bin, herrscht Schweigen im Raum, und ich frage mich, ob diese Entschuldigung vielleicht etwas zu übertrieben war. Doch dann unterdrücke ich den Gedanken gleich wieder. Uns Frauen wird immer das Gefühl vermittelt, dass wir unsere Emotionen zurückhalten sollten, um die negativen Gefühle unseres Partners zu besänftigen, die wiederum das Ergebnis unseres schlechten Verhaltens sind. Graham sollte eine umfassende Entschuldigung abgeben!

Er unterbricht auch als Erster die Stille. »Können wir das bitte noch mal abspielen? Ich möchte mir das aufschreiben.«

Lächelnd sehe ich ihn an. »Du kannst dir ja die Folge anhören, sobald sie online ist. Aber eigentlich geht es mir darum, dir dabei zu helfen, deine eigenen Fähigkeiten zu entwickeln. Es ist besser, wenn du selbst darüber nachdenkst, inwiefern du sie verletzt hast und wie du ihr zeigen kannst, dass du ihre Gefühle ernst nimmst, um dann darauf aufbauend deine eigenen Worte für eine Entschuldigung zu finden.«

»Und anschließend hole ich den Ring raus?«

»Hm, über den Ring sollten wir vielleicht noch mal sprechen. Eigentlich über den ganzen Antrag«, sagt Finn. »Wieso hast du den nicht beim Super Bowl gemacht?« Er scheint wirklich an der Antwort interessiert zu sein. Ich frage mich, ob er je darüber nachgedacht hat, Cassidy einen Heiratsantrag zu machen. Ihr gemeinsamer Sommer in Europa war so romantisch, und wenn man bedenkt, dass sie seit seinem neunten Lebensjahr die Eine ist, aus der vielleicht hätte mehr werden können, ist der Gedanke, dass er eventuell einen Ring mit nach Rom bringen würde, nicht so abwegig. Mich hat die Schlagzeile, dass die beiden sich getrennt haben, mehr geschockt, als es mich erstaunt hätte, wenn er vor ihr auf die Knie gegangen wäre.

»Weil ich verloren habe, Mann. Danach konnte ich ihr doch keinen Antrag mehr machen.«

»Denkst du denn, ihre Antwort wäre anders ausgefallen?«, erkundige ich mich. Mir gefällt die Richtung, auf die Finn mit seiner Frage abzielt.

»Nein. Aber ich wollte ihr zeigen, wie toll unser gemeinsames Leben wird. Und dass ich ein Gewinnertyp bin.« Ich stoße Finns Knie unterm Tisch an. Während unserer Gespräche mit den diversen Medienunternehmen war das unser Signal dafür, eine Gesprächspause einzulegen, um zu sehen, was die anderen sagen, wenn wir sie weitersprechen lassen. Als Finn sein Knie ebenfalls gegen meins presst, spüre ich, wie sich tief in meinem Innern irgendetwas löst; auch wenn dies hier nur ein vorübergehender Waffenstillstand ist, weiß ich, dass er sich ganz langsam wieder in mein Leben schleicht. Und im Grunde meines Herzens will ich das auch.

Nach einem kurzen Moment des Schweigens ergreift Graham wieder das Wort. »Ich wollte, dass der Antrag perfekt ist. Damals in der Highschool wollte sie nicht mit mir zusammen sein. Sie meinte, sie wäre zu intelligent, um ihre ganze Zeit und Energie an einen Freund zu verschwenden, wenn sie stattdessen ihre eigenen Ziele und Träume verfolgen könnte. Selbst während des Studiums durfte ich sie nur ein einziges Mal zum Essen ausführen, als sie ein Stellenangebot für die Zeit nach dem Abschluss bekommen hat. Und jetzt … Dieses Leben ist echt schwer für sie. Den meisten Leuten ist gar nicht klar, wie viel Arbeit es ist, Spielerfrau zu sein. Und ich will nicht, dass sie denkt, ich erwarte von ihr, dass sie wegen mir ihre Träume aufgibt. Deshalb habe ich ihr auch vorgeschlagen, ein Kindermädchen zu engagieren! Dann kann sie wieder in ihren Job zurück. Sie soll mich nicht für einen Verlierer halten, für den sie ihre Karriere aufgegeben hat. Aber beim Super Bowl habe ich dann wirklich verloren, deshalb konnte ich den Antrag dann nicht mehr machen.«

Ich nicke, ohne den Blick von Graham abzuwenden. »Klingt, als hättest du doch ein bisschen Angst gehabt, dass Tif deinen Antrag ablehnen könnte. Deshalb wolltest du sie nach einem Sieg fragen, weil sie dann gesehen hätte, wie viel Wert du in eure Beziehung einbringst.« Graham nickt und blinzelt mehrmals schnell hintereinander, während sich seine Augenränder rot färben.

»Wie, glaubst du, sieht so ein ›Wert‹ in der Beziehung aus Tifs Perspektive aus?«, fragt Finn. »Ich meine, wenn ihr zwei nicht gerade zerstritten seid, glaubst du, wenn sie denkt: ›Wow, Graham trägt so viel Positives zu unserer Beziehung bei, ich bin so glücklich mit ihm‹, dass sie damit deine Erfolge im Football meint? Oder eher was anderes?«

Erneut stoße ich gegen Finns Knie. Das war eine tolle Frage. Er überlässt mir immer die Lorbeeren, aber er kann auch super mit Leuten umgehen. Und manchmal, wenn ein männlicher Hörer die Frage der Woche gestellt oder die Geschichte eines Freundes erzählt hat und ich finde, dass sich derjenige ziemlich dämlich verhalten hat, dringt Finn zum Grund für dieses Verhalten vor. Und indem wir unsere Meinungen zusammenfügen, können wir am Ende den perfekten Rat geben.

»Der Footballkram und das Geld sind ihr scheißegal, sie will nur, dass ich meine Ziele erreiche. Sie sagt mir immer, was sie an mir mag. Zum Beispiel, dass ich ihr zuhöre, wenn sie von ihrer Arbeit erzählt – sie ist Journalistin und schreibt echt toll. Es macht mir Spaß, ihr zuzuhören, wenn sie davon erzählt. Sie ist dann immer so begeistert, und das gefällt mir. Und sie mag es, wenn wir in der spielfreien Zeit zusammen verreisen und neue Orte entdecken. Und dass uns beiden unsere Familien wichtig sind und unser Glaube.«

»Und was schätzt du an ihr?«

»Dass sie jeden Tag einen besseren Menschen aus mir macht. Sie hilft mir, über Sachen nachzudenken, auf die ich ohne sie gar nicht kommen würde, zum Beispiel über Menschen, die anders sind als wir. Dass ich mich für die Human Rights Campaign einsetze, ist ihr zu verdanken. Sie ist so ein lieber Mensch. Und sie macht ihr eigenes Ding, wenn du verstehst, was ich meine. Sie hat ihre eigenen Interessen. Außerdem ist sie so schlau, da werde ich nie an sie heranreichen. Was ich am meisten an unserer Tochter liebe, ist, dass sie zur Hälfte so ist wie Tif und dass Tif sie aufzieht und ihr beibringt, ein guter Mensch zu sein. Es gibt keine bessere Mom als Tif.«

Nun füllen sich meine Augen mit Tränen, und ich blinzle heftig. »Okay, Graham, mach ihr den Antrag nicht jetzt, warte aber auch nicht bis zu einem Sieg beim Super Bowl. Football ist nicht wichtig für eure Beziehung. Am besten bleibst du ganz ehrlich, wenn du ihr den Antrag machst, und sagst ihr das, was du uns gerade gesagt hast. Und du solltest nicht sofort aktiv werden, weil du dich als Erstes einmal richtig entschuldigen und ihr Vertrauen wiedergewinnen musst, damit sie, wenn du ihr den Antrag machst, weiß, dass du wirklich für immer mit ihr zusammen sein willst und das nicht nur tust, um euren Streit beizulegen.«

»Kann ich das auch hier machen?«

»Was denn?«, will Finn wissen.

»Mich entschuldigen. Im Podcast.«

Finn und ich sehen uns an. »Sicher. Aber wenn du sie anrufst, musst du ihr sagen, dass wir hier gerade aufnehmen. Und wenn sie lieber privat mit dir sprechen will, solltest du das respektieren.«

»Klar.« Graham holt sein Handy heraus, um Tif anzurufen, und ich kann auf seinem Display erkennen, dass er sie als obersten Kontakt angepinnt hat. Das ist zwar nur eine Kleinigkeit, aber ihre Nummer zu wählen, scheint ein so intuitiver Vorgang für ihn zu sein, dass er sie offensichtlich ständig anruft – was mir wiederum sehr gut gefällt. Eine gute Beziehung setzt sich aus kleinen Gesten wie dieser zusammen. Als ich auf den Tisch deute, legt Graham sein Handy darauf ab.

»Graham? Bist du nicht gerade im Studio bei dieser Sendung?« Tifs Stimme dringt nur leise durch die Lautsprecher, deshalb nehme ich mein Ansteckmikro ab und lege es neben das Handy, sodass es Tif aufnimmt, während die beiden miteinander reden.

»Ja, das bin ich, Baby. Ich hab gerade erzählt, wie sehr ich das mit uns verkackt habe. Wir nehmen immer noch auf, aber ich wollte dich fragen, ob ich mich offiziell bei dir entschuldigen darf.«

Tif stößt ein ironisches Schnauben aus. »Na, da bin ich ja mal gespannt. Okay, leg los.« Sie klingt ziemlich sauer. Ich frage mich, wie oft er ihren Streit noch durch irgendwelche schlecht formulierten Entschuldigungen und andere Kommunikationsprobleme verschlimmert hat.

Graham atmet tief durch. Ich kann die Anspannung in seinen Schultern sehen. »Tif, es tut mir so leid. Du bist das Beste, was mir je passiert ist. Du machst jeden Tag einen besseren Menschen aus mir. Es tut mir so leid, dass ich dich enttäuscht habe. Du steckst so viel Arbeit in die Erziehung unserer Tochter, und ich kann mir keine bessere Mom vorstellen als dich. Ich bete jeden Tag dafür, dass unsere Tochter ihre Träume genauso leidenschaftlich verfolgen wird wie du und genauso klug ist, genauso zielstrebig. Es war so gedankenlos von mir, ihre Taufe zu vergessen und in meinem Zustand dort aufzukreuzen. Dafür gibt es keine Entschuldigung, und ich hätte erst gar nicht versuchen sollen, mich rauszureden. Dabei ging es nur um mich, ich wollte mich besser fühlen, weil ich Mist gebaut habe, anstatt mich dafür zu entschuldigen, dass ich nicht für unsere Familie da gewesen bin. Von jetzt an werde ich jeden Tag, den du noch mit mir verbringen willst, daran arbeiten, der Mann zu sein, den du verdienst, denn für mich bist du die beste Frau der Welt.«

»Graham«, sagt sie zärtlich.

»Moment, ich will noch mehr sagen«, unterbricht er sie. »Ich weiß, das letzte Jahr war hart. Du bist eine tolle Mom, aber ich freue mich auch schon darauf, dich wieder bei der Arbeit zu sehen, weil du dann so aufblühst, Baby. Du sollst niemals daran zweifeln – nicht mal für eine Sekunde –, dass ich für dich und für unsere Familie alles gebe. Vergiss den Football; du und unsere Kleine, ihr seid mein Leben. Es tut mir so leid, was ich gemacht habe, und ich hoffe, dass du mir irgendwann verzeihen kannst und ich mir dein Vertrauen wieder verdiene. Ich liebe dich.« Seine

Rede beendet er damit, dass er hörbar ausatmet, bevor wir uns alle mit angehaltenem Atem zum Handy vorbeugen.

»Ich liebe dich auch«, sagt Tif schließlich. »Und ich bin froh über deine Entschuldigung. Ich will auch, dass wir das alles hinter uns lassen, und freue mich darauf zu sehen, wie es ab hier für uns weitergeht.«

Stumm wischt sich Graham eine Träne aus dem Gesicht. »Danke, Tif, dass du mir noch eine Chance gibst. Und ich möchte mich auch noch für die vielen Ausreden entschuldigen, die ich dir in den letzten Wochen immer wieder präsentiert habe. Das tut mir leid. Mir war gar nicht klar, was für ein Foulspiel ich betrieben habe.«

»Schön, dass du das einsiehst«, sagt Tif sanft. Einen Augenblick lang herrscht Schweigen am anderen Ende, bevor sie weiterspricht: »Ach, Maeve? Ich weiß, dass du ihn zu dieser Entschuldigung angeregt hast. Deshalb danke, dass du ihm gezeigt hast, wie er sich so ausdrücken kann, dass ich verstehe, was er meint.«

Finn nimmt sein Ansteckmikro ab und hält es mir vor den Mund, damit das, was ich sage, klar aufgezeichnet wird. »Genau deshalb machen wir diesen Podcast. Um Männern emotionale Intelligenz beizubringen, damit ihre Partnerinnen das nicht mehr machen müssen.«

Tif lacht, und Graham unterhält sich noch ein bisschen mit ihr, während Finn und ich unsere Mikros neu anschließen. Als das Telefonat beendet ist, ergreift Finn wieder die Initiative. »Okay, Graham, da das ja nun aus der Welt geschafft ist … reden wir doch mal über die Vorgänge in der Umkleidekabine. Was geht da unten so ab? Und wie reagierst du, wenn jemand was nicht so Tolles zu dir sagt?«

Wir tauchen in den nächsten Teil ein, den Finn moderiert, und zum ersten Mal, seit wir in den Streamify-Studios aufnehmen, fühlt es sich wieder gut an, mit ihm zusammenzuarbeiten.

Siebzehn

FINN

Ich folge Maeve in die VIP-Loge der Chargers, und sofort schießt mein Puls in die Höhe. Ich fange an, aus sämtlichen Poren meines Körpers zu schwitzen, und mein Mund wird ganz trocken. Weil diese Loge definitiv für einen romantischen Abend zu zweit hergerichtet wurde.

Nach der Aufnahme hat Graham uns kontaktiert, um uns mitzuteilen, dass es zwischen ihm und Tif besser laufe als je zuvor. Außerdem hat er darauf bestanden, uns Logentickets für das Wochenendspiel zu schenken. Ich habe Maeve überredet, die Karten anzunehmen, auch wenn ihr Football ziemlich egal ist; doch nun, da wir hier sind, wird klar, dass Graham nicht bloß Plätze für uns besorgt hat ... Schnell laufe ich zu dem Tisch mit dem Champagnerkübel und den Rosenblättern hinüber und schnappe mir die Karte, die davor liegt. Bei der Gala habe ich Graham gestanden, dass ich es mir mit Maeve auch verscherzt habe, damit er nicht denkt, er sei der einzige Vollidiot, der Riesenfehler macht! Aber ich will nicht, dass Maeve diese Karte liest.

Ich klappe sie auf. *Vielen Dank noch mal euch beiden. Jetzt seid ihr dran, das zwischen euch wieder einzurenken.*

Ich stopfe die Nachricht in meine Hosentasche und werfe einen Blick über meine Schulter. Maeve schaut sich gerade den Rest der Loge an, in der jeder Quadratzentimeter »Romantik« schreit. Statt Burger und Pommes gibt es Austern und mit Schokolade überzogene Erdbeeren, diverse Arrangements aus roten Rosen und

Trikots im Pärchenlook mit unseren Namen darauf. Maeve zieht sich ihr Trikot über, und als sie ihren Kopf durch den Ausschnitt streckt, sind ihre Haare elektrisch aufgeladen und stehen in alle Richtungen ab. »Ich glaube, er hat einen falschen Eindruck von uns. Aber nach der Gala kann ich ihm das nicht mal übel nehmen.« Sie wirft mir das andere Shirt zu. »Also mach kein Drama draus.«

Ich ziehe ebenfalls das Trikot an. »Wann hab ich je aus irgendwas ein Drama gemacht?«

Maeve beachtet mich nicht weiter und nimmt sich stattdessen die ganze Schale Erdbeeren, trägt sie zu den Sitzen hinunter und balanciert sie vorsichtig auf der Armlehne neben sich. Ich greife mir die Austern und folge ihrem Beispiel, bevor ich den Kühler mit dem Champagner hole und ihn in der Reihe vor uns platziere. »Auf was trinken wir? Dass wir uns nicht mehr abgrundtief hassen?«

Maeve öffnet die Flasche, und der Korken fliegt in die Ränge unter uns. »Soll ich dir vor oder nachdem wir getrunken haben, gestehen, dass ich immer noch Träume habe, in denen ich dir eins in die Fresse haue?«

Ich nehme ihr die Flasche ab und trinke einen großen Schluck. »So, jetzt bin ich so weit. Also, in diesem Traum, brichst du mir da die Nase und zerstörst für alle Zeiten meine perfekten Gesichtszüge? Oder brichst du dir deine eigene Hand?«

»Dein Gesicht fällt quasi in sich zusammen. Weißt du, so ähnlich wie bei einem Halloweenkürbis, der bis zum zehnten November draußen steht und dann anfängt, von innen zu faulen.« Maeve reißt mir die Champagnerflasche aus der Hand und trinkt. »Das sieht ziemlich krass aus.«

Ich habe auch ein paarmal ziemlich bildhaft von Maeve geträumt, vor allem, seit sie bei der After-Show-Party in meinem Schoß eingeschlafen ist. Nachdenklich schlürfe ich eine Auster, biete dann Maeve eine an und versuche, nicht auf ihre Lippen zu schauen, während sie elegant das Fleisch von der Schale saugt. Ihr kastanienbraunes Haar fällt nach vorn und umrahmt ihr Gesicht, während sie sich zum Essen vorbeugt, und am liebsten würde ich es ihr hinters Ohr streichen. Es fehlt mir, sie einfach an mich ziehen und festhalten zu können. Nichts fühlt sich so gut an wie ihr warmer Körper an meinem oder ihre Hand in meiner. Wenn ich bei ihr bin, kommt es mir so vor, als wüsste ich genau, wo mein Platz in der Welt ist, weil es keinen wichtigeren Platz gibt als den an ihrer Seite. Das Footballspiel fängt an, und obwohl ich es eigentlich begeistert verfolgen sollte, fällt es mir schwer, meinen Blick von Maeve loszureißen. Während wir die Champagnerflasche zwischen uns hin- und herreichen und uns an den Snacks bedienen, versuchen wir, zu erraten, welche Berufe die Leute in den Logen ums uns herum wohl haben, bis mir irgendwann bewusst wird, dass wir uns nicht nur gut amüsieren, sondern ich auch ziemlich einen im Tee habe.

»Idee für eine Folge«, platzt es aus mir heraus, »die Leute sollen uns die ungewöhnlichsten Orte schreiben, an denen sie Sex hatten, und dann stellen wir eine Rangliste auf nach, sagen wir, den skandalösesten und denen mit den größten logistischen Herausforderungen.«

Maeve hebt eine Augenbraue. »Denkst du gerade darüber nach, hier in dieser Loge Sex mit mir zu haben?«

Der Gedanke ist mir tatsächlich gekommen, doch anstatt es zuzugeben, verdrehe ich theatralisch die Augen und gebe ihr die Flasche. An der Röte in ihren Wangen kann ich sehen, dass sie ebenfalls ganz schön beschwipst ist, obwohl wir die Flasche noch nicht mal vollständig ausgetrunken haben. »Ach komm, dieser ganze Raum hier ist doch die reinste Leuchtreklame für Sex. Fehlt nur noch ein Schild, auf dem steht: ›Treibt es endlich!‹«

»Vielleicht habe ich ja die Austern, Erdbeeren und den Champagner bestellt, hast du daran mal gedacht? Vielleicht esse ich das ja jedes Mal, wenn ich mir zu Hause ein Spiel der Steelers ansehe.« Maeve hat sich halb zu mir umgedreht, um mir in die Augen blicken zu können, und die Stelle, an der sich unsere Ellbogen auf der geteilten Armlehne berühren, fühlt sich an wie der empfindsamste Punkt meines Körpers.

»Maeve, wenn du jetzt sofort deine Eltern anrufst und sie mir auch nur einen Tag nennen können, an dem du dir ein Footballspiel von Anfang bis Ende im Fernsehen angeschaut hast, erzähle ich öffentlich in unserem Podcast von dem einen Mal damals auf dem College, als ich bei Stacey Maloney keinen hochgekriegt hab.«

Maeves Augen leuchten auf. »Wusste ich's doch, dass an dem Abend irgendwas schiefgelaufen ist. Du konntest ihr gar nicht mehr in die Augen sehen. Bis zum Ende des Studiums.«

»Dazu muss ich allerdings noch hinzufügen, dass Stacey zu mir gesagt hat: ›Das kann doch jedem mal passieren.‹ Und irgendwann hab ich sie mal in New York in der U-Bahn gesehen … Da bin ich vor meiner eigentlichen Station ausgestiegen, weil ich mich meinem Trauma nicht stellen wollte.« Ich drücke meinen Ellbogen noch ein bisschen enger an Maeve, und sie zuckt nicht zurück. Tatsächlich habe ich sogar das Gefühl, dass sie mir entgegenkommt, kaum merklich, aber ein winziges Stück. Vielleicht ist Berühren, ohne entsetzt zurückzuweichen, der nächste Schritt in der Erneuerung unserer Freundschaft.

»Ich würde dich nie dazu zwingen, irgendwas von dir zu erzählen, über das du eigentlich nicht reden willst«, entgegnet Maeve ein wenig beleidigt. »Es sei denn, du änderst den Wetteinsatz, dann würde ich dir die Geschichte so was von aus der Nase ziehen.«

Bevor ich zurückfrotzeln kann, werde ich von der lauten Menge um uns herum abgelenkt. Denn die Leute schreien nicht mehr

»Los, Chargers!« oder so was. Und sie werden auch nicht leiser, wie es sonst nach einem Touchdown üblich wäre. Tatsächlich sind die Rufe in unserer unmittelbaren Nähe bei genauerem Hinhören sogar besonders laut und sie klingen wie … *Küssen.*

Unvermittelt packt Maeve mich am Arm. »Oh, mein Gott, Finn, guck mal.« Sie deutet direkt nach vorn. »Wir sind auf der Kiss Cam.« Mit blankem Entsetzen sieht sie mich an, als würde sie sich in eine Kröte verwandeln, wenn sie mich küsst, oder als hätte ich irgendeine extrem ansteckende Krankheit.

»Küssen! Küssen! Küssen!«, grölt die Menge, nun, da klar ist, dass wir mitbekommen haben, was vor sich geht.

Ich werde Graham umbringen. Ich würde eine Million Dollar darauf wetten, dass er dahintersteckt. Mit einem gespielten Lächeln wende ich mich zu Maeve um und lehne mich dann noch weiter vor, damit mein Mund nicht mehr auf dem Großbildschirm zu sehen ist. »Was sollen wir machen?«

Doch Maeve antwortet mir nicht. Stattdessen umfasst sie mein Kinn mit einer Hand und dreht mein Gesicht zu sich. Eine Millisekunde lang treffen sich unsere Blicke, bevor ich ihre Geste erwidere und sie am Kinn zu mir ziehe, und als ich sie küsse, spüre ich mit jeder Faser meines Körpers, dass das, was in ihren dunklen Augen lag, weder Ekel noch Besorgnis war. Nein, es war Vorfreude.

Ich lege die Hand um ihren Hinterkopf und presse ihren Mund auf meine Lippen, während sie die Arme um meinen Hals schlingt. Wir geben uns gar nicht erst mit einem leichten Küsschen zufrieden. Stattdessen verschmelzen wir miteinander und machen exakt an dem Punkt weiter, wo wir aufgehört haben, als wir uns das letzte Mal geküsst haben. Und es fühlt sich weder seltsam noch peinlich noch verkrampft an, sondern so, als würde ich nach Hause kommen. Es gibt kein unsicheres Vortasten, und einen kurzen Moment später rücken die Geräusche der Masse schon in den Hintergrund. Als Maeve die Lippen öffnet, schiebe ich meine Zunge tief in sie, und als sie sich irgendwann von mir löst, habe ich ganz vergessen, dass der Kuss nur für die Kiss Cam stattfand, und blinzle verwirrt ins Sonnenlicht. Maeve legt ihren Kopf auf meine Schulter, und erst dann fällt mir wieder ein, dass wir gefilmt werden, und ich lege den Arm um sie, während wir beide in die Kamera grinsen.

Als wir nicht mehr im Fokus stehen, wende ich mich wieder in Maeves Richtung, in der Hoffnung, dass wir vielleicht jetzt endlich über uns sprechen können. Nachdem wir einander gerade unsere Zungen in den Hals gesteckt haben, wird sie diesem Gespräch wohl kaum noch ausweichen können, oder? Doch Maeve schiebt nur die Schale mit den Erdbeeren beiseite und schnappt sich ihre Handtasche.

»Ach, Maeve, jetzt komm, wo willst du denn hin? Ist alles okay?«

Ich folge ihr von der Tribüne in die wesentlich privatere Kabine, wo uns niemand hören oder filmen kann. Dort setzt sie sich auf die Couch, holt ihr Handy heraus und öffnet ihre Uber-App.

»Maeve!« Vor lauter Panik werde ich laut, und ich hasse mich selbst dafür. Der unverhältnismäßige Tonfall führt dazu, dass Maeve zusammenzuckt, und sofort senke ich die Stimme. »Tut mir leid, sorry. Aber bitte! Geh jetzt nicht. Das war doch nur ein Kuss, oder?«

Maeve hält mitten in der Bewegung inne, das Telefon noch in der Hand und die Fahrt noch nicht bestätigt. »Ich brauche ein bisschen Abstand, Finn. Schon klar: Für dich war das gerade nicht verwirrend, schließlich kannst du ja mit mir rummachen, ohne dass es dir irgendwas bedeutet. Aber für mich ist das echt hart.«

Ihre Stimme klingt ganz erstickt von Emotionen, und ich zögere, nicht sicher, ob ich irgendetwas sagen oder mich lieber an unsere Vereinbarung halten soll, nicht über uns zu sprechen. Es ist wesentlich leichter, anderen Leuten Ratschläge zu erteilen, als selbst zu wissen, was man im entscheidenden Moment tun soll. Als Maeves Blick wieder aufs Display ihres Handys fällt, fange ich einfach an zu reden, will irgendetwas sagen, das sie dazu bringt, hier bei mir zu bleiben. »Es stimmt nicht, dass mir das nichts bedeutet, Maeve. Ich weiß, wieso du das denkst nach allem, was passiert ist. Aber das war nicht nur Show. Ich will wirklich …«

»Hör auf!« In ihren Augen lodert ein Feuer auf, begleitet von Schmerz. »Ich will dieses Blabla nicht mehr hören. Ich weiß, es ist neu für dich, mal nicht zu kriegen, was du willst, und das spornt bestimmt deinen Jagdtrieb an. Aber ich will nichts davon hören. Das war ja nicht mal ein richtiger Kuss. Ich sage Shazia, dass das hier unser gemeinsamer monatlicher Auftritt war.« Damit presst sie die Bestätigungstaste auf ihrer App und steht auf. »Wir sehen uns im Studio.«

Ich fasse es nicht. Wieso nimmt sie ständig das Schlimmste von mir an? Zählt es denn gar nicht, dass ich die letzten Wochen sämtliche ihrer Regeln eingehalten habe?

»Tut mir leid, Maeve, aber du benimmst dich echt kindisch. Ich dachte, du wärst die Erwachsene von uns beiden.«

Ihre Augen blitzen, während sie ihr Telefon in ihre Tasche stopft. »Und ich dachte, du wärst der Eine für mich. Weißt du was? Ich wünschte, das mit Cassidy und dir hätte geklappt. Dann hätte ich jetzt nämlich nicht dieses blöde Gefühl, dass du uns wegen absolut gar nichts aufgegeben hast. Ich bin es leid, die Erwachsene zu sein.«

Mittlerweile schreien wir uns richtig an, während wir uns in unseren gleichen Trikots gegenüberstehen, in dieser romantischen Loge, die uns eigentlich an die Zeit erinnern sollte, als wir uns gernhatten. Mehr als gernhatten. Aber ich kann einfach nicht aufhören. »Wenn ich dir so viel bedeute, dann lass uns endlich wieder zusammen sein!«

Maeve kommt auf mich zu, bis wir uns von Angesicht zu Angesicht gegenüberstehen. Oder eher: Ihr Gesicht ist auf Höhe meiner Brust, und ich blicke auf sie hinunter, während sie ihren Kopf reckt. »Finn, es ist verdammt harte Arbeit, dich nicht mehr zu lieben«, flüstert sie.

»Dann arbeite nicht mehr daran«, gebe ich zurück. »*Bitte.*« Meine Stimme versagt, aber das ist mir egal. Wenn ich wüsste, dass es irgendwas bewirken würde, würde ich auch vor ihr auf die Knie gehen und sie anbetteln.

Doch Maeves Augen sind trocken, und ihr Blick ist hart. Obwohl es nicht nötig wäre, streicht sie sich das Haar hinters Ohr. »Finn, ich will, dass du mir zuhörst. Und wirklich verstehst, was ich sage. Bitte. Ich würde gerne sagen, dass es zwischen uns wieder so wird, wie es mal war. Dass wir es noch mal miteinander versuchen können. Ich wünschte, das könnten wir, wirklich. Ich wünsche es mir sogar sehr. Aber das geht nicht. Weil das, was du gemacht hast, nicht einfach nur ein Versehen war. Du hast eine Wahl getroffen, und das ist nicht das Gleiche. Ich bin nicht austauschbar. Als ich gesagt habe, dass ich immer für dich da bin, da … tja, ich schätze, da habe ich gelogen. In dieser Welt – der Welt, in der ich lernen musste, dass ich dir nie so viel bedeutet habe wie du mir – kann ich das nicht mehr. Deshalb sind wir beide nur Kollegen. Mehr nicht.«

Und mit diesen Worten geht sie davon. Ich lasse mich auf den Boden sinken. Keine Ahnung, warum sie allen anderen verzeihen kann, aber ich für alle Zeiten bei ihr verschissen habe, wenn ich einen einzigen Fehler mache. Genau diesen Streit haben wir immer und immer wieder geführt, und sie hat mir nicht ein Wort von dem geglaubt, was ich gesagt habe. Also, wisst ihr was? Wenn sie will, dass ich mich so aufführe wie der Typ, für den sie mich offensichtlich hält – der, dem sie scheißegal ist und der sie wie eine Kollegin behandelt –, dann soll sie genau den bekommen.

Ich öffne noch eine zweite Flasche Champagner, trinke sie halb aus, rülpse zwischen den Schlucken von der Kohlensäure, nehme mir dann mein Handy und wanke aus der Loge. Ich verlasse den abgesperrten Bereich, steuere auf die Tribüne zu und bleibe dort wartend stehen. Es dauert ungefähr dreißig Sekunden, bis mich jemand erkennt, und plötzlich kommen diverse junge Frauen zu mir herüber und bitten mich um Selfies oder gemeinsame Videos.

»Wollt ihr rauf in die Loge kommen?«

Ich weiß nicht mal, an wen genau ich die Frage richte, doch auf einmal merke ich, dass ich wieder die Treppe nach oben steige, mit mindestens zehn Frauen im Schlepptau. Und als sie die Loge betreten und die ganzen Champagnerflaschen und Erdbeeren sehen, geht die Party erst richtig los. Ich schwanke, auf dem Grad zwischen betrunken und total hackedicht, und die nächste Stunde (oder sind es zwei, drei?) zieht in einem Rausch aus Tanzen, Knutschen und Videos drehen an mir vorbei. Ich habe eine leise Ahnung, dass ich das alles bereuen werde, sobald ich wieder nüchtern bin. Doch diese Sorge bekämpfe ich mit einem weiteren Shot.

Vielleicht kapiert sie ja jetzt, dass es einen Unterschied gibt zwischen dem Menschen, der ich in den letzten Monaten war, und dem, den sie in mir vermutet. Denn gerade benehme ich mich wie jemand, dem alles scheißegal ist. Sie ist nämlich nicht die Einzige, die über jemanden hinwegkommen muss. Jetzt ist es an der Zeit für mich, über sie hinwegzukommen.

Achtzehn

Vor dem Deal mit Streamify

MAEVE

»Wonach suchen wir noch mal?«, fragt Finn, während ich hoch konzentriert die Regale der dritten Housing-Works-Filiale an diesem Tag durchkämme und er hinter mir herläuft.

Ich blicke nicht hoch, sondern inspiziere stattdessen gründlich die Nähte eines Sweatshirts von Ralph Lauren. »Suchen tun wir gar nichts. Wir schauen uns nur mal um, ob wir irgendwas finden.«

Es ist Finns erster Bummel durch Secondhandläden, und offensichtlich fällt es ihm schwer, das Konzept zu verstehen. Eigentlich sollte mich das nicht wundern, schließlich kann ich mir nicht vorstellen, dass er je irgendetwas Gebrauchtes in seinem Leben getragen hat. »Das kapiere ich nicht«, murmelt er dann auch. »Die Stylistin meiner Mom kann dir alles besorgen, was du brauchst. Wonach soll ich mich denn umschauen?«

Entschlossen lege ich den Pulli ins Regal zurück. »Ich hab dir doch gerade erklärt: Ich suche nichts Bestimmtes. Ich stöbere nur hier durch, weil ich vielleicht irgendein verborgenes Schätzchen finde. Und genau darin liegt der Reiz! Wenn jemand für mich was Spezielles einkauft, guckt er oder sie wahrscheinlich erstens nicht nach Angeboten, und zweitens geht dabei der ganze Spaß der Schnäppchenjagd verloren. Das ist nur cool, wenn man was findet, das … na ja … geradezu unanständig günstig ist.«

Ich führe Finn hinüber zu einem riesigen Ständer mit Jacken. »So, jetzt guckst du hier einfach durch.«

Halbherzig fängt er an, die Jacken hin und her zu schieben. »Vielleicht musst du mir das mal an einem Beispiel demonstrieren.«

»Das ist echt nicht kompliziert. Schau einfach, ob du irgendwas Besonderes findest oder irgendwas von einer guten Marke, dann guckst du es dir genauer an und siehst nach dem Preis, um zu wissen, ob es ein Schnäppchen ist.« Mit einer überschwänglichen Geste ziehe ich eine der Jacken heraus. »So wie die hier! Das ist eine Vintage-Männerjacke von Burberry – ein Superfund! Aber der Gürtel fehlt, und mir ist sie zu groß, also müsste ich sie enger machen lassen. Was sich nur dann lohnen würde, wenn der Preis echt niedrig ist, was hier bei Housing Works wahrscheinlich der Fall ist.« Ich schaue auf das Preisschild. »Vier fünfzig. Das lohnt nicht. Aber wenn sie nur eins fünfzig kosten würde, wäre es ein Megaschnapper!«

Finn nimmt mir die Jacke ab und sieht sie sich mit skeptisch gerunzelter Stirn genauer an. Angewidert verzieht er das Gesicht, als er einen Fleck am Kragen entdeckt, den eine professionelle Reinigung locker entfernen könnte. »Sollen wir nicht zu Burberry gehen? Ich kaufe dir die Jacke als verfrühtes Geburtstagsgeschenk. Die hat dann auch einen Gürtel und ist sauber.«

»Darum geht es aber nicht. Das ist doch ein Einkaufsbummel nur so zum Spaß!«

Bevor ich noch tiefer in den Adrenalinrausch eintauchen kann, der mich immer überfällt, wenn ich etwas Tolles finde, höre ich hinter uns ein Keuchen, und noch ehe ich mich umdrehe, weiß ich schon, was kommt.

»O, mein Gott! Maeve? Und Finn? Voll krass! Ich kann nicht fassen, dass ihr wirklich hier seid!«

Es ist ein Grüppchen aus drei jungen Frauen, von denen eine

jetzt die Ereignisse mit ihrem Handy filmt. Grinsend sehe ich sie an. »Ja, wir sind es wirklich! Wie schön, euch kennenzulernen!«

Ich umarme jede von ihnen, bevor Finn es mir gleichtut. Die drei haben wir zwar noch nie gesehen, aber wie jedes Mal, wenn das passiert – was in letzter Zeit fast immer vorkommt, sobald wir das Haus verlassen –, ist die Stimmung eher so wie bei einem Wiedersehen von Freunden und nicht wie bei einem Treffen von Fans und ihren Podcastmoderatoren.

»Ich schaue eure Sendung seit der dritten Folge, und sie ist echt so super! Ich habe endlich meinen Ex konfrontiert, damit, dass er fremdgegangen ist, und jetzt bin ich glücklicher Single!«

Eine der anderen Frauen klinkt sich in die Unterhaltung ein. »Letzten Monat habt ihr meine Frage bei den Fragen der Woche ausgewählt! Ich wollte wissen, wie ich meinem Freund am besten erklären kann, wie er meine Lust beim Sex noch steigern kann, und das hat super funktioniert. Und eure Folge über Blowjobs hat echt mein Leben verändert. Im wahrsten Sinne.«

»Es freut uns, wenn wir helfen können«, bedanke ich mich mit einem Lächeln. »Es bedeutet uns sehr viel, euch alle zu treffen und das zu hören.«

»Wollt ihr nicht mit was trinken gehen?«, fragt die junge Frau, die uns zuerst erkannt hat. »Wir sind nur kurz hier reingekommen, auf dem Weg zum *Bachelor*-Gucken in einer Bar hier in der Nähe!«

»Ja, gerne«, stimmt Finn sofort zu.

Ich verdrehe die Augen. »Er versteht einfach nicht, dass so ein Einkaufsbummel richtig Spaß macht.«

»In den letzten drei Stunden haben wir sechs Läden abgeklappert. Ich denke, wenn ich bis jetzt keinen Spaß gehabt habe, wird das auch später nicht mehr passieren«, gibt er zurück, während er den Arm um meine Schultern legt und mich an sich drückt. »Außerdem wusste ich gar nicht, dass es eine Bar gibt, in der man den *Bachelor* anschauen kann. Und da das meine erste Staffel ist – dank dir –, kann ich doch auch gleich die volle Dröhnung mitnehmen.«

»Er liebt die Sendung«, lasse ich unsere Fans laut flüsternd wissen und zwinkere ihnen verschwörerisch zu.

Fünfzehn Minuten später befinden wir uns in einer extrem vollen Bar, die komplett für die TV-Show *Der Bachelor* dekoriert wurde. An der Wand hängt eine Ansammlung ausgedruckter Blätter, auf denen die Porträts der Teilnehmerinnen zu sehen sind; hinter der Bar auf einem Whiteboard hat jemand eine Rangliste aus Küssen erstellt; und für die drei verbliebenen Teilnehmerinnen wurden extra Drinks kreiert. Ich war selbst noch nie hier und bin total überwältigt, habe jedoch gar keine Zeit, alle Einzelheiten in mich aufzunehmen, weil offensichtlich jede der hier anwesenden Frauen *Tell Me How You Really Feel* schaut.

Finn und ich trinken Shots mit gefühlt sämtlichen Gästinnen hier, machen mindestens hundert Selfies und hören unzählige Erfahrungsberichte darüber, wie unsere Show Beziehungen gerettet hat. Da wir in unseren Wohnungen aufnehmen und nur zu zweit sind, kommen mir die Größe unserer Zuschauerschaft und die Auswirkungen unseres Podcasts auf die Menschen immer so unwirklich vor; bis wir an so öffentlichen Orten wie diesem hier sind.

Gerade, zum Beispiel, erzählt mir ein ziemlich betrunkenes Pärchen weinend, wie Folge siebenunddreißig sie dazu angeregt hat, einander endlich ihre Gefühle zu gestehen und sich vor ihren Familien zu outen. »Ich kann mir gar nicht vorstellen, wie unser Leben ohne eure Sendung verlaufen wäre«, sprudelt es aus einer der beiden Frauen heraus, und sie zieht ihre Freundin enger an sich. »Ich hätte mich nie getraut, mit Maria zu reden, und erst recht nicht mit meinen Eltern. Ich würde immer noch eine Lüge leben. Und wir hätten nie Nippelspiele ausprobiert!«

Ohne Vorwarnung stürzt Maria nach vorn und versucht, Finn und mich gleichzeitig zu umarmen. »Wir lieben euch! Und euer spezielles Gleitgel.«

Nachdem wir uns bei ihnen bedankt haben, greift Finn sich meine Hand und zieht mich in Richtung der Toiletten. Die Schlange bei den Damen ist ziemlich lang, doch er nimmt mich einfach mit zu den Herren und macht erst in einer der Kabinen Halt. »Das ist echt unglaublich«, flüstert er mir zu. »Aber wir müssen trotzdem hier raus, bevor mich noch eine Frau bittet, ihr ein Autogramm auf ihre Brüste zu geben.«

Ich nicke, während sich gleichzeitig meine Augen mit Tränen füllen. »Das ist ... Ich kann es nicht fassen. Jeder hier hört sich unseren Podcast an. Ich freue mich so, aber ich kann gar nicht glauben, dass das wirklich passiert.«

In der engen Kabine sind wir nur wenige Zentimeter voneinander entfernt, und Finn hebt die Hand, um mir eine Träne von der Wange zu wischen. »Das ist dein Verdienst, Maeve. Du hast ihre Leben verändert.«

Nun rinnen die Tränen schneller hinunter, als er sie wegwischen kann, und er zieht mich an seine Brust. Irgendwann, als ich nicht mehr weinen muss, löse ich mich von ihm und stelle fest, dass ich zwei Mascaraflecken auf seinem weißen T-Shirt hinterlassen habe. »Ich bin einfach nur glücklich«, sage ich leise. »Das ist alles viel, viel größer geworden, als ich es mir je erträumt hätte.«

»Und es wird noch größer.« Finn nimmt mich erneut für einen Moment in die Arme und stützt sein Kinn auf meinen Kopf. Von ihm so festgehalten zu werden, fühlt sich viel zu gut an. Wir sind Freunde. Nur Freunde. Aber dieser Podcast hat uns einander nähergebracht, als ich je gedacht hätte, und obwohl das ursprüngliche Konzept war, dass wir uns über unsere Datingerfahrungen austauschen und einander Sex- und Beziehungsratschläge geben, haben wir uns in letzter Zeit hauptsächlich auf die Beratung und

Fragen konzentriert und das Thema Dates gar nicht mehr aufgegriffen. Er ist wahrscheinlich nur zu beschäftigt oder zu anspruchsvoll, aber ich hatte tatsächlich keine Lust zu daten, weil ich lieber jeden Abend mit ihm verbringen wollte. Es macht mir Angst, wie viel er mir bedeutet, während ich gleichzeitig weiß, dass ich ihn nicht haben kann. Er hatte nie in dieser Richtung Gefühle für mich, und außerdem könnte er jede haben. Und wenn er die berühmtesten, schönsten, begabtesten und reichsten Frauen der Welt haben kann, hat jemand so Normales wie ich keine Chance. Das ist wahrscheinlich auch der Grund, warum wir schon so lange befreundet sein konnten.

Doch jedes Mal, wenn ich in seine Augen blicke, raubt es mir den Atem.

Erneut löse ich mich von ihm und schaue zu ihm hoch. Ich muss die Umarmung beenden, bevor ich irgendetwas Peinliches sage, das ich bereuen werde. »Sollen wir flüchten? Dann müssen wir aber wirklich rennen, sonst verbringen wir noch die nächsten fünf Stunden hier und unterhalten uns mit Leuten.«

Finn nickt entschlossen. »Auf drei. Eins, zwei, drei!«

Energisch stößt er die Kabinentür auf, und ich laufe vor ihm hinaus. Er legt den Arm um mich und hilft mir, mich durch die Menge zu drängen. Am Ausgang fasse ich ihn am Arm, um ihn zum Stehenbleiben zu bringen, und als ich mich gemeinsam mit ihm umdrehe, stelle ich fest, dass mindestens zehn Leute uns filmen und fast die gesamte Gästeschar der Bar unseren Abgang mitansieht. »Vielen, vielen Dank euch allen! Wir lieben euch so sehr!!! Und ich glaube übrigens, dass Poppy den *Bachelor* bekommen wird!«

Dafür ernte ich dröhnende Begeisterungsrufe, und damit wenden wir uns um und rennen die Straße hinunter, prustend vor Lachen. Mittlerweile ist es dunkel geworden, und es regnet leicht, deshalb zieht uns Finn hinter der Straßenecke unter ein Vordach und bestellt ein Uber. »Zu dir? Wir müssen doch sehen, wen er nach Hause schickt.«

»Passt.« Ich stehe dicht vor ihm, und seine Arme bilden einen Kreis um mich, während er auf seinem Handy herumtippt. Ich kann mich nicht erinnern, dass ich mich je so sicher gefühlt habe. Und ich war auch noch nie so glücklich.

Neunzehn

Vor dem Deal mit Streamify

MAEVE

»Meinst du, wir sollten es annehmen?«

Wir sitzen in meinem neuen Apartment, das mindestens fünfundsiebzig Prozent schöner ist als mein letztes. Es ist eine dieser Wohnungen, die nicht weiß, steril und seelenlos genug sind, um sich in einem Gebäude mit allen Annehmlichkeiten zu befinden, aber es gibt eine gemauerte Dusche, in die zwei Leute passen, und draußen ist genauso viel Platz wie drinnen. Außerdem sind nur ein paar Löcher in der Wand, die ich ganz strategisch mit Postern abgedeckt habe, weil wir zwar jetzt mit unserem Podcast Geld verdienen, aber immer noch nicht so viel, dass ich auch nur im Traum daran denken würde, Unsummen für Kunst auszugeben, die nachher richtig schlecht ist, weil ich nicht über den passenden Sachverstand verfüge.

Mit dem Angebot, das wir gerade in Betracht ziehen, könnte ich mir allerdings so viel schlechte Kunst kaufen, wie ich will. Finn reibt mit der Hand über meine glatte Wade, die ich mir vorsichtshalber rasiert habe für den Fall, dass ich irgendwann hier sitzen und meine Füße auf seine Oberschenkel legen würde. »Würdest du das denn wollen?«

»Ich hab zuerst gefragt.«

»Aber es ist doch dein Baby.«

»Das stimmt ja nicht.« Egal, wie viele Folgen wir machen und für wie viele Artikel wir uns gemeinsam fotografieren lassen – Finn besteht immer darauf, dass es mein Podcast ist und er nur ein Mitwirkender ist. Ich weiß nie, ob ich mich dadurch geschmeichelt oder beleidigt fühlen soll.

»Bei sechzig Millionen und dem Verbleib der Rechte bei uns sollten wir wahrscheinlich gar nicht mehr groß darüber nachdenken müssen. Wieso zweifelst du?« Finn sieht mich ganz direkt an, und mir stockt der Atem. Seinen Blick auf mir zu spüren, so intensiv, wenn wir nur zu zweit sind, ist wie dieser Moment, wenn mich die frische, warme Frühlingsluft einhüllt, nachdem ich aus einem klimatisierten Auto ausgestiegen bin. Einen Augenblick lang fühlt sich alles unglaublich gut an, ich spüre schon den nächsten inspirierenden Gedanken auf mich zukommen und könnte mir keinen schöneren Ort vorstellen als den, wo ich gerade bin, selbst wenn der sich auf einer Couch befindet, die ich von einem Bürgersteig gerettet habe und in der sich sicher noch irgendwelche Bettwanzen verstecken.

»Selbst wenn wir die Rechte an dem Konzept behalten, gehört es trotzdem nicht uns. Streamify wird uns sagen, was wir zu tun und zu lassen haben.«

»Wenn das deine Sorge ist, kann ich dich beruhigen. Ich werde nicht zulassen, dass dir irgendein zwielichtiger Manager sagt, was du tun sollst.« Finn streckt seine Hand aus und verharrt abwartend, lässt sie selbst dann nicht sinken, als ich nicht direkt reagiere. Doch ich schlage natürlich ein. Ich nutze immer die Gelegenheit, seine Hand zu nehmen. »Ich werde ihm erklären, dass du eine exzentrische Künstlerin bist, die keine Kontrolle ertragen kann. Und dass ich, wenn sie dir auch nur ein einziges Mal sagen, was du zu tun hast, sofort raus bin, weil wir dann nämlich nicht mehr gut sind. Außerdem werde ich ein Keuschheitsgelübde ablegen und mir den Schädel kahl rasieren, damit die Mädels mich nicht mehr toll finden.«

Ich drücke seine Hand ganz fest und ziehe die Knie an, um näher an ihn zu rutschen. Er hat mich die ganze Zeit über nicht aus den Augen gelassen, nicht einmal, als er einen Schluck Wein getrunken hat, doch jetzt stellt er sein Glas ab und verschränkt seine Finger mit meinen. »Ich meine es ernst. Lass die Leute mein Problem sein, während du machst, was du willst und Leben veränderst und so was.«

Ich weiß nicht, ob ich ihm das glauben soll. Aber bisher habe ich es immer getan, und er hat mich nicht ein einziges Mal im Stich gelassen, also warum nicht? »Na dann unterschreiben wir wohl den Vertrag, würde ich sagen.«

Ich stelle mein Glas ab, und Finn zieht mich auf der Couch an sich, bis ich praktisch auf seinem Schoß sitze und er mich ganz fest umarmt. Mir fällt es schwer, mir vorzustellen, dass wir tatsächlich diesen Deal eingehen. Ich hätte nie gedacht, dass ich mal in L. A. leben würde; die Stadt hatte für mich immer ein bisschen was von einer Betonwüste. Da ich in Pittsburgh aufgewachsen bin, finde ich Orte, an denen immer gutes Wetter herrscht, irgendwie suspekt. Die Gespräche mit den Leuten von Streamify haben schon vor Monaten begonnen, und bei unserem ersten Meeting habe ich einen Hosenanzug getragen und geschwitzt wie ein Schwein, noch bevor ich überhaupt deren Gebäude betreten habe. Und das Geld? Die Summe ist unvorstellbar für mich. Selbst wenn die erste Rate auf mein Konto eingeht, werde ich es sicher nicht wirklich begreifen können. Wieso sollte Streamify so viel zahlen, um *Tell Me How You Really Feel* exklusiv senden zu dürfen, ohne sich die Rechte am Konzept zu sichern? Ich befinde mich in einem Fiebertraum, aus dem ich nicht mehr aufwachen will, und kneife mich jede Stunde in den Oberschenkel, um zu überprüfen, ob dieser Moment auch wirklich real ist.

Als ich mich ganz leicht aus Finns Umarmung löse, legt er die Hände um meinen Brustkorb und zieht mich ganz auf seinen

Schoß, bis ich rittlings in meinem Sommerkleid auf ihm sitze und etwas Hartes, Heißes zwischen seinen Beinen spüre. Das ist gleichzeitig erschreckend und aufregend, weil ich die ganze Zeit über angenommen habe, dass er nicht solche Gefühle für mich hat. Mein Verstand sagt mir, ich sollte aufstehen und weggehen, um sicherzustellen, dass alles so bleibt, wie es ist, weil ich doch gerade schon mehr bekommen habe, als ich mir je gewünscht hätte. Das sollte ich mir nicht kaputtmachen. Aber vielleicht war das Ziel von alldem hier ja immer er.

Deshalb presse ich mich noch enger an ihn, und mein Keuchen trifft auf sein raues Stöhnen, als er die Hände von meiner Taille bis zu meinen Hüften hinuntergleiten lässt und mich noch fester an sich drückt. Ich habe ihn die ganze Zeit über nicht angesehen, nicht richtig, denn dafür bin ich zu dicht an ihm dran und habe mein Gesicht in seiner Seite vergraben, doch jetzt lehne ich mich zurück. Weil ich sicher sein will, dass er *mich* sieht und nicht irgendeine andere Frau, über die er später im Podcast sprechen wird. Ich umfasse sein Kinn mit einer Hand, löse meinen Oberkörper von seinem und lenke seine Aufmerksamkeit auf mich. Und als sein Blick auf mich trifft, ist er nicht unfokussiert vor Erregung, sondern wachsam. Er schaut direkt in meine Augen und scheint fast genauso verzweifelt darauf zu hoffen, mich darin zu erkennen, wie ich darauf hoffe, ihn in seinen Augen wiederzufinden.

Ich nicke einmal. Und dann zieht er meinen Kopf zu sich und küsst mich. Nicht auf diese sanfte, keusche Art wie bei einem ersten Date. Nein, in diesem Kuss vereinigen sich die letzten zwei Jahre voller Spannung, sechs Jahre Freundschaft und unsere gemeinsame Zukunft. Er drängt mich an sich und erkundet meinen Mund wie ein Meister, aber nicht, weil wir irgendwelchen Zwanzigjährigen beibringen, wie man guten Sex hat, oder weil er jede Woche einen Crashkurs über meine Vorlieben bekommt, wenn ich mein Innenleben vor Millionen von Leuten über ein Aufnahmegerät in unserem Wohnzimmer ausbreite. Nein, es ist, als würden wir wie zwei Rädchen ineinandergreifen und all die Küsse, die ich bisher bekommen habe, wären einfach nur ein Training für diesen gewesen. Als wäre unsere Beziehung bei achtzig Prozent stehen geblieben, und wir hätten gerade die fehlenden zwanzig gefunden.

Und all die kleinen angstvollen Gedanken, die ich sonst immer habe – die gleichen, von denen uns unsere Fans immer schreiben: Habe ich Speckrollen, wenn ich so sitze? Sehe ich aus dieser Perspektive gut aus? Kann er in meine Nase hineingucken? Habe ich Mundgeruch? Sind meine Hände zu kalt? Bin ich zu schwer? Denkt er an eine heißere Frau? –, bleiben aus. Es ist, als hätte jemand das Geschnatter in meinem Kopf auf stumm gestellt. Und zum ersten Mal seit zwei Jahren weiß ich, dass ich etwas tue, über das ich nie im Podcast reden werde.

Wir küssen uns und küssen uns und küssen uns, und wenn wir nur das bis in alle Ewigkeit tun würden, wäre es immer noch besser als alles andere. Doch nach einer unbestimmten Weile löst Finn sich von mir. »Es ist schon peinlich, wie oft ich mir das hier vorgestellt habe, Maeve. Wie oft ich an dich gedacht habe.«

»Wow, Finn … Ich meine: Tell Me How You Really Feel«, flüstere ich scherzhaft. Eigentlich sollte mir das peinlich sein. Hab ich das gerade wirklich gesagt?

Aber er lacht nur. »Ich denke: Darf ich dich jetzt ins Schlafzimmer hinübertragen?«

Ich nicke und küsse ihn, und anscheinend reicht das, denn er hebt mich, ohne auch nur eine Sekunde zu zögern, hoch und trägt mich hinüber in mein Schlafzimmer, wo er mich auf dem Bett absetzt.

Er küsst mich so sanft, so zärtlich, als hätte er Angst, nie wieder die Gelegenheit dazu zu bekommen. Was Quatsch ist. Wenn wir so was anfangen, müssen wir es doch als Beginn vom Rest unseres Lebens betrachten, oder? Für einen Augenblick lasse ich mich von dem Gedanken ablenken, dass er vielleicht genau deshalb so lange gewartet hat. Denn der Podcast wird sich verändern. Was aber egal ist, sobald wir den Vertrag unterschrieben haben. Vielleicht hat er deswegen versprochen, jegliche Konfrontation mit den Managern von Streamify auf sich zu nehmen – um mich zu entlasten, damit ich mir keine Sorgen darüber machen muss, welche beruflichen Konsequenzen diese Situation hier gerade für uns haben könnte.

Bei diesem Gedanken fühle ich mich gleich besser. Ruhiger. Weniger besorgt darüber, dass dieser Moment hier nicht all das bedeutet, was ich mir wünsche.

Finn zieht mir mein Kleid über den Kopf und wirft es auf den Boden, verfolgt seinen Fall einen Moment lang, bevor er sich wieder mir zuwendet und sich einen Augenblick zurücklehnt, um mich anzusehen. Ich stürze mich vor und will sein Hemd aufknöpfen, ihn dazu bringen, sich wieder an mich zu pressen, doch er hebt die Hand. »Warte, Maeve, lass mich dich einfach nur anschauen. Verdammt, ich hätte nie gedacht, dass ich diesen Moment mit dir je erleben würde.«

Und es ist ein wunderschöner Moment. Er streckt die Hand aus und zieht meinen Slip hinunter, und diese letzten Sekunden, bevor wir uns berühren, bilden die Trennlinie zwischen unserem Vorher und Nachher. Ich habe immer gesagt, dass ich nie ein Nacktfoto von mir machen lassen würde, aber in diesem Augenblick wünschte ich, ich könnte den Moment festhalten und bewahren, damit ich ihn in all den zukünftigen Nächten betrachten kann, die danach kommen werden. Ich will mich an dieses Gefühl erinnern können, bevor uns unsere Körper vertraut werden.

Finn lässt den Blick über meinen Körper schweifen, saugt ihn geradezu in sich auf, und es gibt keinen Bereich, den ich vor ihm verstecken wollen würde. Als er wieder bei meinen Augen ankommt, verschmelzen unsere Blicke ineinander, und er beugt sich hinunter, stützt sich auf seinen Unterarmen ab und küsst mich. Sein Hemd, sein Gürtel und seine Shorts streifen rau über meine nackte Haut. Er küsst mich immer weiter, während ich sein Hemd aufknöpfe. Doch ich werde nur halb fertig, habe lediglich die einfachen Stellen bearbeitet, als er sich plötzlich die Klamotten vom Leib reißt und jegliche Zurückhaltung fallen lässt. Im nächsten Moment liegen seine Lippen auf meiner Klitoris, und ich kann bestätigen, dass alles, was wir in Folge drei gesagt haben, mehr als zutrifft.

Kurze Zeit später schiebt er zwei Finger in mich und bewegt sie rhythmisch auf und ab, während er mich mit dem Mund stimuliert und mich mit der anderen Hand festhält. Eigentlich sollte ich verlegen sein, weil ich das immer bin an diesem Punkt, doch gerade bin ich es nicht, und dann komme ich, explodiere um ihn herum, und er zieht mich noch enger an sich und hört nicht auf, bis es noch einmal passiert und ich erschlaffe. Erst dann rutscht er höher und legt den Kopf auf meine Brust. Zärtlich spiele ich mit seinen dunklen Haaren, die nach dem Minzshampoo riechen, das ich mittlerweile in meiner Wohnung stehen habe, weil er so oft hier übernachtet, obwohl wir bis zu diesem Moment nur Freunde waren.

Ich streiche mit den Fingernägeln über seinen Rücken und spüre, wie ihn ein Schauer durchläuft, deshalb ziehe ich ihn hoch zu mir, um mich von ihm küssen zu lassen. Zwischen meinen Beinen spüre ich, wie bereit er ist. Ich bin feucht und glatt, so feucht, dass ich zum ersten Mal seit Jahren nicht das Gleitgel heraushole, was ich sonst immer aus Prinzip benutze – wir sollten alle Gleitgel benutzen, weil dadurch die Wahrscheinlichkeit, dass Frauen beim penetrativen Sex einen Orgasmus haben, zu achtzig Prozent höher ist. Außerdem ist auf diese Flasche unser Podcastlogo aufgedruckt.

Trotzdem brauche ich sie nicht. Weil ich gar nicht noch mal kommen will. Ich will ihn einfach nur in mir spüren, um diese Nacht zu vervollständigen. Um ihm so nah zu sein, wie ich kann. Um zu erleben, wie er die Kontrolle verliert.

Ich kann fühlen, wie hart er ist, und als ich nach unten fasse und ihn berühre, verzerrt er das Gesicht und stöhnt. Rasch hole ich ein Kondom aus der Nachttischschublade und rolle es ihm über, bevor ich ihn zu meinem Eingang führe und meine Hand entferne, sodass er mich gerade einmal mit der Spitze berührt. Er verharrt so lange in dieser Position, dass ich mich schon frage, ob er sich zurückziehen will. Als er endlich doch in mich eindringt – mit einem langsamen Stoß, der aufgrund seiner Größe eigentlich wehtun müsste, es aber nicht tut, weil ich nichts anderes will, als dass er mich füllt, und er mich so gut auf ihn vorbereitet hat – schaut er mich die ganze Zeit über an. Und ich schaue ihn an, halte seinen Blick, löse ihn auch nicht, um ihn zu küssen, bis er ganz in mir ist. Noch nie habe ich mich so mit jemandem verbunden gefühlt wie in diesem Moment.

Als er anfängt zu stoßen, fühlt sich das so gut an. Bei uns gibt es nicht diese Unbeholfenheit des ersten Mals, während wir uns gegeneinander bewegen. Ich spüre, wie er sich tief in mich schiebt und weiß, dass ich ihn durch meine Bewegungen so zum Schwitzen und Stöhnen bringe. Es dauert nicht lange, aber es ist perfekt, und als er schließlich kommt, presse ich ihn noch fester an mich. Wir sind verschwitzt und eklig, und es ist alles, was ich will. Eigentlich müsste ich aufstehen und pinkeln, doch ich tue es nicht. Stattdessen bleiben wir einfach liegen, ineinander verschlungen, während er immer noch in mir ist.

Finn küsst mich auf den Mund, dann auf die Seite meines Kopfes, immer und immer wieder, und ich schmiege mein Gesicht noch enger an ihn. »Verdammt, ich liebe dich, Maeve«, sagt er, während er die Arme um mich legt und mich drückt.

Ich sollte mich darüber freuen und es genießen. Aber sein Tonfall … Er ist mir zu lässig. Ich weiß nicht, was seine Worte bedeuten. Ob sie eine Liebeserklärung sind oder nur eine ungezwungene Floskel, wie wir sie so viele Male während des Podcasts benutzt haben. Ich versuche, meinen eigenen Tonfall abzuschwächen, als ich antworte: »Ich liebe dich auch.« Aber ich will wissen, wie er es gemeint hat.

Zwanzig

Vor dem Deal mit Streamify

FINN

Ich habe nicht damit gerechnet, dass ich mit Maeve schlafen würde. Als ich neben ihr aufwache, betrachte ich sie im Morgenlicht, das hereinscheint, weil wir eingeschlafen sind, ohne die Jalousien runterzulassen. Gerade schimmert ihr Haar eher rötlich als braun, und ich vergrabe zärtlich mein Gesicht darin und atme den Duft ihres Parfüms ein.

Wir haben uns gestern Nacht gesagt, dass wir uns lieben. Und das hier fühlt sich auch wie Liebe an. Ich fühle mich schon seit Jahren zu ihr hingezogen; ich liebe so vieles an ihr, dass ich mir ein Leben ohne sie gar nicht mehr vorstellen kann. Aber wir haben uns diese drei Worte schon Millionen Male vorher gesagt, und ich bin mir nicht sicher, was sie in dieser Situation bedeuten. Bei *Tell Me How You Really Feel* haben wir schon mal über die postorgastische Klarheit gesprochen; diese Momente nach dem Orgasmus, wenn einen plötzlich die Erkenntnis überkommt, dass man entweder nicht genug von diesem Menschen kriegen kann oder ihn sofort aus dem Bett schmeißen will. Und ich habe Angst, dass Maeve und ich von gegenteiligen Erkenntnissen befallen wurden.

Für mich war die letzte Nacht großartig – Maeve ist die schönste, liebste und intelligenteste Frau, die ich kenne. Ich habe mir immer vorgestellt, wie es mit ihr wäre. Ich hätte nur nie gedacht, dass eine Beziehung für uns vorgesehen ist, weil ich schon während des Studiums direkt in die Freundschaftskategorie gerutscht bin und seither so tief drinstecke. Aber während ich völlig überwältigt war, kam sie mir nach dem Sex etwas distanziert vor, und diesen Eindruck bekomme ich nicht mehr aus meinem Kopf. Ich stehe auf, um French Toast für uns zu machen, und versuche, das Ziehen in meinem Herzen zu ignorieren, während ich verzweifelt darauf warte, dass Maeve endlich wach wird und mir sagt, dass dies der Beginn von etwas Neuem ist.

Als Maeve schließlich in die Küche kommt, ist ihr Blick wachsam und nicht mehr der Ansatz eines postkoitalen Schleiers ist darin zu erkennen. Mein Magen krampft sich zusammen.

»Also dann … sollen wir darüber reden?«

Ich verteile zwei Scheiben Toast für jeden von uns auf Teller und streue noch Heidelbeeren darüber. »Den Vertrag? Oder letzte Nacht?«

Maeve verdreht die Augen und steckt sich ein Stück von ihrem Frühstück in den Mund. »Ich schätze, damit hast du die Frage schon beantwortet.«

Erneut fährt ein Ziehen durch meinen Magen. Ich will meine Chancen bei ihr nicht ruinieren, weil ich mich nicht deutlich genug ausgedrückt habe. »Hä? Die letzte Nacht war echt schön, okay? Ehrlich, Maeve, ich bin total glücklich, und vielleicht sollten wir es wirklich versuchen. Das mit uns, meine ich.« *Bitte sag Ja.*

Maeve atmet tief durch. »Denkst du das wirklich?«

»*Ja*«, sage ich mit Nachdruck. »Es hat mich überrascht, aber …«

»Mich auch«, unterbricht Maeve mich. »Ich will nicht, dass du denkst, ich … Ach, ich weiß auch nicht. Es war einfach eine Überraschung, das ist alles. Eine gute allerdings.«

»Das sehe ich auch so«, entgegne ich vorsichtig. Gerade habe ich das Gefühl, mich auf sehr dünnem Eis zu bewegen. »Es ist halt nur nicht das beste Timing mit dem Deal und so. Wenn du willst, können wir das hier erst mal für uns behalten.«

Maeve wollte sich gerade ihren Kaffee nehmen, hält jedoch inne und lässt ihre Hand dann wieder in ihren Schoß sinken. »Das ist eine gute Idee«, sagt sie schließlich. »Wir sollten nichts tun, was den Vertrag gefährdet. Vielleicht sollten wir auch erst mal eine Pause einlegen, es so belassen, wie es war, und das mit uns in einem Monat dann richtig probieren.«

»Das willst du?«, frage ich. Auch wenn der Vorschlag mit der Geheimhaltung von mir kam, mag ich den Gedanken nicht. Keine Ahnung, warum ich das gesagt habe; es ist mir einfach so rausgerutscht. Trotzdem will ich das tun, womit sie sich wohlfühlt.

»Ich denke, es wäre das Beste«, erwidert Maeve.

Zustimmend nicke ich. Es ist sinnvoll, schätze ich. Zumindest könnte ich dahinterstehen. »Okay, abgemacht. Dann bin ich wohl die nächsten vier Wochen damit beschäftigt, ein Megadate zu planen.«

Endlich breitet sich ein echtes Lächeln auf Maeves Gesicht aus. Dann machen wir uns beide über unseren Toast und unseren Kaffee her, und ich fühle mich besser. Ich weiß nicht, warum ich mir solche Sorgen gemacht habe. Maeve ist völlig anders als die Frauen, mit denen ich bisher zusammen war. Ich hätte wissen müssen, dass sie ganz locker damit umgehen würde und wir darüber reden können.

Der Deal wird schließlich mit einem Handschlag besiegelt, und direkt darauf fangen unsere Agenten mit den erbarmungslosen Verhandlungen über die Konditionen an. Zwei Wochen lang warte ich auf den Moment, dass Maeve mir sagt, dass sie nun bereit sei. Dass wir das Geld sicher in der Tasche haben und deshalb vielleicht nicht einen ganzen Monat warten müssen. Jedes Mal, wenn wir beim Fernsehen zusammensitzen und sie an meiner Brust lehnt, sich aber nicht den Rest des Weges umdreht, um mich zu küssen, frage ich mich, ob ich mir nur eingebildet habe, wie bedeutend diese Nacht war.

Doch wir haben vereinbart abzuwarten. Also sage ich nichts. Auch dann nicht, als ein Monat um ist und ich mich jede Nacht vor dem Einschlafen frage, ob ich zugelassen habe, dass sie mir entgleitet, und irgendwie alles falsch verstanden habe. Aber Maeve ist diejenige mit der höheren emotionalen Intelligenz von uns beiden – diejenige, die immer weiß, was sie sagen soll –, und so warte ich darauf, dass sie etwas sagt.

Deshalb gebe ich ihr heute Nacht auch ein bisschen Raum, obwohl ich wirklich mit ihr zusammen sein will, und treffe mich mit Cassidy, die gerade in der Stadt ist, weil sie für eine Kampagne modelt. Wir haben uns zum Abendessen im Carbone verabredet, einem exklusiven italienischen Restaurant.

Ich komme etwas zu spät, weil ich noch zehn Minuten länger zu Hause war, um mein Handy aufzuladen, dessen Akkuanzeige nur noch bei einem Prozent stand. Ich will auf keinen Fall den Anruf von Maeve verpassen, bei dem sie mir sagt, dass der Vertrag endlich in trockenen Tüchern ist und wir es nun offiziell miteinander versuchen können. Cassidy sitzt schon an einem kleinen Tisch in der Nähe der Bar und nippt an einem Glas Rotwein. Für mich steht ebenfalls ein Glas bereit. Als ich auf sie zukomme, steht sie auf und küsst mich einmal auf jede Wange, als wären wir in Europa.

»Ich bin jetzt Französin, also kein Kommentar«, ermahnt sie mich, als ich angesichts dieser Begrüßung die Augenbrauen hochziehe. »Ich hab schon für uns bestellt.«

»Rigatoni in scharfer Soße, Fleischbällchen und Kalbssteak?«

»Na klar!« Das Restaurant gibt es noch nicht so lange, aber seit seiner Eröffnung sind unsere Mütter süchtig danach und bestehen jedes Mal, wenn sie in New York sind, darauf, mindestens einmal dorthin zu gehen. Ich glaube, meine Mom würde jeden

Abend hier essen, wenn sie meinen Dad und mich dazu überreden könnte, sie zu begleiten.

In diesem Moment tritt der Kellner an unseren Tisch und bringt die hier übliche Variante eines Brotkorbs, der drei verschiedene Sorten Brot beinhaltet und zusammen mit einem Stück frischem Parmesan serviert wird, das sie zur Freude der Gäste direkt am Tisch abschneiden. Dazu gibt es eingelegten Blumenkohl und Salami. Sofort stürzen wir uns auf die Köstlichkeiten. Wenn ich ehrlich bin, liebe ich den Knoblauchtoast genauso wie das Essen von der Karte.

»Und? Wie läuft das Modeln?«, erkundige ich mich. Cassidy sieht und sah schon immer absolut umwerfend aus. Manchmal haben die Kinder berühmter Leute eine Kombination aus zu vielen faszinierenden Attributen von ihren Eltern mitbekommen und sehen dadurch etwas seltsam aus, aber Cassidy und ich hatten das große Glück, dass unsere jeweiligen Elternteile nur die schmeichelhaften Züge an uns weitergegeben und den Rest bei sich behalten haben.

»Oh, heute hat es echt Spaß gemacht. Aber insgesamt ist es etwas langweilig. Vielleicht wechsle ich doch wieder zur Schauspielerei zurück, da eine Popstarkarriere ausgeschlossen ist. Das Gejaule will niemand hören.« Cassidy beißt ein großes Stück von ihrem Brot mit Käse ab und stöhnt geradezu lustvoll auf. »Wenn ich singen könnte und meinen Lebensunterhalt nicht mit meinem Sixpack verdienen müsste, würde ich hier täglich essen.«

»Du brauchst kein Sixpack, um ein tolles Model zu sein. Du bist wunderschön.« Meine Wangen färben sich leicht rötlich nach dem Kompliment – und durch das halbe Glas Wein, das ich gerade hinuntergestürzt habe.

»Charmeur! Aber jetzt erzähl mal von dir! Morgen kommt doch die Pressemitteilung zu eurem Deal raus: Wieso bist du nicht bei deiner Freundin?«

»Wer sagt denn, dass sie meine Freundin ist?«

Cassidy hebt eine Augenbraue. Der Kellner bringt schon unsere Pasta an den Tisch, da wir uns wie zwei Ausgehungerte über die Antipasti hergemacht haben, und Cassidy stopft sich sofort eine Gabel voll in den Mund, die Augenbraue immer noch hochgezogen. »Jetzt red' schon. Du weißt doch, dass ich nichts ausplaudern werde. Und alle anderen hier auch nicht.«

Obwohl ich weiß, dass sie recht hat, schaue ich mich um. Im Carbone trifft sich nur eine exklusive Klientel, und die wenigen Gäste, die nicht berühmt sind und eine Reservierung ergattert haben, sitzen im äußeren Bereich. Die Leute lieben es, die ganzen Stars auf einen Blick zu sehen, aber tatsächlich werden sie nur dort platziert, damit sie unsere Gespräche nicht mitanhören können.

»Wir haben miteinander geschlafen. Dann, am nächsten Morgen, wollte sie unsere Beziehung für einen Monat auf Eis legen.« Ich nehme mir eine Riesenportion Pasta, um mich abzulenken, und einen Moment lang funktioniert es auch, weil die scharfe Wodkasoße so himmlisch schmeckt. Als ich jedoch zu Ende gekaut habe, starrt Cassidy mich immer noch an und wartet darauf, dass ich meinen Bericht weiter ausführe.

»Für einen? Wie lange ist das denn jetzt schon her? Das klingt, als wollte sie das Ganze abblasen.« Cassidys Ton ist voller Skepsis.

»Nicht unbedingt.« Ich kann selbst hören, wie schwach das klingt, jetzt, da ich meine Gedanken laut ausspreche. »Oder vielleicht doch? Keine Ahnung, ich bin mir nicht sicher. Sie ist wirklich ein sehr praktischer und unkomplizierter Mensch. Zusammen mit dem Deal war das echt superblödes Timing – wenn wir beide ein Paar sind, ist quasi das ganze Konzept unserer Show für die Tonne, für das Streamify gerade ein Vermögen bezahlt hat. Aber mittlerweile ist schon über ein Monat rum, und ich habe das Gefühl, sie ist nicht mehr interessiert daran, es zu versuchen.«

»Ihr könntet euch doch auch einfach nur zu Hause sehen. Für

eine Pause, so wie ihr das jetzt gemacht habt, gibt es doch eigentlich keinen Grund«, bemerkt Cassidy leichthin. Sie greift über den Tisch und schneidet sich ein Stück von einem der Fleischklöße ab, bevor sie den Rest auf dem Teller in meine Richtung schiebt.

»Ich weiß.« Sie hat recht. Ich habe diesen Aspekt der Situation nur erfolgreich ignoriert. Ich wollte einfach nur das tun, womit Maeve sich wohlfühlt und was mir eine echte Chance bei ihr einräumt.

»Willst du wissen, was ich denke?«

Cassidy war immer schon brutal ehrlich. Manchmal sogar richtig verletzend, auch wenn sie gewöhnlich recht hat. Und sie entschuldigt sich sofort, wenn sie falschlag. Es ist das erste Mal, dass ich mit jemandem über das rede, was zwischen Maeve und mir passiert ist, und ich lechze geradezu nach guten Ratschlägen. Cassidy kenne ich, seit wir beide noch in die Windeln gemacht haben. Selbst wenn das, was sie mir sagt, hart ist, will ich ihre Meinung hören. »Ja«, antworte ich deshalb mit zugeschnürter Kehle.

»Ich bin mir sicher, dass sie dich liebhat. Aber wenn sie wirklich verliebt in dich wäre, würde sie diesen Lass-uns-eine-Pause-einlegen-Scheiß nicht machen. Damit hat sie dir quasi gesagt, dass sie keine Beziehung mit dir will. Vergeig' das mit eurem Podcast doch nicht wegen Sex, vor allem, wenn euer Konzept darauf basiert, dass ihr beide die Frau oder den Mann fürs Leben finden wollt. Das heißt ja auch, dass ihr, seitdem ihr die Sendung macht, schon irgendwo tief in euch drinnen gewusst habt, dass ihr nicht füreinander bestimmt seid.«

Ich bin mir nicht sicher, ob ich das genauso sehe. Ich weiß schon seit meiner ersten Begegnung mit Maeve, dass sie ein besonderer Mensch für mich ist; ich wollte nur nichts überstürzen und nicht riskieren, dass ich das Thema zu einem falschen Zeitpunkt anspreche. Aber vielleicht will ich Cassidy auch einfach nicht zustimmen. Irgendwo in meinem Innern kommen mir ihre Worte schon richtig vor, als würde sie all meine Ängste in nur wenigen Sätzen beschreiben. Doch bevor ich noch länger darüber nachdenken kann, atmet Cassidy einmal tief durch und spricht weiter.

»Andererseits, Finn … Vielleicht wird es jetzt auch langsam Zeit. Für uns, meine ich. Lass es uns ernsthaft miteinander versuchen. Mittlerweile haben wir doch echt jeden gedatet und mit der Hälfte der A-Promis hier in der Stadt geschlafen.«

»Was?« Ich warte darauf, dass Cassidy in Gelächter ausbricht, doch sie scheint es wirklich ernst zu meinen. Und vielleicht liegt es auch an dem schummrigen, romantischen Licht, aber in dem Moment, als sie den Vorschlag macht, kann ich nicht verhindern, dass mir ein ähnlicher Gedanke durch den Kopf schießt: *Was wäre wenn?*

»Du warst mein erster Kuss. Also meine erste große Liebe, wenn man mit neun schon davon sprechen kann. Ich habe mir deine Folge über ›Die Eine, die ich nicht haben konnte‹ angehört, und da ich mittlerweile bei jedem Interview darauf angesprochen werde, denke ich dauernd darüber nach. Und ich glaube, wir sollten es wirklich ausprobieren. Wenn es zwischen uns nicht funktioniert, dann ist das okay. Daran wird unsere Freundschaft nicht scheitern, das ist uns doch beiden klar. Aber ich bin noch ein paar Nächte in der Stadt und wohne in einem tollen Hotel …« Sie verstummt, während sie erneut den Arm ausstreckt und meine Hand drückt. Nun werde ich definitiv rot.

»Ich weiß nicht, ob das so anständig wäre, nach allem, was mit Maeve war …«, sage ich leise. Natürlich ist es nicht anständig. Aber ich habe auch nicht Nein gesagt. Und das wissen wir beide.

Wenn ich den letzten Monat als Gradmesser ansehe, scheint Maeve nicht mit mir zusammen sein zu wollen. Es wäre ein sauberer Schnitt, wenn wir wieder zu unserer ursprünglichen Prämisse zurückkehren würden, vor allem, da gerade noch die letzten Feinheiten des Vertrags verhandelt werden. Vielleicht sollte ich es tatsächlich mit Cassidy versuchen. Maeve plädiert doch immer dafür, dass man sich breit aufstellen und möglichst viele Leute kennenlernen soll. Außerdem ist sie eine Verfechterin des Bauchgefühls. Und gerade will mein Bauch sehen, wo das mit Cassidy hinführen würde. Denn obwohl ich Maeve liebe, frage ich mich auch seit meinem neunten Lebensjahr, wie es mit Cassidy wäre.

»Ihr legt doch gerade eine Pause ein – oder wie auch immer man das nennen will –, und die hat Maeve vorgeschlagen«, sagt Cassidy sanft. »Wir tun also nichts Falsches, wenn wir es versuchen. Und das ist ja auch nicht irgendein One-Night-Stand – wir wollen herausfinden, ob das zwischen uns eine Chance hat. Eine zweite Chance. Und ich meine, wir sind doch alle erwachsen.«

Ich beiße mir auf die Lippe. »Bin gleich wieder da.«

Noch auf dem Weg zu den Toiletten hole ich mein Handy aus der Hosentasche und rufe Maeve an.

»Finn? Was ist denn los? Ich dachte, du wolltest dich heute Abend mit Cassidy treffen.«

»Mache ich auch! Ich bin gerade mit ihr im Restaurant.« Unschlüssig, was ich sagen soll, lehne ich mich gegen die Toilettentür. »Maeve, willst du immer noch eine Beziehung mit mir? Oder hast du das nur so gesagt?«

»Wieso fragst du mich das ausgerechnet jetzt?«, flüstert sie nach einem Moment des Schweigens. Ich antworte nicht. »Wegen Cassidy?«

»Ich will es wirklich wissen«, sage ich schließlich, und das ist die Wahrheit. »Aber gerade ist das Thema wegen Cassidy aufgekommen, ja. Sie hat mir gesagt, dass sie es noch mal probieren will, mit mir, aber ich habe ihr gesagt, dass du und ich, dass da was läuft, aber dann war ich mir nicht mehr sicher und …«

»Du solltest es mit Cassidy versuchen«, entgegnet Maeve sofort.

»Maeve. Ich will das mit dir wirklich. Es ist nur, ich will auch … Ach, ich weiß es auch nicht.«

Aus dem Hörer dringt ein scharfer Atemzug. Ihre Stimme klingt dumpf, fast schon roboterartig. »Das mit dem Abwarten war nur eine Ausrede, weil ich mir erst noch über einiges klar werden wollte. Du solltest mit Cassidy zusammen sein. Ich weiß ja, dass du das willst. Und es ist das Richtige.«

»Bist du sicher?«, hake ich noch einmal nach.

»Absolut. Hab noch einen schönen Abend, Finn.« Sie beendet das Gespräch so schnell, dass ich es erst gar nicht mitbekomme und einen Moment lang noch in die Stille hineinhorche, darauf wartend, dass sie sagt: *Ach, vergiss es. Komm nach Hause. Kämpfe um uns.* Aber sie ist nicht mehr da.

Zur Hälfte weiß ich, dass sie mir nur einen Ausweg bietet. Aber die andere Hälfte will diesen Ausweg auch nutzen.

Ich gehe zum Tisch zurück und betrachte Cassidy auf dem Platz gegenüber. Ich habe schon immer gedacht, dass ich irgendwann eine zweite Chance bei ihr bekommen würde. Dass sie für mich die Eine ist. Als ich ihr nun in die Augen blicke, überkommt mich ein Gefühl von Nostalgie bei der Erinnerung an jenen Sommer in Kroatien. An meinen ersten Kuss. Das süße, kleine Date. Und bevor ich es mir wieder ausreden kann, beuge ich mich vor und küsse sie.

Als wir uns am Ende des Abends auf den Weg zum Ausgang machen, drückt Cassidy meine Hand, nur einmal, und in diesem Moment sehe ich das Blitzlicht einer Kamera aufleuchten. Verärgert stöhne ich auf und schwöre mir innerlich, meinen Agenten anzuweisen, alles zu tun, um dieses Paparazzofoto zu kaufen. Doch wir sind noch bis vier Uhr morgens unterwegs, bevor wir in ihrem Hotel ins Bett fallen, und ich habe das Bild total vergessen, bis ich es auf der Titelseite des *Hollywood Reporter* sehe.

Das Herz klopft mir bis zum Hals, als ich es betrachte. Ich

wollte das mit Cassidy nur ausprobieren und es nicht gleich in der Boulevardpresse bekannt geben. Während Cassidy unter der Dusche steht und ihr furchtbarer Gesang zu mir herüberdringt, ist mein erster Impuls, Maeve zu texten. Das ist die Situation, in der wir uns normalerweise in einem Diner treffen und austauschen würden, oder wir würden bei ihr zu Hause eine Folge aufnehmen, in der wir jedes Detail der vorangegangenen Nacht analysieren. Ich könnte ihr immer noch schreiben. Doch tief in meinem Innern weiß ich, dass es in diesem Moment nicht richtig wäre; es wäre nicht fair, weder ihr noch Cassidy gegenüber, und zum ersten Mal, seit ich gestern Abend Cassidy geküsst habe, frage ich mich, ob ich mich für die große Liebe entschieden habe oder aus Angst vor ihr davongelaufen bin.

Einundzwanzig

MAEVE

Ich liege auf meiner wunderschönen weißen Couch in meinem Mordtatort-Wohnzimmer und berühre sanft meine Lippen. Es war nur ein Kuss. Und nicht mal ein richtiger Kuss. Es war ein Fakekuss für eine Kiss Cam, und wir haben eine Show für die Leute abgezogen; das sollte mich nicht so aus der Fassung bringen. Trotzdem kann ich immer noch ganz leicht den Druck seiner Lippen auf meinen spüren. Und bei der Erinnerung daran, mit wie viel Selbstsicherheit er mich enger an sich gepresst und meinen Kopf festgehalten hat, schlägt mein Magen einen Purzelbaum.

Es war ein unglaublicher Kuss. Aber das bedeutet gar nichts.

Er liebt mich nicht. Ich bin die Freundin, mit der er abhängt, während er nach der Frau seiner Träume sucht. Mit der er schläft und die er danach wieder vergisst. Der er sagt, dass er sie liebt, und die er dann fallen lässt. Und er hat auch nicht nur mit irgendeiner x-beliebigen Frau geschlafen, was leichter zu ertragen wäre. Nein, er hat sich mit seiner Ex getroffen, um zu schauen, ob er was Besseres findet als uns. Er will von allen geliebt werden – ob er die Liebe erwidert oder nicht – und in einem Meer aus ständiger Bewunderung baden. Der einzige Grund, warum er um mich kämpft, ist, dass er es nicht gewohnt ist, irgendetwas nicht zu bekommen. Aber ich bin nicht austauschbar.

Für ihn bin ich nur eine Herausforderung. Den Gedanken wiederhole ich laut vor mich hin – *nur eine Herausforderung, nur eine Herausforderung, nur eine Herausforderung* –, bis ich fast daran glaube. Hätte sich dieser Kuss nicht so in mein Hirn eingebrannt, wäre es wesentlich einfacher.

In dem Moment, als ich aufstehen will, um mich bettfertig zu machen, klingelt mein Handy. Meine Schwester will mit mir videochatten.

»Hallo?«

Sarah läuft gerade über den Campus, mit Kopfhörern in den Ohren, das Gesicht wütend verzerrt. »Finn ist so ein mieses Arschloch. Es tut mir so leid, Maeve, er ist echt widerlich.«

Sofort schießt mein Puls in die Höhe. »Wovon redest du?«

Sarah bleibt so abrupt stehen, dass ein hochgewachsener junger Mann mit einem Rucksack direkt von hinten in sie hineinläuft. »Pass doch auf, wo du hinrennst!«

»Du hast es noch gar nicht gesehen«, flüstert sie an mich gewandt. »Bäääh! Es tut mir so leid, aber ich schick's dir direkt mal zu.«

Eine Sekunde später habe ich die Links zu sechs verschiedenen TikToks und fünf Instastorys auf meinem Handy. Ich schaue sie nacheinander an, während meine Schwester wartet. Nicht mal eine Stunde, nachdem Finn mich angefleht hat, mit ihm zu sprechen, hat er offensichtlich eine Party in der Loge abgehalten – mit irgendwelchen Frauen, die er irgendwo aufgegabelt hat. Sie tanzen, machen sich über das romantische Essen her, das Graham für uns hat herrichten lassen, knutschen ihn mit ihren geschminkten Lippen überall ab und haben insgesamt eine tolle Zeit.

Mir weicht jegliche Luft aus der Lunge. »Das … glaub ich jetzt nicht.« Der Finn, den ich kenne, hat sich nie so verhalten. Das ist ein ziemlich aufwendiges *»Du kannst mich auch mal kreuzweise«*, selbst für seine Verhältnisse. »Was ist mit der Kiss Cam?«

Sarah verzieht erneut das Gesicht, während sie die Tür zu ihrem Wohnheim öffnet und die Treppen zu ihrem Zimmer hochhastet, wo wir ungestört sind. »Na ja, die ist zuerst viral gegangen. Und die Videos gerade sind … eigentlich nicht so richtig viral. Die haben nicht mal eine Million Klicks.«

»Noch nicht«, korrigiere ich sie düster, während ich tief ein- und ausatme, um meine Angst im Zaum zu halten. Ich will mich nicht von ihm betrogen fühlen. Genau deshalb wollte ich ihn auch erst nicht wieder an mich ranlassen. Doch es kommt mir vor, als würde alles zusammenbrechen. Ich versuche, noch einmal tief Luft zu holen, aber es geht nicht. Es fühlt sich an, als würde meine Brust nach innen fallen. Ich habe die letzten zehn Jahre damit verbracht, meine Angst unter Kontrolle zu bekommen – durch Therapie, Meditation, Yoga, alles Mögliche. Doch ich glaube nicht, dass mir in diesem Moment irgendeine dieser Methoden helfen kann. Und dann klingelt es an der Tür.

»Verdammt. Ist er das?« Sarah klingt panisch. Sie weiß, was für eine Odyssee ich hinter mir habe, um zu lernen, wie ich mit meinen Ängsten umgehen kann. »Falls ja, geh nicht an die Tür. Vielleicht kannst du eine Notfall-Therapiesitzung erbitten oder so was.«

»Danke, dass du mir das gezeigt hast.« Ich habe keine Ahnung, ob ich das wirklich so meine oder meine Worte vor Sarkasmus nur so triefen. Und Sarahs letztem Gesichtsausdruck nach zu urteilen, bevor sie den Chat beendet, weiß sie es auch nicht.

Ich gehe zur Tür und blicke durch den Türspion. Finn steht draußen, in einem *»Tell Me How You Really Feel«*-Trainingsanzug – exakt dem gleichen Modell, das ich auch gerade anhabe –, frisch geduscht, mit Blumen in der Hand und einem leicht reuevollem Ausdruck auf dem Gesicht. Gleichzeitig wirkt er etwas ängstlich.

Ich lasse die Sicherheitsverriegelung dran, öffne die Tür jedoch einen Spaltbreit, um nicht schreien zu müssen. »Finn, geh einfach. Jetzt.« Meine Stimme löst sich in Tränen auf, die mein letztes Wort ersticken. Impulsiv schlage ich die Tür zu, und es ist mir egal, ob seine Finger noch dazwischen sind oder nicht. Ich lasse mich auf den Boden fallen und lehne mich mit dem Rücken gegen das Holz. Mühsam versuche ich, das Schluchzen zurückzudrängen, halte den Atem an, bis der Druck so groß wird, dass ich das Gefühl habe zu explodieren. Erst dann lasse ich ein gequältes Jaulen heraus, das ich eigentlich hinunterschlucken wollte.

»Maeve? Maeve!« Finn klopft an die Tür, und als ich ein undefinierbares Geräusch von mir gebe, höre ich, wie er sich auf der anderen Seite ebenfalls auf den Boden sinken lässt, sodass sein Kopf nun ungefähr auf meiner Höhe ist. »Es tut mir leid. Ich hab mich echt grausam aufgeführt. Ich war betrunken und ein Idiot. Bitte lass mich rein. Lass mich dir helfen.«

Finn ist der Einzige aus meinem Freundeskreis, der je eine meiner Panikattacken mitangesehen hat. Als Teenagerin habe ich mich immer bei uns auf der Toilette eingeschlossen, habe mir ein heißes Bad eingelassen und bin zitternd in die Wanne gestiegen. Auf dem College hatte ich auch hier und da eine, aber die habe ich vor meinen Freunden versteckt. Es hat sich angefühlt, als würde ich sterben, und die Attacke würde nie wieder aufhören, und mir war es peinlich, dass meine Hände so zitterten, ich andauernd nach Luft japste und die ganze Zeit über schluchzen musste.

Nachdem wir viral gegangen waren und Paul Myers anfing, ständig sein Gift gegen uns zu versprühen und seine strategisch fiesen Fans auf mich zu hetzen, hatte ich meine schlimmste Panikattacke seit Jahren. Wir schnitten gerade das Material, während ich versuchte, die hasserfüllten Mails zu ignorieren, die ich von Paul Myers' Fans bekam, und plötzlich wurde mir alles zu viel. Als ich mich mit einem angespannten Lächeln ins Bad verkriechen wollte, folgte Finn mir und hielt mich im Arm, als ich zusammenbrach. Und danach sah er mich nicht anders an als sonst. Er wollte nur wissen, welche Bewältigungsstrategien ich gegen meine Angst hätte, ob ich immer noch in Therapie sei und wie lange ich schon damit zu leben hätte. Er war einfach nur für mich da. Noch nie hatte ich jemandem erlaubt, mich in einem so verletzlichen Zustand zu sehen, deshalb tat sein späterer Verrat auch umso mehr weh. Denn *natürlich* wollte er mich nicht.

Ich ringe immer noch nach Atem, und es fühlt sich an, als würde sich meine Brust zusammenschnüren. Ich schwitze, mein Sweatshirt ist schon ganz feucht, und als ich versuche, mich zu erden und die Tür in meinem Rücken zu spüren, gelingt es mir nicht. Mein Weinen wird heftiger, und ich fange an zu hyperventilieren. Das hier wird niemals aufhören. So muss es sich anfühlen, wenn man stirbt.

Finns Stimme dringt leise durch die Tür. »Maeve? Maeve? Versuch einfach zu atmen. Langsamer. Ich weiß, du atmest schon, aber versuch, nur einen Atemzug nach dem anderen zu machen, langsam und tief. Das Gefühl geht gleich vorbei.«

Letztes Jahr hätten mir seine Worte vielleicht noch geholfen. Doch jetzt tut schon der Klang seiner Stimme weh. Weil ich sein raues, tiefes, beruhigendes Flüstern *liebe*. Und genau deshalb reagiert mein Körper noch abweisender, weil Finn nicht aufhört, mein Vertrauen restlos zu zerstören. »Hör auf!«, bringe ich irgendwann heraus. Durch die Tränen und den Rotz kann ich mein Gestammel kaum selbst verstehen. Ich wische eine ganze Palette verschiedener Körperflüssigkeiten mit dem Sweatshirt ab und hinterlasse dunkle Striemen und Schweißflecken auf dem Stoff. »Hör endlich auf.«

Durch die Tür kann ich ihn einatmen hören. »Okay«, sagt er geläutert. Einige Minuten lang sind mein Schluchzen und meine erstickten Atemzüge die einzigen Geräusche. Irgendwann, als mein Körper langsam von Erschöpfung übermannt wird, meldet Finn sich wieder zu Wort. »Ich werde nicht hier weggehen.«

Schließlich habe ich so viel geweint, dass keine Tränen mehr übrig sind. Ich rutsche von der Tür weg und entferne mich ohne ein weiteres Wort von ihm. Soll er doch da sitzen bleiben. Ich gehe in die Küche, um mir meine Wärmflasche zu holen, nehme sie mit nach oben und lege mich damit ins Bett, mache mir erst gar nicht die Mühe, mir das Gesicht zu waschen oder meine ekligen Klamotten auszuziehen. Früher hätte Finn mir jetzt einen kalten Waschlappen gebracht und ihn mir auf die Stirn gelegt, um die unvermeidlichen Kopfschmerzen schon im Keim zu ersticken. Doch ich lasse den Druck einfach ansteigen und versuche verzweifelt einzuschlafen.

Offensichtlich ist mir das irgendwann geglückt, denn als ich aufwache, ist es draußen hell, und das Gezwitscher der Vögel bildet ein aggressives Kontrastgeräusch zu meinen schädelspaltenden Kopfschmerzen und verquollenen Augen. Ich stehe auf und wasche mir nun doch sanft das Gesicht, bevor ich hinuntergehe, um mich mit Kaffee vollzupumpen. Während die Kapselmaschine sich aufheizt, nehme ich ein seltsames Geräusch wahr, das aus der Einfahrt meines Hauses kommt. Fieberhaft suchend drehe ich mich um und schnappe mir dann meine Wärmflasche – als kläglichen Bewaffnungsversuch –, bevor ich damit zur Tür schleiche und nach draußen luge.

Finn ist immer noch dort und gerade damit beschäftigt, eine Liege von der Tür wegzuziehen. Er sieht ziemlich zerknittert aus, und nach einem Moment der Verwirrung wird mir klar, dass er die ganze Nacht über hier draußen war. Ich öffne die Tür. »Du hast hier geschlafen?«

Sofort blickt er zu mir herüber. »Maeve! Wie geht's dir? Tut mir leid, ich hätte die Liege hochheben sollen. Ich wollte eigentlich hier weg sein, bevor du aufstehst.«

Ich habe keine Ahnung, was ich sagen soll, weil ich nicht weiß, ob ich es süß oder idiotisch finde, dass er die ganze Nacht in meinem Vorgarten verbracht hat. Doch ehe ich irgendetwas sagen kann, kommt ein Auto die Einfahrt herauf. »Uber Eats für Finn?« Müde winkt Finn dem Fahrer zu, der daraufhin eine Tüte aus dem Wagenfenster hält. Finns Blick huscht nachdenklich zwischen dem Mann und mir hin und her, dann lässt er die Liege fallen, rennt zum Auto hinüber und nimmt die Tüte entgegen, joggt damit zu mir zurück und streckt sie mir entgegen.

»Ich wollte wirklich nicht mehr hier sein, wenn du wach wirst. Das ist für dich. Ich bringe jetzt die Liege zurück, und du tust einfach so, als wäre ich gar nicht da. Ach, unter der Fußmatte liegt übrigens noch ein Brief für dich.«

»Ich … okay.« Immer noch verwirrt nehme ich ihm die Tüte ab und gehe damit ins Haus, allerdings nicht, ohne auf dem Weg noch seinen Brief unter der Matte hervorzuholen. Ich habe keine Ahnung, ob er darauf gehofft hat, dass ich ihn hineinbitten würde, oder wirklich vorhatte, zu verschwinden, bevor ich aufstehe. Und ich weiß nicht, ob mich das überhaupt interessiert. Ich bin so erschöpft von der letzten Nacht, dass ich mich einfach nur ausruhen will, und auch wenn das irgendwann einmal bedeutet hat, dass ich es mir jetzt mit Finn auf der Couch bei einem Filmmarathon gemütlich gemacht hätte, haben wir uns mittlerweile so weit von diesem Punkt entfernt, dass es einfach nur noch traurig ist.

Ich packe den Inhalt der Tüte aus – diverse süße Teilchen und Bagels –, bereite mir meinen Kaffee zu und nehme das ganze Ensemble mit nach draußen auf die Terrasse. Und dann öffne ich den Brief.

Maeve, es tut mir so leid. Das gestern – es war kindisch und ziemlich fies dir gegenüber, diese ganzen Frauen an einen Ort einzuladen, an dem wir uns kurz vorher noch geküsst haben. Aber auch das, was im letzten Jahr passiert ist. Ich denke, wir können nicht weitermachen, ohne uns über all das, was zwischen uns war, auszusprechen. Es tut mir leid, dass ich dir durch mein Verhalten das Gefühl gegeben habe, ich hätte dich nur benutzt und du würdest mir nichts bedeuten. Ich wollte nie, dass du dich so fühlst, und ich kann verstehen, warum es dir so ging. Ich bereue es zutiefst, dass ich nicht erkannt habe, dass du die Eine bist, die die Sonne in mein Leben bringt. Ohne dich wirkt alles, was mir einmal Spaß gemacht hat, nur noch öde. Ich habe plötzlich Angst bekommen und wollte nicht sehen, dass ich die tollste Frau der Welt schon direkt vor meiner Nase habe. Bitte verzeih mir, dass ich dir das Gefühl gegeben habe, nicht der wichtigste Mensch für mich zu sein. Du wirst immer der wichtigste Mensch auf der Welt für mich sein, egal, ob du mir das glaubst oder nicht. Ich weiß, dass ich mir jegliche Chancen bei dir vermasselt habe, aber bitte lass mich wenigstens weiter ein Freund für dich sein. Ich verspreche dir, dass ich nicht mehr versuchen werde, irgendetwas zu erzwingen, damit es wieder so wird wie früher. Aber ich würde wirklich gern erleben, wie es auf einer anderen Ebene mit uns weitergeht, denn du bist für mich die Eine. Und ich schwöre dir, das fühle ich wirklich. In Liebe, Finn

Ich habe keine Tränen mehr übrig, die ich weinen könnte, während ich Finns Brief lese. Ich will ihm wirklich glauben, dass ich für ihn die Eine bin. Weil sich mein Leben in den letzten Jahren, seit er ein Teil davon ist, jeden Tag unendlich viel schöner angefühlt hat. An seiner Seite war es leichter, schwierige Aufgaben anzugehen, und bei ihm hatte ich das Gefühl, die beste Version meiner selbst zu sein. In jeder Nacht, die ich allein verbringen muss, fehlt er mir so, dass es körperlich wehtut. Doch es fällt mir auch schwer, zu glauben, dass er sich auf Cassidy eingelassen hätte, wenn er wirklich so starke Gefühle für mich hätte, wie er sagt. Ich will nicht seine zweite Wahl sein.

Aber ihn will ich schon. Wirklich und ehrlich. Egal, wie sehr wir uns zerstreiten – tief in meinem Bauch und Herzen fühle ich mit absoluter Sicherheit, dass er der Eine ist. Und dann muss ich jedes Gramm Willenskraft aufbringen, um mich zurückzuhalten, weil mein Verstand es besser weiß.

Ich falte das Papier auf Viertelgröße zusammen und stecke es in meine Hosentasche, bevor ich einen großen Schluck Kaffee trinke. Um den heutigen Tag zu überstehen, werde ich noch diverse Tassen davon brauchen. Ich muss noch einen Haufen Material bearbeiten und eine Menge komplizierter Gefühle ignorieren. Als ich in ein frisches Schoko-Mandel-Croissant beiße, versuche ich, nicht daran zu denken, dass Finn die ganze Nacht über auf einer Gartenliege vor meiner Haustür übernachtet hat, wo ihn alle Leute sehen konnten. Wir sind keine Teenager mehr, und sein Rücken bringt ihn jetzt wahrscheinlich um. Ich kann nicht glauben, dass er das gemacht hat, und ich versuche, mich davon zu überzeugen, dass er nur einen Hang zum Drama hat. Eine Show abzieht. Aber es gelingt mir nicht.

Weil ich ihm glaube, dass ich ihm wirklich etwas bedeute. Und während ich mir nicht vorstellen kann, dass aus uns je wieder mehr werden könnte – auch wenn ich mir das so sehr wünsche, wie ich mir noch nie etwas gewünscht habe –, bin ich bereit, es mit einer Freundschaft zu versuchen.

Zweiundzwanzig

FINN

Es tut weh, hier draußen so festzusitzen und nur hineinzuschauen. Buchstäblich auf der anderen Seite der Tür zu sein, während sie zusammenbricht … Und es ist schrecklich zu wissen, dass ich sie durch mein Verhalten so verärgert habe, dass sie lieber eine Panikattacke allein durchsteht, als mich hineinzulassen.

Ich bin hiergeblieben, um in ihrer Nähe zu sein, falls sie ihre Meinung geändert und doch beschlossen hätte, dass sie mich braucht. Aber das hat sie nicht.

Und offensichtlich braucht sie mich auch jetzt nicht. Deshalb fahre ich nach Hause und warte den ganzen Tag auf eine Textnachricht oder einen Anruf von ihr, nachdem sie meinen Brief gelesen hat. Ich habe gesehen, dass sie ihn aufgehoben hat. Doch es kommt keine Nachricht.

Also hocke ich wieder zu Hause bei meinen Eltern und kaue zum wiederholten Male die Frage durch, wieso ich einen Fehler nach dem anderen mache, als plötzlich mein Handy klingelt, weil Derek mich anruft. Was er nicht tun sollte, da ich ihm unmissverständlich klargemacht habe, dass ich keine heimlichen Absprachen ohne Maeve will.

»Was gibt's?«

»Finn! Mein Lieblingspodcastmoderator. Ich habe super Neuigkeiten.«

Unwillkürlich runzle ich die Stirn. »Weiß Maeve schon von diesen super Neuigkeiten?«

Ich kann ihn praktisch seufzen hören. »Füg sie doch direkt zu unserem Telefonat dazu.«

Leider bezweifle ich, dass sie drangehen wird. Trotzdem starte ich einen Versuch, und zu meiner Überraschung nimmt sie tatsächlich nach einem kurzen Moment ab, und ich kann die beiden Telefonate zusammenfügen. »Maeve, ich habe gerade Derek dran.«

»Oh!« Sie klingt geschockt. Wahrscheinlich habe ich nun auf irgendeine Art alles noch mehr verbockt, doch gerade weiß ich nicht, was ich sonst tun soll. »Hi, Derek.« Ihre Stimme klingt angespannt, als würde sie sich um einen möglichst gut gelaunten Tonfall bemühen, es aber nicht ganz schaffen.

»Da ich nun euch beide dran habe: Es gibt tolle Neuigkeiten.« Ihm scheint es wirklich Spaß zu machen, so zu tun, als hätte er die ganze Zeit über vorgehabt, Maeve mit einzubeziehen. Was für ein Arsch. »Ihr zwei werdet Ex-Supermodel und jetzt Modedesignerin Karli Causeway interviewen, und zwar auf der Fashion Week in Mailand.«

»Aber Derek … hat die Fashion Week nicht schon angefangen?« Maeve hört sich skeptisch an. Ich weiß auch, dass sie für diese Woche schon einen Popstar eingeladen hat.

»Im Prinzip schon. Deshalb dürft ihr auch den Streamify-Privatjet nutzen. Ihr fliegt morgen früh um sechs, und das Interview findet am nächsten Tag statt. Außerdem haben wir euch beide Einladungen für die Prada-Show besorgt. Wir schicken euch zwei auch einen Videografen mit, der dreht dann einen Vlog von dem Ganzen. Und ja, das zählt als eure Pflichtveranstaltung für den nächsten Monat.«

Ich wünschte, ich könnte Maeves Gesicht sehen. Ist sie begeistert? Oder ist es zu anstrengend für sie, jetzt wegzufliegen, direkt nach ihrer Panikattacke? Ich bin auf jeden Fall auf ihrer Seite, egal, wofür sie sich entscheidet. Schnell schicke ich ihr eine Textnachricht.

Was willst du machen? Ich kann das mit ihm regeln, wenn du nicht fliegen willst.

Lass uns fliegen. Die haben dafür gezahlt.

Sie hat recht. Derek steckt eine Menge Geld in diesen Trip, und die Veranstaltung wird sich definitiv gut auf unsere Zahlen auswirken. Derzeit halten wir den ersten Platz schon mehrere Wochen hintereinander, und das Drama, das sich gestern während des Spiels ereignet hat, war ein zusätzlicher Anschub. Ich warte und lasse Maeve als Erste sprechen.

»Das ist großartig«, sagt sie schließlich. Ich denke, ich bin der Einzige, der die Erschöpfung in ihrer Stimme hören kann. »Vielen, vielen Dank, Derek. Da bekommen wir wirklich fantastischen Content zusammen.«

»Ja, das klingt echt toll«, stimme ich mit ein.

Zehn Stunden später befinden wir uns auf dem privaten Rollfeld des Los Angeles International Airport, und der Wind fegt peitschend um uns herum, während wir ins Flugzeug einsteigen. Wir sind beide mit dem Auto hergekommen, nachdem ich Maeve darüber informiert habe, dass unsere Wagen beide bei unserer Rückkehr frisch gewaschen und gewachst auf dem Rollfeld stehen werden. Die Assistenten von Streamify haben uns schon das Gepäck abgenommen, und nun filmt Chris, der Videograf, uns dabei, wie wir den Flieger besteigen. Ich weiß, dass Maeve nur für die Kamera voll aufdreht … Doch genau wie bei der Met Gala, macht es mir egoistischerweise Spaß, mit ihr herumzualbern, auch wenn ich weiß, dass ihre gute Laune nur aufgesetzt ist.

Als wir den Jet betreten, sieht Maeve sich neugierig um, bevor sie sich wieder Chris und der Kamera zuwendet und vielsagend die Augen aufreißt. »Ganz ehrlich, ich hätte nie gedacht, dass ich jemals mit einem Privatjet fliegen würde … Wirklich nie! Bis zum College bin ich ja noch nicht mal mit einer gewöhnlichen Maschine geflogen. Ich kann es echt nicht glauben! Ich wünschte, ich könnte euch alle hierhin mitnehmen.« Unsere Fans lieben Maeve, weil sie sie ebenso liebt – und weil sie eine ganz normale Frau ist, die über Nacht berühmt geworden ist. Sie ist so greifbar und eine gute Identifikationsfigur, und durch mein Vorleben bin ich das perfekte Gegenstück zu ihr. Überhaupt bin ich, was die Sendung im Allgemeinen angeht, nur wegen Maeve dabei, und sie macht es wegen der Fans, was eine gute Kombi ist, denn es bedeutet, dass ich mich um sie kümmern kann – oder es zumindest früher konnte –, weil sie immer nur an die Bedürfnisse der Fans denkt und nicht an ihre eigenen. Sie hat ihr eigenes Leben auf die Suche nach gutem Content ausgerichtet und hat sich auf Dates mit Männern eingelassen, für die sie sonst keinen Blick übriggehabt hätte, nur um herauszufinden, ob sich dahinter eine gute Story oder eine Lektion für unsere Fans verbirgt. Das war ziemlich heftig, weil es so viele perverse Kerle da draußen gibt oder welche mit unlauteren Erwartungen, weil Maeve öffentlich über Sex redet. Deshalb habe ich immer versucht, ihr die Komik in diesen Erfahrungen aufzuzeigen, damit es nicht mehr ganz so widerlich für sie ist. Für mich war Dating nie so hart.

Wir unterhalten uns ein paar Minuten lang vor der Kamera über den Jet und den anstehenden Trip, bevor Chris seine Ausrüstung verstaut und wir es uns endlich gemütlich machen können. Ein Zehn-Stunden-Flug lässt sich leichter ertragen, wenn man breite Betten und einen Koch an Bord hat, der einem ein Drei-Gänge-Menü zubereitet. Doch sobald die Kamera aus ist, würdigt Maeve mich kaum noch eines Blickes. In ihren Schultern ist allerdings keine Anspannung zu erkennen, deshalb denke ich, dass sie eher erschöpft als wütend ist. Aber was auch immer sie hat – solange Chris und die Crew auf der Lauer liegen oder Kameras um uns herum sind, können wir so nicht weitermachen.

Bei unserer Landung in Italien warten schon diverse Wagen auf uns, um uns ins Hotel zu bringen, und als Chris in unseren Van einsteigen will, halte ich ihn auf. »Hey … äh, treffen wir uns doch im Hotel wieder.«

Er zögert. Sicher hat er die Anweisung, jede Sekunde zu filmen, besonders falls es zu Spannungen kommen sollte. Doch als Maeve in den Wagen steigt und die Tür so laut hinter sich zuknallt, dass wir beide zusammenzucken, nickt er und geht auf eins der anderen Autos zu. »Klar, Mann.«

Ich schlüpfe zu Maeve auf die Rückbank. »Ich bin ein Arschloch. Bitte verzeih mir. Ich weiß, das hab ich nicht verdient, aber ich würde mir so gerne mit dir zusammen den Bauch mit frischer italienischer Pasta vollschlagen, ohne dabei ein schlechtes Gewissen haben zu müssen.«

Maeve reißt ihren Blick vom Fenster los – durch das sie aufmerksam die Fahrer überwacht, die gerade die Koffer mit unserer empfindlichen Ausrüstung einladen – und verdreht die Augen, während sie mich ansieht. »Na dann … Wir wollen ja nicht, dass du Verdauungsbeschwerden bekommst.« Abwartend schaue ich sie an, in der Hoffnung, dass sie noch mehr sagt. Ebenfalls mit der Friedensfahne wedelt, so wie ich. Doch sie starrt mich nur mit ihren dunklen, ernsten Augen an und sieht wunderschön aus mit ihrem Haar, das halb im Kragen ihres übergroßen *»Tell Me How You Really Feel«*-Sweatshirts verschwindet. Ihr Anblick in diesem legeren Outfit sorgt dafür, dass mein Magen einen Hüpfer macht, weil diese Momente – diese Millionen von Zwischenmomenten, die ein ganzes Leben ausmachen – das sind, was ich am meisten an unserem Zusammensein liebe. Aber das sage ich ihr nicht. Nicht jetzt. Noch nicht. »Ich bin bereit dazu, wieder nur mit dir befreundet zu sein, wenn du das wirklich willst«, sagt sie schließlich.

»Verscherze ich es mir, wenn ich dich zusätzlich noch frage, ob du mir auch verzeihst?«, entgegne ich leise.

»Ja«, flüstert sie. Und ich bin mir nicht sicher, auf welchen Teil sie das Ja bezieht. Aber ich dränge sie nicht weiter.

Im Hotel Principe di Savoie filmt Chris wieder, und wir werden nach oben in zwei miteinander verbundene Suiten geführt. Für den Vlog tun wir so, als würden wir zusammen in einer Suite übernachten, um unseren Fans weiterhin eine prickelnde Story zu bieten, doch in Wirklichkeit grenzen nur unsere Wohnzimmer aneinander, und wir haben beide unsere eigenen Räume, wie bei der Met Gala. Die Zimmer sind kunstvoll eingerichtet, mit üppigen Teppichen und Vorhängen, wunderschönen Gemälden und Schlafbereichen, von denen man Zugang zu mehreren Balkonen hat. Vor der Kamera stoßen wir bewundernde »Ohs« und »Ahs« aus, und Maeve wendet sich zu Chris um und blickt direkt in die Linse. »Wird Finn die Nacht auf dem Boden oder im Bett verbringen? Stimmt über die Kommentarfunktion ab. Und wenn ihr auf das Richtige tippt, erzählen wir euch vielleicht ein paar bisher unbekannte Anekdoten aus unserer Collegezeit.«

Spielerisch springe ich vor sie und lege eine Hand vor die Linse, sodass es aussieht, als würde ich mir die Kamera schnappen, obwohl sie in Wahrheit auf eine Stütze montiert ist, die fest auf Chris' Schulter liegt. »Sie macht nur Spaß. Diese Anekdoten dürfen niemals an die Öffentlichkeit gelangen … Ich werde in einem dieser Monstersessel hier schlafen.«

»Ohne dich werde ich ganz einsam sein im Bett«, jammert Maeve und zieht einen Schmollmund. Vielleicht hätten wir vorher ein paar Grundregeln aufstellen sollen, was wir vor der Kamera machen wollen und was nicht. Ich weiß ja, dass ein Teil des Deals es vorsieht, dass wir miteinander flirten und uns gegenseitig aufziehen. Aber ich will, dass die Kameras verschwinden, damit ich mich vergewissern kann, ob zwischen uns beiden wirklich alles in Ordnung ist.

Als ich das Gefühl habe, dass wir mehr als genug Material davon haben, wie wir die Suite, das Hotel und die Auswahl an Klamotten erkunden, die unser Team von Streamify uns für die Modeschauen geschickt hat, greife ich nach vorn und drücke die Taste an der Kamera, um die Aufnahme zu stoppen. Ich öffne schon den Mund, um etwas zu sagen, doch Maeve hält mich am Arm fest, und ich schlucke die Worte wieder hinunter. Dann fasst sie in eine Tasche, die sich an der Seite von Chris' Schultergurt befindet, holt sein Backup-Mikro heraus und stellt es auf »Pause«.

»Ist das alles?«, fragt sie Chris. Er nickt, und sie wirft mir einen *Jetzt*-kannst-du-loslegen-Blick zu. Wir sind übertrieben vorsichtig, aber genau deshalb sind wir auch so gut. Dieses Material gehört Streamify, und wir wollen sichergehen, dass sie nur Audio- und Videomaterial bekommen, mit dessen Ausstrahlung wir kein Problem haben. Denn wir können zwar Einfluss auf den Schnitt nehmen, aber über diesen Vlog haben wir nicht die gleiche Kontrolle wie über den Podcast, da er für ihren eigenen Kanal produziert und von ihren eigenen Cuttern geschnitten wird.

»Was brauchst du wirklich für das Video?«, will ich von Chris wissen. »Du hast den Flieger und das Hotel. Morgen kriegst du das Interview. Wie wir es uns hier heute Abend gemütlich machen, brauchst du doch nicht – das ist total langweilig. Außerdem filmst du uns noch beim Fertigmachen für die Modeschauen und dann bei den Shows selbst. Das ist doch ein guter Vlog, oder? Maeve ist zum ersten Mal hier, und wir wollen wenigstens ein bisschen Privatsphäre haben.«

Chris zögert, bevor er antwortet, und ich sehe, wie sein Blick kurz zum Monitor hinunterhuscht, um sich zu vergewissern, dass die Aufnahme wirklich nicht mehr läuft. »Die wollen alles, von eurem Frühstück hier im Hotel bis zu eurer Fahrt im Taxi. Wir brauchen auf jeden Fall den Duomo und mindestens ein Abendessen, um das Ganze zu füllen. Vielleicht auch … ähm …«, er stockt peinlich berührt, »… euch zwei im Hotelpool. Die haben im Memo gesehen, dass die Stylistin Badezeug für euch besorgt hat.«

Maeve geht hinüber zum Wandschrank und fängt an, die Sachen zu durchstöbern, bis sie eine Ansammlung von Schnüren zutage gefördert, die anscheinend ihren Bikini darstellen soll. »Na, dann würde ich mal sagen, wir gehen einkaufen.«

Ich wende mich zu Chris um. »Wir verstehen das schon. Das hier ist ein Megaauftrag! Da willst du natürlich was Tolles abliefern. Und wir sind ja auch an einem guten Vlog interessiert. Wie wäre es damit: Wir machen den Duomo und ein Abendessen, und auf dem Dach des Doms kriegst du eine Aufnahme von uns beim …« Mein erster Impuls war, »Küssen« zu sagen, weil ich weiß, dass wir uns mit so »scharfen« Bildern ein bisschen Privatsphäre erkaufen können, aber ich habe zu schnell gesprochen. Ich will die Grenzen vor der Kamera nicht zu weit überschreiten, nachdem Maeve und ich uns gerade darauf geeinigt haben, es wieder ernsthaft als Freunde zu versuchen.

»Bei einem romantischen Abend«, schaltet Maeve sich ein. »Vielleicht kann jemand Finn dabei helfen, ein paar Blumen, Pralinen und Kerzen aufzutreiben?«

Ich nicke eifrig. »Perfekt.«

Chris öffnet den Mund, und es ist klar, dass ihm eine Menge Fragen darüber, was wirklich zwischen uns läuft, auf der Zunge liegen. Doch dann klappt er den Mund wieder zu und sammelt sich. »Okay, ich filme Finn dabei, wie er an der Rezeption anruft, während Maeve unter der Dusche ist.«

Maeve lächelt ihn so strahlend an, dass er rot wird. »Können Vlogs eigentlich für den besten Kurzfilm nominiert werden? Dann brauchst du dir nämlich gar keine Sorgen zu machen, Chris. Der hier wird definitiv oscarreif.« Sie drückt die Aufnahmetaste an dem Mikro, das sie immer noch in der Hand hält, und gibt es ihm zurück, woraufhin er auch die Kamera wieder zum Laufen bringt.

Ich drehe mich zu Maeve um. »Wie schlimm ist dein Jetlag? Sollen wir uns noch Mailand anschauen?«

Sie legt den Kopf schief. »Hm, ich weiß nicht. Ein bisschen müde bin ich schon, und morgen nehmen wir ja die Folge auf.«

Ich trete näher an sie heran. »Maeve, bitte lass uns noch rausgehen. Ich würde dir gerne was zeigen.«

Lächelnd verschränkt sie die Finger in meinem Nacken und blickt zu mir hoch. »Na dann gehe ich wohl mal schnell duschen.« Noch im Davongehen zieht sie ihr Sweatshirt aus, während Chris zu ihr herumschwenkt, und genau in dem Moment, als sich herausstellen würde, ob sie irgendetwas darunter trägt, packe ich mir die Kamera und ziehe sie wieder zu mir. Vielleicht einen Tick zu heftig.

»Die Augen bleiben schön auf ihrem Gesicht«, sage ich. Wir sind ein gutes Team, weil wir uns gegenseitig inspirieren. Sie braucht mir nicht zu sagen, wie ich auf irgendwas, das sie tut, vor der Kamera reagieren soll. Wenn wir gemeinsam filmen – seien es alberne PR-Videos für unsere Social-Media-Kanäle, ganze Episoden oder kleine Spots für die Seiten anderer –, erinnert es mich immer daran, dass mir die Schauspielerei an sich Spaß macht; vor allem mit Maeve an meiner Seite. Aber das kommt nicht infrage; dabei würde sie nie mitmachen.

Als ich höre, wie die Dusche angeht, blicke ich in die Kamera und ziehe die Augenbrauen hoch, dann lege ich einen Finger an meine Lippen und rufe den Portier an. »Hallo, Mr Sutton. Was kann ich heute für Sie tun?«

»Hi! Ich würde gerne Maeve überraschen. Wäre es möglich, Tickets für den Duomo zu bekommen? Und dazu eine große Flasche Champagner, ein paar Kerzen … Pralinen und Erdbeeren? Und vielleicht eine Decke?«

»Selbstverständlich, Mr Sutton. Haben Sie besondere Wünsche, wie wir Ihnen die Bestellung zukommen lassen sollen? Wenn ich Sie noch darüber informieren darf: Lebensmittel und Getränke dürfen nicht mit in den Duomo gebracht werden.«

Ich zwinkere direkt in die Kamera, während ich antworte: »Natürlich. Bitte verpacken Sie die Sachen in einer Tragetasche. Ganz diskret, wenn's geht.«

Chris und ich warten fünf Minuten, bis Maeve aus dem Bad kommt, mit nassem Haar und in ein Handtuch gehüllt. Wenn sie die beiden Szenen direkt hintereinander schneiden, wird es so aussehen, als wäre sie fast in mein Telefonat geplatzt. »Was soll ich denn anziehen?«

Ich nehme einen Kleiderbeutel vom Bett. »Ich hab dir was besorgt.«

Maeve blickt eindringlich zu Chris. »Und Schnitt, bitte. Du kannst weiterfilmen, wenn ich angezogen und fertig bin.«

»Willst du das denn nicht aufmachen?« Ich tue so, als würde ich schmollen, obwohl ich keine Ahnung habe, was sich in dem Beutel befindet.

»Da drin ist mein Outfit für die Modenschau! Ich suche mir schon was aus, das deinen imaginären Geschmack gut widerspiegelt, keine Sorge.«

Während Maeve und ich uns umziehen, sitzt Chris im Wohnbereich der anderen Suite und filmt nur, als der Portier die Tasche bringt und ich so tue, als würde ich sie heimlich entgegennehmen, obwohl ich sie direkt an der Tür abstelle und direkt wieder in den Raum gehe, in dem Maeve sich zurechtmacht. Ich setze mich aufs Bett, während sie ihr Haar stylt und sich schminkt, genau so, wie wir es immer in New York gemacht haben – wobei ihr Apartment damals so klein war, dass ich im Wohnzimmer hocken und sie immer noch bestens verstehen konnte, wenn wir uns unterhielten.

»Hast du Karli eigentlich schon mal getroffen?«, erkundigt sich Maeve. Ich kann sie zwar nicht sehen, aber ich würde darauf wetten, dass sie gerade Mascara aufträgt. Innerhalb des Schminkprozesses ist das der Teil, der am meisten Konzentration erfordert, und wenn sie dabei ist, klingt ihre Stimme immer ein wenig abwesend.

Ich liege auf dem Bett und blicke zu den nackten Engeln auf dem Deckengemälde hoch. Dieses Hotel kommt einem immer wie ein Denkmal vor; wie ein Haus, in dem sich ein Museum befinden sollte und keine Gästezimmer für tausend Dollar die Nacht. »Ich hab sie als Kind mal kurz kennengelernt. Meine Mom und sie waren beide Testimonials für Chanel, und ich bin mit zu einem Shooting in der Wüste gefahren und hab ihnen dabei zugesehen, wie sie sich für eine Parfümkampagne im Sand herumrollen.«

»Wow, wie interessant. Und ziemlich hochkarätig. Sie hat doch damals bei *America's Next Top Model* angefangen, aber seitdem hat sie echt eine Megakarriere hingelegt«, bemerkt Maeve. Wahrscheinlich hat sie während des Fluges ein ganzes Dossier über Karli auswendig gelernt, während ich geschlafen habe. »Vielleicht sollten wir sie dazu animieren, ein bisschen was über die Show auszuplaudern. Oder sollen wir sie lieber zu ihrem *Playboy*-Shooting befragen? Ich bin es echt zu sehr gewohnt, immer ungefähr zu wissen, worüber unsere Gäste sprechen wollen.«

»Vielleicht hat sie ja auch irgendwas zu erzählen«, überlege ich. »Irgendeine große Enthüllungsstory. Sie ist ziemlich zurückhaltend, deshalb bin ich auch, ehrlich gesagt, ziemlich überrascht, dass sie überhaupt mit uns reden will.« So überrascht, dass ich meine Mom gefragt habe, ob sie das Ganze arrangiert hat. Sie hat es zwar abgestritten, aber dann vorgeschlagen, dass wir doch ein Wochenende an der Amalfiküste oder in den Cinque Terre verbringen sollen, was mich noch weniger davon überzeugt hat, ihr zu glauben.

»Vielleicht«, sagt Maeve nachdenklich. »Denkst du, wir sollten das extra senden?«

»Wieso sollten wir das machen?«

»Der Vlog könnte als unsere reguläre Wochenfolge gelten. Und wenn wir dieses Interview noch während der Fashion Week rausbringen, könnte das die Zahlen deutlich ankurbeln.«

Ich stehe auf und gehe zum Bad hinüber. Maeve ist gerade dabei, sich die Haare aufzudrehen. Der amerikanische Stecker ihres Lockenstabs ragt aus ihrem riesigen Adapter heraus, und ich halte ihr die Hand hin, um ihr das Gerät abzunehmen. Einen Moment zögert sie, während wir uns im Spiegel in die Augen starren, dann gibt sie mir den Stab, und ich fange an, ihr Haar im Nacken zu locken, damit die Strähnen, an die sie nicht herankommt, genauso gut aussehen wie die vorne. Meine Mom hat mir das schon mit sieben beigebracht, und als ich es Maeve das erste Mal angeboten habe, war sie so perplex, dass sie den Drink, an dem sie gerade genippt hatte, während sie sich fertig machte, ins Waschbecken fallen ließ.

Während ich arbeite, hält sie still und sieht mir über den Spiegel dabei zu. »Ich finde das ziemlich riskant«, sage ich, während ich eine lange Strähne in der entgegengesetzten Richtung aufdrehe wie die davor, damit die Locken nicht alle zusammenkleben, wenn Maeve sie bürstet. »Die großen Namen ziehen bisher recht gut bei den Zahlen.«

»Gute Presse aber auch«, kontert Maeve.

»Dann warten wir doch mal ab, was sie sagt«, schlage ich vor. »Wenn es irgendeine Riesenmodesensation ist, auf die sich die Presse stürzt, wenn sie diese Woche rauskommt, veröffentlichen wir früher und schocken alle.«

»Okay«, stimmt Maeve zu. Es ist schon erstaunlich, wie sehr sich diese Unterhaltung von denen unterscheidet, die wir in letzter Zeit geführt haben. Unsere Wortwahl ist die gleiche, doch statt eines kurzen, knappen Tons reden wir nun partnerschaftlich miteinander, und das macht echt einen großen Unterschied. Als ich ihren Hinterkopf in Form gebracht habe, schalte ich den Lockenstab aus und lege ihn auf dem Waschtisch ab, während Maeve sich mit den Fingern durchs Haar fährt, um die Locken zu lösen. »Sprühst du?«

»Klar.« Zielsicher nehme ich mir eine der Dosen, die auf der Ablage aufgereiht sind; ich weiß genau, welche davon das Haarspray ist. Maeve schließt die Augen, und ich besprühe ihre Locken. Nun, da ich weiß, wie es sich anfühlt, weniger von ihr zu haben, ist mir dieser kollegiale Umgang lieber als die Hoffnung auf mehr.

»Weißt du was, selbst wenn wir das mit Karli eher rausbringen, sollten wir den Vlog vielleicht doch nicht als normale Folge veröffentlichen. Das wäre zu anders als sonst … Wie wäre es denn, wenn du mal eine Episode allein aufnimmst? Oder eine mit einem Experten oder einer Expertin für irgendwas – so von Fachfrau zu Fachfrau?«

Maeve gibt noch etwas Texturspray auf ihre Ansätze. »Wir müssen beide in der Folge vorkommen. Die wollen mich nicht allein.«

»Ich könnte euch die Fragen der Woche vorlesen, ganz am Ende, oder so was.« Ich glaube, es wäre gut, wenn die von Streamify einmal sehen würden, dass Maeve ohne Probleme ihre eigene Show haben könnte. Zwar will ich nicht aufhören, mit ihr zusammenzuarbeiten, trotzdem soll sie die Möglichkeit bekommen, auch ihr eigenes Ding zu machen.

Maeve begegnet meinem Blick im Spiegel und lächelt zaghaft. »Ich wollte immer schon mal eine Folge über Angst machen, zusammen mit meiner Therapeutin. Und die Fragen am Ende könnten wir auch gemeinsam beantworten, dann hätten wir meine Perspektive als betroffene Angstpatientin und Therapeutin und ihre als meine Ärztin. Glaubst du wirklich, die von Streamify würden da mitmachen?«

»Die haben kein inhaltliches Mitspracherecht. Wenn du das machen willst, machen wir das.«

Eine Stunde später steigen wir die Treppe zum Dach des Mailänder Doms hoch, gefolgt von Chris. Als wir oben ankommen, verfällt Maeve in einen Monolog darüber, wie aufregend es ist, zum ersten Mal außerhalb der USA zu sein, und ich haste vor, verlasse den Besucherbereich und betrete stattdessen den hinteren Teil des Daches, durch den die meisten Leute nur auf dem Weg zum Ausgang hindurcheilen. Er ist genauso schön wie der vordere Teil, vielleicht sogar noch schöner, da sich dort weniger Touristen aufhalten, die Selfies machen. Hier breite ich eine marineblaue Decke auf dem Boden aus und beschwere sie mit den Kerzenständern, die das Hotelpersonal darin eingewickelt hat, damit das Glas nicht zerbricht. Dann zünde ich die Kerzen an, entkorke leise den Champagner und schenke uns beiden ein Glas ein. Gerade, als ich die üppige Käseplatte, die das Küchenteam zubereitet hat, auf der Decke platziere, kommen Maeve und Chris um die Ecke.

»Finn!«, ruft Maeve. »Was ist das denn alles?« Sie wirft einen verwirrten Blick über die Schulter in Richtung Kamera, während sie auf mich zugeht. Ich richte mich auf und reiche ihr ein Glas Champagner. Unvermittelt stößt eine Jugendliche, die an uns vorbeikommt, einen quiekenden Schrei aus.

»O, mein Gott, ist das ein Heiratsantrag?« Sofort holt sie ihr Handy heraus und fängt an, uns zu filmen, während ich voller Panik zu ihr hinüberblicke.

Maeve streckt die Hand aus und dreht mein Gesicht herum, bevor sie mich an sich zieht und unsere Köpfe aus dem Blickfeld der Kamera entfernt. »Ignorier sie einfach«, raunt sie mir zu.

Ich nehme ihre Hand und führe sie zur Decke, während Chris und unsere junge Amateurkamerafrau uns weiterfilmen. Nachdem Maeve es sich bequem gemacht und sorgfältig ihren Rock zurechtgerückt hat, der ziemlich kurz ist, setze ich mich ihr gegenüber und atme einmal tief durch. Ich kann hierbei mitspielen. Es fühlt sich nur komisch an, weil ich wünschte, die Situation wäre echt. Wenn wir jetzt hier so tun, als würden wir uns verloben, würde Maeve dann tatsächlich darüber nachdenken, mich zu heiraten? Letzte Woche hätte ich noch gesagt, einen Versuch wäre es wert.

»Maeve, du bist die tollste Frau, die ich kenne. Ich weiß, dass ich dich nicht verdiene und auch niemals verdienen werde, aber ich wollte dafür sorgen, dass dein erster Abend in Italien zumindest halb so besonders wird, wie du es bist. Aber wir müssen leider schnell essen, weil das hier genau genommen illegal ist und es sein kann, dass man uns verhaftet, und morgen ist ja das Interview.« Ich hebe mein Glas und proste ihr zu. »Danke, dass du mich dazu eingeladen hast, *Tell Me How You Really Feel* mit dir gemeinsam zu machen. Ich hoffe, dass du mir bis zum Rest deines Lebens sagst, was du denkst.« Als ich in die Gesäßtasche meiner Hose greife, keucht die Jugendliche laut auf, doch ich hole nur mein Handy heraus und mache ein Selfie von Maeve und mir.

Missmutig und leise vor sich hin fluchend, stapft die Touristin davon. Maeve lacht. »Sie dachte echt, du hättest einen Ring dabei, oder?«

»Offensichtlich hab ich's ziemlich verbockt.«

Maeve streckt die Hand nach mir aus, nimmt sich aber nur eine Erdbeere. »Ich finde, du hast das ganz gut gemacht.« Ohne abzubeißen, steckt sie sich die Frucht in den Mund, und ich tue es ihr gleich, allerdings mit Käse und Crackern.

Stumm kauend sitzen wir da, essen Cracker und Erdbeeren und warten darauf, dass Chris den Wink mit dem Zaunpfahl versteht. Doch er filmt immer weiter. Schließlich fängt Maeve an zu kichern. »Finn, ich kann nicht noch mehr davon essen. Die sind wirklich lecker, aber an unserem ersten Abend in Italien will ich Pasta essen.« *Unserem* ersten Abend.

»Du hast alles?«, rufe ich Chris zu. Ich habe keine Ahnung, worauf er wartet.

»Wie wär's mit einem Kuss? Irgendwas, womit das hier richtig einschlägt?«

Maeve wendet sich zu ihm um. »Oder ein Erdbeerwettessen? Wer von uns mehr in seinen Mund bekommt, hat gewonnen?«

Er wirft ihr einen düsteren Blick zu, scheint das Ganze jedoch mit Humor zu nehmen. »Dann muss es aber richtig Pepp haben.«

»Ich werde mich bemühen!«, sagt Maeve lachend, bevor sie anfängt, aus den restlichen Erdbeeren zwei Reihen zu bilden. Ich folge ihrem Beispiel und versuche, die Früchte nach ähnlichen Größen auszuwählen. »Okay, lass uns das wie einen Western aufziehen«, weist sie Chris an. »Später kannst du dann noch Soundeffekte wie Peitschenknallen und typische Musik hinzufügen, oder was immer du willst. Finn, wir sollten am Anfang langsam die Augen zusammenkneifen und uns so richtig drohend angucken. Chris, du zoomst rein. Film ein paar Einstellungen, und wenn wir dann anfangen, geht's richtig zur Sache.«

Wir drehen einige Bilder von der leuchtenden Stadt, den Mauern des Doms um uns herum und von uns beiden, wie wir einander niederstarren. Dann zählt Chris uns ein. »Drei, zwei, eins, LOS!«

Ehrgeizig stopfen wir uns die Erdbeeren in den Mund, und ich schiebe eine so weit nach hinten in meinen Rachen, dass ich würgen muss. Maeve fängt an zu lachen, spuckt dabei eine der Früchte wieder aus und sieht zu, wie sie vom Dach rollt. Chris schwenkt wild zwischen uns hin und her in dem Versuch, alles einzufangen. Ich schaffe es bis zu Nummer sechs meiner zehn Erdbeeren, bevor ich mit meiner Serviette winke – als Zeichen, dass ich freiwillig aufgebe –, während Maeve immer noch probiert, sich eine siebte in ihren Mund zu stopfen. Sie beißt in die Spitze und lässt den Rest heraushängen, bevor sie triumphierend die Arme in die

Luft reckt und dann Chris zu verstehen gibt, dass er aufhören soll. Doch er ignoriert sie und filmt uns dabei, wie wir unsere Erdbeeren wieder ausspucken.

»Wehe, du benutzt den letzten Teil«, ruft Maeve, während ihr Speicheltropfen aus dem Mund spritzen.

»Tja, ihr hättet euch auch einfach küssen können. Außerdem ist das witzig. Und ihr seid jetzt durch. Ich filme euch morgen Abend wieder, wenn ihr euch für die Show rausgeputzt habt und nicht so rumsaut.«

Ich muss lachen, als ich uns beide genauer ansehe. Unsere guten Sachen sind voller rosa Spritzer aus Erdbeersaft, überall um uns herum liegen halb gekaute Fruchtstückchen, und zwischen unseren Zähnen hängen Samen. Mit meinem Lachen stecke ich Maeve an, die sich kurze Zeit später kichernd auf dem Boden krümmt. Natürlich kommt genau in diesem Moment, als wir völlig außer Gefecht gesetzt sind, ein Mann vom Sicherheitsdienst um die Ecke.

»Scheiße«, murmelt Chris. »Schnappt euch das Essen und haut ab!« Er schultert seine Kamera und geht eiligen Schrittes zum Ausgang davon, während Maeve und ich hastig das Essen in die Tasche werfen. Der Wachmann fängt an, irgendetwas auf Italienisch zu rufen.

»Was sagt er?«, fragt Maeve mich, immer noch so heftig lachend, dass ihr die Tränen in die Augen steigen.

»Das willst du nicht wissen.« Mein Italienisch ist zwar begrenzt, aber ich verstehe genug, um herauszuhören, dass wir eine Geldstrafe zahlen sollen. Rasch nehme ich mir die Champagnerflasche und Maeves Hand, und zusammen rennen wir an der Seite des Dachs entlang auf die Treppe zu. Das Tempo, in dem wir die Stufen hinunterhasten, ist ziemlich waghalsig – vor allem, wenn man bedenkt, dass die Treppe direkt im Innenraum der Kirche endet –, doch wir biegen einfach direkt unten ab und stürmen durch die

Türen auf die Piazza hinaus. Noch im Rennen wirft Maeve die Tasche in einen Abfalleimer, während der Wachmann weiter hinter uns herläuft, und aus dem Augenwinkel nehme ich wahr, dass Chris auf der anderen Straßenseite hockt und die Verfolgungsjagd aufnimmt. Am Eingang der Galleria drücke ich einem jungen Pärchen die Champagnerflasche in die Hand, bevor wir hineinhasten und versuchen, in der Menge abzutauchen.

Ich ziehe Maeve in die Prada-Boutique, wo wir, immer noch prustend vor Lachen, versuchen, uns hinter einer Schaufensterpuppe zu verstecken, während der Mann vom Sicherheitsdienst vorbeiläuft. »Kann ich Ihnen helfen?«, unterbricht die Verkäuferin unsere Flucht. Ihre Stimme trieft nur so vor Geringschätzung; das hier ist eine der elegantesten Prada-Filialen der Welt, und wir sehen definitiv nicht so aus, als würden wir hierhergehören.

Ertappt wollen wir uns aufrichten, doch Maeve kann nicht aufhören zu kichern und dreht den Kopf weg, bevor sie versucht, ihr Lachen mit ihrer Faust und einem gekünstelten Husten zu kaschieren. »Wir sind zur Show morgen eingeladen!«, sage ich zu der Verkäuferin. »Man hat uns Outfits geschickt, aber wir würden total gerne was Neues anprobieren.«

»Ach, ist das so? Dürfte ich dann Ihre Namen erfahren?«

Bevor ich sie ihr geben kann – denn ich habe ja nicht gelogen –, zieht Maeve an meiner Hand. »Tut uns sehr leid, aber wir müssen los. Einen schönen Abend noch!«

Damit stürzt sie an der Verkäuferin vorbei und reißt mich mit sich, lässt meine Hand erst los, als wir das Geschäft verlassen haben.

»Ich hab doch nicht mal gelogen! Wir hätten uns wirklich neue Sachen kaufen können«, protestiere ich, während wir aus der Galerie hinausschlendern.

»Von Prada?! Das passt doch gar nicht zu mir. Da kostet ja ein Teil mehr, als ich das ganze letzte Jahr für Klamotten ausgegeben habe. Insgesamt. Die würden uns rauswerfen, bevor wir unsere Kreditkarte zücken können. Und außerdem sind wir jetzt Kriminelle! In Italien verhaftet zu werden, steht definitiv nicht auf meiner Bucketlist.«

Wir treten wieder in den Abend hinaus, und ich blicke mich suchend um. »Aber selbst Kriminelle müssen mal was essen. Pasta?«

»Pasta«, bestätigt Maeve.

Da dies ihr erster Abend in Mailand ist, sollten wir uns eigentlich ein schönes Restaurant suchen, stattdessen schlüpfen wir jedoch in das erste Lokal, das wir sehen. »Könnten wir einmal sämtliche Pastavarianten von der Karte bekommen?«, erkundige ich mich in der Sekunde, als der Ober an unseren Tisch kommt, um zu fragen, ob wir gern eine Karaffe Wasser vor dem Essen hätten.

Er zögert. »Sir, wir bieten sechs verschiedene Gerichte an.«

»Perfekt. Und eine Flasche Wein, bitte … Was immer Ihrer Meinung nach am besten dazu passt … zu allem.«

Als er gegangen ist, beugt Maeve sich über den Tisch vor und raunt mir zu: »Jetzt wird er jedem erzählen, wie gefräßig die Amerikaner sind, weil sie die ganze Karte rauf und runter bestellen. Skandalös!«

Feierlich sehe ich sie an. »Ich sehe es als meine vaterländische Pflicht an, als amerikanischer Tourist sämtliche Vorurteile zu bestätigen, was unser Streben nach Größe angeht. Wie würdest du es finden, wenn ein Italiener nach Amerika käme und sagen würde, dass er nur Grünkohlsalat isst? Das würde einem doch den ganzen Spaß verderben.«

Maeve, die gerade einen Schluck getrunken hat, als ich zu reden anfing, bricht so abrupt in Gelächter aus, dass ihr das Wasser aus der Nase herauskommt. Ich reiche ihr meine Serviette, damit sie sich den Schnodder nicht mit ihrer eigenen wegwischen muss. Als nur noch Luft aus ihren Nasenlöchern dringt, fängt sie erneut an zu kichern. »Ich hatte ganz vergessen, wie witzig wir sein können.«

»Sag das mal Chris. Der hält uns für Diven.«

»Sind wir ja auch. Wir haben gerade jedes Pastagericht auf der Karte bestellt und ein illegales Picknick auf dem Duomo abgehalten. Und uns dabei noch filmen lassen.«

»Ach ja, das hatte ich ganz vergessen«, frotzle ich.

Der Ober kommt an unseren Tisch zurück, beladen mit Tellern, auf denen sich Spaghetti Cacio e Pepe, bolognese, Carbonara, Birnenravioli, schwarze Pasta mit Oktopus und Gnocchi mit Pesto befinden. Mit Schwung stellt er die Gerichte vor uns ab. »Falls Sie noch mehr wünschen, geben Sie mir einfach Bescheid«, fügt er voller Sarkasmus hinzu.

Maeve nimmt ihre Gabel und probiert die Spaghetti Carbonara, die direkt vor ihr stehen. Genüsslich stöhnt sie auf. »Gott, sind die gut. Wieso haben wir das nicht schon eher gemacht?«

»Nach Italien zu fliegen?«

»Ja.« Sie will sich den Cacio e Pepe zuwenden, doch ich halte sie auf.

»Du brauchst erst etwas zum Neutralisieren.«

Sie trinkt einen Schluck Wein, bevor sie sich dem nächsten Teller widmet, und wiederholt dieses Verfahren den ganzen Abend über. Ich probiere keins der Gerichte, weil ich erst ihre Reaktion auf jedes einzelne sehen will. Ich habe das alles schon gegessen, in den besten Restaurants Italiens, doch hier zu sein, in diesem zufällig ausgewählten Seitenstraßenlokal mit Maeve, ist schöner als all die Erfahrungen davor. Sie genießt aus vollem Herzen. Die meisten meiner Freunde in L. A. haben schon in unzähligen Gourmetrestaurants gegessen, weil sie auch berühmte Eltern haben, sich Luxusurlaube leisten können und insgesamt über unbegrenzte Mittel verfügen. Für sie ist gutes Essen ein Muss, nichts Besonderes, und sie wollen auch nicht vor Begeisterung aufseufzen und wie ein Bauerntrampel wirken. Doch Dinge so ungeniert zu genießen, wie Maeve es tut, macht viel mehr Spaß.

Nachdem sie alle Gerichte bewertet hat, mache ich mich auch darüber her, und die nächste Stunde verbringen wir damit, über die Vorzüge jedes einzelnen zu diskutieren, bevor wir das Gleiche mit jedem Dessert auf der Karte wiederholen. Das ist dekadent, köstlich und einfach nur verdammt spaßig. Ich bin so erleichtert, dass es sich zwischen uns wieder mehr wie früher anfühlt. Und ich werde alles dafür tun, dass Maeve nicht erneut aus meinem Leben verschwindet.

Dreiundzwanzig

MAEVE

»Hörst du das?« Ich stehe im Wohnbereich von Finns angrenzender Hotelsuite, habe Kopfhörer auf und halte das Mikro in den Raum, um die Atmo aufzunehmen.

Finn kommt ins Zimmer und legt den Kopf schief. »Nein? Gab es irgendeine Störung?«

Immer wenn wir ein Interview machen, nehmen wir zuerst eine Minute lang die Atmosphäre im Raum auf, was im Prinzip eine Minute Geräuschlosigkeit bedeutet. Keine Gespräche, keine Bewegungen, vollkommene Stille, soweit es geht. Was nie hundertprozentig funktioniert. Man glaubt, es sei still, bis man die Kopfhörer aufsetzt; plötzlich nimmt man das Surren der Deckenleuchten, eines Ventilators oder der Klimaanlage wahr, oder das Lachen von jemandem, der gerade im Flur vorbeigeht – wir hören alles. Unser Studio bei Streamify ist schalldicht; dort gibt es keinerlei Außengeräusche, und man hört nur das schwache Summen irgendwelcher Lampen.

»Nein, aber da ist noch irgendwas außer den Lampen. Und das dürfte eigentlich nicht sein; ich hab die Lüftung ausgeschaltet.«

Finn nimmt meine Kopfhörer, setzt sie auf und sucht langsam den Raum mit den Augen ab. Ich folge seinem Blick, und dann entdecke ich etwas. Zielgerichtet schnappe ich mir das Mikro und nähere mich damit dem Fenster, während Finn weiter über die Kopfhörer lauscht. Als ich noch etwa dreißig Zentimeter vom

Fenster entfernt bin, bleibe ich stehen und schaue fragend zu ihm. Er nickt und reißt sich die Kopfhörer herunter.

»Es ist nicht ganz dicht, irgendwo muss eine winzige Lücke sein.« Er drückt beherzt gegen den Rahmen, ohne Erfolg. Was nicht unbedingt überraschend ist. Wenn ich es hätte fester schließen können, hätte ich das getan. Ich hocke mich auf den Boden und untersuche das Fenster. Das Holz hat sich über die Jahre verzogen – schließlich übernachten wir praktisch in einem Museum – und steht vielleicht einen halben Zentimeter vom Rahmen ab. Der Spalt ist zu klein, um einen Luftzug zu spüren, aber er reicht, um ihn zu hören. Seufzend stehe ich auf. »Ist schon okay. Ich nehme die Atmo auf, und dann arbeiten wir damit.«

Finn geht ins andere Zimmer, kehrt mit einem T-Shirt zurück und versucht, den Spalt mit dem Stoff zu schließen. Wir haben seine Sachen in mein Zimmer geräumt, damit wir hier filmen können. »Hilft das?«, fragt er, als das T-Shirt zwischen Fenster und Rahmen steckt.

Ich schüttle den Kopf. »Das sieht man auf dem Video. Und nein, ich werde es nicht in der Nachbearbeitung maskieren, also frag gar nicht erst.« In einem unserer ersten Videos hatten wir eine Dose Cola auf dem Tisch stehen, und ich habe fünf Stunden damit verbracht, sie im Schnittprogramm zu maskieren, Bild für Bild, damit ich sie später mittels inhaltsbasierter Füllung entfernen konnte. Auf einem Foto ist es leicht, Objekte zu löschen; in einem Video ist das eine ganz andere Geschichte. Finn hat mir damals geholfen, indem er mich die ganze Zeit über mit Snacks versorgt und mit Worten motiviert hat, während er mir über die Schulter zusah.

»Gut«, gibt er sich geschlagen und zieht das T-Shirt wieder heraus. »Weißt du noch, als mitten in der Folge jemand bei dir im Haus einen Herzinfarkt hatte? Und der Krankenwagen stundenlang draußen stand?«

»Wie könnte ich das je vergessen? Ich frage mich immer noch, wieso wir nicht aufgehört haben. Wir mussten hinterher alles noch mal aufnehmen.«

»Na ja, das war die … weiß nicht … zehnte Folge, oder so! Da wussten wir noch nicht, wie laut das später bei der Bearbeitung sein würde.«

Ich gehe zum Monitor hinüber und bedeute Finn, sich zu setzen, damit ich die Beleuchtung und die Kameraeinstellungen überprüfen kann, die Chris für uns eingerichtet hat, während wir unseren Pastarausch ausgeschlafen haben. Finn schlendert zu dem Stuhl hinüber, den wir für Karli vorgesehen haben, nimmt Platz und blickt zur Seite in Richtung unserer Sitzplätze, so wie Karli es nachher tun wird. Während ich den Kamerawinkel für die Nahaufnahme leicht anpasse, setze ich unsere Unterhaltung fort. Es ist schön, dass wir wieder miteinander reden können. Seit gestern Abend haben sich die Spannungen zwischen uns in Luft aufgelöst, und es ist fast zu leicht gegangen, dass wir uns wieder genauso gut verstehen wie früher. »Also, wenn ich mich richtig erinnere, warst du derjenige, der behauptet hat, dass am Filmset die ganze Zeit durchgedreht wird, auch bei Sirenengeräuschen, und dass die Mikros extra so konzipiert sind, dass sie Außengeräusche ausblenden.«

Ohne den Kopf zu bewegen, sieht Finn mich aus dem Augenwinkel an, damit ich weiter die Geräte justieren kann. Karli hat etwa Finns Größe und einen ähnlichen Teint, was die Ausleuchtung noch einfacher macht. »Woher sollte ich denn wissen, dass die Mikros, die wir uns kostenlos ausgeliehen haben, nicht dem Standard entsprechen, der an den Filmsets meiner Mom herrscht?«

»Hm, ja, woher nur … Kannst du mich jetzt doubeln?«

Finn setzt sich auf den Stuhl, der dem von Karli direkt gegenübersteht, und macht sich etwa dreißig Zentimeter kleiner, damit ich die Kamera auf sein Gesicht ausrichten kann. »Bist du sicher, dass du nicht lieber selbst auf deine Position willst? Ich kann die Einrichtung übernehmen.«

»Ja?«

Er nickt und kommt zu mir, wir tauschen die Plätze, und ich bekomme nur unterschwellig die halbe Sekunde mit, in der sich unsere Arme berühren, als ich an ihm vorbeigehe. Ich setze mich auf meinen Stuhl und drehe mich so, als würde ich Karli anschauen, während Finn die Kamera justiert, die mich in Nahaufnahme zeigt. Mir fällt es schwer, all das zu verarbeiten, was in den letzten Monaten passiert ist. Nicht nur zwischen Finn und mir, sondern auch die Tatsache, dass ich gerade in einem Privatjet zur Fashion Week nach Mailand geflogen bin, gleich ein Supermodel interviewe, das ich während meiner Schulzeit im Fernsehen gesehen habe, und heute Abend auf die Prada-Modenschau gehe, in einem Outfit, das eine Stylistin für mich ausgesucht hat. Für Finn scheint das alles vollkommen normal zu sein – was natürlich klar ist –, aber ich warte jedes Mal, wenn in meinem Leben etwas Neues passiert, darauf, dass mir alles wieder genommen wird.

Eigentlich sollte ich mich darauf konzentrieren, den ersten Platz in den Charts zu halten, um die *Paul Myers Show* zu schlagen, Paul Myers selbst in seine Schranken zu weisen und Geschichte in Sachen Gender-Pay-Gap zu schreiben. Und obwohl ich das wirklich will, mache ich mir, wenn ich nachts wach liege, keine Sorgen darüber, dass das nicht eintrifft. Stattdessen habe ich Angst, dass ich eines Morgens wach werde und mir all das aus den Händen gerissen wird, weil irgendjemandem klar wird, dass ich nicht hierhergehöre und sie jemanden wie Cassidy auf meinen Platz setzen und doppelt so hohe Zahlen erreichen könnten.

»Ein Dollar für deine Gedanken«, sagt Finn sanft.

»Müsste das nicht ein Penny sein?«

»Ich würde auch eine Million dafür bezahlen.«

»Findest du, dass die Show mit den Stars immer noch gut ist?

Ich hab irgendwie das Gefühl, die Interviews könnte auch irgendjemand anders machen, und es würde noch genauso gut laufen.« So formuliert entspricht es fast meinen tatsächlichen Ängsten.

Finn kommt zu mir und lässt sich in Karlis Stuhl fallen. »Klar könnte jeder die Interviews führen, und die Leute würden trotzdem zuschauen. Aber es wäre nicht das Gleiche wie jetzt. Ich glaube nicht, dass die Stars anderen so private Dinge erzählen würden. Du gehst damit sehr rücksichtsvoll um, weißt du? Sie vertrauen dir, dass du die Infos nicht aus Publicitygründen ausschlachtest. Du nimmst sie ernst und verwendest sie nur, um wichtige Themen anzusprechen. Die meisten Interviewer würden einfach versuchen, die bevorzugten Sexstellungen ihrer Gäste rauszubekommen oder irgendwas anderes Blödes, um so richtig viral zu gehen. Aber du bist nicht wie die anderen.«

Wieso glaube ich viele Dinge nur, wenn Finn sie mir sagt? Meine Therapeutin, meine Schwester, Shazia, zehn Millionen Leute online – sie alle könnten etwas Ähnliches zu mir sagen, und ich würde ihnen nicht zuhören. Aber wenn Finn es sagt, glaube ich es. Bevor ich etwas entgegnen kann, klopft jemand an die Tür und öffnet sie gleich darauf.

»Ciao!«, ruft Karli. »Ich hab die von der Rezeption gebeten, mir einen Schlüssel für die Suite zu geben. Ich hoffe, das ist okay!«

»Natürlich! So schön, dich zu sehen!« Finn springt vom Stuhl auf, um Karli zu begrüßen, und die beiden umarmen sich.

»Wow! Ich kann gar nicht glauben, dass ich dich wirklich kennenlerne«, schwärme ich, während ich sie ebenfalls umarme. Ich reiche ihr gerade einmal bis zur Schulter.

»Mich? Ich kann nicht glauben, dass ich hier bei euch bin! Ich bin ein Riesenfan! Wusstest du, dass ich in Williamsport aufgewachsen bin? Also nicht weit von dir.«

»Im weiten Nichts von Pennsylvania ist das quasi um die Ecke«, witzle ich. Williamsport liegt in einer ländlichen Gegend, Stunden vom nächsten Flughafen entfernt, und zum Supermarkt oder einem Einkaufszentrum müssen die meisten Leute vierzig Minuten fahren. Jeder, der dort lebt, ist daran gewöhnt, lange Autofahrten in Kauf zu nehmen, um *irgendwas* zu tun. »Finn, könntest du Karli verkabeln? Ich muss kurz nach nebenan und mich umziehen.«

Damit verabschiede ich mich ins andere Zimmer, werfe mir einen *»Tell Me How You Really Feel«*-Trainingsanzug über und lege schnell Mascara und Lipgloss auf. Mit der Einrichtung sind wir im Prinzip durch, aber Karli ist eine halbe Stunde zu früh dran, deshalb war ich noch nicht fertig. Aus dem anderen Raum dringt ihre und Finns Unterhaltung herüber, die sich um die Fashion Week, ihre Lieblingsorte in Italien und die letzten Projekte seiner Mom dreht. Doch dann fragt Karli auf einmal nach Cassidy, und ich spitze angespannt die Ohren.

»Wie geht's Cassidy? Ist es sehr indiskret, wenn ich dich frage, was passiert ist? Ihr zwei wart immer so süß zusammen. Die Rom-Com, die ihr gedreht habt, ist immer noch mein liebster Gute-Laune-Film.«

»Klemm das bitte an dein Shirt.« Es klingt, als würde Finn ihr gerade das Mikro anstecken. Ein seltsamer Moment, um eine Beziehungsfrage zu beantworten. Ich halte inne, den Wimperntuschenpinsel noch halb erhoben, und höre aufmerksam zu. »Ach, weißt du, Cassidy ist schon eine tolle Frau. Schön, intelligent, begabt, das ganze Paket. Wir haben es wirklich miteinander versucht, aber es war ein Riesenfehler. Zwischen uns gibt es einfach nicht dieses gewisse Etwas, und wir passen auch nicht so gut zusammen, dass es für eine richtige Beziehung reichen würde. Und außerdem hatte ich Gefühle für … eine andere, was Cassidy gegenüber unfair war. Ich bin halt ein Vollidiot, quasi von Natur aus.«

Ich frage mich, ob Finn weiß, dass ich ihn hören kann. Er hat vermutlich von mir gesprochen. Ganz sicher sogar. Und er flüstert zwar nicht, redet aber ziemlich leise, weshalb ich denke, dass ich seine Antwort nicht mitbekommen soll. Hastig drehe ich die Mascaradose zu und gehe ohne Vorwarnung hinüber. Erschrocken blickt Finn zu mir hoch. Interessant. Diese ganze Geschichte ist ein sensibles Thema für uns, daher verstehe ich, warum er nicht will, dass ich ihn höre. Aber seine Reaktion …

Es scheint, als hätte er seine Worte wirklich ernst gemeint.

Die ganze Zeit über habe ich angenommen, dass er mich nur besänftigen will; dass er versucht, mich zu beruhigen, indem er sagt, was ich hören will, damit er alles auf einmal haben kann. Er konnte Cassidy daten, und als das nicht lief, hat er beschlossen, es wieder bei mir zu probieren, seinem Ausrutscher. Es kann nicht sein, dass er mit Cassidy zusammen war, *dem* It-Girl, und sie meinetwegen verlassen hat. Nicht im Traum. Und in seinem Brief hat er auch nur geschrieben, dass er sich wünscht, wieder mit mir befreundet zu sein. Mehr nicht.

Doch während ich die Kamera für die Totale einrichte und die beiden sich weiter unterhalten, kann ich nicht anders, als Finn im Schutz des Monitors eine Sekunde länger anzustarren als nötig. Nun, da ich nicht mehr mit meinem Hass auf ihn beschäftigt bin, fällt es mir immer schwerer, zu ignorieren, dass ich in Wahrheit nie aufgehört habe, ihn zu lieben.

Vierundzwanzig

Vor dem Deal mit Streamify

MAEVE

Ich bin hysterisch. Nicht auf eine Oh-sie-weint-deshalb-bezeichnen-Männer-sie-als-hysterisch-Art-und-Weise. Aber auf eine Ich-kann-nicht-aufhören-zu-schluchzen-und-steuere-auf-eine-Panikattacke-zu-Art-und-Weise. »Wir haben eine Pause eingelegt! Nur eine Pause! Kein Wir-trennen-uns-und-daten-andere! Ich kann nicht glauben, dass er das getan hat.«

»Maeve … Maeve, hörst du mich? Atme einmal tief durch, okay?« Sarahs panische Stimme dringt blechern durch den Handylautsprecher.

Meine Gedanken rasen mit zweihundert Stundenkilometern durch meinen Kopf, und ich kann sie nicht stoppen. »Es war völlig eindeutig, dass wir uns nicht mit anderen treffen! Aber er hat sich zu einem beschissenen Date verabredet und mich noch um Erlaubnis gebeten, als er schon dort war. Er hat gesagt, er liebt mich! Das ist doch unglaublich. Und es war definitiv ein *Date*! Und ich bin nicht austauschbar, verdammt. Ich kann nicht fassen, dass ich mit ihm geschlafen habe. Scheiße, Scheiße, Scheiße!«

»Du bist gerade total durch den Wind! Aber alles wird gut. Setz dich erst mal hin und atme ganz ruhig. Scheiß auf den Typ.«

Ich lasse mich auf den Boden fallen, lege meine Arme auf die Couch und bette meinen Kopf darauf, bevor ich versuche, meine Atmung wieder unter Kontrolle zu bekommen. Tränen strömen mir übers Gesicht, und ich weiß nicht, ob die Ärmel meines »*Tell Me How You Really Feel*«-Sweatshirts mit Schweiß, Tränen oder Schnodder getränkt sind. »Denkst du, ich übertreibe? Ich meine, das hat doch er verbockt, oder?«

Sarah lacht kurz auf, und in diesem Moment löst sich etwas in meinem Bauch. »Äh, nein, du übertreibst nicht. Nur jemand, der absolut keinen Anstand besitzt, würde sagen, dass das, was er gemacht hat, okay ist. Wenn du ihm wirklich was bedeuten würdest und er wirklich wollen würde, dass das mit euch funktioniert, weil er dich liebt, oder was auch immer, dann hätte er nicht mal darüber nachgedacht, dich wegen Cassidy fallen zu lassen. Du reagierst nicht übertrieben.«

Ich wische mir übers Gesicht und ziehe mein Sweatshirt aus. Das Gefühl des Verlusts tut wahnsinnig weh. Ich wusste ja, dass das alles zu gut war, um wahr zu sein. Ich kann nicht Finn *und* den Deal bekommen – alles kann man nicht haben. Doch ich war trotzdem so blöd, zu glauben, dass er mich wirklich liebt. In den letzten zwei Jahren haben wir jeden Tag während der Arbeit an dem Podcast förmlich aneinandergeklebt, ohne ein Paar zu sein. Hätte er mich tatsächlich gewollt, hätte er schon längst etwas unternehmen können. Doch für eine Sekunde habe ich es mir erlaubt, zu glauben, dass ich für ihn wirklich etwas Besonderes bin; die Frau, die er will. Dass der Glanz des Streamify-Deals und der Arbeit an *Tell Me How You Really Feel* auf mich abgefärbt und mich zu etwas Besonderem gemacht hätte.

Als ob …

»Ich find's so schlimm, dass es Cassidy ist«, flüstere ich.

»Wenn du willst, können wir sie gemeinsam hassen«, bietet Sarah mir sofort an.

»Ich kann sie nicht mal hassen!«, jammere ich. »Sie war sein erster Kuss. Die beiden haben eine gemeinsame Vergangenheit. Ich bin die böse Schlampe, die ihnen im Weg steht. Und jetzt mal ehrlich: Wer findet sie nicht toll? *Ich* finde sie ja sogar toll! Ihre Backstage-TikToks übers Modeln, ihre Cameo-Auftritte, ihr ›Unfertig‹-Blog … Das ist alles echt perfekt.«

»Ich bin begeisterter Fan der Foundation von Armani, seit sie die in ihrem *Vogue*-Beauty-Secrets-Video benutzt hat«, gibt Sarah düster zu.

»Sie kann ja auch überhaupt nichts dafür. Das hat Finn verkackt. Es war seine Entscheidung. Und mit seinem Verhalten hat er mir gezeigt, was er wirklich fühlt, und damit war's das!« Ich versuche, stark zu bleiben, während ich das sage, aber ich schaffe es nicht. Mein Gesicht verzerrt sich, und plötzlich fange ich wieder an zu schluchzen. Sarah murmelt mir beruhigende Worte zu, während ich von einer extremen Panikattacke überrollt werde.

Mit Panikattacken schlage ich mich schon seit meinem zwölften oder dreizehnten Lebensjahr herum. Die erste hatte ich, als Claude und Tiffany am selben Wochenende einen Schönheitswettbewerb beziehungsweise ein Spiel gewonnen haben. Als ich an dem Abend danach im Bett lag, begann mein Kopf, sich zu drehen, und ich fing stumm an zu weinen, während ich mich selbst davon überzeugte, dass ich im Vergleich zu den beiden ein Nichts war. Dass ich es nie zu irgendetwas bringen würde. Dass mich niemand gernhätte und alle hinter meinem Rücken über mich redeten und ich mich zeit meines Lebens immer so fühlen würde. Einen Moment lang dachte ich sogar, ich wäre gestorben oder stünde kurz davor. Mittlerweile erkenne ich es, wenn meine Angst mir Gedanken eintrichtert, die nicht wahr sind, und versuche, sie gleich einzudämmen, wenn sie anfangen. Im heutigen Fall nehme ich direkt ein Fruchtgummi mit CBD ein und gönne mir ein heißes Bad. Sarah bleibt weiter am Telefon, während ich darauf warte, dass meine Strategien zu wirken beginnen und mich betäuben. Ich muss nur diese Nacht überstehen; morgen früh kann ich besser damit umgehen.

Als ich am nächsten Morgen wach werde, verabrede ich mich daher gleich mit dem erstbesten Typ, den ich auf meiner Dating-App finde, und blockiere Finns Nummer.

Fünfundzwanzig

FINN

»Bereit?«

Ich strecke Maeve meine Hand hin, damit sie selbst entscheiden kann, ob sie sie nehmen will, bevor wir aus dem Wagen aussteigen und in die Öffentlichkeit hinaustreten. Nach dem Interview mit Karli hat es sich zwischen Maeve und mir ganz normal angefühlt – wir haben rumgewitzelt, gelacht, gequatscht –, und ich will jeden einzelnen Moment davon festhalten.

Maeve ergreift meine Hand und grinst mich an. »Wir sind auf der Fashion Week. Bei *Prada.* Oh mein Gott.«

Sie so gut gelaunt und mit diesem strahlenden Lächeln zu sehen, löst ein warmes, sonniges Gefühl in mir aus. Am liebsten würde ich sie küssen. Doch stattdessen drücke ich ihre Hand und helfe ihr aus dem Wagen, als der Fahrer die Tür öffnet. Als wir aussteigen, strömt uns gleißendes Licht entgegen, und Menschen fangen an zu kreischen.

»Maeve! Finn! Wir lieben eure Sendung!«

Die Rufe hören gar nicht mehr auf, und eigentlich sollten wir an den ganzen Fans vorbeihasten, so wie alle anderen Stars, doch Maeve bleibt stehen. Dann dreht sie sich ganz um, sodass sie nun den Leuten, die sich gegen die Absperrungen drängen, genau gegenübersteht. Sie winkt wild und übertrieben mit beiden Armen und ruft zurück: »Danke euch allen fürs Zuhören! Wir lieben euch auch! Ganz doll!« Sie schaut zu mir hoch. »Müssen wir unbedingt schon reingehen?«

Ich blicke zu dem Wachmann von Prada hinüber, der uns bereits mit finsteren Blicken taxiert. »Wen interessiert's? Du kannst machen, was du willst!«

»Nimm das auf!«, ruft sie Chris zu, der sich daraufhin an dem Wachmann vorbeischiebt und um die Absperrung herumgeht. Maeve wendet sich wieder den Fans zu und lässt meine Hand los, um ihr Handy aus ihrer Handtasche zu holen. Als sie sich das Telefon wie ein Mikrofon vor den Mund hält, verstummt die Menge und wartet gespannt auf das, was sie als Nächstes zu sagen hat. »Es ist Zeit für eine kleine Aktion, die ich hiermit ankündigen möchte. Und zwar …« Wie bei einem Trommelwirbel schlage ich mit den Händen auf das Metall der Absperrgitter ein, weil ich schon ahne, was sie vorhat. »… die Fragen der Woche! Fashion-Week-Schnellrunde.« Maeve richtet ihr Handy auf eine zufällig ausgewählte junge Frau. »Und los!«

»Ääääh … Mein Freund will einen Dreier. Mit einem anderen Mann. Was soll ich machen?«

Maeve hält mir das Mikro vor die Nase. »Wenn du auch darauf stehst, mach es«, antworte ich und verhaspele mich, weil ich so schnell spreche. »Hast du Zweifel, lass es.«

Maeve schwenkt das Mikro wieder zu sich. »Und sorg auf jeden Fall dafür, dass es nicht in deinem Bett stattfindet und mit jemandem passiert, den du nicht mehr wiedersehen wirst. Und falls du ihn nach Hause fährst, lass ihn unbedingt hinten einsteigen. Nächste!«

Eine Teenagerin reckt die Hand in die Luft, und Maeve schiebt das Handy in ihre Richtung. »Meine beste Freundin kommt nicht zu meiner Geburtstagsfeier, weil sie lieber mit irgend so einem Typ zelten gehen will, den sie vielleicht … fünfmal gesehen hat.«

»Mädels, eure Freundinnen und Freunde sind diejenigen, die euch durch all eure Beziehungen begleiten. Sie sind eure Seelenverwandten – eure Partner sind nur Gäste in eurem Leben, zumindest, solange ihr noch keine Kinder habt.«

Sie bietet mir das Mikro an, und ich klinke mich in die Unterhaltung ein. »Ich hoffe, der Typ weiß, dass ihn jede Grillwurst Sympathiepunkte bei der besten Freundin seiner Flamme kostet.«

»Nächste Frage!«

Ausgelassen taucht Maeve mit ihrem Handy weiter in die Menge ein. Der Wachmann setzt sich schon in Bewegung, doch ich trete dazwischen.

»Wer sollte beim ersten Date bezahlen?«

Maeve antwortet schon, bevor das Mädchen die Frage ganz ausgesprochen hat. »Männer! Immer. Wenn wir Frauen exakt das Gleiche verdienen und Frauenprodukte nicht mehr teurer sind und Männer den gleichen Anteil an der Hausarbeit erledigen, dann können wir noch mal reden.«

Der Mann vom Sicherheitsdienst ist nur noch ein paar Zentimeter davon entfernt, Maeve das Handy abzunehmen. »Noch eine letzte?«, frage ich sie.

»Eine letzte«, ruft Maeve.

»Seid ihr ein Paar?«, schreit jemand.

»Und damit sind wir durch! Wir sehen oder hören uns am Sonntag bei der nächsten Folge von *Tell Me How You Really Feel*!« Ich ergreife Maeves Hand, und wir rennen ins Gebäude, lachend und außer Atem.

Mit einem ärgerlichen Schnauben knallt der Wachmann die Tür hinter uns zu, und durchs Fenster sehen wir, wie er versucht, die Fans wieder einzusperren, die sich so heftig gegen die Gitter gepresst haben, dass sie sich immer weiter auf uns zubewegt haben.

»Woher wussten die, dass wir hier sind?«, fragt Maeve, und ihre Augen leuchten von dem Adrenalin in ihrem Blut. Sie hat eine natürliche Begabung für das hier, diesen Mix aus Unterhaltung und Beratung. Ich denke wirklich, dass es ihre Berufung ist.

Achselzuckend sehe ich sie an. »Keine Ahnung. Aber du hast ihnen definitiv ein unvergessliches Erlebnis beschert.«

»Das ist gut«, sagte Maeve zufrieden. »In New York haben wir die Fans dauernd getroffen und konnten uns richtig mit ihnen austauschen. Das vermisse ich irgendwie.«

In den zwei Jahren vor den Verhandlungen mit Streamify haben wir einen ganz anderen Umgang mit den Fans gepflegt als die meisten Promis. Meine Eltern waren darüber entsetzt, aber wir sind dadurch öfter in den Boulevardmedien und Newsfeeds gelandet, als ich zählen kann. Weil wir uns auf die Fans eingelassen haben. Wenn wir ausgegangen sind, haben wir uns mit den Fans fotografieren lassen; bei den Spielen der Yankees haben wir uns zu ihnen auf die hintersten Plätze gesellt; wenn wir auf der Straße einer Gruppe von Fans begegnet sind, haben wir ihre Fragen beantwortet, TikToks mit ihnen gedreht oder uns zu ihnen an den Tisch gesetzt, um gemeinsam zu essen. Ganz ehrlich hatten wir Glück, dass wir nicht abgemurkst wurden, aber es hat echt Spaß gemacht. Und obwohl wir Sex- und Beziehungsratschläge geben – mit dem Schwerpunkt darauf, die Richtige oder den Richtigen zu finden –, geht es in der Sendung eigentlich darum, wie man ein guter Partner, Freund und Mensch wird, deshalb waren und sind die meisten unserer Fans echt in Ordnung.

»Wir sollten mal ein Live-Event machen. Ich wette, Streamify wäre total begeistert von der Idee.«

Skeptisch hebt Maeve eine Augenbraue. »Streamify würde erst mal jeden einzelnen Zuschauer auswählen und den ganzen Spaß rausnehmen. Das wäre wie eine Aufzeichnung vom *Bachelor*, wo alle Superfans sind. Ich will aber die Leute kennenlernen, die nie zu so einer Veranstaltung kommen würden; die man einfach zufällig trifft. Die, die uns erst nur anstarren, weil es ihnen peinlich ist, direkt auf uns zuzugehen.«

»Dann sollten wir vielleicht öfter mal weggehen.« Der Grund, warum wir bisher niemandem begegnet sind, ist, dass wir seit unserem Umzug nach L. A. beide kaum das Haus verlassen haben. Früher haben wir alles zusammen gemacht, und seit wir uns nicht mehr treffen, haben wir beide eine Kuhle in unsere jeweiligen Couches gesessen.

»Das sollten wir wohl«, entgegnet Maeve und stößt mich mit der Schulter an. Was sich verdammt gut anfühlt. Ein Hauch von Hoffnung schwillt in mir an, darauf, dass ich vielleicht, in ein paar Wochen, nicht mehr die gleiche Leere verspüren werde wie in den letzten Monaten, weil zwischen Maeve und mir wieder alles in Ordnung ist.

Unsere Outfits für die Modenschau sind vollkommen drüber. Wir sind beide ganz in Jeans gekleidet, Maeve in ein Bustier und Schlaghose, ich in ausgefranste Shorts und Jacke ohne Hemd. Ich habe keine Ahnung, ob wir gut aussehen oder total lächerlich. Aber zumindest sind die Sachen bequem, auch wenn Maeves extrem hohe Absätze mir eher wie Todesfallen vorkommen. Sie meinte, sie würde alles tragen, wenn sie dafür die Tasche bekäme, die sie haben wolle – die für mein ungeschultes Auge genauso aussieht wie ihre anderen Taschen, obwohl diese von Prada ist.

Nun, da wir das Atrium erreicht haben, mischen wir uns unter die anderen Gäste, und plötzlich sehe ich ihn: Paul Myers. Angst durchzuckt mich, und instinktiv versuche ich, Maeve von ihm wegzudrehen, doch sie hat ihn schon entdeckt. Und was noch viel schlimmer ist: Er hat uns auch entdeckt und kommt direkt auf uns zu.

Maeve sieht mich an, die Augen vor Entsetzen weit aufgerissen. »Was hat er vor? Will er uns umbringen und das live streamen?«

»Das ist sicher einer seiner feuchten Träume. Keine Ahnung. Wieso kann er uns nicht einfach aus dem Weg gehen, wie jeder normale Mensch es tun würde?« Jetzt wünschte ich, wir hätten uns nicht für ein Jeansoutfit entschieden, denn ich habe das Gefühl, dass mir der Schweiß aus sämtlichen Poren meines Körpers rinnt.

Doch als Paul Myers bei uns ankommt, grinst er nur blöd und streckt uns seine Hand entgegen. Widerwillig schüttle ich sie und registriere aus dem Augenwinkel, dass Maeve automatisch in ihre Tasche greift und das Desinfektionstuch berührt, das sie immer darin hat. Myers will auch ihr die Hand geben, zieht sie jedoch wieder zurück, während sie so tut, als hätte sie Probleme, gleichzeitig ihren Drink und ihre Tasche zu balancieren.

»Schön, euch endlich mal kennenzulernen«, sagt er gut gelaunt, und ich bin ziemlich irritiert, weil sein Tonfall, ja selbst die Höhe seiner Stimme, ganz anders klingt als das, was ich von seinen Aufnahmen gewohnt bin.

»Sie können uns doch gar nicht leiden«, sagt Maeve direkt und mit einem süßlichen – wenn auch gekünstelten – Lächeln. »Wenn Sie uns irgendwas Widerliches an den Kopf werfen wollen, tun Sie es doch gleich.«

»Ach, Süße, das ist doch nur Show.«

»Nennen Sie sie nicht ›Süße‹«, sage ich knurrend und lege schützend den Arm um Maeve. Sie lehnt sich ganz leicht an mich. Als sie eben gesprochen hat, klang sie so ruhig und gelassen, doch an meinem Arm kann ich spüren, dass sie zittert.

Paul Myers lacht. »Entspann dich. Du solltest doch am allerehesten wissen, dass es hierbei nur ums Geschäft geht. Also danke, dass ihr in den letzten Jahren zu meinen guten Quoten beigetragen habt.«

»Dann heißt das, Sie haben gar nichts gegen uns?«, fragt Maeve leise.

»Nein. Wahrscheinlich liegen wir bei unseren wirklichen Ansichten gar nicht so weit auseinander. Mein Alter Ego in der Sendung, klar, das kann euch nicht leiden. Aber das ist nur gespielt. Also kein Grund, sich aufzuregen. Außerdem macht ihr das doch auch nicht anders, wenn ihr euch diese ganzen Geschichten über eure Dates ausdenkt.«

Maeve und ich haben uns nie etwas ausgedacht. Unser Konzept ist völlig anders als seins. Wir beraten unsere Fans, wie sie auf gesunde Weise Beziehungen führen und Sex haben können – er dagegen schürt Hass, Gewalt und blinden Fanatismus. »Sie wissen schon, dass wir seit Jahren Morddrohungen von Ihren Fans bekommen, oder?«

Genervt verdreht Paul die Augen. »Ach, Gott, werdet erwachsen. Diese Drohungen kriege ich auch. Ich wollte mich einfach nur persönlich vorstellen und euch zwei die Hand reichen. Eure Show ist super, ehrlich. Meine Tochter ist euer größter Fan.«

Maeve und ich stehen nur stumm da. Sie zittert immer noch ein bisschen. Ohne ein weiteres Wort dreht Paul Myers sich um und marschiert davon. »Was war das denn?«, flüstert Maeve. »Ist das gerade wirklich passiert? Er … tut nur so, als könnte er uns nicht leiden? Stachelt seine Fans nur auf, um gute Zahlen zu generieren? Und in Wirklichkeit mag er unsere Show?«

Mein Hirn ist total blockiert, als könnte es nicht verarbeiten, was gerade passiert ist. »Ich kann nicht fassen, dass er seine Fans nur zum Spaß dazu aufgerufen hat, uns diese ganzen schlimmen Nachrichten zu schicken. Oder eigentlich nur wegen des Geldes, wenn es ihm bloß um die Quoten ging.«

»Ich weiß nicht, ob das Geld für ihn wirklich eine Rolle spielt«, überlegt Maeve und trinkt ihr Glas aus. »Vielleicht wollte er auch nur den Ruhm. Die Anerkennung seiner Fans, die er anscheinend gar nicht respektiert. Zumindest manipuliert er sie offensichtlich wie eine Herde Schafe – ganz so, wie er es gerade braucht, um sich seinen ersten Platz zu sichern.«

Ich atme einmal tief durch. Obwohl er uns in keinerlei Hinsicht attackiert hat, stellt sich mein Körper immer noch auf einen Streit mit ihm ein, und mein Herz hämmert wie wild. »Mir fehlen gerade echt die Worte. Sollen wir uns noch was zu trinken holen? Das Ganze erst mal sacken lassen und uns später damit befassen?«

»Aber so was von«, stimmt Maeve zu.

Nachdem wir uns noch eine Weile im Atrium aufgehalten haben, werden wir in die Halle geführt, in der sich der Laufsteg befindet, und Maeve und ich machen uns auf die Suche nach den Plätzen, auf denen unsere Namenskärtchen liegen. Wir versuchen, uns wieder auf den Spaß zu fokussieren und so zu tun, als wäre Paul Myers gar nicht hier und die Unterhaltung mit ihm hätte gar nicht stattgefunden. Der Alkohol hilft definitiv dabei. Maeve stößt ein Quieken aus, als sie feststellt, dass wir in der ersten Reihe sitzen – wenn auch ganz am Rand –, und das reicht, um mich für die Veranstaltung zu begeistern, die ich ansonsten wohl ziemlich langweilig finden würde.

Ein Model in einem Outfit, das aussieht wie ein auseinandergenommener Regenschirm, läuft den Laufsteg hinunter, und während andere Leute um uns herum anerkennend nicken, dringt Maeves heißer Atem an mein Ohr. »Bei uns heißt das Wetterversicherung«, flüstert sie, »weil es nämlich nie regnet, wenn man einen Schirm dabeihat.« Als Nächstes stolziert eine Frau in einem Trenchcoat aus grellpinkem Leder mit Filzblumen und -waldtieren darauf an uns vorbei. »Stofftierexplosion. Deren Eingeweide sind pink.« Ich muss ein Lachen unterdrücken und bemühe mich, es durch ein Husten zu kaschieren. Nun erscheint ein Mann in einem Mantel mit Ärmeln aus Plüschbällchen auf dem Laufsteg. »Das nenne ich mal Einsatz: *Eigentlich wollte ich immer Cheerleader werden, bin aber stattdessen in der Finanzbranche gelandet.*«

Diesmal kann ich mich nicht mehr zusammenreißen. Von weiter oben in der Reihe werfen uns die Leute schon böse Blicke zu, und ich drehe mich zu Maeve um. »Die werden dir noch die Tasche wieder abnehmen, wenn wir weiter so stören.«

Maeve verschließt ihre Lippen mit einem imaginären Reißverschluss, doch es dauert nur drei weitere Outfits, bis sie erneut anfängt.

Das Model trägt nur einen Stringtanga, und ein Designer rennt hinter ihr her, um ihr ein Kleid auf den nackten Körper zu sprühen. »Des Kaisers neue Kleider«, haucht Maeve in mein Ohr.

Ich kann mein Lachen nicht rechtzeitig zurückhalten, und so hallt es genau in dem Moment durch den Raum, als die Musik abgedreht wird, damit man nur noch das Geräusch der Spraydose hört. Und mein unterdrücktes Grunzen. Ein Wachmann kommt direkt auf uns zu und beugt sich zu uns herunter. »Wenn Sie nicht damit aufhören«, zischt er in der Sekunde, als die Musik wieder angeht, »müssen wir Sie bitten zu gehen.«

Maeve und ich nicken ernst. *Entschuldigung*, formt sie stumm mit den Lippen und sieht den Mann mit großen, engelsgleichen Augen an, als wäre sie gar nicht schuld an dem Ganzen. Nachdem er sich zum Gehen gewandt hat, rutscht Maeve leicht auf ihrem Stuhl zur Seite, bis ihr Knie fast meins berührt. Wenn ich nicht so viel Jeansstoff anhätte, könnte ich wahrscheinlich die Hitze spüren, die ihr Körper ausstrahlt. Nach einem kurzen Augenblick bewege ich mein Knie ebenfalls einige Zentimeter in ihre Richtung, bis unsere Schenkel gerade so aneinanderliegen. Und sie weicht nicht zurück.

Bis zum Ende der Modenschau sehen wir uns nicht mehr an, doch unsere Knie bleiben zusammen.

Bei der After-Show-Party stößt Chris zu uns, um uns zu filmen, und der Abend zieht in einem Rausch aus gutem, aber winzig portioniertem Essen, Models, Gelächter und teuren Klamotten an uns vorbei. Als wir wieder im Hotel ankommen, trage ich praktisch Maeves gesamtes Gewicht auf meinem Arm, weil sie in ihren hochhackigen Schuhen nur noch humpeln kann. Ich helfe ihr bis in ihr Zimmer und will dann meine Tür öffnen, da ich das ganze Zeug, das wir während des Interviews bei Maeve untergebracht haben, wieder zurücktragen will. Doch das Licht am Schloss der Verbindungstür leuchtet rot auf.

»Versuch's mal draußen«, schlägt Maeve vor, während sie einen ihrer Schuhe auszieht und erleichtert aufstöhnt. »Nächste Folge: ›Post-High-Heels-Orgasmen, ein neuer Trend.‹«

»Das wird ein Hit!«, rufe ich zurück, während ich in den Flur hinauseile. Den Riegel von Maeves Tür lasse ich vorsichtshalber rausgeschoben, damit sie nicht zufällt und Maeve aufstehen muss, um mich wieder reinzulassen. Ich versuche, meine Zimmertür zu öffnen, doch es passiert nichts. Ich kehre zu Maeve zurück und rufe bei der Rezeption an. »Hallo! Unser Schlüssel für das zweite Zimmer funktioniert nicht. Nummer fünfhundertzwölf.«

»Oh, ich bedauere sehr, das zu hören, Mr Sutton. Ich werde sofort nachschauen.« Im Hintergrund höre ich, wie der Portier auf seiner Computertastatur herumtippt. »Das Zimmer ist für heute Abend einem anderen Gast zugeteilt worden. Ihre Leute haben nach der Filmaufnahme Ihre Ausrüstung zusammengepackt und eine Nachricht hier für Sie hinterlassen, um Ihnen mitzuteilen, dass sich die Geräte im Zimmer Ihres Kollegen Chris Landry befinden.«

»Ah, verstehe.« Ich zögere. Maeve soll nicht denken, dass ich das eingefädelt habe. »Haben Sie heute Abend noch ein anderes Zimmer frei?«

»Bedauere, aber wir sind voll ausgebucht, Sir. Ich kann mich nur noch einmal für den Fehler entschuldigen. Soll ich für Sie in einem anderen Hotel nachfragen?«

Wieder zögere ich. Ich will bei Maeve keine Grenzen überschreiten. Aber es ist schon zwei Uhr morgens. Ich stelle das Telefon einen Moment auf stumm. »Maeve, die haben das zweite Zimmer an jemand anderen vergeben, und das Hotel ist ausgebucht. Kann ich hier auf dem Boden schlafen? Oder soll ich den Portier bitten, mir ein anderes Hotel zu suchen?«

Maeve, schon im Bademantel, steckt ihren Kopf aus dem Badezimmer heraus. »Was? Es ist mitten in der Nacht. Du brauchst nicht in ein anderes Hotel zu gehen, wir finden schon eine Lösung.«

Ich stelle wieder auf laut. »Nein, danke, das ist nicht nötig. Gute Nacht noch.«

»Ich kann auf der Couch oder auf dem Boden schlafen«, sage ich sofort, nachdem ich aufgelegt habe. »Tut mir leid, die haben bestimmt gedacht, das zweite Zimmer wäre nur für die Aufnahmen vorgesehen.«

Maeve kommt aus dem Bad, das Gesicht komplett abgeschminkt. »Die Couches hier sind ja schon beim Sitzen unbequem. Die dienen nur zur Deko. Du kannst im Bett schlafen, aber nur, wenn du eine Kissenmauer baust.«

»Eine Kissenmauer?«

»Ja«, sagt Maeve geziert. »Das ist ein großes Bett, also reichlich Platz für einen Schutzwall. Während ich meinen Schönheitsschlaf halte, will ich deine schwitzigen Beine nicht neben mir haben.«

Wir haben schon mehr Nächte gemeinsam in einem Bett geschlafen als ich allein auf der Luftmatratze in ihrer Wohnung. Trotzdem fange ich an, die Kissen von den diversen Sesseln und Stühlen einzusammeln. »Wird gemacht.«

Die nächsten zehn Minuten, in denen wir abwechselnd das Bad benutzen, um uns umzuziehen, fühlen sich aufgeladen an. Wir haben zwei wundervolle Tage miteinander verbracht, und ich will nicht, dass sich durch diese Nacht alles wieder in die falsche Richtung entwickelt. Normalerweise schläft Maeve in irgendeinem übergroßen T-Shirt, doch heute trägt sie einen Pyjama aus Seide, der fast dessousartig aussieht, und ich bemühe mich, sie nicht allzu lange anzustarren.

»Den hat mir die Stylistin von Prada dagelassen«, erklärt sie, etwas verlegen.

»Der ist schön«, presse ich heraus und ziehe mir einen *»Tell Me How You Really Feel«*-Trainingsanzug an, um mich so umfangreich zu bedecken wie möglich. Fast hätte ich Maeve gefragt, ob ich auf der Decke schlafen soll, doch als sie darunterschlüpft, tue ich es ihr gleich. Die Schutzmauer aus Kissen ragt bedrohlich zwischen uns auf.

»Soll ich das Licht ausmachen?«, fragt sie schließlich. Ihre Stimme klingt angespannt.

»Ja.«

Dann liegen wir im Dunkeln nebeneinander, und an ihrer Atmung kann ich hören, dass sie nicht einschlafen kann. Nicht einmal annähernd. Und einige Zeit später höre ich durch die Mauer, wie sie den Mund öffnet und einatmet, als ob sie etwas sagen will. Am liebsten würde ich eins der Kissen wegnehmen, um ihr Gesicht sehen zu können, aber ich lasse es. Stattdessen drehe ich nur den Kopf und blicke auf die Stickereien aus Spitze, hinter denen sich Maeve befindet. »Ich hab dich nur aus Selbstschutz gehasst«, sagt sie plötzlich leise.

Ihre Worte hängen in der Luft. Erst als ich sicher bin, dass sie nichts hinzufügen wird, gebe ich ihr eine Antwort. »Ich werde dir nie wieder einen Grund dafür geben.« Ich weiß nicht, wie viel ich sagen soll. Dieser Moment ist zu zerbrechlich, um ein Risiko einzugehen. Anstatt weiterzusprechen und sie zu bedrängen, während wir immer noch am Rande einer Trennung stehen, hebe ich deshalb nur die Hand und lege sie auf eins der Kissen zwischen uns.

Maeve nimmt sie und verschränkt ihre Finger mit meinen. Bevor ich ihre Berührung, das Gefühl ihrer Nähe, genießen kann, bin ich eingeschlafen.

Sechsundzwanzig

Vor dem Deal mit Streamify

FINN

Cassidy starrt an die Decke, während sie neben mir im Bett liegt. »Es funktioniert nicht, oder?«

Der Satz ist eine Feststellung, auch wenn er genauso gut eine Frage sein könnte. Die fünfzehn Zentimeter Abstand zwischen uns auf dem Kingsize-Bett bestätigen es. Ich nehme Cassidys Hand und drücke sie einmal kurz. Obwohl ich mich die ganzen letzten Tage nur schrecklich gefühlt habe, versuche ich, aufmunternd zu klingen. »Nein, tut es nicht. Aber ich bin trotzdem froh, dass wir es versucht haben.«

Cassidy und ich haben die vergangenen zwei Monate damit verbracht, die romantischsten Orte in ganz Europa zu besichtigen. Wir waren in Rom, Marseille, Santorini, Budapest, Sevilla, und gerade befinden wir uns in Paris in einem Hotelzimmer mit Blick auf den Eiffelturm. Wir sind Vespa gefahren, haben alles von Straßenküche bis zu Sieben-Gänge-Menüs probiert, waren in Spas, auf Jachten, in Palästen und bei Teepartys. Wir haben eine Mischung aus jedem europäischen Liebesroman und -film gelebt, und die Paparazzi haben uns dabei schamlos verfolgt, doch wir haben sie einfach ignoriert und sie ihre Bilder machen lassen. Mir dreht sich zwar jedes Mal der Magen um, wenn sie uns anquatschen, sobald wir ein Restaurant betreten oder das Hotel verlassen, aber Cassidy stören sie überhaupt nicht.

Und obwohl wir die beste Romanze aller Zeiten hätten haben können, ist das berühmte Kribbeln einfach nicht da. Zwischen uns haben mehr Funken gesprüht, als wir nur Freunde waren, die sich ab und zu mal getroffen haben. Jetzt, da wir es mit einer Beziehung probieren, kommt es mir fast so vor, als würden wir versuchen, eine neue Rolle einzustudieren, und unbedingt wollen, dass es funktioniert. Und so ausschweifend, wie die Presse über jeden unserer Schritte berichtet, bekomme ich das Gefühl, als müsste es auch funktionieren. Ich will ja allen die Liebesgeschichte geben, nach der sie sich so sehnen! Alle, von den Klatschblättern bis hin zum *People Magazine* und der *Vogue*, haben reißenden Absatz durch die Berichte über unsere angebliche europäische Romanze, und jeden Tag schreiben uns Fans, um uns zu sagen, dass wir ihnen den Glauben an die Liebe wiedergegeben haben und all so ein Zeug.

Aber ich kann nicht aufhören, an Maeve zu denken.

Ich vermisse ihre sarkastischen Textnachrichten; die Art, wie sie sich ihr kastanienbraunes Haar hinters Ohr streicht; ihr Lachen, das sich in ein Grunzen verwandelt, wenn sie versucht, es zu unterdrücken; wie sie immer zu schnell in die Pizza beißt, wenn sie gerade aus dem Ofen gekommen ist, obwohl sie weiß, dass sie sich die Zunge daran verbrennt. Ich vermisse es, wie ich mich fühle, wenn ich mit ihr zusammen bin. Maeve treibt mich immer dazu an, ein besserer Mensch zu sein. Sicher weiß sie das gar nicht, aber ich strebe immer danach, besser zu werden, wenn ich bei ihr bin, weil sie so hart arbeitet und so verdammt klug ist. Ich will zu dem Mann werden, den sie verdient hat.

Ich drehe mich auf die Seite, um Cassidy anzusehen. »Es tut mir leid. Das war nicht fair dir gegenüber.«

Neben mir dreht Cassidy sich ebenfalls auf die Seite, und ihr Haar fällt in perfekter Form um ihr Gesicht herum, als sie ihren Kopf auf ihrer Faust aufstützt. »Wir sind doch beide erwachsen,

Finn. Das meine ich ernst. Ich bin auch froh, dass wir es versucht haben. Jetzt müssen wir uns nicht mehr dauernd fragen, was wäre, wenn … Und es würde mich ewig verfolgen, wenn wir es nie miteinander versucht hätten. Ich meine, wir hatten echt einen tollen Urlaub.«

»Das auf jeden Fall.« Angespannt richte ich den Blick an die Decke, um das Brennen in meinen Augen loszuwerden. Ich habe das Gefühl, es mir mit zwei der wichtigsten Menschen in meinem Leben total verscherzt zu haben. Es kommt mir vor, als könnte ich nie wieder den Rand der Klippe erreichen, von der ich hinuntergesprungen bin. »Denkst du, ich hab das mit Maeve für alle Zeiten vermasselt?«, will ich schließlich wissen. Es ist nicht fair, Cassidy das zu fragen. Aber ich kann an nichts anderes denken. Cassidy zögert mit ihrer Antwort, und ich beeile mich, die entstandene Stille zu füllen. »Tut mir leid. Ich hätte dich das nicht fragen sollen. Das ist unsensibel. Ich sollte besser fragen, was ich tun kann, damit es zwischen uns jetzt nicht komisch wird, nach dem Ganzen hier.«

»Nein. Nein, das ist schon okay, echt. Wir sind ja keine Kinder mehr, und zwischen uns ist alles gut.« Cassidy legt ihren Kopf auf ihr Kissen und spitzt nachdenklich die Lippen. »Aber das mit Maeve … hm, vielleicht. Ich weiß es nicht. Ich fand immer, dass ihr beiden gut zusammenpasst. Bei ihr bist du so … so, wie du früher warst. Als wir neun waren und zusammen gedreht haben und einfach Spaß hatten, ohne uns über irgendwas Gedanken zu machen. Du scheinst bei ihr mehr *du* zu sein, falls du verstehst, was ich meine. So, wie du bist, wenn du mit ihr zusammen bist, mag ich dich am liebsten. Deshalb will ich das hier auch nicht weiterforcieren. Ich will dieses alte Du zurück.«

Ich nicke. Weil ich genau weiß, was sie meint. Sie sieht mir zu, als ich mein Handy vom Nachttisch nehme und Maeve anrufe. Es muss irgendeine Möglichkeit geben, wie ich das mit ihr wieder in Ordnung bringen kann. Ich habe direkt die Mailbox dran, was bedeutet, dass sie mich blockiert hat. Plötzlich habe ich das Gefühl, mich gleich übergeben zu müssen.

Shit.

Siebenundzwanzig

MAEVE

Ich dachte, eine Folge in den Streamify-Studios mit meiner Therapeutin aufzunehmen, würde bei mir mehr Ängste auslösen als die vorherigen Episoden. Als ich den Vorschlag in Mailand gemacht habe, bin ich nicht unbedingt davon ausgegangen, dass wir das wirklich umsetzen würden. Trotzdem spukte diese Idee schon länger in meinem Kopf herum, weil ich dachte, es wäre eine gute Möglichkeit, meine Glaubwürdigkeit als Moderatorin ernsterer Themen zu stärken, was mir wiederum beim Aufbau einer Solosendung helfen würde. Diese Folge ist viel persönlicher als alles, was ich bisher gemacht habe, und wir werden über meine schmerzhaftesten Probleme sprechen. Doch als Finn die Kameras anstellt, bin ich überhaupt nicht nervös.

Er wird die Episode von draußen mitanhören und dann ins Studio kommen, um mit uns beiden die Fragen der Woche durchzugehen. Ich hätte es schön gefunden, wenn er während des gesamten Interviews hiergeblieben wäre, aber er hat darauf bestanden, dass es so sinnvoller sei; und jetzt, als wir anfangen, fühlt es sich tatsächlich richtig an, mit Jenn allein zu sein. Dennoch vermisse ich seine beruhigende Präsenz im Stuhl neben mir, nun, da wir uns wieder gut verstehen. Gleichzeitig freue ich mich aber auch darauf, endlich zeigen zu können, dass ich die Sendung auch allein tragen kann.

»Diese Woche mache ich etwas ganz Neues bei *Tell Me How You Really Feel.* Meine heutige Interviewpartnerin ist sowohl vom Fach als auch eine Frau, zu der ich eine sehr persönliche Beziehung habe. Sie heißt Jenn und ist meine Therapeutin, seit ich dreizehn bin. Jenn ist Verhaltenstherapeutin und spezialisiert auf die generalisierte Angststörung, aber ich kann bestätigen, dass sie sich auch in vielen anderen Bereichen der Psychologie sehr gut auskennt. Vielen Dank, dass du heute hier bist, Jenn.«

»Ich danke dir für die Einladung, Maeve. Das hier ist definitiv etwas anderes als unsere normalen Sitzungen. Allein die Einrichtung ist ziemlich … skurril.«

Ich lache. »So kann man es auch ausdrücken! Es fühlt sich jetzt schon komisch an. Wie eine Mischung aus Therapie, Interview und einem normalen Gespräch unter Freundinnen.« Ich spüre, dass diese Situation auch für Jenn seltsam ist, und ich bin mir sicher, dass diese anders gestaltete Folge mit meiner ungewöhnlichen Gästin für unsere Fans ebenso merkwürdig ist, deshalb wollte ich das Thema gleich zu Anfang ansprechen.

»Das stimmt. Aber es ist schön, dich mal wieder persönlich zu treffen!«

»Ja, das finde ich auch. Jenn und ich haben mit der Therapie angefangen, als ich noch außerhalb von Pittsburgh bei meinen Eltern gewohnt habe. Und als ich auf der CMU war, haben wir uns weiterhin persönlich getroffen, weil das auch vor Ort war. Aber seit ich nach New York und jetzt nach L. A. gezogen bin, haben wir die Sitzungen fast nur noch virtuell abgehalten.« Ich halte kurz inne, um zu sehen, ob Jenn etwas hinzuzufügen hat. Doch sie scheint darauf zu warten, dass ich die Führung übernehme und das Gespräch in Gang bringe. »Ich habe ja schon in früheren Episoden erwähnt, dass ich an einer Angststörung leide, hab allerdings nie näher ausgeführt, wie sich das für mich gestaltet und anfühlt. Um ehrlich zu sein, ist es ein lebenslanger Kampf, und Jenn war immer mein Leuchtturm auf dem Weg, wenn es aufwärts- und abwärtsging und ich an meinen Bewältigungsstrategien gearbeitet habe, um damit umgehen zu können.«

Erneut verstumme ich und blicke zu Jenn, um ihr zu bedeuten, dass sie nun etwas sagen kann. Sollten irgendwelche unangenehmen Pausen entstehen, während wir uns in die Situation einfinden, werde ich sie später in der Postproduktion einfach rausschneiden, was ich ihr auch erklärt habe, bevor wir angefangen haben. »Heutzutage ist es relativ ungewöhnlich, über einen so langen Zeitraum mit einer Patientin therapeutisch zu arbeiten, und ich fand es wirklich schön, Maeve besser kennenzulernen.«

»Falls du irgendwelche Fragen hast, stell sie einfach«, sage ich zu Jenn, da sie etwas unschlüssig zu sein scheint, ob sie weitersprechen soll oder nicht. »Ich bearbeite die Aufnahme später und kann alles rausschneiden.«

»Ich bin so daran gewöhnt, alles vertraulich zu behandeln. Deshalb ist das hier ganz neu für mich, und es kommt mir komisch vor, Einzelheiten über deinen Lebensweg auszuplaudern.«

Nachdenklich nicke ich. Mir würde es genauso gehen. Aber solche Dinge müsste ich in meiner Solosendung auch abwägen, deshalb bin ich froh, dass wir das jetzt ausprobieren, damit ich mir über solche Probleme Gedanken machen kann, bevor ich meine Idee einem Sender vorstelle. »Ich gebe dir die Erlaubnis, völlig offen zu sprechen. Sollte mir irgendwas zu persönlich sein, schneide ich es raus. Ich weiß, das ist ziemlich ungewöhnlich, aber ich glaube, diese Folge wird richtig toll, und wir werden damit vielen unserer Fans helfen.«

»Okay«, stimmt Jenn nach einem Moment des Überlegens zu. »Als ich Maeve kennengelernt habe, war sie erst dreizehn und hatte zum ersten Mal eine richtig heftige Angstattacke. Es kommt ziemlich häufig vor, dass die Angststörung in der Pubertät beginnt, aber im Laufe der Zeit haben wir herausgefunden, dass sie schon in viel jüngerem Alter Gefühle von Angst erlebt hat.«

»Das stimmt. Mir war das gar nicht bewusst, aber dieses mulmige Gefühl, das ich hatte, wenn ich ohne meine Schwestern zu einer Geburtstagfeier ging, oder der Stress, den ich in der dritten Klasse empfunden habe, wenn ich noch schnell meine Hausaufgaben fertig machen musste, weil ich den ganzen Tag über meine Schwestern zu deren Veranstaltungen begleitet habe – das war in Wirklichkeit Angst. Damals hab ich dann meistens einfach losgeweint, und meine Mom dachte, ich hätte einen Trotzanfall, Hunger oder wäre müde. Also hat sie mir was zu essen gemacht, mich ins Bett geschickt und mich weinen lassen, bis ich mich ganz ausgeheult hatte. Genau das, was ihre Mom einst auch bei ihr gemacht hatte. Aber in Wirklichkeit war das die einzige Möglichkeit, meine Angst auszudrücken, die ich in dem Alter kannte. Und dass diese starken Gefühle von den anderen ignoriert wurden, hat ziemlich wehgetan.«

Ich mache mir Sorgen, dass ich kalt klinge, während ich über diese Erfahrungen spreche. Mir kommen nicht mehr die Tränen, weil ich diese Situationen im Laufe der Jahre schon so oft analysiert habe, dass sie mittlerweile für mich fast so was wie alte Kamellen sind. Die Wunde sitzt zwar tief, aber ich habe mich jahrelang damit auseinandergesetzt. »Meine Eltern stammen beide aus dem Arbeitermilieu und haben sich die ganze Zeit über abgerackert, damit uns nicht die Lichter ausgehen. Im wahrsten Sinne des Wortes. Darüber haben wir noch nie hier in der Sendung gesprochen, aber ich bin in ziemlich armen Verhältnissen aufgewachsen. Ich weiß gar nicht, wie oft uns der Strom oder das Gas abgestellt wurde, weil das Geld für die Schönheitswettbewerbe oder den Fußballverein meiner Schwestern draufging. Bei uns galt das Prinzip ›Beiß die Zähne zusammen und tu's für die Familie‹, und das hat mir manchmal das Gefühl gegeben, nicht wichtig zu sein. Auf jeden Fall habe ich gedacht, dass irgendwas mit mir nicht stimmt, weil ich meine Gefühle nicht einfach unterdrücken konnte so wie meine Schwestern. Und gleichzeitig ist dieses Gefühl, anders zu sein, auch dadurch entstanden, dass ich nichts von dem gut konnte, was in unserer Kleinstadt für wichtig gehalten wurde, und meine Eltern haben ihre ganze Zeit und Energie in meine Schwestern gesteckt. Ich weiß, dass sie das nur gemacht haben, weil sie wussten, wie sie sie dabei unterstützen konnten, erfolgreich zu sein; also, die Hilfe war greifbarer. Sie mussten nur Kleider kaufen oder Stollenschuhe. Und sie zu Veranstaltungen fahren … Ich dagegen brauchte mehr emotionale Unterstützung, mehr Fürsorge, aber das war etwas, das man ihnen nicht beigebracht hat.«

»Und selbst jetzt noch«, klinkt Jenn sich ein, »scheinst du starke Schuldgefühle mit dir herumzutragen. Es ist okay, sich einzugestehen, dass deine Eltern dich verletzt haben. Dass sie vielleicht ihr Bestes gegeben haben, es aber in bestimmten Momenten nicht gereicht hat.«

»Ich setze mal kurz meinen eigenen Therapeutenhut auf … Ich liebe es, wenn du mir die Erlaubnis gibst, meine Verletzungen zu spüren. Denn durch die Angststörung habe ich auch viel mit Schuldgefühlen zu kämpfen. Ich will es immer allen rechtmachen, und ich habe Angst, dass die Menschen, die ich liebe, mich nicht mehr lieben, wenn ich meine Gefühle ausdrücke, so irrational das auch ist. Ich weiß natürlich, dass das nicht passiert. Sie lieben mich und haben einfach nur mit den beschränkten Mitteln agiert, die sie hatten.«

»Das ist richtig. Und es ist auch richtig, dass du verletzt sein darfst. Wut oder Schmerz zu empfinden, macht keinen bösen Mensch aus dir. Ich denke, etwas, womit wir uns im Laufe der Jahre viel beschäftigt haben – vielleicht sogar die meiste Zeit über –, war, aufdringliche Gedanken von echten Gedanken zu unterscheiden und zu lernen, wie man unangenehme Gefühle aushält und durchsteht, und zwar auf die gesündeste Art und Weise, die im jeweiligen Moment möglich ist.«

»Magst du mal genauer erläutern, wie das aussieht? An meinem Beispiel oder im Allgemeinen?«

Jenn nickt und lässt sich etwas Zeit. »Wenn du zum Beispiel eine Grenze setzt und deiner Mom sagst, dass du, wenn du dieses zu Weihnachten nach Hause kommst, nicht zur Miss-Pennsylvania-Wahl gehen wirst, könnte sie das verärgern. Und da sie nicht genauso lange und hart an gesunden Verhaltensweisen gearbeitet hat wie du, könnte es sein, dass sie etwas Verletzendes und Triggerndes sagt.«

Ich nehme den Ball auf. »So was wie ›Willst du denn deine Schwester nicht unterstützen?‹. Und das, obwohl ich sie die ersten achtzehn Jahre meines Lebens permanent unterstützt und dafür meine Zeit geopfert habe. Und keine Schularbeiten machen konnte.«

Jenn nickt. »Genau. Diese Situation könnte dir also Angst machen. Und eine ganze Palette aufdringlicher Gedanken auslösen, die dir deine Angst eintrichtert und die nichts mit der Realität zu tun haben.«

Erneut schalte ich mich ein. »So was wie: ›Claude wird sicher sauer auf mich sein. Meine Mom wird nie mehr mit mir reden. Wieso bin ich so ein schlimmer Mensch? Ich bin eine Versagerin. Ich mache nichts richtig.‹ Und so weiter und so weiter, bis ich eine Panikattacke habe.«

»Richtig. Und das wollte deine Mom sicher nicht. Und deine Schwester war schon auf Tausenden Schönheitswettbewerben, und es ist ihr vermutlich gar nicht wichtig, dass du bei diesem speziellen dabei bist. Wenn sie wüsste, wie anstrengend das für dich ist, würde sie wahrscheinlich gar nicht wollen, dass du mitkommst. Eigentlich weißt du das auch, aber in dem Moment ist es schwierig, auf die rationalen Gedanken zu hören, und man kann ganz leicht in eine Abwärtsspirale geraten, vor allem, wenn man sich wegen der üblichen Stressfaktoren sowieso schon in einem geschwächten emotionalen Zustand befindet. Aber wenn man merkt, dass diese aufdringlichen Gedanken kommen, kann man sie bekämpfen. Und das schafft man, indem man wahre Gedanken aufschreibt. Und man kann etwas tun, um das Angstlevel insgesamt zu senken, zum Beispiel, das Handy ausstellen und ein Buch lesen oder ausgiebig duschen.«

Ich hüstele dramatisch, bevor ich meine eigene Bewältigungsstrategie für den Fall, dass ich kurz vor einer Panikattacke stehe, zum Besten gebe. »Fruchtgummi mit THC oder CBD.«

Auf Jenns Gesicht breitet sich ein Lächeln aus. »Ich empfehle als ersten Schritt zwar nicht medikamentöse Strategien. Aber wenn dir Cannabis dabei hilft, eine Panikattacke zu stoppen, habe ich kein Problem damit.«

In den nächsten zwei Stunden tauchen Jenn und ich weiter in die Welt der Verhaltenstherapie und Panikattacken ein und erläutern, wie sich Angst in verschiedenen Situationen ausdrückt und welche Fortschritte ich im Laufe der Zeit gemacht habe. Ich werde diese Folge drastisch kürzen müssen, da wir, sobald Finn ins Studio kommt, noch mal eine Stunde für die Fragen der Woche brauchen werden. Dennoch kann ich am Ende nicht aufhören zu strahlen – trotz der harten Themen, über die wir gesprochen haben –, weil ich weiß, dass diese Episode anderen helfen wird. Es gibt so viele Menschen, die sich keine Therapie leisten können, weil sie nur von wenigen Versicherungen gezahlt wird, und obwohl ich weiß, dass das eigentliche Ziel sein sollte, Psychotherapien für alle zugänglich zu machen, bin ich froh, wenn ich diese Lücke in der Zwischenzeit auf meine Art füllen kann.

Achtundzwanzig

MAEVE

Während der letzten Wochen hat sich eine erschreckende Ruhe in mir breitgemacht. Es ist ungewöhnlich für mich, innerlich vollkommen ruhig zu sein. Normalerweise spüre ich immer eine unterschwellig summende Angst, die mit der richtigen Mischung von Entspannungstechniken in diesem Zustand bleibt, sich aber mit dem falschen Cocktail aus Stress und Triggern in eine ausgeprägte Panikattacke verwandelt. Doch seit Finn und ich uns ausgesöhnt haben, ist es, als hätten mein Körper und meine Psyche einen großen Seufzer der Erleichterung ausgestoßen, und plötzlich bin ich innerlich ruhig.

Und nicht nur das. Ich bin auch glücklich. Zum ersten Mal, seit wir den Deal bekommen haben, verspüre ich richtige Begeisterung dafür. Das riesige Mörderhaus gehört nun mir – nachdem ich monatelang darin gewohnt habe, habe ich endlich den Schritt gewagt und es gekauft –, und wir sind seit Wochen auf Platz eins, womit ich den kleinen Mädchen überall auf der Welt zeigen kann, dass wir Frauen in der Lage sind, ein chauvinistisches Arschloch zu übertreffen und den höchstbezahlten Podcastdeal der Geschichte abzuschließen. Ich nehme meinen Laptop mit auf die Terrasse und öffne ein neues Dokument.

Maeves eigene Show

Ich habe versucht, nicht zu viel über die Sendung nachzudenken, weil ich nicht weiß, ob sie wirklich je umgesetzt wird. Aber derzeit bin ich eine Hälfte des beliebtesten Podcastduos der Welt.

Und selbst wenn Streamify meine Show nicht haben will – ich will sie, also wird sie auch umgesetzt. Meine ursprüngliche Idee für diese Sendung war ziemlich schlicht, einfach nur Aufnahmen von Therapiesitzungen. Und das soll immer noch den Kern der Show bilden. Aber jetzt, da ich ein bisschen Abstand zum holprigen Start dieser Staffel gewonnen habe – und zum Gefühl der Ablehnung, das sich in mir ausgebreitet hat, als ich dieses Konzept vorgestellt habe –, klingt der Gedanke, eine Art Reality-TV-Serie daraus zu machen, gar nicht mehr so schlecht. Vielleicht halte ich mit jedem Paar erst Einzelsitzungen ab, dann Sitzungen mit beiden Partnern zusammen, und zusätzlich dazu gewinnen wir einen Einblick in ihr Leben. Und anstatt in jeder Episode eine Beziehung in Warpgeschwindigkeit durchzugehen und Clips von einer sechsmonatigen Reise zusammenzustückeln, könnte ich vielleicht mit fünf oder sechs Paaren arbeiten, die das gleiche Kernthema haben, und in die Folgen Videos von allen einbauen. So würden wir im Laufe einer Staffel à zehn Episoden die Entwicklung aller sehen, und dort, wo einige Pärchen Probleme haben, erleben andere vielleicht Erfolge. Für das Zusatzmaterial könnten wir, anstatt ein Team hinzuschicken, auch Kameras in ihren Häusern einbauen, damit die Protagonisten sich natürlicher verhalten.

Dieses Konzept ist wesentlich anspruchsvoller als *Tell Me How You Really Feel.* Obwohl wir jetzt Gäste haben, bin ich immer noch ohne Probleme dazu in der Lage, unsere Sendung allein aufzunehmen und zu bearbeiten. Es gibt kein Zusatzmaterial, das ich einfügen muss, keine unterschiedlichen Drehorte, zu denen ich fahren muss, oder irgend so etwas. Für meine Show – vielleicht nenne ich sie *Die Couch* oder *Auf der Couch* – brauche ich eine ganze Crew, wahrscheinlich sogar einen Sender, der mich unterstützt.

Trotzdem bin ich so begeistert von dieser neuen Idee, dass ich Finn texte.

Lust, nachher vorbeizukommen und über eine eigene Show zu quatschen?

KLAR

Ich bin schon im Schlafanzug und habe meine Hälfte des thailändischen Essens, das ich für uns bestellt habe, bereits angefangen, als Finn um halb neun endlich auftaucht. Er kommt rein, ohne anzuklopfen. Eine Woche nach unserer Rückkehr von unserer Europareise habe ich ihn zu meiner Schlüssel-App hinzugefügt und seitdem schon dreimal gedacht, ich hätte einen Geist im Haus, weil ich morgens beim Aufstehen Geräusche aus der Küche gehört habe, wo er sich über mein Müsli hergemacht hat. »Du nutzt deine Zutrittsrechte aus. Klingle wenigstens, bevor du reinkommst«, rufe ich, ohne den Blick von meinem Fernseher zu heben, auf dem gerade *Der Bachelor* läuft.

»Ich hab Eis und was vom Thailänder dabei.« Finn lacht laut auf, als er ins Wohnzimmer kommt und sieht, dass ich bereits Essen von unserem neuen Lieblingsimbiss in L. A. verputze. »Na ja, dann gibt's morgen ein superthailändisches Frühstück.«

»Was für Eissorten?«, frage ich und lehne den Kopf zurück, sodass ich Finn verkehrt herum sehe.

»*Half Baked.*«

»Noch im Gefrierschrank.«

»Wie soll ich mich dafür entschuldigen, dass ich zu spät komme, wenn du schon alles dahast?« Finn legt das Eis in den Gefrierschrank, bevor er mit seinem Essen ins Wohnzimmer zurückkehrt. Er hat genau die gleichen Gerichte bestellt wie ich, aber in der ungefähr anderthalbfachen Menge, was bedeutet, dass wir nun genug für sechs bis acht Leute haben, anstatt für vier.

»Kauf dir eine schöne Uhr und sei pünktlich«, kontere ich.

Die nächsten fünfzehn Minuten verbringe ich damit, ihm in

allen Details meine Ideen für die Solosendung zu erläutern, und höre erst auf, als ich außer Atem bin und mir nichts mehr einfällt, was ich noch sagen könnte. Dem Fernseher, der immer noch läuft, habe ich komplett den Rücken zugedreht und nicht ein Wort vom derzeitigen Gruppendate mitbekommen. Mein Knie liegt auf Finns Oberschenkel, und er hat sich mir ebenfalls zugewandt, während sein Essen halb verspeist auf dem Tisch steht. Ich kann riechen, dass er frisch geduscht ist, und bin ihm so nah, dass ich seine Bartstoppeln zählen könnte. Seinen Arm hat er auf den Rücken der Couch gelegt, und wenn ich mich nur ein winziges bisschen bewege, würden wir miteinander kuscheln. Was wir demonstrativ nicht tun.

»Maeve, ich glaube, das würde richtig gut werden. So eine Show hab ich noch nirgends gesehen. Und ich gucke eine Menge Fernsehen.« Lächelnd sieht Finn mich an, ganz rot vor Begeisterung für meine Idee, und ich kann mir ein Grinsen nicht verkneifen. »Ich meine, wann kommt die Sendung raus? Bei welchem Sender? Streamify will damit vielleicht einen ersten Vorstoß ins Reality-TV wagen, aber ich denke, jeder Sender würde das Konzept wollen.«

»Also, eigentlich wollte ich das gar nicht ernsthaft weiterverfolgen, bevor unser Vertrag ausgelaufen ist.« Ich renne kurz in die Küche, um einen Becher Eiscreme und zwei Löffel zu holen. »Ich will mich weiter auf unser ursprüngliches Ziel konzentrieren, verstehst du? Das ist mir immer noch sehr wichtig.«

Finn taucht seinen Löffel in das Eis, das von der Fahrt hierher noch ein bisschen weich ist. Er schaufelt eine riesige Portion aus dem Becher und steckt sie sich komplett in den Mund. »Der Vertrag geht noch drei Jahre«, sagt er, nachdem er das Eis runtergeschluckt hat.

Aus seinem Mundwinkel läuft Schokolade über sein Gesicht. Ich strecke die Hand aus und wische die Spur mit dem Finger weg, bevor ich sanft über seinen Mund reibe. Mein Magen macht einen

Hüpfer, und irgendwo weiter unten spüre ich ein Ziehen. Wahrscheinlich hätte ich das nicht tun sollen. Aber es hat sich wirklich gut angefühlt … Finns Blick klebt an mir, und ich glaube, wir halten beide den Atem an. »Wir müssen noch vier Monate auf Platz eins bleiben. Wenn wir das schaffen, denke ich über Multitasking nach.«

»Und wenn deine Sendung total einschlägt? Was willst du machen, wenn unser Vertrag weiterläuft?« Finn hat mich nicht einmal aus den Augen gelassen, seit ich seine Lippen berührt habe, was eine viel zu sinnliche Geste war. Fast hätte ich mir danach sogar das Eis vom Finger geleckt.

»Wenn alles nach Plan läuft? Dann drehe ich die Show während unseres Urlaubs oder in den Sommerpausen und mache ansonsten mit *Tell Me How You Really Feel* weiter. Solange du auch dabeibleibst.«

»Wenn du weitermachst, mache ich auch weiter.«

»Gut«, sage ich. Oder versuche es zumindest. Es kommt kaum mehr als ein Flüstern aus meinem Mund. Irgendwas an Finns Blick auf mir sorgt dafür, dass mein Herz zu heftig schlägt. Um die Stimmung zu durchbrechen, huste ich. »Sollen wir die Folge noch zu Ende schauen? Ich kann zurückspulen.«

»Klar«, stimmt Finn zu.

Ich starte den *Bachelor* von vorne und dimme mit der Fernbedienung das Licht. Finn hält den Eisbecher mit der linken Hand zwischen uns, sein rechter Arm liegt immer noch auf der Rücklehne der Couch. Während der Sendung lassen wir bissige Kommentare los, und als zwei der Frauen anfangen, die restlichen Teilnehmerinnen auf die Schippe zu nehmen, brechen wir in lautes Gelächter aus. Und rücken enger zusammen. Plötzlich liege ich direkt neben Finns Brust, während er den Ellbogen immer noch auf der Couch abstützt, sodass sein Arm sich fast um meine Schultern schmiegt.

»Darf ich mich anlehnen?«, frage ich, ehe ich noch darüber nachdenken kann. Denn eigentlich sollte ich wissen, dass es nicht gut ist, die Dinge zwischen uns noch weiter zu verkomplizieren. Doch gerade ist mir das egal. Ich will nur die fünf Zentimeter auslöschen, die uns noch von dem trennen, was wir einmal waren.

»Natürlich«, flüstert Finn.

Ich lasse mich an ihn sinken, und er legt zögernd den Arm um mich, ganz langsam, als würde er verhindern wollen, dass ich mich erschrecke, weil ich dann vielleicht vergesse, dass wir eigentlich nicht mehr miteinander kuscheln. Aber ich lehne mich ganz in seine Umarmung, schmiege mich an ihn, ziehe seinen Arm enger um mich und strecke meine Beine auf der Couch aus, sodass ich nun mit meinem vollen Gewicht an seinem harten Körper ruhe. Die Sendung läuft weiter, doch ich höre kaum, was gesagt wird, und Finn gibt auch keine Sprüche mehr zum Besten. Unter meinem Kopf kann ich spüren, wie schnell sein Herz schlägt, und seine Hand fühlt sich ganz heiß an auf meinem Arm.

Das ist nicht einmal unsere intimste Kuschelstellung. In New York haben wir immer zusammen im Bett gelegen, und ich hatte ein Bein quer auf ihm, meinen Kopf an seiner Brust und meinen Arm besitzergreifend um ihn geschlungen. Wie konnten wir uns je einreden, dass wir nur Freunde waren? Dass wir andere daten wollten und das nicht nur für den Podcast taten? Wobei ich die Dates nie ernst genommen habe, weil Finn im Prinzip schon längst der Mann an meiner Seite war. Deshalb war das mit Cassidy auch so ein Schock für mich. Egal ob ich ihm die Erlaubnis dazu gegeben habe – er hätte sich dagegen entscheiden können. Aber er hat mich auch noch darum gebeten, was am meisten wehgetan hat.

»Du könntest dich auch als *Bachelor* bewerben, weißt du das?«, sage ich. »Die Leute lieben dich.« Ich will die angespannte Stille durchbrechen, damit wir uns fallen lassen und so tun können, als wäre das hier wieder normal.

»Die nehmen doch jetzt immer Leute aus den vergangenen Staffeln.«

»Aber du würdest es machen? Wenn es nicht so wäre? Ich bin mir sicher, für dich würden sie eine Ausnahme machen. Du könntest drehen, während ich meine Sendung aufnehme, dann hättest du auch was Eigenes.« Ich weiß, dass Finn die Arbeit an *Tell Me How You Really Feel* Spaß macht, aber ich glaube immer noch nicht, dass es das perfekte kreative Projekt für ihn ist, sondern nur eine extreme Verbesserung zu seinem Finanzjob. Wieder als Schauspieler zu arbeiten, scheint er immer noch nicht ernsthaft in Erwägung zu ziehen, und nach etwas, worin er die gleiche Erfüllung finden könnte, sucht er offensichtlich gar nicht. Aber ich will ihn auch nicht zu sehr drängen, da ich weiß, dass seine Eltern das schon zur Genüge tun.

Finn lacht, und sein tiefes Grollen vibriert unter mir, während sein heißer Atem über meinen Kopf streicht. Er drückt mich noch fester an sich. »Nein, ich werde mich nicht als *Bachelor* bewerben. Ich bin nicht auf der Suche nach einer neuen Freundin.« Und plötzlich lösen sich alle meine Gedanken über seine berufliche Zukunft in Luft auf, weil er das gesagt hat. Nicht auf der Suche nach einer *neuen* Freundin. Den Grund dafür sagt er nicht. Und er fügt auch nichts zu dieser bedeutungsvollen Aussage hinzu. Ich öffne den Mund, um zu antworten, schließe ihn jedoch gleich wieder.

Bis zum Ende der Episode sagt keiner von uns mehr etwas, und als der Abspann läuft, stellen wir die nächste Folge an, weil wir beide keine Lust haben, uns zu bewegen. Die Überreste der Eiscreme schmelzen auf dem Wohnzimmertisch vor sich hin, das thailändische Essen verbreitet seinen Geruch im ganzen Raum und wird ohne Kühlung sicher nicht frischer, aber das ist mir egal. Ich würde alles dafür geben, um hierbleiben zu können und nicht mit der Realität konfrontiert zu werden, sobald wir wieder auseinandergehen.

Als ich am nächsten Morgen aufwache, läuft die Sendung immer noch im Fernsehen, allerdings ohne Ton. Ich liege unter einer Decke und bin mittlerweile auf dieser wahnsinnig gemütlichen Couch völlig mit Finn verschlungen. Und er schläft tief und fest, mit der Fernbedienung in der Hand – offensichtlich war seine letzte bewusste Tat, den Fernseher stumm zu schalten. Bei jeder Bewegung meines Nackens schießt ein stechender Schmerz meine Wirbelsäule hinunter, und mein linker Arm kribbelt, weil er die ganze Nacht unter Finn eingeklemmt war. Ich versuche, mich ganz vorsichtig zu bewegen, um ihn nicht aufzuwecken. Da ich jedoch komplett auf ihm liege, wacht er in der Sekunde, als ich auch nur ein bisschen zucke, halb auf. Und presst mich enger an sich.

Er vergräbt das Gesicht in meinem Haar, und plötzlich bemerke ich, dass sich seine Morgenlatte gegen meinen Schenkel drängt. Und das sollte mich nicht so antörnen … Es ist echt unfair. Aber alles an Finn ist so, als wäre es genau für mich gemacht worden. Seine Größe, seine Augen, sein Haar, sein Lachen, sein Humor – alles perfekt. Es ist das, wonach ich immer gesucht habe, nur besser. Er hat Eigenschaften, von deren Existenz ich vorher gar nichts wusste. Ich lasse mich von ihm zu sich ziehen, schmiege mich noch enger an ihn und ignoriere meinen steifen Nacken und kribbelnden Arm, weil es sich so gut anfühlt, von ihm gehalten zu werden. Irgendwann muss ich allerdings eingeschlafen sein, denn das Nächste, was ich mitbekomme, ist, dass ich schwebe – oder besser gesagt: dass er mich nach oben zu meinem Bett trägt.

Im Schlafzimmer verlagert Finn sein Gewicht auf ein Bein und benutzt das andere dafür, die Bettdecke zurückzuschieben, ohne auch nur eine Sekunde die Balance zu verlieren. Dann legt er mich darunter. Sofort öffne ich die Augen. »Bleib hier«, befehle ich ihm.

Er lacht leise. »Genau das hatte ich vor.«

Im nächsten Moment klettert er über mich drüber auf die andere Seite des Bettes und schlüpft unter die Decke. Zum Glück liegen wir nun auf der anderen Seite, sodass die Verspannungen in meinem Nacken wenigstens ausgeglichen werden. Erneut zieht Finn mich zu sich, und ich protestiere nicht, als er den Arm um mich legt, während ich mich an ihn kuschle. Und wieder einschlafe, innerhalb von Sekunden.

Doch als ich das nächste Mal wach werde, ist Finn verschwunden. Ich strecke die Hand aus und streiche über seine Seite des Bettes. Sie ist kalt. Mein Herz zieht sich zusammen, während ich aufstehe und mir die Zähne putze. Dann ziehe ich mir mein bequemstes Sweatshirt über und gehe nach unten. Das leise Summen der Angst in meinem Kopf wird immer lauter, während ich mich frage, ob Finn noch hier ist. Als ich die Hälfte der Treppe hinter mir habe, höre ich Musik und stoße erleichtert den Atem aus. Das gestern Abend war so dumm von mir. Aber vielleicht ist mir das auch egal. Vielleicht ist es gar nicht so schlimm, mir Hoffnungen auf Finn zu machen. Vielleicht.

Er steht nämlich in meiner Küche, trägt einen meiner Kapuzenpullis mit zu kurzen Ärmeln und macht Crêpes, während er lautstark das Lied »Cruel Summer« mitsingt. Da er nicht mitbekommt, dass ich da bin, kann ich ihm ungeniert dabei zusehen, wie er tanzt, Crêpes wendet, Erdbeeren in kleine Stückchen schneidet und sie anschließend auf einem Teller arrangiert. Als er sich umdreht, um den Teller auf die Kücheninsel zu stellen, zuckt er erschrocken zusammen.

»Du bist ja schon auf!« Er hält mir den Teller hin, und ich stelle fest, dass er die Erdbeeren zu einem M angeordnet hat. Und daneben liegt ein seltsam geformter Klumpen Crêpe. »Das ist ein Mikrofon«, erklärt er verlegen. »Meine Nanny hat die immer gemacht, allerdings konnte sie das wesentlich besser als ich.«

Ich nehme mir eine Gabel, steche in den Crêpe und teile einen großen Bissen ab. »Es kommt nur auf den Geschmack an. Und der ist gut.«

Finn brät zu Ende, und dann essen wir, die Atmosphäre noch angespannt von unserer gestrigen Kuschelaktion. Aber ich will nicht, dass es zwischen uns so bleibt. Ich will nicht mit ihm kuscheln, mir Fragen stellen und dann nicht darüber reden. Mit jeder Sekunde, in der wir das Thema nicht ansprechen, werde ich unruhiger. »Lass uns eine Folge aufnehmen«, platzt es schließlich aus mir heraus.

»Über … was denn?«, fragt Finn, doch die Unsicherheit in seinen Augen zeigt mir, dass er genau weiß, worum es geht.

Ich lege meine Gabel auf den Tisch, mein Hunger ist verflogen. Ich bin bereit für Antworten. Mittlerweile bin ich nicht mehr so zerbrechlich, dass mich die Mutter aller Panikattacken überrollt, wenn ich die Wahrheit höre. Das habe ich mir in der Therapie erarbeitet. Außerdem verstehen wir uns jetzt wieder. Und mir geht es gut. »Über alles. Ich will darüber reden. So richtig.«

»Maeve, bist du sicher? Wir können auch reden, ohne es aufzunehmen.«

Ich greife nach Finns Hand, und er drückt sofort meine Finger. »Wir haben das alles mit unseren Fans gestartet und sie dann außen vor gelassen. Ich finde, sie sollten die ganze Geschichte hören. Das Gute und das Schlechte. Ich bin es leid, das mit uns zu verschweigen, nur weil es unschön ist. Dabei komme ich mir so unehrlich vor.«

Finn runzelt die Stirn. »Okay, ich nehme es auf. Aber ich werde dir nicht versprechen, dass wir es anschließend veröffentlichen.«

Das fühlt sich alles ziemlich gewagt an. Aber auch ein ganz bisschen richtig. Bevor das mit uns so den Bach runterging, haben wir absolut alles mit unseren Fans geteilt, und ich weiß, dass sie darauf brennen, zu erfahren, was passiert ist. Finn räumt den Tisch ab, während ich die Kameras in meinem Schlafzimmer aufbaue, die ich noch von unseren früheren Aufnahmen habe. Wir kehren zurück zu unseren Wurzeln und filmen uns im Bett. Allerdings in der riesigen, flauschigen, hochwertigen Variante. Da ich unsere alten Mikrofone nicht finde, schnappe ich mir ein paar Aufnahmegeräte, und dann gesellt Finn sich zu mir unter die Decke.

»Hallo, ihr Lieben. In letzter Zeit ist es bei *Tell Me How You Really Feel* etwas anders abgelaufen, und wir danken euch, dass ihr alle trotzdem bei uns geblieben seid, uns durch die schwere Zeit begleitet und uns unsere Privatsphäre gelassen habt. Wir mussten einige sehr persönliche Dinge aufarbeiten, und heute möchten wir darüber reden, hier und jetzt, mit euch. In den letzten Monaten wollte ich gar nicht wissen, was Finn fühlt, aber jetzt bin ich endlich bereit dafür. Also, Finn, erzähl mal: Was ist mit Cassidy passiert?« Wir benutzen nie die richtigen Namen der Leute, über die wir sprechen, und nun muss ich ihren Namen jedes Mal, wenn wir ihn sagen, bei der Bearbeitung mit einem Piepen überdecken. Aber ich will, dass sich das hier wie eine richtige Unterhaltung anfühlt und nicht wie eine Episode für den Podcast.

»Willst du wirklich damit anfangen?«, fragt er. »Fang doch mit uns an.«

»Dann mach du das. Fang mit uns an.« Wenn er glaubt, dass ich mein Herz als Erste ausschütte, hat er sich gewaltig geschnitten.

»Maeve und ich waren auf dem College gute Freunde. Aber während wir den Podcast gemacht haben, haben wir uns ineinander verliebt. Was, wenn man mal ehrlich ist, keinen besonders spannenden Content ergibt. In der Sendung geht es um unsere Suche nach dem Einen beziehungsweise der Einen, um wilde Sexabenteuer und interessante Dates. Und wir wollten uns eigentlich nur gegenseitig Feedback geben. Aber ich meine, wie hätte ich mich nicht in Maeve verlieben sollen? Sie ist unglaublich, wie ihr ja alle wisst.«

Ich schalte mich ein. »Und ich hab das Gleiche für ihn empfunden. Wir haben so viel Spaß zusammen, und … ich meine, ich weiß nicht, ob es euch schon aufgefallen ist, aber Finn sieht gar nicht mal so schlecht aus.« Fragend blickt er mich an, abwartend, ob ich wirklich alles erzählen werde. Als ich ihm ebenfalls in die Augen schaue, stockt mir der Atem. Ich dachte immer, so etwas würden nur Figuren in Büchern oder Filmen sagen: dass sie aus den Augen des anderen ablesen können, was der- oder diejenige empfindet, und dass sie sich von ihrem Partner ganz gesehen fühlen. Aber in diesem Moment geht es mir mit Finn genau so. Deshalb spreche ich weiter. »Jedenfalls haben wir eines Nachts miteinander geschlafen. Und es war unglaublich.«

»Der Wahnsinn. Die beste Nacht meines Lebens.«

Ich verdrehe die Augen. »Da du vier Wochen später schon mit Cassidy zusammen warst, würde ich das doch stark bezweifeln.«

Finn zieht die Augenbrauen zusammen. »Du hast gesagt, wir sollen einen Monat Pause einlegen. Und der Monat war rum! Ich dachte, du hättest mich einfach auf sanfte Art fallen lassen. Und wie gesagt, wir haben eine Pause eingelegt, und dann hat sich auf einmal das mit Cassidy ergeben, und du hast mir deine Erlaubnis gegeben. Mir war gar nicht klar, dass das, was ich gemacht habe, so … so falsch war. Ich wusste nicht, dass ich damit gegen die Regeln verstoße.«

»Ach, Finn, bitte, soll das etwa eine Entschuldigung sein? Ich höre nämlich nicht, dass du für irgendwas die Verantwortung übernimmst. Wenn ich dir wirklich was bedeutet hätte, wärst du nicht mit der Einen ausgegangen, die du nie haben konntest. Und es ist ja nicht mal so, als hättest du mit irgendwem einen One-Night-Stand gehabt. Nein, du hast dich mit ihr auf ein romantisches Date getroffen, um zu sehen, ob zwischen euch was laufen könnte. Und als du gemerkt hast, dass sie interessiert ist, hast du mich angerufen, um mich um Erlaubnis zu fragen. Ich wollte euch nicht im Wege stehen, deshalb habe ich das mit uns beendet. Weil du es ziemlich offensichtlich mit mir nicht ernst gemeint hast. Dein Anruf hat mir das mehr als bewiesen. Ich wusste, dass das irgendwann passieren würde, und das hat so verdammt wehgetan.«

Finn schließt die Augen und atmet einmal tief durch. »Es tut mir so leid, Maeve. Wir waren immer ehrlich zueinander, und weil du gesagt hast, dass ich es mit ihr versuchen soll, hab ich wirklich gedacht, es ist für dich okay.«

Ich kann nicht anders, als ihm ins Wort zu fallen. »Wenn du mich wirklich gernhättest – oder geliebt, wie du es so schön gesagt hast –, hättest du gar nicht das Bedürfnis gehabt, es mit ihr zu versuchen. Das ist der Punkt. Ich wusste, dass du mich nicht genug geliebt hast, also wollte ich euch nicht im Wege stehen.«

Finn stöhnt auf. »Okay! Es tut mir leid! Ich bin ein Idiot. Ich dachte, du würdest auf Abstand gehen, und es lief gerade irgendwie komisch zwischen uns. Aber hättest du einfach gesagt: ›Nein, Finn, mach das nicht, ich will es wirklich mit dir versuchen‹, wäre ich einfach gegangen und hätte es mit dir versucht. Und der einzige Grund, warum ich es überhaupt mit ihr in Erwägung gezogen habe, ist, dass sie eben nicht nur ›irgendwer‹ ist … Sie war mein erster Kuss, und ich kenne sie schon so lange und hab mich immer gefragt, was wäre, wenn … Und vielleicht würde ich mich das ein Leben lang fragen, wenn ich nichts mit ihr angefangen hätte, und außerdem hab ich auch gedacht, es wäre dumm, es nicht zu versuchen. Denn das machen wir hier ja schließlich seit zwei Jahren: Versuchen, die Eine zu finden. Und als ich dich gefragt habe, hast du gesagt, dass ich es machen soll.«

»Weil ich gedacht hab, wir hätten uns schon gefunden.« Ich klinge bitter und versuche, meine Tränen zurückzudrängen. Ich nehme es ihm echt übel, dass er diese Emotionen in mir ausgelöst hat. Und ich hasse es, dass all die unglaublichen Gefühle, die ich für ihn habe, durch diese Situation so verseucht sind. Finn setzt an, etwas zu sagen, doch ich hebe eine Hand, um ihn zum Schweigen zu bringen, in dem Versuch, die Unterhaltung wieder in eine produktivere Richtung zu lenken. »Lass uns eine kurze Entspannungspause einlegen. Zirkuläres Atmen.« Unabhängig voneinander machen wir beide ein paar Atemübungen, dann spricht Finn weiter.

»Ich verstehe, warum du so wütend bist. Meinst du, ich denke, dass ich mich toll verhalten habe? Nein. Keiner von euch beiden gegenüber. Aber es tut mir leid. Und du hast mir keine Möglichkeit gegeben, mich zu entschuldigen.«

Frustriert stoße ich den Atem aus. Ich hatte ganz vergessen, dass zu den Eigenschaften, die ich an Finn liebe, auch die gehört, dass er es mir direkt sagt, wenn ich Mist baue. Er behandelt mich nicht wie ein rohes Ei, so wie andere Exfreunde von mir es getan haben, weil sie, nachdem sie von meinen Panikattacken erfahren hatten, Angst hatten, ich könnte in Tränen ausbrechen. Finn weiß, dass ich eine erwachsene Frau bin, die auf sich selbst aufpassen kann, aber gleichzeitig ist er auch für mich da, wenn ich ihn brauche. »Na schön, das tut mir leid. Ich war einfach noch nicht bereit für dieses Gespräch. Und ich fand, dass mir dein Verhalten schon alles gesagt hat, was ich wissen musste.«

»Ich weiß. Aber dass ich mit Cassidy zusammen war, der Frau, bei der ich mich immer gefragt habe, ob ich mit ihr mein Leben verbringen werde – das hat mir gezeigt, dass du die Einzige für mich bist. Zwischen Cassidy und mir hat es überhaupt nicht gefunkt. Wir haben einfach nur das ›Was wäre, wenn‹ abgehakt, damit wir das beide abschließen können. Und jetzt wissen wir hundertprozentig, dass wir nicht füreinander bestimmt sind. Du bist für mich bestimmt, Maeve. Ach, und noch was: Ich hatte wirklich Angst, dass du nicht mit mir zusammen sein willst. Es kommt mir manchmal so vor, als würdest du denken, du seist die Einzige, die von Zeit zu Zeit unsicher ist. Aber du bedeutest mir so viel – ich hatte wirklich Zweifel, ob deine Gefühle für mich genauso stark sind. Du bedeutest mir nämlich alles, Maeve.«

Ich würde ihm so gerne glauben. Aber das ist nicht so einfach. »Ich will nicht zweite Wahl für dich sein, Finn. Und ich weiß, wir drehen uns gerade im Kreis, aber ich kann einfach nicht aufhören, zu denken, dass du, wenn du mich wirklich lieben würdest, nicht mit einer anderen hättest zusammen sein wollen. Du hast fünf Nächte die Woche mit mir im Bett gekuschelt, wir waren praktisch schon in einer Beziehung. Ich hab mich gefühlt, als hättest du mich einfach weggeworfen. Und – was noch schlimmer ist – wegen einer, die quasi aus deiner Schicht stammt. Die glanzvoller, reicher, berühmter und schöner ist als ich. Eine, die viel besser zu dir passt. Und ihr hattet nicht einfach nur ein Date. Ihr wart richtig zusammen. Ihr seid fröhlich durch ganz Europa gezogen, zwei Monate lang!« Hätte er nur mit irgendeiner Unbekannten geschlafen, hätte ich das leichter akzeptieren können. Aber er und Cassidy waren das Liebespaar des Jahrzehnts und auf sämtlichen Boulevardblättern der Stadt abgebildet. Ich gerate immer tiefer in eine Abwärtsspirale hinein, und ich weiß nicht, ob irgendetwas, das er sagt, mich aus dem Schlund der Unsicherheit herausziehen kann.

Finn atmet tief ein. »Maeve, Cassidy ist nicht irgendeine Frau, die ich zufällig aufgerissen habe. Sie ist eine gute Freundin. Unsere Familien sind befreundet. Ich hab mich von dir zurückgewiesen gefühlt und eine blöde Entscheidung getroffen. Ich hab gedacht: ›Die Frau, die ich liebe, will mich nicht.‹ Vielleicht sollte ich es wirklich mit der versuchen, die ich nie bekommen habe. Und das mit Cassidy war ziemlich unkompliziert! Wir kennen dieselben Leute, leben in derselben Welt, reisen an dieselben Orte. Wir hatten Spaß zusammen.«

»Und wieso habt ihr dann Schluss gemacht?« Ich habe große Mühe, ihn zu verstehen. Seine Worte dringen kaum durch meine kreisenden Gedanken hindurch.

»Deinetwegen! Du bist der Grund dafür, dass wir Schluss gemacht haben.« Meine Augen fangen an zu brennen, doch Finn redet einfach weiter. »Cassidy ist zwar toll, aber sie ist einfach nicht du. Oberflächlich gesehen haben wir perfekt zusammengepasst. Und da wir im ersten Monat so viel Spaß hatten, hab ich gedacht, ich sollte mich vielleicht richtig reinhängen … Aber nachdem die Spannung verflogen war, wussten wir beide, dass wir nur Freunde sind und nicht verliebt ineinander. Und dann wurde mir klar, dass ich mir vielleicht meine einzige Chance vermasselt habe, mit meiner Seelenpartnerin zusammen zu sein. Ich kann nur andere Frauen daten und so tun, als würden sie mir halbwegs gefallen, wenn es um dich geht. Weil du genauso tickst wie ich. Wir fordern uns gegenseitig heraus, und seit ich dir das erste Mal begegnet bin, kann ich mir eine Welt ohne dich nicht mehr vorstellen. Und will es auch nicht mehr. Nie mehr. Ich liebe einfach alles an dir, Maeve. So wahnsinnig. Und ohne dich … da fehlt ein Teil von mir. Wir sind nur zusammen perfekt, und ich will keinen Tag mehr verbringen, ohne dir sagen zu können, dass ich dich liebe. Ich liebe dich, Maeve.«

Es kommt mir vor, als hätte ich aufgehört zu atmen. Als sei die Zeit stehen geblieben. Ich weiß nicht, was ich sagen soll, wie ich weitermachen soll. Finn weint, während er spricht, und sieht mich an, als wäre ich die einzige Frau auf der Welt. Schließlich halte ich das Aufnahmegerät hoch. »Ich liebe dich auch, Finn.«

Neunundzwanzig

FINN

Ich drücke auf »Pause« an meinem Mikro, bevor ich mich rüberlehne und das Gleiche bei Maeves Mikro wiederhole. Die Kameras laufen immer noch, aber es wird kein Ton mehr aufgezeichnet. Denn ich will, dass dieser Moment nur für uns existiert, jetzt, hier, in der Realität. Maeve blickt mich an; ihre Augen sind feucht, doch es rinnen keine Tränen über ihre Wangen. Die graue Bettwäsche ist allerdings mit dunklen Flecken übersät, wie ein Regenschauer, von meinen eigenen Tränen. Nachdem ich die Mikros abgeschaltet habe, starre ich Maeve an und warte. *Sag das noch mal*, flehe ich mit meinen Blicken.

»Ich liebe dich«, flüstert Maeve. »Und damals habe ich dich auch geliebt.«

»Es tut mir leid, dass ich dir so wehgetan habe«, sage ich leise. Und es stimmt. Noch nie habe ich irgendetwas so bereut wie meinen Versuch, mich von Maeve zu lösen. Und das nicht nur, weil es unmöglich war, sondern auch, weil ich sie verletzt habe und mir eingeredet habe, ich würde ihr nur das geben, was sie wolle. Ich war unsicher, und das mit Cassidy war der einfachere Weg, weil ich genau wusste, wo ich bei ihr stand. Doch ich bereue, dass ich nicht so mutig war, mein Herz zu riskieren.

»Wieso hast du dann all diese Sachen gesagt?«

Ich frage nicht nach, was sie meint. Das weiß ich auch so. »Ich fühlte mich zurückgewiesen und habe mich total scheiße verhalten, schlimmer geht's nicht. Es tut mir echt leid, Maeve.«

Die Stille, die sich über den Raum senkt, wiegt schwer. Ich habe Angst, dass Maeve sich trotz des ganzen Hin und Hers und der zaghaften Fortschritte der letzten Monate doch noch von mir abwendet. Mich aus ihrem Leben kickt. Und wenn sie das täte, würde ich es sogar verstehen. Ich habe mich zwar von ihr zurückgewiesen gefühlt und aus Angst gehandelt. Aber wenn man es genau nimmt, habe ich sie zuerst zurückgewiesen. Und das, nachdem ich behauptet habe, sie zu lieben.

Maeve legt ihr Mikro ab und nimmt meine freie Hand. »Ich verzeihe dir. Lass uns versuchen, das alles abzuhaken.«

So muss es sich anfühlen, wenn man im Lotto gewinnt. Mein Herz geht ganz weit auf, und ich kann es kaum fassen, dass ich so viel Glück habe. Ich lege mein Mikro ebenfalls beiseite und nehme Maeves Hände in meine. »Vielen Dank. Und Maeve, da ich es dir jetzt sagen darf: Ich liebe dich auch. Und das nicht nur wie eine gute Freundin. Oder ein Familienmitglied. Na ja, schon irgendwie, denn für mich bist du auch meine Familie. Du bist alles für mich. Manchmal tust du so, als wärst du nur eine Nebendarstellerin, die zufällig ins Rampenlicht geraten ist. Aber das stimmt nicht. Du bist die Sonne, und ich habe Glück, dass ich in deiner Umlaufbahn kreisen darf.«

Lächelnd wischt Maeve sich mit ihrem Sweatshirt über Augen und Nase. »Du hast Glück, dass die Mikros aus sind. Das war nämlich megaschnulzig.«

»Ist mir egal. Für dich bin ich gerne schnulzig.« Ich rutsche näher an sie heran. Wir sitzen uns immer noch mit gekreuzten Beinen auf dem Bett gegenüber, und rutschen ist nicht gerade romantisch, aber das ist nicht wichtig. Wenn man den Menschen, dem man im ersten Jahr des Studiums beim Erbrechen in eine Wohnheimtoilette geholfen hat, Jahre später immer noch liebt, hat das etwas ziemlich Magisches. Und ich glaube, ich habe sie von Anfang an geliebt. Immerhin habe ich jede Regel, die ich mir selbst auferlegt habe, was das Stehen im Rampenlicht und die Arbeit in der Unterhaltungsbranche angeht, innerhalb einer Millisekunde über Bord geworfen, um mehr Zeit mit ihr verbringen zu können. Und in all den Jahren habe ich nie versucht, sie rumzukriegen. Weil Maeve einfach zu perfekt, zu klug und zu fantastisch war, um sie anzubaggern und sie dadurch vielleicht zu verlieren. Mein neunzehnjähriges Ich hätte das Ganze sicher vermasselt. Wobei … Mein jetziges Ich hat das auch ziemlich gut hingekriegt. Auf jeden Fall bin ich froh, dass ich mich nicht in eine Frau verliebt habe, der ich gerade erst begegnet bin, denn es war toll, Maeve besser kennenzulernen, bevor sie herausgefunden hat, welche Frisur ihr am besten steht – damals, als diese ultratiefsitzenden Hüftjeans in waren und alle unwiderruflich peinlich aussahen. Ich habe sie durch alle Trends und Phasen hindurch geliebt. Mir reicht es, einfach nur an ihrer Seite zu sein, während wir gemeinsam dabei zusehen, wie alles Neue kommt und geht.

»Darf ich dich jetzt küssen?« Uns schreiben ständig Männer, die diesen Satz wahnsinnig schmalzig finden. Aber ich bin der Meinung, dass sie damit falschliegen. Mit angehaltenem Atem auf ihre Antwort zu warten, ist etwas, dass ich genießen will. Dieses Gefühl, tief in meinem Innern zu wissen, dass sie wahrscheinlich, hoffentlich, Ja sagen wird. Aber sicher kann ich mir dessen nicht sein.

Das Herzklopfen, das mich erfasst, als sie nickt und die Arme nach mir ausstreckt, ist überwältigend. »Ja«, flüstert sie.

Dann zieht sie mich zu sich, mit ihrer Hand in meinem Nacken, und ich streiche ihr mit den Fingern durchs Haar, bevor ich sie enger an mich drücke. Unsere Lippen pressen sich hart aufeinander. Sanft haben wir uns schon oft genug geküsst. Jetzt will ich sie so dicht an mir spüren wie möglich. Ich ziehe sie auf meine Schenkel und halte sie fest in meinen Armen. Dass wir in unseren gleichfarbigen Trainingsanzügen rumknutschen, könnte leicht lächerlich wirken. Der von Maeve ist so groß, dass sie förmlich darin ertrinkt, und nun, da sie ihre Hände in meinem Haar vergraben hat, rutschen ihre Ärmel über ihre Unterarme. Doch obwohl sie in ihren Galakleidern verdammt heiß aussieht, liebe ich die Vertrautheit dieses Moments bei ihr zu Hause.

Ich könnte sie bis in alle Ewigkeit küssen. Wenn das hier das Einzige wäre, was sie mich je tun lassen würde, wäre ich trotzdem glücklich. Weil mit ihr zu reden und zu lachen für mich besser ist als Sex. Und ich weiß genau, wie gut unser Sex ist. Maeve drängt sich an mich, und ich umfasse ihre Hüften und reibe mich an ihr. Als sie stöhnt, schiebe ich meinen Daumen unter ihr Sweatshirt und streiche damit über ihren Bauch. Sie küsst mich noch heftiger, und am liebsten würde ich sie nie wieder loslassen.

Doch dann weicht sie auf einmal zurück. Ihre Lippen sind geschwollen von meinen Bissen, und weil ich wie wild daran gesaugt habe, und ihr Kinn ist ganz rot, dort, wo meine Bartstoppeln über ihre Haut gerieben haben. Ich liebe es, die Farbe in ihren Wangen zu sehen und zu wissen, dass ich die Ursache dafür bin. »Ist alles okay?«, frage ich sofort.

Sie küsst mich, diesmal sanft und zärtlich. »Besser als okay. Ich will nur … Lass uns noch warten.«

»Wir können auf jeden Fall noch warten. Was immer du willst.« Ich küsse sie ein weiteres Mal und drücke sie an mich, lasse mich gleichzeitig nach hinten fallen und ziehe sie mit mir, sodass wir nun auf dem Bett liegen, immer noch ineinander verschlungen.

»Das war heute alles so aufwühlend. Ich will, dass wir uns diesmal mehr Zeit lassen.«

»Klar. Und, Maeve: Du brauchst mir nie zu erklären, warum du warten willst. Wenn du sagst, dass ich warten soll, warte ich. Und ich werde auch nie die Geduld verlieren.«

Maeve vergräbt ihren Kopf noch tiefer in meiner Schulter, und ich halte sie fest. Wir passen perfekt ineinander, wie zwei Puzzleteile, und ihre weichen Kurven an mir zu spüren, ist einfach unglaublich. Sie im Arm zu haben, ist irgendwie beruhigend und gleichzeitig wahnsinnig sexy. Irgendwann robbt sie leicht von mir weg, und ich lockere meinen Griff für einen Moment. Dramatisch schnappt sie nach Luft. »Du musst mir auch sagen, wenn ich dir die Luft abdrücke!«, rufe ich erschrocken.

Sie verschmilzt wieder mit mir. »Ich wollte nicht, dass du mich schon loslässt.« Wir liegen so lange da und kuscheln, dass ich eindöse, und als ich aufwache, ist Maeve verschwunden und ihre Seite des Bettes kalt. Einen Moment lang frage ich mich, ob ich das alles nur geträumt habe, doch dann sehe ich, dass die Kameras aufs Bett gerichtet sind – was ein bisschen gruselig ist, wenn man es direkt beim Aufwachen bemerkt. Dennoch versetzt mich der Anblick in Hochstimmung, weil er bedeutet, dass das alles wirklich passiert ist. Wir sind wieder zusammen.

Beschwingt springe ich aus dem Bett und steuere direkt auf Maeves Schnittplatz zu. Natürlich sitzt sie dort und schneidet die Folge. Durch ihre riesigen Kopfhörer kann sie mich nicht hören, deshalb berühre ich sie sanft an der Schulter, um sie nicht zu erschrecken. Sie wendet sich um, und als sie mich anlächelt, ist es, als würde sich alles, worüber ich mir je Sorgen gemacht habe, in Luft auflösen. Ich glaube, das war es, was mir in den letzten Monaten wirklich gefehlt hat. Mit ihr an meiner Seite werde ich beim Einschlafen nicht mehr diesen Gedanken »Vielleicht sollte ich es noch mal mit der Schauspielerei versuchen« im Hinterkopf haben. Weil ich einfach wieder zufrieden sein werde. Endlich. Behutsam nehme ich ihr die Kopfhörer ab und beuge mich hinunter, um sie zu küssen.

Sie kommt mir entgegen und steht auf, ohne die Lippen von meinem Mund zu lösen. »Setz dich«, befiehlt sie mir zwischen zwei Küssen. Gehorsam nehme ich in ihrem Stuhl Platz, und sie macht es sich auf meinem Schoß bequem, zieht dann das Kabel der Kopfhörer aus der Buchse und drückt »Play«, sodass die Folge, die wir gestern im Bett aufgenommen haben, direkt vom Anfang abgespielt wird. Sie ist kurz, ohne Fragen der Woche, und Maeve hat den Teil, in dem wir uns privat unterhalten, im Schnelldurchlauf reingeschnitten und unscharf gemacht. Dann kommt die Aufnahme unseres Kusses, nicht mehr verschwommen und in normaler Geschwindigkeit.

»Haben wir etwa gerade ein Sexvideo produziert?«, witzle ich.

Sie presst die Pause-Taste. »Ich wollte es mir einfach mal anschauen, selbst wenn wir es nicht verwenden.«

Ich gebe ihr einen Kuss auf die Wange. »Es ist auf jeden Fall eine sehr ehrliche Episode. Ehrlicher als alles, was wir bisher gemacht haben. Wenn auch etwas unschön.« Ich hab noch nie vor der Kamera geweint, obwohl ich unserer Hörerschaft schon unzählige Male gesagt habe, dass Männer sich auch verletzlich und emotional zeigen sollten. »Okay, Pros und Kontras. Wieso sollten wir die Folge veröffentlichen?«

»Um die *Paul Myers Show* zu schlagen und Geschichte zu schreiben – pro. Wir stehen kurz vor unserem Ziel, und das ist so guter Content, dass ich glaube, wenn wir das senden, könnten unsere Agenten neu aushandeln, wie lange in Folge wir auf Platz eins sein müssen – das hier geht definitiv viral.«

»Du meinst, wenn wir den Streaming-Rekord um so und so viel Prozent brechen, dürfen wir einen Monat streichen?«

»Genau.« Maeve nickt. Ich schlinge meine Arme noch fester um sie. Wenn ich bei ihr bleiben darf, bringe ich jede Folge raus, die sie für gut befindet. »Kontra: Paul Myers' gesamte Fangemeinde wird unseren intimsten Moment zerreißen und extrem widerliche Kommentare abgeben. Und davon wirst du wahrscheinlich die meisten abkriegen, fürchte ich.«

»Pro: Wir helfen dabei, neu zu definieren, welche Gefühle Männer vor der Kamera ausdrücken dürfen.«

»Kontra: Du wirst online gemobbt und gememed.«

Ich schmiege mein Gesicht an ihren Hals und atme den Duft ihres Shampoos und Parfüms ein. »Das war doch die letzten zwei Jahre schon so. Damit komme ich klar. Was hast du noch auf deiner Kontraliste?«

»Wir verlieren einen intimen Moment. Der wird dann öffentlich ausgeschlachtet, und ich weiß nicht, ob es mir das wert ist. Wieso müssen wir darüber *auch* so ehrlich sprechen, nur weil wir das vorher immer getan haben?«

»Wenn du denkst, das wird zu heftig oder löst eine Angstattacke bei dir aus, sollten wir es sein lassen.«

Maeve dreht sich halb zu mir, um mich direkt anzusehen. »Pro: Wir brauchen die Quoten. Letzte Woche haben wir ein bisschen nachgelassen. Wir haben es nur mit ein paar Hundert Downloads mehr auf Rang eins geschafft.«

Ich lehne meine Stirn an ihre, sodass unsere Gesichter nur noch wenige Zentimeter trennen, und gebe ihr den sanftesten Hauch eines Kusses, bevor ich mich wieder von ihr löse, um ihr zu antworten. »Die Entscheidung überlasse ich wirklich dir. Wenn du die Folge veröffentlichen willst, machen wir das.«

Maeve atmet tief ein und küsst mich ein weiteres Mal, ganz langsam, bevor sie entgegnet: »Na ja, wir haben es ja nicht ohne Grund aufgenommen, oder?«

Innerhalb von vierundzwanzig Stunden ist unsere Episode die am häufigsten downgeloadete in der Geschichte von Streamify. In Maeves Haus und dem meiner Eltern (laut den Fotos, die mein Dad mir schickt) türmen sich die Obstkörbe und Blumen von unseren Agenten und Werbekunden. Die Leute von Streamify haben sich damit einverstanden erklärt, dass wir, wenn wir noch zwei weitere Wochen Nummer eins bleiben, die Honorarerhöhung bekommen und dass wir mit dieser Extraepisode eine Woche ausgleichen können, in der wir den ersten Platz nicht erreichen sollten. Aber die Zahlen steigen sowieso immer weiter.

Wir lassen uns in Maeves Pool treiben und halten mit unseren verschlungenen Händen die Luftmatratzen gerade so dicht zusammen, dass wir uns bei jedem hunderttausendsten Streaming küssen können. Maeve hat eine Browsererweiterung heruntergeladen, und jedes Mal, wenn wir hunderttausend neue Aufrufe haben, ist eine Konfettiexplosion zu hören. Die Gratulationsgeräusche ertönen beängstigend schnell hintereinander, und einmal zuckt Maeve sogar merklich zusammen. Es ist ein komisches Gefühl, wenn man weiß, dass der eigene Erfolg so eng an Zahlen gekoppelt ist.

Ich ziehe an ihrer Hand und hole sie näher zu mir. »Lust auf Disney?«

»Was?«

»Lass uns nach Disneyland fahren. Die Handys hierlassen und mal eine Weile nicht übers Gewinnen und die Zahlen nachdenken oder was Paul Myers' Groupies jetzt schon wieder Schlimmes geschrieben haben.« Ich frage mich, ob Myers von dem Anreiz in unserem Vertrag weiß. Da er schon immer fies zu uns war, ist es schwer zu sagen, ob er die Konditionen kennt oder sich einfach generell arschig verhält. An diesem Morgen hat er in seiner Livesendung über unsere Episode gesprochen und mich mit allen möglichen homophoben Beleidigungen überschüttet, weil ich geweint habe, und Maeve hat er als hässlich bezeichnet. Also alles wie immer.

Maeve lässt sich von ihrer Luftmatratze gleiten, watet zu mir herüber und legt die Arme auf meine Schwimmmatte, sodass ein wenig Wasser daraufschwappt. »Das kommt so plötzlich. Seit wann bist du denn so ein Disneykind?«

Ich rolle mich von der Matratze ins Wasser, hebe Maeve hoch, und sie schlingt die Beine um meine Taille. »Du magst Fahrgeschäfte, und ich mag Fahrgeschäfte. Auf der Uni hatten wir immer totalen Spaß in Kennywood, also lass uns Achterbahn fahren in Disneyland. Und die Folge eine Zeit lang vergessen.« Kennywood ist ein Freizeitpark in Pittsburgh, in dem wir während des Studiums dauernd mit unseren Freunden waren.

»Wäre es total dekadent, wenn wir stattdessen nach Pittsburgh fliegen und uns in Kennywood vergnügen würden? Dann könnte ich meine Familie besuchen, und außerdem müssten wir dort nicht anstehen. Wir könnten einfach nur für eine Nacht rüberfliegen.«

Ich wate mit ihr tiefer ins Wasser hinein. »Wie weit ist das? Vier Stunden direkt?«

Maeve nickt. »Viereinhalb. Und die einzige Airline, die Direktflüge anbietet, ist Pennfly.«

»Soll ich uns einen Privatjet chartern?«

Sofort spritzt Maeve mir Wasser ins Gesicht. »Auf gar keinen Fall. Das ist viel zu teuer. Und schädlich für die Umwelt!«

»Wir könnten es uns leisten …«, entgegne ich.

»Ich weiß. Wirklich. Aber die Vorstellung, so viel Geld auszugeben, tut mir körperlich weh.«

»Sieh es doch einfach als Taschengeld an; mit den Zinsen, die du für dein Geld bekommst, hast du das nämlich innerhalb von … keine Ahnung, ein paar Stunden, wieder drin.« Ich warte, in der Hoffnung, dass sie es sich noch einmal anders überlegt. Doch sie verzieht nur das Gesicht und schüttelt den Kopf. »Okay, dann eben mit Pennfly.«

Es dauert ungefähr drei Stunden, bis mir klar wird, warum ich noch nie mit Pennfly geflogen bin. Von dem Moment an, als wir am Flughafen von L. A. ankommen, gibt es Probleme. Zuerst einmal dürfen wir nicht den VIP-Eingang benutzen, weil wir mit einer Billigairline fliegen. Wir werden direkt an der Tür abgewiesen und müssen durch den normalen Eingang gehen. Dann warten wir etwa eine Stunde lang in der Schlange, um mehr als die

Summe, die wir für unsere Tickets ausgegeben haben, für unser Gepäck zu bezahlen, weil ich nicht wusste, dass ich nur Handgepäck mit dem Gewicht meines Handys und meines Portemonnaies kostenfrei mit in die Kabine nehmen darf. Kopfschüttelnd händige ich dem Mitarbeiter meine Kreditkarte aus und verdrehe dabei so genervt die Augen, dass Maeve zu kichern anfängt.

»Was ist denn daran bitte so lustig? Das ist eine Unverschämtheit.« Ich befestige die Aufkleber an unserem Handgepäck, und wir machen uns auf den Weg zur Sicherheitskontrolle, wo wir – Gott sei Dank – wenigstens durch den PreCheck-Eingang gehen dürfen und so schneller durch sind. Da wir dachten, wir könnten den VIP-Eingang benutzen, tragen wir beide unsere *»Tell Me How You Really Feel«*-Trainingsanzüge und fallen dementsprechend ziemlich auf. Bisher mussten wir für mindestens fünf Selfies posieren, und ich entdecke immer wieder Leute, die uns filmen.

»So ist das nun mal bei Billigairlines. Wie bist du denn während des Studiums nach Hause gekommen?«

»Mit dem Privatjet«, murmle ich.

»Wie bitte?« Maeve rammt ihren Koffer in meinen. Nachdem unsere Met-Gala-Outfits in der *Vogue* erwähnt wurden, haben wir pinkfarbene Koffersets von einer Luxusmarke geschenkt bekommen.

Finster blicke ich Maeve an. »Du hast mich genau verstanden. Ich bin halt kein Mann des Volkes, okay? Ich bin ein Hochstapler.«

Maeve wirft den Kopf zurück und lacht aus vollem Hals, was mich wiederum zum Lächeln bringt. Wir schaffen es schließlich durch den Sicherheitscheck, und ich treibe uns zur Eile an, da uns nach dem Schlangestehen am Gepäckschalter nur noch fünfundvierzig Minuten bis zum Boarding bleiben. Als wir in der Flughafenlounge ankommen und uns endlich etwas entspannen können, ruft Maeve ihre Eltern an, um ihnen zu sagen, dass wir heute Abend bei ihnen vorbeikommen werden. Ich habe einen Fahrdienst organisiert, der uns direkt nach Kennywood bringt und unser Gepäck verwahrt, während wir uns amüsieren, und danach werden wir zu Maeves Eltern fahren, dort übernachten und am nächsten Morgen zurückfliegen, nach einem – wie Maeve mich schon vorgewarnt hat – sehr ausgiebigen, verhörartigen Frühstück.

Die Lounge verschafft uns eine kurze Erholungspause von dem organisierten Chaos, das bei Pennfly herrscht. Am Gate gibt es kein eingeteiltes Boardingsystem, sodass wir, als wir endlich die Maschine betreten können, in die allerletzte Reihe gescheucht werden, wo man die Sitze nicht nach hinten klappen kann. Aber vielleicht geht das auch nirgendwo im Flieger. Und um das Ganze noch schlimmer zu machen, sind die Sitze auch noch extrem schmal. In der engen Reihe muss ich meine Beine wie Bretzel verschlingen, und selbst Maeve hat Schwierigkeiten, eine bequeme Position zu finden.

»Wenn du mir vorher gesagt hättest, wie schlimm das hier ist, hätte ich uns einen Privatjet organisiert«, zische ich ihr aggressiv zu. »Diese Maschine sieht aus wie eine fliegende Konservenbüchse. Ich glaube, hier zieht's auch irgendwie. Würde mich nicht wundern, wenn das Ding explodiert und wir sterben.«

Maeve nimmt meine Hand und drückt sie. Auf dem Flughafen haben wir jegliche zärtlichen Berührungen vermieden, um keine ungewollten Fotos zu provozieren. Doch jetzt im Flieger lehnt sie sich an mich, und ich fange an zu relaxen. »So fliegen wir Normalsterbliche nun mal, Finn. Und weißt du was? Dieser Flug hat nur siebenundzwanzig Dollar gekostet. Weißt du das denn gar nicht zu schätzen?«

»Plus hundertfünfzig fürs Gepäck.«

»Wir verdienen achtstellig, Finn. Also vergiss doch endlich mal das Gepäck.«

Die Sicherheitseinweisung – oder was auch immer die hier machen – habe ich anscheinend verpasst, denn plötzlich setzt sich die Maschine in Bewegung. Und damit meine ich, so richtig in Bewegung. Wir springen geradezu in den Himmel, kein langes Rollen, und durch den Druckabfall knallt es dauernd in meinen Ohren. »Geben die uns hier auch Wasser?«, frage ich Maeve. In der Lounge gab es keine Flaschen zum Mitnehmen.

Sie zuckt die Achseln. »Vielleicht, wenn du sie bestichst. Kann sein, dass die auf dieser kurzen Strecke nicht mal den Verkaufsservice anbieten.«

»Der Flug geht doch über vier Stunden.«

Maeve nickt ernst. »Am Gate hättest du Wasser für zehn Dollar kaufen können.«

Ergeben lasse ich meinen Kopf gegen den Sitz fallen, nur um mit einem Satz wieder hochzuschnellen. »Wir durchfliegen momentan noch einen kurzen Abschnitt mit etwas unruhigem Wetter«, verkündet die Flugbegleiterin über Lautsprecher.

»Was für eine Umschreibung. ›Unruhiges Wetter‹ klingt so viel besser als ›Turbulenzen‹«, sinniert Maeve.

»Ja, und viel besser als ›Sie fliegen mit einer Billigairline, die nicht mit Wind klarkommt‹.«

»Du führst dich echt auf wie eine Diva«, rügt Maeve mich.

»Wir fliegen nach Pittsburgh, weil du in einen Vergnügungspark willst, wo man nicht so lange anstehen muss. Du bist die Diva von uns beiden!« Maeve gibt mir einen intensiven Kuss. »Ich nehme alles zurück«, korrigiere ich mich. »Du hast einen unübertroffenen Geschmack und gibst dein hart verdientes Geld mit einer Weisheit aus, die ihresgleichen sucht.«

»Genau so sehe ich das auch.«

Ich will gerade aufstehen und versuchen, uns beiden Wasser zu organisieren, als eine junge Frau im Collegealter zögernd vor unseren Plätzen stehen bleibt. Ich blicke auf und drücke Maeves Hand. So fest, dass sie meine nicht mehr loslassen kann, denn den Quatsch machen wir nie wieder.

Maeve sieht das Fangirl und lässt ihr Nackenkissen fallen. »Hi! Oh mein Gott, wie geht's dir?« Bei ihrem Tonfall könnte man denken, sie und die junge Frau wären schon ein Leben lang befreundet.

Die Fremde fängt an zu strahlen. »OmeinGotthi!«, sprudelt es aus ihr heraus. »Ich bin so ein Riesenfan. Meine Freundinnen und ich kommen gerade von einem Junggesellinnenabschied und wollten fragen, ob wir wohl ein TikTok mit euch machen könnten? Und euch ein paar Fragen der Woche stellen dürfen?«

Mein Blick huscht zu dem Anschnallzeichen über uns, dann verrenke ich mir fast den Hals, um nach der Flugbegleiterin zu sehen, die hinter uns ein Buch liest und eine Cola trinkt.

»Klar!«, stimmt Maeve sofort zu. »Kommt doch alle hierher nach hinten! Oder sollen wir zu euch kommen?«

»Ich hole die anderen!«

Innerhalb weniger Sekunden haben sich acht stark geschminkte Frauen in Reiseoutfits – und mit deutlichem Kater – um uns herum bei den Toiletten versammelt. Ich schätze, das ist einer der Vorteile, wenn man im Flugzeug ganz hinten sitzt. Man hat viel Platz für die Fans. Ich tausche den Sitz mit Maeve, quetsche mich in den Fensterplatz, und während der nächsten Stunde klinke ich mich auf Anweisung ins Gespräch ein, sehe jedoch die meiste Zeit über Maeve dabei zu, wie sie sich mit diesen jungen Frauen unterhält. Es ist offensichtlich, dass sie ihre Ratschläge wahnsinnig wertschätzen und befolgen. Und sie verhalten sich so, als würden sie Maeve ebenfalls zu ihren besten Freundinnen zählen. Maeve beantwortet all ihre Fragen, gibt Tipps und hebt immer wieder verschwörerisch die Augenbrauen, und erst als die Hälfte von ihnen zu ihren Plätzen zurückgekehrt ist, kommt eine der Fans auf die gestrige Episode zu sprechen.

»Ich finde es total cool, dass ihr diese Folge von eurem … na ja, Streit veröffentlicht habt. Oder eurer Versöhnung? Auf jeden Fall ist das so ehrlich und authentisch, und wir freuen uns alle total für euch beide.« Die anderen Frauen nicken bestätigend.

»Vielen Dank«, sagt Maeve leise. Dann streckt sie den Arm in meine Richtung aus und drückt meine Hand. »Das war nicht leicht. Aber wir haben euch Fans alles zu verdanken, deshalb wollten wir ehrlich sein.«

Als auch der Rest gegangen ist, sind wir beide total erschöpft. Ich lege den Arm um Maeve, und sie kuschelt sich an mich, bevor sie eindöst. Ich bleibe wach, bereit, weitere Fans abzuwehren, während sie schläft. Den Rest des Fluges schlummert sie an meiner Brust und schreckt erst bei unserer holprigen Landung hoch, schmiegt sich jedoch gleich wieder an mich, und wir warten in dieser Position, bis alle anderen Passagiere ausgestiegen sind. Erst dann hole ich unsere Koffer aus den Gepäckfächern über uns, und wir verlassen die Maschine.

Wegen der Bordtickets mussten wir unsere Handys mit zum Flughafen nehmen, aber sobald wir im Flieger saßen, haben wir sie ausgestellt und in einem unserer Koffer verstaut. Es reizt mich, nachzusehen, ob irgendwelche Fotos von uns am Flughafen in den Boulevardmedien aufgetaucht sind oder es Berichte über unsere Episode gibt. Doch stattdessen nehme ich Maeves Hand, und wir machen uns eilig auf den Weg durch den Flughafen, bis wir den Mann finden, der ein Schild mit meinem Nachnamen vor seinen Bauch hält. Wären wir in New York, würde das wahrscheinlich schon reichen, um die Paparazzi auf den Plan zu rufen, und es würden definitiv irgendwelche Leute ihre Handys zücken und uns filmen. In Pittsburgh interessiert sich dagegen niemand für uns, und so verläuft unsere Fahrt nach Kennywood ohne Zwischenfälle.

Wir erreichen den Park am späten Nachmittag, und wie immer ist er weitestgehend leer, obwohl Samstag ist. Für den Eintrittspreis würde man in anderen Freizeitparks gerade mal ein Getränk bekommen, und so haben wir uns wenig später durch den verzweigten Eingangsbereich geschlängelt und steuern auf das erste Fahrgeschäft zu. Maeve breitet die Arme weit aus. »Ist das nicht besser als Disney?«

Ich hebe sie hoch und drehe mich mit ihr im Kreis, bis uns beiden schwindlig ist und wir stolpernd zum Stehen kommen. Dann drücke ich ihr einen gewaltigen Kuss auf die Wange. »Auf jeden Fall. Vor allem, da heute nicht die *Nacht der Schrecken* ist.«

»Oh, das hatte ich ganz vergessen«, ruft Maeve. »Du hast dir vor Angst fast in die Hose gemacht!«

»Erschrocken war ich! Leicht erschrocken, so wie es jedem ginge.« Als wir das erste Mal mit Freunden von der Uni in Kennywood waren, war gerade *Nacht der Schrecken* im Oktober, was bedeutete, dass im ganzen Park Leute in Monster- und Zombiekostümen die Besucher erschreckten, in dem sie plötzlich vor einen traten oder sprangen. Das hat überhaupt nicht mehr aufgehört. Manche würden es als Folter bezeichnen. Aber Maeve hatte totalen Spaß.

»Okay, nennen wir es so, für dein Ego.« Maeve greift nach meiner Hand und führt mich zu ihrem Lieblingsfahrgeschäft, dem Blitz. Das ist eine Holzachterbahn, nicht so groß wie der Stählerne Vorhang – die Stahlachterbahn, die nach einer Verteidigungslinie der Pittsburgh Steelers benannt ist –, aber hoch und schnell genug, um den Magen in ungeahnte Höhen schnellen zu lassen.

Vor unserer ersten Fahrt sprinten wir die Stufen noch hoch, aber als wir das dritte Mal hintereinander auf den Blitz zusteuern, gleicht unser Gang eher einem Trott. Die Anzahl der Treppenstufen in einem Vergnügungspark gehört zu den Dingen, die man erst bemerkt, wenn es keine Schlangen gibt. Ansonsten hat man nur das Gefühl, auf den Treppen immer mal wieder die Position zu wechseln. Jetzt trainieren wir allerdings richtig unsere Waden, während wir hocheilen und uns schließlich hinter die sechs anderen Leute in der Schlange einreihen. Nach unserer vierten Fahrt wendet Maeve sich mir zu. »Jetzt darfst du aussuchen!«

Ich führe sie zum Stählernen Vorhang, wo wir uns unter den Gittern hindurchducken, die man hier optimistischerweise eingebaut hat, um die Schlangen zu regulieren. Eigentlich ist Kennywood ein ziemlich gut aufgestellter Freizeitpark: Es gibt viele unterschiedliche und große Fahrgeschäfte, die Essensauswahl ist grandios, und man kann kostenlos parken. Aber die Anlage liegt eine halbe Stunde von Pittsburgh entfernt, umgeben von winzigen Städten mitten im Nichts, und durch die starke Konkurrenz in Ohio kommen hier nicht so viele Leute her wie beispielsweise ins Disneyland oder in einen der Six Flags Parks. Wodurch es hier, so würde Maeve argumentieren, umso schöner ist, aber ich würde sagen, es besteht ein großes Risiko, dass irgendwann ein Geisterpark daraus wird.

»Wieso denn ausgerechnet den? Ich finde immer, man spürt hier kaum was, wegen der zu hohen Zentripetalkraft oder was auch immer.«

Ich zucke die Achseln. »Es macht aber Spaß, in der größten und coolsten Bahn zu fahren, ohne anstehen zu müssen.« Wobei wir, als wir die Stufen hochkommen, sehen, dass hier ganze vierzehn Leute warten, da es die Hauptattraktion ist. »Und du sagst, hier gibt es keine Schlangen«, ziehe ich Maeve auf. »Das ist irreführende Werbung.«

Maeve lehnt sich über die Brüstung und betrachtet den Park von oben. »Wie viel, glaubst du, würde das Ganze kosten?«

Ich schlinge von hinten meine Arme um sie und küsse sie auf den Hals. »Kennywood?«

»Ja. Hundert Millionen oder so was?«

»Weniger. Vielleicht fünfzig? Schwer zu sagen. Und wahrscheinlich gehört es auch zu irgendeinem Konsortium. Ich weiß nicht, ob die dir einfach nur Kennywood verkaufen würden.«

Maeve dreht sich um, sodass sie mit dem Rücken am Geländer lehnt. Mittlerweile ist die Schlange kürzer geworden, doch wir haben uns nicht bewegt. Ich presse mich an sie und küsse sie. »Wenn wir die *Paul Myers Show* übertroffen haben, kannst du den Park kaufen.«

»Das wäre ziemlich bescheuert«, entgegnet sie zwischen zwei Küssen.

»Na und? Ist doch dein Geld. Du hast es dir selbst verdient. Und nach der Therapiesendung wirst du sogar noch viel mehr haben, plus Wiederholungshonorare und dem Geld aus dem jetzigen Vertrag.« Erneut küsse ich sie, diesmal länger, bis ich spüre, dass sie sich entspannt. »Wenn du also einen Vergnügungspark kaufen willst, wo niemand hingeht, mach es einfach. Du hast dann immer noch genug Geld, um die Freizeitaktivitäten deiner Schwestern zu finanzieren, dir Urlaub zu gönnen und dein Gruselhaus zu renovieren und was du sonst so noch machen willst.«

»Die Nächsten!«, ruft der Teenager, der die Bahn betreut.

Maeve löst sich kichernd von mir, und ich renne hinter ihr her die Treppe hinauf. »Vorne oder hinten?«

Sie geht gar nicht auf meine Worte ein. Wahrscheinlich hat sie immer noch nicht ganz erfasst, dass sie nun reich ist, denn das Einzige, wofür sie bisher Geld ausgegeben hat, ist ihr Haus. Aber ich lasse sie fürs Erste in Ruhe. Sie will den Park ja nicht wirklich kaufen; dafür ist sie viel zu verantwortungsbewusst. Sie würde sich den Druck machen, Gewinne zu erwirtschaften, und dann würde der Park all seinen Reiz verlieren. »Vorne. Und wir müssen die Augen auflassen.«

»Du vielleicht«, sagt Maeve. »Ich würde meine Augen gerne noch behalten.«

Wir fahren drei Runden, und nach jedem Mal kaufe ich die in Plastik eingerahmten Fotos von uns. Sie sind furchtbar; unsere Gesichter sind ganz verzerrt von der Fliehkraft. Maeve hat die

Augen fest zusammengekniffen, ich habe die Arme hochgerissen und die Zähne entblößt, weil meine Lippen auseinandergedrängt wurden. Aber ich finde die Bilder einfach grandios.

»Wohin jetzt?«

»Zur Jukebox«, ruft Maeve entschlossen.

Die Sonne geht langsam unter, und wir schlendern durch den Park zum nächsten Diner. Drinnen sitzen Familien mit Kindern, die tropfendes Waffeleis essen, und einige Gruppen von Teenagern und Collegestudenten. Ich bestelle eine unverschämte Zahl verschiedener Gerichte, während Maeve sich an den Tresen setzt und beginnt, Liedlisten durchzulesen. Hier gibt es überall kostenlose Minimusikboxen, und sie blättert hoch konzentriert den Katalog durch. Als ich meine Bestellung aufgegeben habe, geselle ich mich zu ihr.

»Und? Was hast du ausgesucht?«

Maeve legt den Kopf schief und wartet darauf, dass das derzeitige Lied endet. Nachdem die letzten Takte verklungen sind, fängt ihre Auswahl an, und sie hält mir die Hand hin, während sie gleichzeitig aufspringt. Zuerst erkenne ich das Lied gar nicht. Doch dann dringt die tiefe, schmachtende Stimme von Elvis aus den Lautsprechern. »Can't Help Falling in Love«, wiederhole ich leise, und auf meinem Gesicht breitet sich ein Lächeln aus. Normalerweise würde ich in einem Diner nicht freiwillig tanzen. Nicht mal in einem nachgemachten wie diesem, das in einem kleinen Vergnügungspark errichtet wurde. Ich bin per se kein guter Tänzer und will nicht bis zum Ende meines Lebens Videos von meinen grauenvollen Moves im Netz vorfinden, begleitet von Schlagzeilen wie *Finn Sutton – Ist der Ruhm zu viel ihn?* oder *Finn Suttons heimlicher Drogenrausch.* Mein Tanzstil ist nämlich wirklich peinlich. Doch in diesem Moment ergreife ich Maeves Hand und lasse mich von ihr in die Mitte des Raums ziehen.

Langsam beginnen wir zu tanzen, eng aneinandergeschmiegt,

und es fühlt sich an, als wären wir die einzigen Personen im Raum. Als die erste Textzeile erklingt, drehe ich Maeve behutsam herum und hole sie dann wieder zu mir, bevor wir uns weiter sanft im Takt der Musik wiegen. Als das Lied endet, lösen wir uns nicht voneinander, und ich blicke Maeve zärtlich in die Augen. »Maeve, du machst mich so …« Abrupt setzt das nächste Stück ein: »Dancing Queen« von ABBA. In Maeves Gesicht zuckt es, als sie versucht, sich angesichts des plötzlichen Stimmungswechsels das Lachen zu verkneifen, während ich gerade sentimental werde. »… glücklich«, vollende ich den Satz, bevor sie in Gekicher ausbricht.

Der Kellner zerstört die Romantik noch weiter, indem er aggressiv auf die Glocke an unserem Platz einhämmert, bevor er unser Essen auf dem Tisch abstellt. Doch als ich mich setzen will, hält Maeve mich am Arm fest. »Noch eins.«

Ich hebe eine Augenbraue. »Okay, es ist immerhin ABBA!«

Stumm hebt Maeve drei Finger und lässt sie nacheinander sinken. Drei, zwei, eins … Und dann fangen wir an zu tanzen, als würden wir uns in ihrem winzigen New Yorker Zimmer befinden und keiner würde uns zusehen. Und ich glaube, ich hatte noch nie so viel Spaß wie in diesem Moment.

Dreißig

MAEVE

Finn in meinem Elternhaus zu sehen, ist so, als würden sich meine Vergangenheit und Gegenwart dauernd berühren. Es ist fast unmöglich, diese beiden Zeitabschnitte zusammenzubekommen, aber ich gebe mein Bestes, um mein Unbehagen zu unterdrücken. In unserem winzigen, einstöckigen Haus haben wir noch nicht mal Platz für einen Esstisch – meine Eltern wollen nicht, dass ich ihnen ein größeres Haus kaufe, obwohl ich es ihnen wiederholt angeboten habe –, deshalb haben wir unsere Teller schon von klein auf immer mit ins Wohnzimmer genommen und auf der Couch gegessen; meistens bei laufendem Fernseher. Wir mussten ihn ständig übertönen, und die Klänge von *New Girl* bis zu *Ozark* waren unsere typische Geräuschkulisse.

Doch jetzt, als meine Mom Finn zuerst seinen Teller gibt, huscht sein Blick unruhig durch den Raum, während er überlegt, wo er sich hinsetzen soll. Wie viele Häuser in den trostlosen Städten rund um Pittsburgh hat auch unseres die Größe einer Abstellkammer. Wenn man hineinkommt, kann man direkt in die Küche, das Wohnzimmer und das einzige Bad sehen, ohne den Kopf drehen zu müssen. Geht man den Flur hinunter, gelangt man zum Schlafzimmer meiner Eltern und zu zwei winzigen Räumen, die meine Schwestern und ich uns geteilt haben. Nun, da ich aus meinem riesigen Haus komme, fühlt sich dieses hier zwergenartig an. Ich glaube, selbst das Hotelzimmer, in dem wir während der Fashion Week gewohnt haben, hatte mehr Quadratmeter.

Unbehaglich bleibt Finn stehen, bis Tiffany ihren Teller hat, dann folgt er ihr zu unserer abgewetzten Ledercouch. Alles in allem geht er mit der Couch-Ess-Situation ziemlich locker um.

Als Claude und ich uns zu den beiden gesellen, lächelt Finn meine Schwestern breit an. »Und? Gibt es hier irgendwelche peinlichen Kinderfotos von Maeve?«, fragt er grinsend.

Claude wirft ihm einen finsteren Blick zu. »Für dich? Nicht.«

Tiffany beäugt ihn ebenfalls wie Ungeziefer, das sie am liebsten zerquetschen würde. Obwohl Sarah und ich uns näherstehen, nicht nur räumlich gesehen, sondern auch, weil wir beide verstehen, wie es sich anfühlt, im Schatten unserer Schwestern aufzuwachsen – und genauso fühlt es sich immer noch an, obwohl uns die meisten Leute außerhalb unserer Stadt mittlerweile als erfolgreicher ansehen würden –, sind Tiffany und Claude bestens über die Geschichte mit Finn informiert. Und sie nehmen kein Blatt vor den Mund.

Aggressiv spießt Tiffany ein Stück Melone auf. »Wieso bist du überhaupt hier?«

Finn blickt zögernd zwischen mir und meinen Schwestern hin und her. Ich zucke die Achseln. Aus diesem Dilemma muss er sich selbst heraushelfen. Und da meine Eltern gerade in der Küche sind und ihre eigenen Teller befüllen, nutzen meine Schwestern die Situation richtig aus. »Habt ihr beiden euch schon die letzte Folge angehört?«

Claudes Augenrollen demonstriert eindrucksvoll, wieso sie so oft bei Misswahlen überzeugt hat. »Klar. Oder denkst du, wir tun nur so, als wären wir Fans? Maeve glaubt dir natürlich, schließlich steht sie schon seit dem College auf dich.« Nun bin ich diejenige, die Claude finstere Blicke zuwirft, doch sie redet trotzdem weiter. »Was uns angeht, bist du ein Arschloch. Ich meine, wie schwer kann es sein, unserer Schwester deine Gefühle zu gestehen, *sie* ins Carbone auszuführen und das Ganze dort offiziell zu machen?

Aber du gehst mit einer anderen dorthin. Das ist so widerlich. Und wie kannst du dann noch erwarten, dass sie ihre eigenen Gefühle offenlegt, wenn du anrufst und sie fragst, ob du mit einer anderen zusammen sein darfst. Das ist so … respektlos.«

»Ja, und du bist berühmt«, meldet Tiffany sich zu Wort. »Ich meine, da könntest du echt mehr Eier in der Hose haben.«

»Genau!«, stimmt Claude mit ein und kommt jetzt so richtig in Fahrt. »Wieso sollten wir dir glauben, dass du es diesmal ernst meinst mit Maeve? Was genau magst du denn an ihr?«

Trotz der komplizierten Gefühle, die ich in meiner Kindheit und Jugend durchlebt habe – als ich geglaubt habe, dass nur meine Schwestern zählten und nicht ich oder meine psychische Gesundheit –, war ich immer dankbar dafür, dass ich sie hatte. Wir sind füreinander da, bis zum bitteren Ende, und unterstützen uns bedingungslos. Ich würde für sie in ein brennendes Gebäude rennen, und ich weiß, dass sie umgekehrt für mich das Gleiche tun würden.

Bei der letzten Frage kommen meine Mom und mein Dad ins Wohnzimmer und quetschen sich zu uns auf die Couch. Wir drängen uns wie die Ölsardinen auf die begrenzte Sitzfläche, mit Finn in der Mitte, während wir anderen uns vorlehnen, um ihn ansehen zu können. »Die Antwort würde ich auch gerne hören«, sagt mein Dad. Meine Mom hebt nur eine Augenbraue in meine Richtung; sie versteht die Dynamik, die sich zwischen Finn und mir entwickelt hat, viel besser. Und sie steht auf meiner Seite, egal was passiert. Obwohl sie nicht wusste, wie sie mir als Kind das geben sollte, was ich brauchte, weiß ich, dass sie immer ihr Bestes getan hat, und sie merkt mir an, wie viel Finn mir bedeutet. Meine Schwestern und mein Dad hingegen wollen, dass Finn erst noch ein bisschen leidet, bevor sie ihn in der Familie willkommen heißen; schließlich ging es mir seinetwegen in den letzten Monaten ziemlich schlecht.

Finn stellt seinen Teller auf dem Wohnzimmertisch ab und lächelt. »Also das kann ich ganz leicht beantworten. Zuallererst einmal ist Maeve einfach genial. Viel klüger als ich, immer schon. Wenn ich irgendwo auf einer einsamen Insel stranden würde, hätte ich gerne sie dabei, weil ich weiß, dass ihr eine Million Auswege einfallen würden, auf die ich nie käme. Und sie ist so kreativ. So erfinderisch. Und witzig! Sie behauptet immer, dass ich bei unserem Podcast für den Humor zuständig wäre, aber sie bringt mich am meisten zum Lachen. Ach, und sie hat ein wahnsinnig großes Herz.«

Am Anfang seiner Lobeshymne hat Finn noch meine Familie angesehen, doch jetzt ist sein Blick fest auf mich gerichtet. »Ich kenne niemanden, der liebevoller ist. Zu Fremden, Freunden und zu ihrer Familie. Sie ist so großzügig und aufmerksam und eine super Zuhörerin. Sie hört nämlich wirklich zu, anstatt nur darauf zu warten, dass sie antworten kann. Ich liebe alles an ihr. Sie ist ohne Frage der tollste Mensch, den ich kenne. In den letzten Monaten, als sie nicht bei mir war – das hat sich angefühlt, als würden die besten Teile meines Lebens fehlen. Und dass sie wunderschön ist, ist natürlich auch kein Nachteil. Seit ich sie das erste Mal gesehen habe, in unserem Anfangsjahr auf dem College, raubt sie mir den Atem. Sie ist so schön. Ich hab Glück, dass sie sich überhaupt für mich interessiert.«

Ich war mir nicht sicher, ob Finn sich gegenüber meiner Familie behaupten könnte. Seine Eltern sind kultiviert und stilvoll, immer höflich und daran gewöhnt, dass alles, was sie sagen, von den Medien missbraucht werden könnte. In meiner Familie geht es ein wenig rauer zu, und medientrainierte Antworten auf Fragen kommen nicht besonders gut an. Doch wie es aussieht, hat Finn sie mit seinem Monolog überzeugt.

Der Ausdruck auf den Gesichtern meiner Schwestern hat sich von wütend zu schwärmerisch gewandelt, und meine Mom lächelt in sich hinein, während sie zwischen uns beiden hin- und herblickt. Selbst mein Dad wirkt, als hätten Finns Worte sein Misstrauen um einiges geschmälert.

Ich nehme Finns Hand und drücke sie. »Er hat auch ein paar gute Seiten«, witzle ich. »Aber im Ernst, Leute, zwischen uns ist alles geklärt.«

Im Raum herrscht kollektives Schweigen, während Finn und ich auf die Reaktion meiner Familie warten und sie über meine Worte nachdenken. Ich habe noch keinen Freund auf diese Weise mit nach Hause gebracht. Klar hatte ich auch Beziehungen, aber die waren nie so ernst, dass wir alle hier auf der Couch gesessen und ihn angestarrt hätten. Sarah und Claude dagegen haben jedes Jahr eine neue »ernsthafte Beziehung«.

Einen Augenblick später ist es, als würden alle gemeinsam aufatmen, und dann bombardiert meine Familie Finn von allen Seiten mit Fragen.

»Können wir mit deiner Mom videochatten?«, will Claude wissen. »Sie ist einfach … eine Legende.«

»Kennst du irgendwelche professionellen Fußballerinnen?«, klinkt Tiffany sich ein.

»Was für ein Auto fährst du? Ich bastle gerade an einem hinten im Garten. Wenn du es dir ansehen willst …«, sagt mein Dad gleichzeitig.

Meine Mom beugt sich zu mir herüber und drückt mein Knie. »Könntest du mir kurz in der Küche helfen?«, fragt sie, und ich folge ihr in unsere winzige Küche mit den abgeplatzten Fliesen auf dem Boden und den durchhängenden Holzschränken. Bisher haben mein Dad und sie mein Angebot, ihnen ein neues Haus zu kaufen, dreimal abgelehnt. Das jetzige habe ich für sie abbezahlt, in der Sekunde, in der ich mein erstes Honorar von Streamify bekommen habe. Als diese erste Rate auf meinem Bankkonto einging, standen dort auf einmal mehr Nullen, als ich mir je hätte vorstellen können. Ich weiß immer noch nicht genau, was ich mit dem Geld machen soll, aber eins steht fest: Ich will, dass meine Familie in einem schöneren Haus lebt. Und hier bekommt man eine Luxusvilla schon für dreihunderttausend Dollar.

Unsere Küche befindet sich praktisch mit im Wohnzimmer, aber da die anderen so auf Finn fixiert sind, beachten sie uns gar nicht. Neugierig auf das, was meine Mom mir zu sagen hat, wende ich mich ihr zu. »Und?«

Sie blickt zu Finn hinüber. »Er scheint ein netter Kerl zu sein. Und du weißt auch, wie stolz wir auf dich sind. Aber bist du dir wirklich sicher mit ihm?«

Mein Magen zieht sich zusammen. Ich will hören, dass meine Mom sich sicher ist, damit ich es auch sein kann. Auch wenn ich weiß, dass ich ihren Worten nicht so viel Gewicht beimessen sollte, weil sie mich nie so richtig verstanden hat. »Wieso? Sag mir doch einfach, was du wirklich sagen willst.«

Meine Mom lächelt weise. »Du meinst, was ich *fühle*?« Erneut sieht sie zu Finn, der immer noch auf der Couch Hof hält. »Du warst dein ganzes Leben lang eine Teamplayerin. Hast immer allen um dich herum geholfen. Ich hätte mich nicht so sehr auf dich stützen sollen, als du klein warst. Du warst noch ein Kind, und ich hab von dir erwartet, dich wie eine Miniersatzmama um deine Schwestern zu kümmern, weil ich so viel gearbeitet habe. Ich wünschte, ich hätte damals gewusst, was du wirklich brauchst, und dir genau das geben können. Aber jetzt bist *du* endlich der Star in der Familie. Und Schatz, ich bin so stolz auf dich. Du bist immer noch mein Baby, und ob du es glaubst oder nicht, ich wusste immer, dass du eines Tages ein Superstar werden würdest, wenn du das gefunden hast, was dir liegt. Ich will, dass dir die Welt zu Füßen liegt, weil ich weiß, dass du dir das schon als Kind gewünscht hast. Aber solange er an deiner Seite ist, weiß ich nicht, ob du weiter im Rampenlicht stehen wirst. Weil er nämlich schon ein Superstar ist.«

Ich lenke meinen Blick von ihr zu Finn. »Er unterstützt mich aber total gern. Und hilft mir, erfolgreich zu sein.«

»Es kommt ziemlich selten vor, dass ein Mann die Karriere einer Frau auch dann noch unterstützt, wenn er sie einmal erobert hat. Oder zurückgewonnen. Ich will nur sichergehen, dass du auch wirklich dein Rampenlicht bekommst, nur für dich. Denn das hast du dir redlich verdient, mein Schatz. Mehr als alle anderen. Deswegen sage ich nur, dass du aufpassen sollst.«

»Das tue ich«, bestätige ich leise, und mein Magen krampft sich immer noch zusammen, obwohl ich mir geschworen habe, meinem Bauchgefühl mehr zu vertrauen als dem Rat meiner Mom; schließlich habe ich jahrelang an mir gearbeitet, um herauszufinden, wie ich ticke, was mich glücklich macht und was meine Gesundheit fördert. Ich weiß, sie meint es gut, aber sie hat einen ziemlich verengten Blick auf die Welt. Ich glaube, dass Finn einer dieser selten vorkommenden Männer ist. Meine Mom kennt ihn nicht so gut wie ich. Sie kennt ihn überhaupt nicht! Aber die Zweifel, die sich in meinem Kopf breitmachen, drehen sich nicht mehr nur um Finn … Hätte ich das alles wirklich ohne ihn geschafft? Habe ich den Erfolg wirklich so verdient, wie meine Mom denkt? Oder hatte ich einfach nur das Glück, in Finns Dunstkreis geraten zu sein, wie sein Agent meint? Es fällt mir schwer, diese Gedanken auszublenden, wenn ich zu Hause bin, wo ich mich immer am verwundbarsten fühle, weil ich hier so viele Jahre dabei zugesehen habe, wie erst die Bedürfnisse aller anderen um mich herum erfüllt wurden, bevor ich mal drankam. Allein in diesen Räumen zu sein, gibt mir schon das Gefühl, dass ich nicht wichtig bin.

Während wir uns wieder auf die Couch quetschen, versuche ich, in Gedanken meine Affirmationen zu wiederholen und die anhaltenden Zweifel aus meinem Kopf zu vertreiben. Ich küsse Finn auf die Wange, und er dreht sich zu mir um und gibt mir einen schnellen Kuss auf den Mund, woraufhin wir beide wie zwei Vollidioten grinsen. Seine Hand in meinem Rücken fühlt sich an wie eine schwere Decke, fest und tröstend.

Nach dem Essen reiße ich Finn geradezu aus den Fängen meiner Familie und zerre ihn in mein altes Kinderzimmer. Der Raum ist so schmal, dass wir in den zwei Betten liegen und Händchen halten könnten, und die Wände sind so dünn, dass ich Claude und Tiffany immer kichern hören konnte, bis ich eingeschlafen war. Finn stolpert hinter mir her ins Zimmer, und ich knalle die Tür hinter uns zu.

»Ich glaube, das ist ganz gut gelauf…« Abrupt ersticke ich Finns Worte mit einem Kuss.

Ich bin es leid, immer auf Sicherheit zu setzen. Mich zurückzuhalten. Die Verantwortungsvolle zu spielen. Ich will endlich auch mal alles auf eine Karte setzen und meine Ängste vergessen.

Finn küsst mich, als würde sein Leben davon abhängen. Im nächsten Moment presst er mich gegen die Wand und fährt mit den Händen über meinen Körper. Es fühlt sich wie eine Erinnerung an. Die beste Form eines Déjà-vu. Ich dränge mich an ihn, schiebe die Hände unter sein Shirt und streiche wild über seinen Rücken, über die Haut, die ich monatelang nicht berührt habe. Die Haut, die ich genauso gut kenne wie meine eigene.

Doch plötzlich spüre ich ein Hämmern durch die Wand, direkt hinter mir, gefolgt von Schritten und dem Gekicher meiner Schwestern. Finn weicht zurück, die Arme immer noch um mich geschlungen, und seine Augen sind ganz dunkel vor Verlangen. Als ich leise lache, sieht er mich lächelnd an und küsst mich erneut, immer wieder, bis ich mich wegducke. Dann zieht er mich an sich, und wir lassen uns auf eins der Betten fallen.

»Vielleicht sollten wir uns ein Zimmer nehmen«, schlägt er vor.

Sanft reibe ich mit der Nase über seine Brust. »Sehe ich auch so. Lass uns nach Hause fliegen. In mein Gruselhaus.«

Und das fühlt sich mittlerweile wirklich wie mein Zuhause an. Trotz meiner Ängste wollte ich meine Heimatstadt nie verlassen, bis ich aufs College ging. Doch wenn ich mir unser Haus jetzt so anschaue, ist es einfach nur eng; wir haben Melonen statt Beeren gegessen, um Geld zu sparen; im Sommer hatten wir keine Klimaanlage, und im Winter war es kalt. Aber alle meine Freunde wohnten genauso, deshalb hatte ich nie das Gefühl, dass mir irgendetwas fehlte. Als ich dann ins Studentenwohnheim zog und später nach New York, Neues kennenlernte und weiter an mir arbeitete, wurde mir allerdings bewusst, dass die Sichtweise der Leute in meiner Stadt ziemlich begrenzt war. Dabei gab es da draußen so viel mehr als Schönheitswettbewerbe, Fußball und mit spätestens fünfundzwanzig Kinder zu bekommen. Und ich begriff, dass es okay war, von anderen zu erwarten, dass sie über emotionale Intelligenz verfügen, meine Gefühle respektieren und auf mich eingehen. Mein Denken ist nicht aufs Überleben beschränkt, deshalb darf ich auch darüber nachdenken, welche Dinge mich erfüllen. Und als ich den Podcast mit Finn anfing, habe ich mich endlich getraut zu träumen. Ich glaube nicht, dass meine Eltern und Schwestern so richtig begreifen, was für ein Leben ich führe, aber sie lieben mich, und das reicht mir. Ich weiß, dass sie hinter mir stehen, egal was ich mache, und deshalb beschließe ich, mutig zu sein und noch grenzenloser zu träumen. Zu hoffen. An mich selbst zu glauben. Und so sehr zu lieben, dass ich mich fallen lassen und darauf vertrauen kann, dass Finn mich auffängt.

Einunddreißig

FINN

Maeve hatte mir erzählt, dass ihre Familie aus der Mittelschicht kommt. Aber irgendwie hatte ich mir die Mittelschicht anders vorgestellt. Maeve hat sich nie darüber beklagt, wie sie aufgewachsen ist, und wenn man vom Umgang ihrer Familie mit ihrer Angststörung mal absieht, spricht sie ziemlich positiv von ihren Leuten. Trotzdem habe ich mir immer ein bisschen Sorgen gemacht, weil Maeve so eine große finanzielle Verantwortung für ihre Familie empfindet. Bis jetzt war mir nie klar, wie unterschiedlich wir aufgewachsen sind. Mir ist durchaus bewusst, dass es mir an nichts gefehlt hat, aber ich hatte immer angenommen, sie hätte ebenfalls in einem großen Haus gelebt und auf nichts verzichten müssen. Nun ergibt es auch viel mehr Sinn, dass sie, als wir richtig gut verdient haben, als Erstes Geld an ihre Familie geschickt hat.

Diese Last habe ich nie zu spüren bekommen. Das ist Verantwortung. Tatsächlich glaube ich sogar, dass ich nicht einmal nachgeschaut habe, ob das Honorar von Streamify überhaupt auf meinem Konto eingegangen ist, weil mein Treuhandfonds genug abwirft, um mir alles kaufen zu können, was ich will.

Dass Maeve für *Tell Me How You Really Feel* alles riskiert hat – ihren Job, ihren Ruf, ihre zukünftige Karriere –, bekommt ebenfalls eine andere Bedeutung, nun, da ich weiß, wie hoch das Risiko tatsächlich war. Maeve hatte kein Sicherheitsnetz. Deshalb ist mein Respekt vor ihr noch größer; dafür, dass sie an diese Idee und ihre Kreativität geglaubt hat und so einen Riesensprung ins kalte Wasser gewagt hat.

Ich kann mich an keinen Moment in meinem Leben erinnern, in dem ich mich so etwas auch nur annähernd getraut hätte.

Dafür liebe ich sie noch mehr. Und wie es aussieht, habe ich auch das Familienverhör bestanden, denn als Maeves Leute uns verabschieden, haben sie statt Misstrauen alle ein Lächeln im Gesicht. Maeve und ich fahren zum Flughafen und fliegen wieder mit derselben Billigairline zurück nach Los Angeles. Und können es gar nicht abwarten, bis wir endlich ankommen. Ich kann meine Hände nicht von ihr lassen, und ihr scheint es genauso zu gehen; eine ihrer Hände liegt immer irgendwo auf mir, selbst während wir durch den Flughafen von L. A. hasten und riskieren, dass uns irgendjemand fotografiert.

In der Sekunde, als wir Maeves Haus betreten, knallt sie die Tür hinter uns zu. Ich lasse unsere Koffer auf den Boden fallen und hebe Maeve hoch. Sie schlingt die Beine um mich, küsst mich intensiv und lehnt dann den Kopf zurück. »Ist es total leichtsinnig von uns, das hier zu machen? Wegen der Show? Und weil es beim letzten Mal ziemlich in die Hose ging?«

Sofort schüttle ich den Kopf. »Solange du bei mir bist, ist es mir egal, ob es leichtsinnig ist.« Ich küsse sie, und sie schmiegt sich an mich. »Aber das hier … das ist schon verdammt gut durchdacht. Ich würde es sogar als das Wohlüberlegteste bezeichnen, das ich je getan habe.«

Mit Maeve im Arm gehe ich in Richtung Wohnzimmer. »Nach oben«, flüstert sie.

»Bist du sicher?« Sie soll nicht das Gefühl haben, dass ich sie zu irgendwas drängen will; dass ich die Sache mit uns überstürze. »Ich hab dir ja gesagt, ich warte gern. Tatsächlich liebe ich es sogar zu warten. Lass uns ins Carbone gehen. Oder nach Italien fliegen. Spanien, Japan, was immer du willst. Wir können sämtliche

Datingvarianten durchprobieren. Ich mache das gerne vorher, selbst wenn ich dich ein Leben lang umwerben muss.«

»Ich bin mir sicher«, bekräftigt sie. Und so trage ich sie nach oben in ihr Schlafzimmer und lege sie dort aufs Bett. Sie im Arm zu halten, fühlt sich an, als würde gerade der Rest meines Lebens beginnen. Als wäre ich bereit, alles zu tun, um diesen Moment so lange wie möglich andauern zu lassen.

Ich weiß, dass wir noch ganz am Anfang unserer Beziehung stehen. Aber es fühlt sich überhaupt nicht so an.

Langsam ziehe ich Maeve aus, lasse mir die Zeit, jeden Bereich ihres Körpers zu küssen, den ich enthülle. Scharf atme ich ein, als sie nur noch in ihrem zarten Spitzen-BH und Slip vor mir liegt. »Verdammt, Maeve, du bist so schön«, sage ich, und meine Stimme klingt ganz belegt vor Verlangen und Bewunderung. Ich muss an unser erstes Mal denken; daran, wie intim, verzweifelt und hoffnungsvoll es war. Das hier ist besser, weil ich nun weiß, dass wir alles überstehen können und werden. Ich weiß mit absoluter Sicherheit, dass dies der Beginn unseres *Für immer* ist.

Maeve zieht mich an meinem Sweatshirt zu sich herunter und küsst mich, bevor sie ihre Hände nach unten wandern lässt und erfolglos versucht, mir mein Oberteil auszuziehen. Ich reiße es mir vom Leib und werfe es auf den Boden, wo unsere Klamotten bereits einen Haufen bilden. Dann lasse ich mich wieder auf Maeve sinken, und wir küssen uns, diesmal weniger zurückhaltend, weil wir inzwischen schon wissen, was dem anderen gefällt.

Ich könnte Maeve bis in alle Ewigkeit küssen, nur küssen, doch als sie sich mit einem Keuchen gegen mich drängt, stöhne ich auf. Kuss für Kuss arbeite ich mich weiter nach unten vor, schiebe ihren BH herunter und kümmere mich ausgiebig um jede ihrer Brüste, bis ihre Nippel sich hart aufrichten. Dann lasse ich meine Lippen tiefer wandern, immer tiefer, bis ich ihre Klitoris erreiche und sie mit der Zunge umkreise, ohne sie ganz zu berühren.

Erst als Maeve stöhnend nach Atem ringt, packe ich sie bei den Hüften und lasse meinen Mund endlich auf sie sinken. Ab dann scheinen nur wenige Sekunden zu vergehen – wobei ich weiß, dass es mehr sind –, bis sie laut aufschreit und ich so hart bin, dass es schon fast wehtut. Doch ich höre nicht auf. Ihr Orgasmus geht weiter und weiter, scheint noch intensiver zu werden, abzuflauen und erneut anzusteigen, und ich lasse nicht nach, bis sie mir mit den Händen durchs Haar fährt und mich hochzieht, entspannt und außer Atem.

Ich wische mir den Mund am Kissenbezug ab und küsse sie sanft. Mein Schwanz drängt gegen meine Boxershorts, und als Maeve nach unten fasst und die Hose mit einer geschmeidigen Bewegung herunterzieht, entfährt mir ein Stöhnen. »Wir müssen nicht weitermachen«, presse ich atemlos heraus. »Mir reicht es völlig, dich so zu sehen.«

»Finn, ich will dich in mir spüren.«

Mehr muss ich nicht hören. Ich greife hinüber zu ihrem Nachttisch und taste suchend nach einem Kondom, bis Maeve eins nimmt und es mir hinhält. Ich ziehe es über, reibe es noch mit Gleitgel ein und bringe mich dann in Position, halte kurz vor ihrem Eingang inne und versuche, mich langsam in sie zu schieben, bis ich plötzlich unbedingt in ihr sein muss und mich mit einem Stoß ganz in ihr vergrabe. Von ihrem Orgasmus ist sie noch so feucht, dass ich leicht rein- und rausgleiten kann, immer schneller. Voller Verlangen beuge ich mich zu ihr hinunter, küsse ihr Gesicht, ihren Mund, ihre Wange, ihren Hals und lehne mich alle paar Sekunden zurück, um sie ansehen zu können.

»Du bist so schön«, flüstere ich. »Einfach nur wunderschön.«

Maeve beginnt, sich gegen mich zu drängen, und auf einmal ist es alles zu viel. Es kommt mir vor, als wären wir eins, eine Bewegung, ein Gefühl. Ich versuche, mich noch ein wenig länger zurückzuhalten, doch dann löse ich mich in ihr auf, und es ist das schönste Gefühl aller Zeiten. Zusammen liegen wir da, ich immer noch in ihr, bis sie pinkeln will, um eine Harnwegsinfektion zu vermeiden. Als sie wiederkommt, schlinge ich meine Arme um sie und drücke sie fest an mich.

Nach einigen Sekunden des Schweigens drehe ich mich zu ihr. Wir sind beide ganz glitschig vom Schweiß, doch das ist uns egal. »Weißt du, dass ich mich noch genau daran erinnern kann, als ich dich zum ersten Mal gesehen habe?«

»Echt? Bei der Erstsemesterparty im Wohnheim, oder? Ich erinnere mich noch dunkel daran.«

Ich schiebe ihr eine verirrte Haarsträhne hinters Ohr. »Da hast *du* mich das erste Mal getroffen. Aber das war nicht der Moment, als ich dich zum ersten Mal gesehen habe.«

»Soll ich raten?«, flüstert sie lächelnd.

Ich küsse sie. »Das errätst du eh nie. Ich hab in dein Wohnheim gewechselt. Ich hab dich mit deiner Familie beim Umzug gesehen, deine Schwestern haben sich gezofft, und du hast damals schon versucht zu vermitteln. Dein Dad hat gerade zusammen mit dem Hausmeister Möbel geschleppt, und deine Mom hat sich mit irgendeiner Frau unterhalten …«

»Der Mutter meiner Mitbewohnerin«, erklärt Maeve. »Da wussten wir noch nicht, wie furchtbar meine Mitbewohnerin war. Eigentlich hätte ich gedacht, dass mich nach der Zeit mit meinen drei Schwestern in unserem engen Haus nichts mehr schocken kann.«

»Die Mutter deiner Mitbewohnerin«, korrigiere ich meine Geschichte. »Draußen war es brüllend heiß, und du hast geschwitzt. Du hast dir dauernd das Haar aus der Stirn gewischt, aber eine Strähne ist immer da kleben geblieben, die war dunkler als der Rest. Du hattest so ein pinkes T-Shirt mit gekürzten Ärmeln an und eine Shorts. Ach, und dein Dad hat irgendwie kreuz und quer geparkt.«

Maeves braune Augen blicken mich unverwandt an, während sie zuhört, und ich rede weiter. Diese Geschichte habe ich ihr noch nie erzählt. »Ich war schon eingezogen. Meine Eltern konnten nicht kommen, deshalb haben sie ein ganzes Team von Assistenten geschickt. Die hatten sogar meinen Mitbewohner ausgesucht. Und als ich dich gesehen habe, bin ich über den ganzen Campus zurück und hab das Team überredet, mir dabei zu helfen, in dein Wohnheim einzuziehen. Ich hab gesagt, es wäre besser gelegen, näher an den Hörsälen, nachts weniger gefährlich – all so was, nur nicht, dass ich mich in Wirklichkeit für ein Mädchen interessiert habe, mit dem ich noch nicht mal ein Wort gewechselt hatte.«

»Aber dadurch warst du doch dann in einem Dreibettzimmer, das eigentlich nur für zwei gedacht war.«

»Jepp. Meine Eltern haben die Kosten für die anderen zwei Jungs übernommen, damit sie mich bei sich wohnen lassen.« Ich gebe Maeve einen ausgiebigen Kuss. »Die anderen Jungs auf deinem Flur haben sich geweigert, mit mir zu tauschen, die waren schon alle eingezogen. Aber das mit dem Dreibettzimmer hat gut funktioniert.«

Maeve setzt sich auf und klettert dann auf mich. »Also irgendwie glaube ich dir das nicht. Das ergibt überhaupt keinen Sinn – du hast dich nie wirklich mit mir unterhalten. Und mich auch nie auf ein Date eingeladen, oder so was. Wir waren nur Freunde.«

»Aber wir waren die ganzen vier Jahre im selben Wohnheim. Mit wie vielen anderen Leuten hast du jedes Jahr auf demselben Flur gewohnt?«

Nachdenklich legt Maeve den Kopf schief. Dann streckt sie sich auf mir aus und legt den Kopf auf meine Schulter. Zärtlich streiche ich mit den Fingern über ihren Rücken. »Aber wieso? Wieso hast du das gemacht und wolltest dann nur mit mir befreundet sein? Das kapiere ich einfach nicht.«

Ich kann ihr Gesicht nicht sehen, doch ich spüre ihren Atem an meiner Wange, das Kitzeln ihrer Wimpern und die Schläge unserer zusammengepressten Herzen. Wie immer passen wir perfekt ineinander. »Weil ich gemerkt habe, dass du viel zu gut für mich warst. Dass ich alles kaputtgemacht hätte, wenn ich damals versucht hätte, dich rumzukriegen. Du warst nämlich nicht nur die schönste Frau, die mir je begegnet ist … Du warst einfach *du*. Ich schätze, ich hab wegen dem hier nichts versucht. In der Hoffnung, dass ich eines Tages das hier mit dir haben würde.«

»Einen Multi-Multi-Multimillionen-Dollar-Podcastdeal und Sex in einem Schlafzimmer, in dem eine Frau ihren Liebhaber umgebracht hat?«, flüstert Maeve.

»Ganz genau. Ich plane langfristig. Und hab ich nicht gesagt, ich hab das alles hier gut durchdacht?«

Sie kichert, und für einen Moment lauschen wir nur dem Geräusch unseres Atems. Langsam. Gleichmäßig. Ruhig. »Ich weiß gar nicht, was ich dazu sagen soll, Finn. Das ist so romantisch, dass es schon fast gruselig ist.«

»Den Teil hinter ›romantisch‹ hab ich jetzt mal überhört«, sage ich, bevor ich ihr einen Kuss auf ihren Kopf drücke.

Stumm liegen wir ineinander verschlungen da, bis Maeve sich plötzlich abrupt aufsetzt. »Warte mal. Hast du das etwa aus einem Film geklaut? Ich glaube, der Typ in *Call Me Mad* hat das gemacht!«

Sie lehnt sich vor, und ich streiche ihre volle kastanienbraune Mähne wieder hinter ihre Ohren, bevor ich meine Hände an ihre Hüften lege. »Dann überleg mal, wer das Drehbuch dazu geschrieben hat.«

Überrascht reißt sie die Augen auf. »Nein.«

Ich nicke. »Doch. Ich hab meinen Eltern damals in den Weihnachtsferien davon erzählt. Und mein Dad hat es direkt in einem Film verwendet. Betrachte das als Beweisstück A. Du kannst ihn auch anrufen, jetzt gleich, oder meine Mom; die werden meine Geschichte bestätigen. Ich war schon immer in dich verliebt.«

Maeve beugt sich zu mir herunter und küsst mich, auf eine Weise, wie mich noch nie jemand zuvor geküsst hat.

Zweiunddreißig

MAEVE

»Ich überlege, nächste Woche die Therapiesendung zu pitchen.« Es ist schon eine Woche her, seit wir wieder zusammengekommen sind – richtig zusammen –, und Finn und ich haben heute den ganzen Tag im Bett verbracht. Er ist nur morgens aufgestanden, hat French Toast und Kaffee gemacht und beides ans Bett gebracht. Jetzt ist es fast vierzehn Uhr, und unsere Teller stehen leer auf dem Boden, aber wir sind immer noch hier.

Ich war nie ein Mensch, der gerne den ganzen Tag im Bett bleibt. Auch bei den anderen Männern, die ich gedatet habe, bin ich immer zu einer vernünftigen Zeit aufgestanden, um in den Tag zu starten und etwas geschafft zu bekommen. Aber mit Finn mache ich sonntags nichts lieber, als im Bett zu bleiben. Jeder Moment mit ihm fühlt sich so perfekt an, dass es schon fast übernatürlich ist, und am liebsten würde ich dieses Gefühl in eine Flasche stecken und sie zuschrauben, damit ich es nie wieder verliere.

»Wieso ausgerechnet nächste Woche?«, fragt Finn, während er mit den Fingern träge Kreise auf meinen Rücken malt.

»Weil wir nächsten Sonntag den Rekord brechen werden«, verkünde ich und klopfe mit meinen Fingerknöcheln auf den hölzernen Nachttisch. Unsere Agenten haben sich mächtig ins Zeug gelegt, um die Bedingungen des Zusatzanreizes im Austausch gegen die persönliche – und damit superviral gegangene – Bonusepisode neu auszuhandeln. »Eine bessere Verhandlungsbasis bekomme ich nicht. Und Shazia hat schon mal vorsorglich ein Magazinshooting organisiert.«

»Ach, echt? Davon weiß ich ja noch gar nichts«, stellt Finn beiläufig fest.

Ohne dass ich es will, spanne ich mich leicht an. Finn hat immer schon separate Pressetermine absolviert, weil er berühmt ist und die Medien ihn lieben. Ich dagegen habe noch nie einen Termin ohne ihn bestritten. Ich rolle mich herum, damit ich ihn ansehen kann. »Der ist auch nur für mich. Die vom *W Magazine* wollen ein Feature über mich bringen; wie ich es geschafft habe, die gläserne Decke in der Podcastwelt zu durchbrechen.«

Ich habe keine Ahnung, warum ich mir auch nur eine Sekunde lang darüber Gedanken gemacht habe, dass Finn eifersüchtig sein könnte, weil er für diesen Pressetermin nicht angefragt wurde. Mit einem breiten Lächeln im Gesicht küsst er mich und freut sich ehrlich für mich. »Das ist ja super.«

Ich küsse ihn zurück, verharre einen Moment, um seinen Geruch einzusaugen, seine Bartstoppeln an meiner Wange und das Gewicht seines Körpers neben mir zu spüren. Er ist *so* attraktiv. Und damit meine ich nicht nur sein Aussehen, sondern auch seine ganze Art. Er hat dieses Charisma und Selbstvertrauen, mit dem er sofort jeden Raum erhellt, in den er hineinkommt. Und zu wissen, dass er in jeder Hinsicht zu mir gehört, fühlt sich surreal an. »Wollen wir heute gemeinsam schneiden?«

Obwohl unser Verhältnis nicht besser sein könnte als momentan, habe ich die Nachbearbeitung größtenteils weiter allein übernommen. Während wir unseren großen Krach hatten, habe ich mich daran gewöhnt, es so zu machen, und auf diese Weise bin ich wesentlich effizienter. Ich weiß auch, dass ich es gar nicht machen müsste, aber *Tell Me How You Really Feel* fühlt sich immer noch wie mein Baby an, und ich glaube nicht, dass irgendjemand anders mit der gleichen Aufmerksamkeit darangehen würde wie ich.

Allerdings ist mir schon aufgefallen, dass Finn in letzter Zeit etwas gelangweilt wirkt. Er schreibt mir ständig Textnachrichten oder kommt unerwartet vorbei, um mir Blumen oder Essen zu bringen, und sieht mich dann an wie ein enttäuschter Hundewelpe, wenn ich so viel zu tun habe, dass ich mir nur ein paar Minuten Zeit für ihn nehmen kann. Deshalb will ich ihn heute mit einbinden, auch wenn ich seine Hilfe eigentlich nicht brauche.

»Auf jeden Fall«, stimmt Finn zu. Ohne uns umzuziehen, gehen wir hinüber zu meinem Schnittplatz; ich immer noch in Finns riesigem T-Shirt und einem Spitzentanga und er nur in Boxershorts.

In unserer letzten Folge diese Woche hatten wir eine ehemalige Olympiaturnerin zu Gast, die mit uns über die Warnsignale für sexuellen Missbrauch gesprochen hat. Das war ein ernsteres Thema als die Dinge, die wir in den meisten anderen Episoden besprechen, aber zum Abschluss, bei den Fragen der Woche, haben wir die Stimmung wieder etwas aufgelockert. Ich setze mich vor den Computer und spiele das Material ab, halte es hier und da an, um Pausen rauszuschneiden oder Finns Gedanken dazu zu hören.

Bei etwa Minute zehn verhaspelt sich die Turnerin. »Was meinst du, soll ich das rausschneiden?« Normalerweise würden wir das machen. Aber da diese Geschichte so persönlich ist – eine, über die sie noch nie öffentlich gesprochen hat –, zögere ich ein wenig, sie zu bearbeiten.

Finn atmet laut aus. »Hm. Bin mir nicht sicher. Eigentlich will ich nichts rausschneiden, aber irgendwie finde ich es auch nicht gut, wenn wir sie so stammeln lassen. Ich hatte das Gefühl, dass sie selbstbewusst klingen wollte, so, als ob sie ihr Leben im Griff hat.«

Ich spiele die Tonspur noch einmal ab. »Ich will bloß … Also ehrlich gesagt … ich glaube, dass er … Ach, wisst ihr was, er kann mich mal, echt. Wir sind diejenigen, über die man sprechen sollte. Die Berichterstattung muss sich auf uns konzentrieren.«

Mir gefällt Finns Denkweise. Ich will ihre Worte auch nicht bearbeiten, aber ich will auch, dass sie so selbstsicher wie möglich klingt. Deshalb mache ich mich daran, Abschnitte zusammenzufügen, umzustellen, zu ziehen und Überblendungen einzubauen. Dann spiele ich den Teil noch einmal ab. »Ach, wisst ihr was, er kann mich mal. Die Berichterstattung muss sich auf uns konzentrieren. Wir sind diejenigen, über die man sprechen sollte. Über unsere Resilienz.«

»Das gefällt mir. Wo hast du denn den Satz mit der ›Resilienz‹ her?«

Ich blicke zu ihm hinüber. »Von etwas weiter hinten in der Folge. Meinst du, das ist zu sehr bearbeitet? Ich denke, darauf wollte sie letztendlich hinaus.«

»Sie ist doch abnahmeberechtigt, oder?«

In der Regel holen wir uns von unseren Gästen keine Zustimmung für die Folge. Aber nach dem, was sie durchgemacht hat, und da es sich um ein so ernstes Thema handelt, habe ich ihr nach der Aufnahme angeboten, ihr das fertige Material zu schicken. »Ja, ich fand das irgendwie richtig.«

»Dann würde ich es so lassen. Wenn es ihr nicht gefällt, ändern wir es. Aber ich glaube, sie wird es mögen.«

Die nächsten drei Stunden vergehen wie im Flug, während wir uns weiter die Bälle zuwerfen und Ideen sammeln. Am Ende bin ich mir absolut sicher, dass die Folge großartig ist. Eine, die viel Aufmerksamkeit in der Presse generieren wird und das nicht, weil wir darin über Blowjobs reden. Außerdem glaube ich, dass ich damit eine weitere Episode in der Hand habe, die mir bei meinen Gesprächen über die Soloshow helfen wird, denn dafür will ich ernsthafteren Content generieren.

»Das ist echt was ganz anderes als das, womit wir angefangen haben. Und irgendwie finde ich es gut, dass es *die* Folge ist«, sagt Finn.

»Und ich wünschte fast, wir hätten für diese Woche was Sicheres produziert, damit wir schon definitiv wüssten, dass wir die Zahlen erreichen und unseren Bonus bekommen werden. Diese Folge ist so ernst. Was, wenn die Leute sie nicht bis zum Schluss anhören? Vielleicht sollten wir doch noch ein letztes Mal über Blowjobs sprechen.« Mein Computer summt angestrengt, weil ich das Material aus dem Schnittprogramm exportiere und währenddessen das Cover für die Folge mit einem Designprogramm erstelle.

Finn ist die ganze Zeit über im Wohnzimmer auf und ab getigert, doch jetzt lässt er sich in den Stuhl neben mir fallen und nimmt meine Hand. »Maeve, die Folge ist großartig. Ich finde sogar, es ist unsere bisher beste. Ja, das ist ernster Content, aber er ist auch wirklich wichtig. Wir schaffen das.«

Eine Woche später wird die Folge veröffentlicht, und Finn hat vollkommen recht: Die *Today Show* berichtet in ihrem Neun-Uhr-Segment über die Episode; die *New York Times* springt auf den Zug mit auf und veröffentlicht einen Leitartikel, für den wir alle interviewt werden; und überall werden Videos repostet. Es dauert vierundzwanzig Stunden, bis die Quoten ermittelt sind, aber ich habe ein gutes Gefühl.

Ein so gutes, dass ich mich, statt angespannt auf den Anruf von Shazia zu warten, von Finn dazu überreden lasse, nach Carbon Beach zu fahren – dem von Promis bevölkerten Strand direkt vor dem Haus seiner Eltern.

»Lass uns reingehen«, ruft Finn in der Sekunde, als wir auf den Sand treten. Gerade ist Flut, sodass kaum Strand zu sehen ist, und er zieht seine Schuhe und sein T-Shirt aus und lässt sie auf dem Sandstreifen vor dem Haus liegen.

»Wollen wir uns nicht lieber hinsetzen und einfach nur eine Weile aufs Meer schauen?«, entgegne ich. »Der Anruf kann jeden

Moment kommen. Dann feiern wir mit dem Schwimmen unseren Sieg.«

Ich will endlich wissen, ob wir die *Paul Myers Show* geschlagen haben. Paul Myers bekommt so viel mehr Geld als wir; der Abstand zwischen dem, was er verdient, und dem, was man uns bezahlt, ist echt nicht lustig. Gerade bekommen wir das, was man für einen wirklich guten Podcast erhält. Wir verdienen ungefähr das, was die derzeit erfolgreichsten Podcasterinnen für ihre Sendungen bekommen, obwohl wir quotenmäßig mit der *Paul Myers Show* auf einer Stufe stehen. Dieser Bonus würde nicht nur bedeuten, dass ich die höchstbezahlte Podcasterin aller Zeiten wäre, sondern auch, dass ich die gläserne Decke durchbrechen und Frauen überall auf der Welt zeigen würde, dass wir genauso viel verdienen können wie Männer, wenn wir ebenso erfolgreich sind. Beim ursprünglichen Deal wurden unsere Honorare nicht öffentlich bekannt gegeben, aber wenn wir es heute schaffen, wird die ganze Welt durch den Artikel über mich erfahren, was ich verdiene und wieso ich damit Geschichte schreibe.

»Der Anruf kann auch erst in zwei Stunden kommen. Die Berechnungen sind nicht hundertprozentig genau, und wer weiß, wie lange Streamify braucht, um unsere Leute zu informieren. Die vergleichen wahrscheinlich sämtliche Ranglisten im Internet, um die eine Seite zu finden, auf der wir nicht auf Platz eins gelistet sind, damit sie uns nicht mehr zahlen müssen. Das kann bis morgen dauern, wir wissen es nicht! Also lass uns einfach …«

Das Klingeln meines Handys schneidet Finn das Wort ab, und ich kreische begeistert auf. »Das ist Shazia!« Sofort gehe ich dran, und Finn drängt sich ganz dicht an mich, um mitzuhören. »Shazia? Haben wir es geschafft?«

Mit angehaltenem Atem warten wir auf ihre Antwort. »Ja, habt ihr«, bestätigt sie. »Herzlichen Glückwunsch, Maeve. Du bist jetzt offiziell die höchstbezahlte weibliche Podcastmoderatorin. Ihr zwei habt die *Paul Myers Show* als bestbezahlte Sendung übertroffen. Jetzt dürft ihr feiern!«

Als ich den Anruf beende, schlingt Finn die Arme um mich und wirbelt mich im Kreis herum, bis wir beide lachend im Sand landen. Und okay, ein paar Tränchen fließen auch. Nur ein paar. Die Wellen rollen über uns hinweg, sodass unsere Beine nass werden, doch wir rühren uns nicht vom Fleck.

»Ich kann das gar nicht glauben«, wispere ich. Und es stimmt. Das alles fühlt sich viel zu gut an, um wahr zu sein. Ich habe den Deal, ich habe Finn. Meine Angst flüstert mir ins Ohr, dass es nicht möglich ist, alles zu haben. Aber das haben wir.

»Ich schon«, sagt Finn entschieden. Er stützt sich auf einen Arm auf, um mich von oben betrachten zu können – mich mit meinem krausen Haar voller Sand und meinem von Wasser, Salz und Glückstränen feuchten Gesicht. »Du hast es dir verdient.«

Dreiunddreißig

FINN

Ich freue mich so für Maeve. Das ist mein einziger Gedanke in den Tagen nach unserem großen Sieg. Natürlich habe ich auch einen beträchtlichen Bonus bekommen, doch für mich bedeutet das nicht so viel wie für Maeve. Ich verdiene einfach nur mehr Geld. Aber ich schreibe nicht Geschichte.

Schon die ganze Zeit über zermartere ich mir das Hirn, womit ich Maeve zeigen könnte, wie viel sie mir bedeutet; wie besonders sie für mich ist. Denn ich weiß, dass es wenig überzeugend ist, wenn ich es immer nur sage. Mir fällt oft auf, dass sie es gewohnt ist, alles allein zu machen – oder zumindest ihren Standpunkt klarzumachen, um sicherzugehen, dass es auch richtig gemacht wird –, deshalb habe ich mir eine Überraschung ausgedacht, die ihr – so denke ich – wirklich zeigen wird, wie sehr ich sie und das, was sie tut, wertschätze.

»Denkst du, er kriegt das so kurzfristig hin?«, frage ich meine Mom.

»Schatz, er ist unser Freund. Ich bin mir sicher, wenn es machbar ist, dann macht er es auch. Oder lässt es zumindest von seinem Assistenten erledigen.« Meine Mom klingt leicht genervt. Bei ihrem neuesten Film fehlt noch die Besetzung für die männliche Hauptrolle, und ich kann sehen, dass die Suche sie und meinen Dad ziemlich anstrengt. Cassidy wird an ihrer Seite spielen, und das Drehbuch hat mein Dad geschrieben, während der kurzen Zeit, in der ich mit Cassidy zusammen war. Es geht um eine

Mutter, die eine junge Frau dafür bezahlt, dass sie ihren Sohn datet, weil der noch nie eine Freundin hatte, die ihr gefiel. Viele tolle Schauspieler wollen die Rolle unbedingt haben, doch meine Eltern waren von allen Probeaufnahmen enttäuscht, und bisher konnte auch niemand in den Spielszenen mit Cassidy überzeugen. Der Funke sprang einfach nicht über.

Bevor ich meine Mom allerdings weiter dazu befragen kann, kommt Luca, ihr Innenarchitekt, ins Wohnzimmer, seinen Assistenten im Schlepptau. Er küsst meine Mom zur Begrüßung auf beide Wangen und schüttelt mir anschließend die Hand. »Evangeline. Es ist mir wie immer eine Freude. Und Finn! Du siehst … wenn ich das sagen darf … so erwachsen aus!« Wir tauschen noch einige Höflichkeiten aus, bevor wir uns alle setzen. »Nun denn, um welchen Notfall handelt es sich?«

Meine Mom sieht mich an und hebt eine Augenbraue. »Ich will meiner Freundin, Maeve, ihr Traumpodcaststudio bauen«, erkläre ich lächelnd. »Ich weiß genau, wie sie sich das vorstellt … oder, na ja, mehr oder weniger … Auf jeden Fall will ich noch zusätzlich, dass auf dem Boden Zitate von unseren Fans aufleuchten, Lob, nette Kommentare. So was in der Art.«

Ich dachte mir, es wäre schön, noch ein bisschen was Persönliches hinzuzufügen. Doch in dem Moment, als ich »Boden« und »aufleuchten« sage, verziehen sowohl meine Mom als auch Luca das Gesicht. »Verstehe«, entgegnet Luca höflich. »Hast du Skizzen? Muster? Einen Standort? Irgend so was?«

»Äh, nicht wirklich … Sie hat mir beschrieben, was sie gerne hätte, und ich habe eine Liste erstellt, welche Farben sie mag und bei welchen Marken sie ihre Teppiche und so was kauft. Und ich hab in unseren alten E-Mails ein paar Moodboards gefunden, die sie dieses Jahr für das *»Tell Me How You Really Feel«*-Studio erstellt hat. Sie hasst das Studio, das Streamify für uns gebaut hat; sie findet es total geschmacklos.«

»Ist es auch, Schatz«, bestätigt meine Mom und wirft Luca einen wissenden Blick zu. »Der Tisch … ist eine Vagina. Eine sehr plastische Vagina. Das sieht so billig aus.«

Luca hebt die Hände in Richtung Decke und schüttelt entsetzt den Kopf, bevor er die Unterlagen durchgeht, die ich ihm mitgebracht habe. »Und was ist mit … dem beleuchteten Boden? Und dem Standort?«

Jetzt wird es ein wenig kompliziert. »Na ja … Es soll eine Überraschung werden. Deshalb habe ich gehofft, dass wir vielleicht so was wie einen Schuppen bauen könnten, den wir dann später einfach zu ihr nach Hause fahren? So wie diese Gartenschuppen aus dem Baumarkt, die man sich liefern lassen kann?«

»Wieso um Himmels willen kennst du dich mit Schuppen aus dem Baumarkt aus?«, fragt Luca mit einem vernichtenden Gesichtsausdruck. »Von deinen Eltern kannst du diese Expertise jedenfalls nicht haben. Das weiß ich.«

»Aus Pittsburgh«, beeile ich mich zu sagen, weil ich weiterkommen will. »Die Leute dort lieben die Dinger. Aber wie auch immer, ich will, dass der Boden auf den ersten Blick normal aussieht, aber … vielleicht kann sie einen Schalter umlegen, und dann sieht sie die Kommentare der Fans, die ihr schreiben, wie viel ihnen die Sendung bedeutet?«

Luca und meine Mom tauschen einen Blick. »Wieso auf dem Boden?«, meldet sich plötzlich der Assistent zu Wort.

Ich zucke die Achseln. »Keine Ahnung. Mir ist eigentlich egal, wo es zu sehen ist. Ich will nur eine persönliche Note mit einbauen.«

Der Assistent nickt nachdenklich. »Was, wenn wir das mit dem beleuchteten Boden lassen und stattdessen einen Schreibtisch mit den Zitaten darauf bauen? Oder sie an die Decke projizieren? Vielleicht in der Handschrift der Person, von der es stammt?«

»Das würde gehen«, stimme ich sofort zu. »Ehrlich, ich überlasse das alles euch. Ich will nur, dass es so nahe wie möglich an das herankommt, was sie mir beschrieben hat, plus die persönliche Note. Und falls sie dann irgendwas ändern möchte, wäre es toll, wenn ihr beide ihr bei der Umsetzung helfen würdet. Würde das mit dem beweglichen Schuppen funktionieren?«

Beim Wort *Schuppen* zuckt Luca erneut zusammen. »Wir werden schauen, was machbar ist. Aber hör bitte auf, von ›Schuppen‹ zu sprechen.« Er würgt das Wort heraus, als wäre es vergiftet, und seufzt dann schwer. »Vielleicht … funktioniert es mit einem aufgebockten Schiffscontainer. Wir werden sehen, was wir bekommen können. Auf jeden Fall könnte man die Bauzeit erheblich verkürzen, wenn einer meiner Partner den richtigen findet.«

»Also kannst du die Herstellung oder Einrichtung übernehmen? Ihr könnt das gerne hier auf unserem Grundstück machen«, bietet meine Mom an. »Einfach draußen im Garten, oder wo immer ihr wollt. Als du das Poolhaus umgebaut hast – deine Leute waren wirklich großartig. Wir haben kaum etwas von ihnen mitbekommen.«

Ich hebe die Augenbrauen. »Da habt ihr auch auf Maui gedreht.«

»Na, dann bin ich diesmal hoffentlich im Studio, wenn es richtig losgeht.«

Nachdem wir uns von Luca und seinem Assistenten verabschiedet haben, fängt meine Mom an, irgendwelche Utensilien in ihre riesige Handtasche zu werfen. »Du musst weg«, bemerke ich lächelnd.

»Wir haben heute noch ein Casting. Ich hoffe, dieser junge Mann ist der Richtige. Also, der Richtige, den wir aussuchen, denn der eigentlich Richtige bist du.«

Ich setze mich an die Kücheninsel, während meine Mom ihren Kaffee in einen To-go-Becher umschüttet. »Ach, Mom, ihr wusstet doch schon, als Dad das geschrieben hat, dass ich nicht mitspielen werde.«

Meine Mom trinkt einen großen Schluck Kaffee und verharrt dann einen Moment. »Aber wieso, Finn? Du hast gesagt, du willst ein normales Leben führen und nichts mehr mit den Paparazzi und dem ganzen Ruhm zu tun haben. Aber die Zeit ist doch sowieso längst vorbei, seit ihr euren Podcast habt. Du hast so viel Talent als Schauspieler! Und mal ehrlich, was hast du denn sonst zu tun?«

»Ich arbeite am Podcast«, verteidige ich mich. Wir haben diese Diskussion schon eine Million Mal geführt, aber meistens war mein Dad dabei.

»Schatz! Ja, du arbeitest am Podcast. Aber das ist ein Tag in der Woche. Den Rest der Zeit geisterst du hier herum, trainierst, gehst schwimmen, probierst irgendwelche Rezepte aus … Das ist doch …« Sie verstummt. Der Tonfall meiner Mom ist sanft und vorsichtig, als würde sie herauszufinden versuchen, an welcher Stelle sie etwas Falsches gesagt hat und wie sie mir helfen kann. »Ich glaube nicht, dass der Podcast deine Lebensaufgabe ist. Daran kannst du ja weiterarbeiten – ich weiß, wie viel Spaß dir das macht. Aber ich will nicht, dass du so endest wie die Kinder meiner Freundinnen, die jahrzehntelang versuchen, einen Sinn darin zu finden, wahllos Geld auszugeben, sexy auszusehen und auf Partys zu gehen.«

Hörbar atme ich aus. Sie hat nicht unrecht. Ich dachte, sobald Maeve und ich wieder zusammen sind, würde sich alles andere ergeben. Aber das hat es nicht. Sie hat den Podcast und bald ihre neue Show, und sie ist mit solcher Leidenschaft dabei. Es ist, als wüsste sie, dass sie diese »Arbeit« ein Leben lang glücklich machen und erfüllen wird. Genau das will ich auch. »Ich weiß«, sage ich leise. »Aber die Schauspielerei … Ich hab dir das nie erzählt, aber in der Anfangszeit, als der Podcast noch nicht so lange lief, haben wir Todesdrohungen und Hassmails bekommen, und ich hatte eine Panikattacke. Das hat mich total an damals in meiner Kindheit erinnert, als wir dauernd von den Paparazzi verfolgt wurden. Irgendwie hatte ich immer das Gefühl, dass, wenn ich wieder anfange zu spielen, diese Hölle von vorne losgeht. Nur zehnmal schlimmer als damals oder als jetzt mit dem Podcast. Härtere Kritiken, aggressivere Paparazzi und Fans. Ich weiß noch, wie viel Angst du damals vor denen hattest, als ich klein war.«

Meine Mom kommt um die Kücheninsel herum und nimmt mich in den Arm. »Schatz, ich hatte doch nur Angst wegen dir. Allein konnte ich schon mit denen umgehen. Aber ich wollte nicht, dass sie meinen kleinen Jungen verfolgen. Und was die Kritiker angeht: Dass du Talent hast, wissen wir doch schon. Bei einem Film oder einer Serie mischen natürlich viele Gewerke mit, und das ist mit Risiken verbunden, aber da dein Dad und ich die Produktion übernehmen, bleibt das Risiko ziemlich gering. Mit deiner Begabung, dem Drehbuch von deinem Dad und Cassidy als Filmpartnerin hast du genügend Rückhalt. Außerdem hast du doch schon einmal bewiesen, dass du es kannst. Du musst jetzt nur noch zurückkommen, und dann wirst du sie alle umhauen.« Als ich nichts sage, lehnt meine Mom sich zurück und sieht mich an. »Natürlich musst du nichts tun, was du nicht willst. Aber der Grund, warum wir dich immer wieder drängen, ist, dass du das Spielen so geliebt hast. Das war mal dein großer Traum, und du warst einfach fantastisch damals und hattest so viel Spaß, bis der Ruhm kam. Die Presse hat dich ziemlich unfair behandelt, ich meine, du warst noch ein Kind. Aber die Zeiten haben sich geändert. Und außerdem bist du inzwischen erwachsen. Du kannst mit denen umgehen. Ich will doch nur, dass du es wenigstens ausprobierst. Seien wir ehrlich: Du hast so lange versucht, irgendwas anderes zu finden, das dich begeistert, und bist nicht fündig geworden. Wir wollen nur, dass du glücklich bist. Weißt du was, wieso fragst du nicht Cassidy, wie es ihr mit dem ganzen Ruhm ergangen ist? Das alles hat sich jetzt lange in deinem Kopf abgespielt und sich aufgebauscht. Vielleicht sind die Gründe, aus denen du davor zurückschreckst, ja gar nicht so schlimm, wie du denkst.«

Spontan umarme nun ich meine Mom ganz fest. »Okay, ich werde darüber nachdenken. Aber sag's bitte nicht Dad.«

Vierunddreißig

MAEVE

»Und? Hast du irgendwas gehört?« Ich sitze im Haare-Make-up-Bereich der Location, in der das Magazinshooting stattfindet, und Shazia ist vorbeigekommen, um mich über das Ergebnis der Meetings zu informieren, bei denen ich meine Solosendung gepitcht habe. Ihrem Gesichtsausdruck nach zu urteilen, ist es nicht gut gelaufen.

Sie trinkt einen großen Schluck von ihrem Kaffee, bevor sie antwortet. Und ich rechne ihr hoch an, dass sie weder mitfühlend lächelt noch peinlich berührt die Luft einzieht, während sie mir die schlechte Nachricht überbringt. Es ist mehr so, als würde sie ein Pflaster abreißen. »Die haben alle abgelehnt.«

Ich drehe den Kopf in ihre Richtung und reiße die Hände der Hairstylistin, die sich gerade an meiner Frisur zu schaffen macht, dabei mit. »Echt alle?«

Letzte Woche haben wir uns drei Tage lang mit den Vertretern jedes großen Senders und jeder wichtigen Plattform zusammengesetzt, in der Hoffnung, ein Bietergefecht auszulösen, das zu noch besseren Angeboten führt. Die Frage, die bei jedem Treffen aufkam, war: Welche Rolle wird *Finn* in der Sendung übernehmen? In *meiner* Sendung. Nach dieser Erfahrung habe ich versucht, mich darauf einzustellen, dass die Angebote nicht so gut ausfallen würden wie erwartet. Doch tief in meinem Innern wusste ich schon, was tatsächlich passieren würde. Deshalb bin ich gerade auch nicht erstaunt, sondern eher resigniert.

»Haben die auch gesagt warum?«, frage ich. Die Visagistin beginnt, sich an meinem Gesicht zu schaffen zu machen, neigt meinen Kopf nach hinten, kämmt meine Augenbrauen durch und klebt mir künstliche Wimpern an. Eigentlich weiß ich ja, warum ich die Absagen bekommen habe. Sie wollen mich zwar, aber nur mit Finn zusammen. Allein sieht man mich nicht als Erfolg versprechend an. Ich bin nur die Barriere, die sie überwinden müssen, wenn sie ihn haben wollen.

»Bloß den üblichen Schwachsinn«, entgegnet Shazia lässig. »Sie haben Sorge, dass die Sendung für das Publikum zu ernst ist. ›Zu wenig Drama.‹ ›Wir glauben nicht, dass genug Interesse besteht.‹ Nicht pikant genug. Blabla.«

Die Enttäuschung fühlt sich erdrückend an. Ich wusste ja, dass es schwer werden würde, das Konzept zu verkaufen, weil ich noch nichts Vergleichbares gesehen habe. Und wenn man die Idee zum ersten Mal hört – eine Realityserie, in der Leute eine Therapie machen –, klingt sie auch nicht sonderlich spaßig. Aber es ist echtes Drama. Die Leute lieben es, zu sehen, wie sich die Probleme anderer Menschen entwickeln, und außerdem würde ich mit dieser Sendung anderen helfen und den Zuschauern zeigen, dass es auch eine gesunde Möglichkeit gibt, mit Problemen umzugehen. Ich weiß, dass ich etwas Großartiges aus diesem Konzept machen könnte und dass unsere Fans von *Tell Me How You Really Feel* sie sich ansehen würden.

»Und was jetzt?«, frage ich. Die Visagistin beginnt, knallrote Farbe auf meine Lippen aufzutragen, und ich schaue ihr im Spiegel dabei zu. Gleichzeitig kann ich sehen, dass Shazia mich genau mustert, und weiß, dass sie erkennt, wie enttäuscht ich bin. Und dass ich, wenn sie jetzt anfängt, mich zu trösten, zusammenbrechen werde. Deshalb beschränkt sie sich zum Glück auf die Fakten.

»Evangeline hat mich kontaktiert. Sie hat Interesse daran, als

Produzentin mit dir zu arbeiten. Du könntest dich mit einer Indie-Produzentin wie ihr zusammentun, die Sendung gemeinsam mit ihr entwickeln – genau so, wie du sie dir vorstellst – und sie dann an einen Sender verkaufen.«

Ich liebe Evangeline. Aber ich will nicht, dass diese Show auch noch eine Verbindung zu Finn hat – wenn auch nur über seine Mom –, vor allem, nachdem ich weiß, dass sie nur abgelehnt wurde, weil er nicht dabei ist und diese ganzen Unterhaltungschefs meinen Marktwert an ihn koppeln. »Könnte ich auch selbst produzieren? Allein?«

»Klar. Das Geld dafür hättest du auf jeden Fall. Aber wenn ich ganz ehrlich bin, denke ich nicht, dass du dafür genug Erfahrung hast.« In Shazias Worten schwingt keinerlei Schärfe mit, trotzdem schmerzen sie.

»Fertig«, ruft die Visagistin der Kreativen Leiterin und der Fotografin zu. »Sie ist fertig.«

»Was?« Überrascht fahre ich herum. Ich hatte ganz vergessen, dass ich wegen eines Shootings hier bin. *Dem* Shooting. Was vermutlich auch der Grund dafür ist, dass Shazia erst später mit mir sprechen wollte. Was ich abgelehnt habe. Weil ich wusste, dass ich während der Aufnahmen die ganze Zeit über unruhig sein und darauf warten würde, was sie mir zu sagen hat. Doch nun bin ich unruhig, weil ich es weiß.

Die Fotografin kommt zu meinem Stuhl herüber. »Bist du bereit? Sobald du umgezogen bist, fangen wir am Hauptset fürs Cover an, dann wechseln wir noch mal das Outfit und machen ein paar Aufnahmen an den kleineren, alternativen Sets. Die Bilder werden aber wahrscheinlich gar nicht fürs Cover verwendet, es sei denn, sie hauen uns um.«

»Geben Sie uns noch zwei Minuten«, schaltet Shazia sich ein. Sie ist immer bereit, die Böse für mich zu spielen.

Die Fotografin geht davon und beginnt, ihre Kamera einzurichten, während Shazia mir direkt in die Augen sieht, anstatt mich über den Spiegel anzublicken, wie wir es während des Schminkens getan haben. »Dein Konzept ist wirklich großartig, Maeve. Wir werden es umsetzen, und du wirst das richtig rocken. An deiner Stelle würde ich noch mal darüber nachdenken, ob du nicht doch mit Evangeline zusammenarbeiten willst, aber so oder so werden wir diese Sendung drehen.«

Ich habe so viele Fragen darüber, wie ich eine Realityserie selbst produzieren könnte. Wo würden wir das Set aufbauen? Müsste ich alles aus eigener Tasche bezahlen? Wieso sollte ein Sender die Serie später kaufen, wenn jetzt schon kein Interesse besteht? Und ein kleiner, ängstlicher Teil von mir fragt sich, ob Shazia wirklich an mich glaubt. Unabhängig von Finn, Evangeline oder Streamify. Doch anstatt irgendeine dieser Fragen laut auszusprechen, nicke ich nur. »Okay.«

Im Umkleidebereich, der aus drei extrahohen Reflektoren besteht, die im Dreieck vor einer Wand aufgestellt wurden, schlüpfe ich in den pinken Powerhosenanzug. Der wurde extra für mich maßgeschneidert, und ich weiß, dass ich darin fantastisch aussehe. Feminin, selbstbewusst, wie eine Führungspersönlichkeit. Tatsächlich komme ich mir allerdings wie eine Betrügerin vor.

Als ich das Set betrete, klopft mein Herz so heftig, dass ich die Fotografin kaum höre. Musik dröhnt durch die Location, um uns in Stimmung zu bringen, doch sie ist extrem laut, und während ich am Hauptset stehe – einer schlichten weißen Leinwand, die bis auf den Boden reicht und auf der sich lediglich ein Mikro befindet –, scheinen mir die Lampen grell ins Gesicht. Gerade, als ich fragen will, was ich tun soll – mit Fotoshootings kenne ich mich nämlich nicht sonderlich gut aus; wir haben bisher nur eins bei Streamify gemacht, für das Cover unseres Podcasts –, bricht plötzlich die gesamte Crew in Applaus aus.

Verwirrt blicke ich mich um. »Wofür klatscht ihr denn?«

Die Fotografin schießt ein paar Bilder, bevor sie die Kamera wieder sinken lässt. »Deinetwegen. Weil du die gläserne Decke durchbrochen hast. Für uns alle. Nicht nur für Podcasterinnen. Wir sind hier heute ein rein weibliches Team, was sonst nie vorkommt, und wir sind echt begeistert von dem, was du erreicht hast.«

Auf meinem Gesicht breitet sich ein Lächeln aus, die Angst verschwindet, und die Fotografin hält den Moment fest, in dem sich mein angespanntes Stirnrunzeln in ein echtes Strahlen verwandelt. Durch die niederschmetternde Enttäuschung über die Ablehnung meiner Sendung habe ich einen Augenblick lang vergessen, dass mir etwas Großes gelungen ist. Etwas Bedeutungsvolles.

Nun steigen wir richtig in das Shooting ein: Ich pose *mit* dem Mikro, *ohne* es, lächle, lache mit den Augen, schaue ernst. Eigentlich habe ich keine Ahnung davon, wie man post, aber die Fotografin führt mich, und so fühlt es sich ganz leicht an. Nach einigen Minuten winkt sie mich zu sich herüber. »Schauen wir mal, wie sie geworden sind.«

Ich steige über das Kabel, das sie mit dem Bildschirm verbindet, und wir blicken über die Schulter der Digitaltechnikerin auf die Fotos. Ich sehe gut aus. Viel selbstsicherer, als ich mich wahrscheinlich je gefühlt habe. Aber ich wirke auch wie ich, nicht wie eine andere Person. Und gleich das erste Bild – das, auf dem sich dieses Lächeln in meinem Gesicht ausbreitet – gefällt mir am besten.

Plötzlich spüre ich eine Hand auf meiner Schulter, ein vertrautes Gewicht hinter mir. »Überraschung!« Ich drehe mich um und stehe direkt Finn gegenüber, der einen Kaffee aus meinem Lieblingscafé in der anderen Hand hält. Er gibt mir einen schnellen Kuss. »Maeve, diese Bilder … du siehst fantastisch aus.«

»Danke«, entgegne ich. Normalerweise sollte ich mich darüber freuen, dass mein Freund, in den ich schon seit Jahren verliebt bin, so aufmerksam ist, mich hier zu überraschen. Stattdessen verspüre ich jedoch ein leichtes Unbehagen. Weil wir gerade noch die Bedeutung des rein weiblichen Teams betont haben. Und weil das hier *mein* großer Moment ist. Aber wenn ich mich umsehe, stelle ich fest, dass nun alle Augen auf ihn gerichtet sind.

Die Kreative Leiterin hat sich zu uns an den Monitor gesellt. »Vielleicht sollten wir eins von euch beiden zusammen machen. Nur vorsichtshalber … wenn er schon mal da ist.«

Finn zuckt die Achseln und sieht mich an. »Wenn du das willst.«

Wenn ich jetzt Nein sage, werde ich wie eine Megazicke dastehen. Und Shazia ist nach der Beifallsbekundung gegangen, kann sich also nicht mehr für mich einsetzen. Ich zwinge mich zu einem Lächeln. »Ja, super.«

Finn geht zum Haare-Make-up-Bereich hinüber, während ich der Crew zum nächsten Set folge. Dort haben sie unseren Vaginatisch aufgebaut – oder zumindest eine Kopie davon –, und ich soll mich direkt daraufsetzen. Wir machen Bilder von verschiedenen starken Posen, keine Rumalbereien, und dann kommt Finn ans Set. Offensichtlich haben sie von irgendwoher einen passenden pinken Anzug für ihn herbeigezaubert, der ihm richtig gut steht. Mein Puls beschleunigt sich allerdings aus anderen Gründen. War es von Anfang an geplant, dass er dabei ist? Nein, das ist paranoid – meine Angst, die zu mir spricht. Wobei: Ist das wirklich so unwahrscheinlich?

Anscheinend sieht man mir meine Gedanken an, zumindest beeilt sich die Stylistin zu erklären: »Wir hatten noch eine zu große Variante für dich da, und die Schneiderin hat sie schnell für Finn angepasst.«

»Das ist ja toll!«, entgegne ich, aber ich kann nicht mal sagen, ob ich mich hohl oder glücklich anhöre.

Wir gehen zu einem anderen Set hinüber, einer schwarzen Leinwand, auf der grellbunte Sexspielzeuge verteilt liegen. Meine Nervosität kehrt zurück, doch genau in dem Moment, als wir die Leinwand betreten und die anderen noch damit beschäftigt sind, die Beleuchtung einzurichten und den Technikwagen herüberzurollen, zieht Finn mich an sich und küsst mich. Und dieser Kuss … Obwohl Finns Anwesenheit hier so viele Ängste in mir auslöst, fühlt es sich, während seine Lippen mich berühren, einen Augenblick lang so an, als würden all meine Sorgen dahinschmelzen. Vermutlich spricht wirklich nur die Stimme der Angst aus mir. Es gibt keinen Grund anzunehmen, dass alle um mich herum ein falsches Spiel treiben und es bei dem Shooting eigentlich um uns beide geht – oder nur um Finn. Wahrscheinlich werden sie die Bilder nicht mal für den Artikel verwenden; das wäre auch völlig unsinnig. Vielleicht brauchen sie die Fotos nur für die Social-Media-Seiten. Und dass er hier ist, erdet mich irgendwie.

Wir beginnen zu posen, und kurze Zeit später entwickelt sich das Shooting von gut zu wirklich witzig. Schon nach wenigen Minuten bringt er mich zum Lachen, als er mich hochhebt, scherzhaft Sexspielzeuge unter die Lupe nimmt und mich küsst. Er ist einfach ein Naturtalent vor der Kamera. Ich habe seine Entscheidung, nicht mehr zu drehen, immer respektiert, auch wenn ich glaube, dass er sie eher aufgrund seines Traumas getroffen hat und weniger aus praktischen Gründen. Doch jedes Mal, wenn ich ihn vor einer Kamera beobachte, frage ich mich, ob er sich wirklich sicher ist, dass er es nie wieder versuchen will.

Finn bleibt bis zum Rest des Shootings, stellt sich allerdings nach den Aufnahmen an diesem Set und einigen Anschlussbildern am Hauptset an den Rand und schaut nur noch zu. Dadurch, dass er bei mir ist, entspanne ich mich merklich, und ich kann sehen, dass die Fotografin am Ende mit den Bildern, die sie hat, zufrieden ist. Mit ihm in meiner Nähe wirke ich unbeschwerter auf den Fotos. Wobei: Ist Unbeschwertheit wirklich die richtige Atmosphäre für ein ernstes Gespräch über die gerechte Entlohnung von Frauen?

»Welches kommt denn aufs Cover?«, frage ich die Kreative Leiterin auf dem Weg nach draußen. Finn und ich haben uns beide in unsere *»Tell Me How You Really Feel«*-Trainingsanzüge gehüllt, und er trägt meine restlichen Sachen.

»Wir schauen uns alle Bilder noch mal intern an und entscheiden dann!«, flötet sie. »Aber keine Sorge, wir haben heute so viele fantastische Fotos bekommen – du wirst auf jeden Fall begeistert sein.«

Ich blicke zu Finn, während wir das Studio verlassen und in den Hallenflur hinaustreten. »Normalerweise wäre ich jetzt nervös, aber ich glaube, sie hat recht.«

»Klar hat sie das. Du hast umwerfend ausgesehen da drinnen.« Er küsst mich, und während wir Hand in Hand hinausgehen, verflüchtigen sich all meine Sorgen, zumindest für den Moment.

Fünfunddreißig

FINN

Maeve arbeitet rund um die Uhr daran, ihre Therapie-Realityserie zu verwirklichen, wodurch ich wiederum viel zu viel Zeit zwischen den Aufnahmen von *Tell Me How You Really Feel* übrig habe. Deshalb haben es meine Eltern auch geschafft, mich ans Set ihres neuen Films zu locken, um mir ihren neuesten potenziellen Kandidaten für die männliche Hauptrolle anzusehen. Und mich mit Cassidy über ihre Ansichten zum Leben als Schauspielerin zu unterhalten.

Mein Dad ist schon seit fünf Uhr morgens am Set, doch meine Mom muss erst um zehn dort sein. Lustlos folge ich ihr durch das Studio, bis wir bei dem Wohnzimmer ankommen, in dem die Probeaufnahmen stattfinden. Tatsächlich werden diese Kulissen normalerweise für eine Serie verwendet, doch da hier diese Woche nicht gedreht wird, nutzen meine Eltern diesen schalldichten Raum für die Aufnahmen, anstatt in ein schlichtes Studio zu wechseln. Das ist zwar ungewöhnlich, aber auch nicht total unüblich beim Casting für eine Hauptrolle, vor allem, wenn man bedenkt, welche Schwierigkeiten sie bisher bei der Suche nach dem passenden Darsteller hatten.

»Wer ist dieser Typ noch mal?«, frage ich, als wir das Wohnzimmer betreten.

Cassidy hockt dort auf der Couch und ist mit ihrem Handy beschäftigt, während mein Dad an einem Tisch hinter dem Kameramonitor sitzt. Anstatt den Schauspielern zuzusehen, wird er die Szene über den Bildschirm verfolgen, um zu schauen, wie die Darsteller in den Aufnahmen wirken.

»Hat in irgendeiner schlechten CW-Serie mitgespielt«, sagt Cassidy, ohne aufzublicken.

Meine Mom nickt bestätigend. »Die war nicht schlecht!«, wirft mein Dad ein. »Man hätte nur die Bücher hier und da etwas überarbeiten müssen, mehr nicht. Und er war gut. Einem Vampirgestaltwandler mehr charakterliche Tiefe zu verleihen, ist nun mal schwierig.«

»Also mit anderen Worten: Er ist noch nicht die Notlösung«, witzle ich.

Meine Mom und Cassidy lachen, während mein Dad mir einen finsteren Blick zuwirft. Ich geselle mich zu Cassidy auf die Couch, während wir auf den Schauspieler warten. Und warten. Und noch länger warten.

»Lust, mal zu gucken, was das Verpflegungsangebot so hergibt?«, frage ich Cassidy nach zwanzig Minuten.

Sie sieht mich an. »Klar.«

Gemeinsam gehen wir zu dem Klapptisch hinüber, auf dem die Produktionsfirma das Essen bereitstellt, das üblicherweise aus Snacks, Kuchen, Sandwiches, Süßigkeiten, kalten Getränken und manchmal auch Wurstplatten besteht. Manche Sachen gibt es immer, und jeder im Team hat seine oder ihre Lieblingssnacks, zu denen gegriffen wird, wenn der Dreh mal wieder länger dauert. Als Kinder war es ein Riesenspaß für uns, den Klapptisch zu plündern, und obwohl Cassidy sicher mittlerweile genügend Verpflegung in ihrem Trailer bekommt und ich bei Streamify ebenfalls gut versorgt werde, fühlt es sich immer noch ein bisschen wie etwas Verbotenes an, wenn wir zusammen zum Tisch hinübergehen, während meine Eltern auf den Drehbeginn warten.

»Deine Mom hat mich beauftragt, dir das Spielen wieder schmackhaft zu machen«, sagt Cassidy unverblümt, als wir außer

Hörweite sind und sie die Minischokoriegel und Chipstüten durchsucht. »Soll ich?«

Ich reiße eine Packung Gemüsechips auf und lasse mir sehr viel Zeit dabei, den Inhalt zu begutachten. »Ja«, antworte ich schließlich.

Sichtlich überrascht hebt sie eine Augenbraue. »Äh … okay. Also dann, erstens: Vergiss alles, was du schon weißt, weil es überhaupt nicht wichtig ist. Dass du super verdienst. Dass deine Popularität noch größer wird. Du Werbeverträge mit guten Marken bekommst. Das hast du im Prinzip schon alles. Aber was sich in deinem Leben verändern wird, ist, dass du es liebst zu spielen. Du wirst total glücklich sein, wenn du das wieder tust. Das weiß ich. Hundertpro. Du kannst wieder in eine andere Rolle schlüpfen. Und etwas tun, das den Leuten, die den Film sehen, etwas gibt, zumindest für zwei Stunden. Ich glaube, du wirst dich dadurch … keine Ahnung … besser fühlen. Das Modeln war okay für mich, aber beim Spielen fühle ich mich so … *lebendig*. Als würde ich nie wieder was anderes tun wollen. Maeve hat das Gleiche für sich beim Podcasten gefunden. Du nicht, das weiß ich. Aber du kannst das auch haben, du musst es nur zulassen.«

Ich halte ihr die Chipstüte hin, während ich über ihre Worte nachdenke. »Und was ist mit den Fans? Und den Paparazzi?«

Sie hält inne, die Gemüsesticks auf halbem Weg zum Mund. »Ich fasse es nicht, dass dich das immer noch beschäftigt. Als wir in Europa waren, ging's dir doch auch gut, und das war der heftigste Presserummel, den ich seit unserer Kindheit erlebt habe. Mittlerweile sind die Gesetze viel strenger, vor allem hier in L. A. Damals durften die machen, was sie wollen. Heute kannst du mit ihnen vereinbaren, dass sie dich in Ruhe lassen, wenn du das willst, sofern du ab und an mit ihnen zusammenarbeitest.«

»Echt?«, frage ich fasziniert.

Cassidy nickt und greift in eine Tüte voller Käsecracker mit

Cheddargeschmack. »Ja, total. Mein Team bietet denen alle ein, zwei Monate irgendwas Gutes an – ich im Bikini oder wie ich aus einer Bar komme, irgend so was. Und dafür lassen sie mich eine Weile in Ruhe. Aber auch ohne diese Deals haben sie diese Verfolgungsjagden extrem eingeschränkt. Im Sommer haben die uns nicht ein einziges Mal verfolgt. Denk mal drüber nach.« Sie runzelt die Stirn, als ich nichts sage und sie merkt, dass ihre aggressive Verkaufstaktik nicht funktioniert. »Glaub mir, versuche es einfach noch mal mit dem Spielen. Wenn du einmal damit angefangen hast, wirst du merken, dass es sich lohnt. Du musst nur die erste Hürde überwinden und den einen Film drehen – der, was noch als Bonus obendrauf kommt, eh super wird, weil dein Dad ihn geschrieben hat. Also stell dich deinen Ängsten, danach wirst du ein völlig neues Leben haben – und es lieben. Schwöre auf den Klapptisch.«

In diesem Moment kommt ein Produktionsassistent auf uns zugerannt und unterbricht uns nervös. »Äh, Entschuldigung, Miss … Cassidy? Und Mr Sutton? Sie sollen bitte zu den Probeaufnahmen kommen.«

Cassidy wirft ihre Crackertüte auf den Tisch, während ich mir die restlichen Gemüsechips komplett in den Mund stopfe. Im Wohnzimmer regt sich mein Dad im Beisein meiner Mom gerade fürchterlich auf. »Dieser Anfänger. Weiß der denn nicht, dass er ein paar Stunden früher losfahren muss? Das hier ist L. A. Auf dem Freeway gibt es immer irgendwo einen Unfall.«

»Sehr unprofessionell«, pflichte ich ihm aus reiner Höflichkeit bei, während wir die Kulisse betreten. Doch mein Dad nimmt mich kaum wahr und redet weiter auf meine Mom ein, die Cassidy und mich ansieht, während sie auf den richtigen Moment wartet, sich in die Unterhaltung einzumischen. Wir lassen uns auf die Couch fallen und warten ebenfalls, bis mein Dad genug Dampf abgelassen hat. Als er sich endlich abgeregt hat, will ich aufstehen, damit wir gehen können.

»Stopp!«, ruft meine Mom unvermittelt, und ich lehne mich wieder in die Kissen zurück. Sie packt meinen Dad am Arm. »Da … schau mal.«

Die Kamera ist an und auf Cassidy und mich gerichtet. An den Mienen meiner Eltern, die uns auf dem Monitor betrachten, kann ich schon erkennen, worauf das hier hinauslaufen wird. Und ich bin nicht gänzlich dagegen. »Habt ihr das hier etwa geplant?«

»Ganz sicher nicht«, blafft mein Dad mich an. »Für dich würde ich im Leben keinen kompletten Arbeitstag aufs Spiel setzen – dafür bist du mir zu wankelmütig. Aber wenn wir schon mal alle hier sind und einen halben Tag verschwendet haben – wie wär's mit einer Probeaufnahme?«

Bittend sieht meine Mom mich an. »Ja, Schatz, wie wär's? Versuch es doch einfach, und wenn du es total furchtbar findest und es dir gar keinen Spaß macht, werden wir dich nie wieder damit belästigen. Wie klingt das?«

»Irgendwie glaube ich dir das nicht«, widerspreche ich halbherzig. Aber ich bin noch nicht gegangen, und das sagt eigentlich schon alles.

»Ich schwöre es dir«, sagt meine Mom. »Und es werden auch keine Drehbücher mehr speziell für dich geschrieben.«

»Vergiss es«, wendet mein Dad ein. »Das kann ich dir nicht versprechen. Inspiration ist nun mal Inspiration.«

Stöhnend vergrabe ich den Kopf in den Händen. »Wieso kommt mir das vor wie umgekehrte Psychologie?«

Mein Dad lehnt sich zur Kamera vor und drückt die Aufnahmetaste, während meine Mom mir ein Drehbuch gibt. Als sie Cassidy auch eine Kopie aushändigen will, winkt die ab. »Ich hab die Szene ungefähr fünfzigmal gespielt«, erklärt sie, als ich eine Augenbraue hebe. »Wenn ich sie jetzt noch nicht auswendig kann, dürft ihr mich feuern.«

Meine Eltern drängen sich hinter den Monitor, während Cassidy und ich beginnen, die Szene durchzugehen. Im Drehbuch ist es unsere erste Begegnung, nachdem Cassidy von meiner Mom engagiert wurde, um mich zu daten, wovon ich natürlich noch nichts weiß. Meine Rolle ist witzig, aber auf diese subtile Art, die mein Dad so gut beherrscht und die der Schauspieler verstehen muss, um sie richtig rüberzubringen. Mein Dad schreibt keine billigen Gags. Allerdings ist es eine weitere in einer langen Kette von Mutter-Sohn-Konstellationen, die er für meine Mom und mich konzipiert hat.

Zu Anfang bin ich noch ein bisschen schwerfällig, da ich den Text noch ablesen und zwischen der Seite und Cassidy hin- und herspringen muss. Doch am Schluss der Szene bin ich voll drin, und es fühlt sich an, als hätte ich nie aufgehört zu spielen. Es ist leicht, in eine Rolle zu schlüpfen, die extra für mich geschrieben wurde, und dann noch mit Cassidy als Spielpartnerin – wir sind so auf einer Wellenlänge, dass ich die Gags genau auf den Punkt bringen kann. Da ich meistens schon im Voraus ahne, wie sie reagieren wird, und weiß, dass sie in der Lage ist, auf meinem Spiel aufzubauen, kann ich die Szene sogar noch weiterführen. In meinem Hinterkopf laufen Erinnerungen an die Urlaube ab, die unsere Familien früher gemeinsam verbracht haben: Jedes Jahr am letzten Abend haben Cassidy und ich in aufwendigen Inszenierungen die Filme unserer Mütter nachgespielt, bis wir selbst bei dem einen mitwirkten, und dann haben wir mit diesen Vorführungen aufgehört, weil sich das Spielen plötzlich schrecklich für mich anfühlte, obwohl das Schreckliche in Wirklichkeit die Belästigung durch die Presse war. Und nun wünschte ich, wir hätten nie damit aufgehört.

Als wir die Szene beenden, herrscht Stille am Set. Dann setzt langsamer Applaus ein. Ich drehe mich um und stelle fest, dass sich diverse Produktionsassistenten und Beleuchter vor uns versammelt und uns zugesehen haben. Mein Dad vertreibt sie mit einem strengen Blick, bevor er zu mir herüberkommt. »Finn, schau es dir erst mal an, bevor du irgendwas sagst. Oder sogar, bevor du irgendwas denkst.«

Ich schließe den Mund wieder, wobei ich nicht mal weiß, was ich eigentlich sagen wollte. Es hat mir nämlich richtig Spaß gemacht. Und ich hasse es, dass es mir Spaß gemacht hat. Weil es sich so blöd anfühlt, das zuzugeben, nachdem ich so vehement behauptet habe, dass ich nie wieder spielen will. Ich folge meinem Dad zum Monitor und lasse zu, dass Cassidy und meine Mom sich dicht hinter mich drängen, während wir uns die Aufnahme ansehen.

Wir sind gut. *Ich* bin gut. Als die Szene zu Ende ist, warten alle auf meine Reaktion, und niemand sagt etwas. Ich auch nicht.

Schließlich hält meine Mom es nicht mehr aus. »Sag doch einfach, dass du es machst! Na, los! Wir werden die Drehtage um deine Termine für *Tell Me How You Really Feel* herumlegen. Und die Premiere und Pressetour machen wir in deiner Sommerpause. Nun komm schon!«

Ich blicke zwischen den dreien hin und her, und Cassidy drückt aufmunternd meinen Arm. Und dann kann ich das Grinsen nicht mehr länger zurückhalten. »Na schön. Ich mach's.«

Mein Dad schlingt die Arme um uns alle. »Na endlich, Finn.«

Ich lehne mich ein Stück zurück, um die anderen ernst anzusehen. »Aber ich will keine dummen Sprüche hören! Oder dauernd damit genervt werden, dass ich mich so lange geweigert habe. Und solange wir noch nicht wissen, was dabei rauskommt, drehe ich auch nur diesen einen Film.«

Meine Mom tut so, als würde sie einen imaginären Reißverschluss über ihre Lippen ziehen. »Von uns wirst du keinen Ton hören. Wir freuen uns einfach nur darüber, dass wir das Ganze als Familie zusammen machen können.«

»Ich mich auch«, gebe ich zu. Und meine es auch wirklich so.

Ich habe mich viel zu lange gegen das alles gewehrt und mich stattdessen völlig darauf konzentriert, meinen eigenen Weg zu gehen und das Rampenlicht zu meiden. Aber Cassidy hat recht. Ich arbeite bereits in der Unterhaltungsindustrie. Es gibt keinen Grund mehr, mich zu verstecken. Mir macht es Spaß, den Podcast zu moderieren – eine Tätigkeit, die übrigens viel mit der Schauspielerei gemeinsam hat –, und obwohl ich mein Leben lang dagegen angekämpft habe, glaube ich, dass meine Eltern ebenfalls recht haben: Vielleicht ist es meine Bestimmung, Schauspieler zu sein.

Und erst, als wir das Studio verlassen, kommt mir plötzlich der Gedanke, dass ich vielleicht mit Maeve hätte sprechen sollen, bevor ich mich dazu entschließe, mit Cassidy zusammen in einem Film mitzuspielen.

Sechsunddreißig

MAEVE

Als ich kurz in die Tankstelle hineinhaste, um Fruchtgummi zu kaufen, bleibe ich abrupt stehen und starre auf zwei Magazincover, die beide um meine Aufmerksamkeit buhlen. Auf dem einen bin ich in einem pinken Hosenanzug abgebildet, das andere zeigt Finn und Cassidy Hand in Hand am Set des neuesten Films seiner Eltern. Finns erstem Film seit seiner preisgekrönten Darstellung als Kind.

Ich kaufe beide.

Wieder im Auto halte ich einen Moment inne; unschlüssig, welches Magazin ich zuerst durchblättern soll. Mein erster Impuls ist, mir die Fotos von Finn und Cassidy anzusehen. Finn hat mir gesagt, dass er an ihrer Seite spielen wird, und obwohl ich mir gewünscht hätte, dass wir es erst gemeinsam besprechen, bevor er die Zusage gibt – dass er zu mir gekommen wäre, damit *ich* ihn hätte motivieren können, sich seinen Ängsten zu stellen, und nicht Cassidy –, kann ich sehen, wie peinlich es ihm ist, dass er so viel Spaß an der Schauspielerei hat, nachdem er sich die ganze Zeit über so dagegen gesperrt hat. Deshalb versuche ich, ihn zu unterstützen; so wie er es für mich tun würde. Und ich freue mich wirklich, dass er seine Leidenschaft wiederentdeckt hat! Das habe ich mir schon lange für ihn gewünscht. Dennoch werde ich gerade von sämtlichen Ängsten heimgesucht, die ich in Bezug auf die beiden habe: wie viel besser sie zueinanderpassen; wie begeistert die Presse ist, wenn sie zusammen sind; wie gut sie sich kennen … Es ist, als würde ich wieder auf dieses erste Bild vor dem Carbone blicken. Und jedes Foto, das danach kam: auf Instagram, in Magazinen, im Internet. Doch ich zwinge mich, die Flut dieser aufdringlichen Gedanken zurückzudrängen und meinen eigenen Artikel zuerst zu öffnen.

Das Coverfoto ist wunderschön. Und die Schlagzeile – *Sie sitzt oben* – ist gleichzeitig provokativ und schmeichelhaft. Ich habe eine Vorabversion des Artikels bekommen, die wirklich positiv und gut durchdacht ist. Freundliche Presse, wie Shazia es bezeichnet hat. Der Text soll als Zeichen der Hoffnung für alle Frauen dienen. Als ich die Zeitschrift aufschlage, steht der gleiche Text darin, den ich schon kenne, mit schönen, kraftvollen Zitaten am Rand, die sie aus dem Interview mit mir herausgezogen haben. Aber die Bilder … Sie haben nur Fotos von mir und Finn ausgewählt. Und in der Mitte des Artikels entdecke ich ein fett gedrucktes Zitat von Finn, das nicht in dem Entwurf stand, den ich bekommen habe.

Maeve ist der genialste Mensch, den ich kenne. Der Erfolg von Tell Me How You Really Feel *ist ganz allein ihr Verdienst. Und ihr nächstes Projekt – so viel kann ich schon verraten – wird euch so richtig umhauen …*

Er wollte mir etwas Gutes tun. Meiner Solosendung einen Schub verpassen. Aber der Artikel macht an dieser Stelle einen Schlenker und lobt ihn dafür, dass er mich so unterstützt; dass er sagt, ich sei »der genialste Mensch« (man beachte: nicht »die genialste *Frau*«), den er kenne. Männer werden dauernd dafür gepriesen, dass sie sich einfach nur anständig verhalten. Das hier sollte ein Artikel über mich sein, aber wieder einmal bekommt Finn die Aufmerksamkeit, weil er ja so berühmt ist, so viel reizvoller und *so viele Klicks* generiert.

Angst steigt brennend meine Kehle empor, während ich das Magazin auf den Tisch lege und das andere öffne. Ich sollte es einfach wegwerfen. Etwa einen halben Meter von mir entfernt steht ein Mülleimer, direkt vor meinem Wagen, und ich weiß, dass ich meine Angst noch füttere, wenn ich den Artikel lese. Trotzdem klappe ich die Zeitschrift auf. *Natürlich.*

Es steht nichts darin, was ich nicht schon wüsste. Die beiden drehen gemeinsam einen Film, in dem sie ein Liebespaar spielen. Ich weiß, dass hier nur deshalb ein Foto der beiden abgedruckt ist, auf dem sie sich küssen. Als Finn gestern Abend nach Hause kam, hat er mir gesagt, dass es technisch möglich sei, den Kuss mit dem Computer zu generieren, wenn sie in einem Abstand von nur einem Zentimeter voreinanderstünden. Aber das würde ein Vermögen kosten; ob es okay sei, wenn er sie einfach küssen würde? Ist ja nicht so, als hätten sie das noch nie getan. Trotzdem blutete mir das Herz, als ich Ja sagte.

Eine Weile kam es mir so vor, als wollten alle, dass *wir* zusammen sind. Aber in Wirklichkeit waren das nur unsere Fans. Die Welt will Finn und Cassidy. Ich hasse es, dass mich diese alte Geschichte so beunruhigt. Aber das alles braut sich langsam zu einem gewaltigen Sturm zusammen, einem, der mit meinen schlimmsten Ängsten spielt. Dass ich nicht genüge. Dass ich ohne Finn ein Niemand bin. Dass er ein tolleres, besseres Leben will als das, was er mit mir hat. Ich werfe das Magazin auf den Beifahrersitz, sodass es meins verdeckt, und fahre zum Studio.

Mittlerweile habe ich mich an unsere schockierende Einrichtung gewöhnt und zucke nicht mehr zusammen, wenn ich die Penismikros und den Vaginatisch sehe. Heute steht sogar ein Kuchen direkt auf der Klitoris, bestückt mit einem essbaren Foto von meinem Magazincover.

Ich blicke hoch in Finns lächelndes Gesicht. Eigentlich sollte mein erster Gedanken sein: *Wow, mein Freund ist so aufmerksam und großartig.* Doch tatsächlich denke ich: *Wie ist er vor der Veröffentlichung an das Foto gekommen?* Ich durfte die Bilder ja nicht mal vorab sehen, und ich bin auf dem verdammten Cover. Heißt das, er wusste, dass der Artikel über mich, der ursprünglich all die Frauen feiern sollte, die sich gegen das Patriarchat durchgesetzt haben – und mich, weil ich die gläserne Decke durchbrochen habe –, noch einmal überarbeitet wurde, mit Zitaten und Fotos von ihm?

»Wow« ist alles, was ich sage.

Finn kommt um den Tisch herum und zieht mich zu sich, um mich zu küssen. Der Kuss ist perfekt: zärtlich, intensiv und voller Liebe. Ich frage mich, ob er Cassidy genauso küsst. Keine Ahnung, wie ich diesen Teil meines Hirns abstellen soll.

»Herzlichen Glückwunsch«, gratuliert Finn mir, als er sich von mir löst. »Wir wussten ja schon, dass du es geschafft hast … aber du hast es geschafft. Und nun wissen alle, wie unglaublich du bist. Komm, lass uns dein Gesicht essen.« Er nimmt sich ein Messer und beginnt, Kuchenstücke für uns abzuteilen, wobei er versucht, den besten Teil für mich herauszuschneiden.

Ich sollte mich freuen. Schließlich habe ich auf all das hier immer hingearbeitet. Doch stattdessen spüre ich nur das dumpfe Pochen der Angst. Ein leichtes Gefühl von Panik. Trotzdem zwinge ich mich zu einem Lächeln oder zumindest zu etwas, das annähernd so aussieht. »Vielen Dank. Das ist total lieb.«

Finn hält mitten in der Bewegung inne und stellt das Stück, das er gerade auf einem Teller platzieren wollte, wieder zurück auf die Kuchenplatte. »Was ist los?«

Ich will diesen Moment nicht kaputtmachen. Aber meine Angst droht mich zu überwältigen, und ich weiß nicht, wie ich das vor ihm verbergen soll. Deshalb schüttle ich nur stumm den Kopf und konzentriere mich darauf, die Tränen zurückzuhalten.

Finn kommt wieder um den Tisch herum, legt den Arm um mich und führt mich zu einem Stuhl. »Maeve, rede mit mir. Es ist alles okay. Ich bin hier, ich bin bei dir.« Fest hält er mich umschlungen, während ich mich hinsetze. »Ich werde das Interview heute verschieben, okay?«

»Nein«, presse ich hervor. »Das ist unprofessionell.« Meine Stimme bricht, und ich schlucke hart.

»Nein, das ist schon okay«, murmelt Finn. »Ich sage einfach, dass ich mir den Magen verdorben habe. Und ich kenne unsere Gästin; die wird kein Problem damit haben. Wahrscheinlich ist sie insgeheim sogar froh, wenn wir es auf morgen verlegen. Ich hab gesehen, dass sie gestern Nacht auf einer Party war. Ich nehme das auf meine Kappe, okay?«

Wir haben noch nie eine Aufnahme abgesagt. Wäre ich der offizielle Grund für die Verschiebung, würde ich als unprofessionell gelten. Aber ich weiß, dass niemand sich darüber aufregt, wenn Finn der »Schuldige« ist. Und genau das ist das Problem. Ich werde immer mit zweierlei Maß gemessen werden, und ich glaube nicht, dass er das je wirklich verstehen wird. Finn verlässt das Studio, um den Termin abzusagen, und als er wieder reinkommt, hat er ein kaltes Glas Wasser und Taschentücher dabei. Wenig überraschend ist die Box, in der die Taschentücher stecken, wie ein Paar Brüste geformt.

Ich ziehe mir eins raus und tupfe damit die Haut unterhalb meiner Augen trocken, solange die Tränen noch nicht in Bächen fließen und ich meine Wimpertusche retten kann. »Möchtest du darüber reden?«, fragt Finn sanft.

Zittrig atme ich ein. »Ach, es ist eigentlich nichts Großes. Ich hab nur gerade eine Angstattacke. Der Artikel ist ein bisschen anders geworden, als ich dachte, und die Fotos von Cassidy haben mich irgendwie gestresst, obwohl ich weiß, dass das Blödsinn ist. Ach, ich weiß auch nicht.«

Wenn die Angst mich so übermannt, fällt es mir schwer, meine Gedanken zu sortieren. Finn reibt mir zärtlich über den Rücken. »Das mit dem Artikel ist meine Schuld. Ich hätte denen nicht erlauben dürfen, Fotos von mir zu machen. Und mir war gar nicht bewusst, dass sie dieses Zitat verwenden würden. Sie hätten den Fokus darauf lassen müssen, was dein Erfolg für andere Frauen bedeutet.«

Er ist so verständnisvoll. So *lieb*. Aber wenn er jetzt so klar sieht, warum hat er sich dann überhaupt in das Shooting hineinziehen lassen? Ich weiß nicht, ob wir dieses Problem jemals lösen werden. Wahrscheinlich muss ich einfach lernen, damit zu leben, denn im Prinzip geht es dabei mehr um die Welt da draußen als um das, was er gemacht hat. »Ich finde es gut, dass du das sagst. Ich bin vermutlich nur so verunsichert, weil die ganzen Sender wollten, dass du bei meiner Solosendung dabei bist … Ich hab einfach das Gefühl, dass ich nicht genüge, keine Ahnung.« Ich hasse es, dass ich meine Gefühle auch noch in Zweifel ziehe. Das ist etwas, was man uns Frauen schon früh beibringt. Normalerweise lege ich großen Wert darauf, das nicht zu tun, aber in so verletzlichen Momenten kann ich nicht klar genug denken, um meine Sprache zu kontrollieren. Und ganz ehrlich sollte ich das auch nicht tun müssen.

»Maeve, du bist so begabt. Es tut mir echt leid: Diese Senderverantwortlichen sind einfach Idioten. Und es tut mir auch leid, dass ich von deinem großen Verdienst abgelenkt habe. Vor allem, nachdem du so lieb und großzügig warst, mich mit Cassidy arbeiten zu lassen. Was kann ich tun, um das rückgängig zu machen, damit wieder du im Mittelpunkt stehst und das Unglaubliche, das du erreicht hast?«

Er sagt immer genau das Richtige. Die Bewegungen seiner Hand auf meinem Rücken sind rhythmisch und beruhigend, und ich spüre, wie sich mein Herzschlag allmählich wieder verlangsamt. Und meine Tränen versiegen. »Lass uns einfach einen schönen Abend zu Hause verbringen. Und was bei unserem Lieblingsthailänder bestellen. Den Kuchen könnten wir zum Nachtisch essen. Und danach würde ich gerne ins Fitnessstudio fahren. Wir können uns ja anschließend wieder bei mir treffen.« Zu trainieren ist das Einzige, was immer gegen meine Angst hilft.

»Klingt super.« Sacht gibt Finn mir einen Kuss auf die Stirn. »Willst du denn, dass die digitale Ausgabe des Artikels geändert wird? Die können das Zitat und die Bilder auch austauschen.«

»Finn, die haben mir ja noch nicht mal die Bilder gezeigt. Ich glaube nicht, dass die freiwillig eine zweite Version einstellen.«

Finn zieht mich enger an sich. »Meine Mom ist eine gute Freundin des Magazins. Wenn es uns allen damit besser geht, ändern die das bestimmt ab. Lass mich dir diesen Gefallen tun.«

»Ich hab Angst, dass die mich dann für schwierig halten«, protestiere ich halbherzig.

Ohne sich an meiner Rotznase und verlaufenen Mascara zu stören, küsst er mich erneut. »Dann lass mich die Diva spielen. Das ist eine gute Schauspielübung.«

Einverstanden, wie bei fast allem, was er tut, nicke ich. Und als wir uns später über den Kuchen hermachen, ist die digitale Version des Artikels bereits perfekt.

Siebenunddreißig

FINN

Ich wache auf, weil meine Mom laut gegen die Tür des Poolhauses hämmert. Ich hab mir immer noch nichts Eigenes gesucht, aber gerechterweise muss man sagen, dass ich die meisten Nächte bei Maeve verbracht habe. Gestern hat allerdings Sarah bei ihr übernachtet, da Maeve immer noch mit ihren Ängsten zu kämpfen hat. Ich habe das Gefühl, dass hauptsächlich ich daran schuld bin, weil ich einen Teil ihres großen Moments mit dem Artikel ruiniert habe und diesen Film mit Cassidy drehe.

»Finn! Steh auf und komm in die Küche. Sofort!«

Meine Mom klingt sauer, aber mir fällt nichts ein, was ich verbrochen haben könnte. Ich zermartere mir das Hirn, während ich mir eine Trainingshose und ein T-Shirt über meine Boxershorts ziehe. Habe ich die Klobrille nicht runtergeklappt? Irgendwas kaputt gemacht? Vergessen, die Haustür abzuschließen? Ich denke immer noch darüber nach, während ich die Küche betrete und wie angewurzelt stehen bleibe, als ich nicht nur meine Mom und meinen Dad, sondern auch Sandra, unsere PR-Beraterin, dort vorfinde.

»Was ist denn passiert?«

Mein Dad dreht seinen Laptop zu mir herum. »›Podcaster Finn Sutton verdient fast doppelt so viel wie seine Co-Moderatorin.‹«

Stünde diese Schlagzeile in der *Daily Mail*, *Page Six* oder auch *People*, wäre das kein Weltuntergang. Aber der Artikel ist aus der *New York Times*.

Ich schnappe mir den Computer, und während ich anfange

zu lesen, zieht sich mein Magen immer mehr zusammen. In dem Artikel steht, dass ich schon von Anfang an ähnlich viel Geld wie Paul Myers kassiert habe, während Maeve gerade einmal etwa sechzig Prozent unseres Honorars bekommen hat. Der Bonus, den wir uns erarbeitet haben, wurde anteilig davon berechnet und hat Maeve zwar zur bestbezahlten Podcasterin gemacht – und ihr einen höheren Verdienst als Paul Myers beschert –, doch im Vergleich zu mir liegt sie damit immer noch weit zurück.

»Wen haben die denn wegen eines Kommentars kontaktiert?«, murmle ich, während ich lese. Im Text steht, dass sich weder die Leute von Streamify noch jemand aus meinem Team dazu äußern wollte.

»Derek und Mark«, antwortet Sandra knapp.

»Wusstest du davon?«, fragt meine Mom. Sie klingt verärgert, berechtigterweise. Vor einigen Jahren hat sie in der Presse lautstark Stellung zum Gender-Pay-Gap bezogen, und mein Dad hat sie dabei unterstützt. Seitdem sorgen sie nicht nur dafür, dass bei all ihren Projekten eine gerechte Bezahlung herrscht, sondern veröffentlichen auch die entsprechenden Summen. Moms Stiftung setzt sich ebenfalls für das Thema ein, und das nicht nur in unserer Branche.

»Nein!«, beteuere ich sofort. »Ich hatte keine Ahnung. Ich bin davon ausgegangen, dass wir das Gleiche bekommen.«

Meine Mom und Sandra tauschen einen Blick. »Du solltest es besser wissen, als einfach davon auszugehen«, sagt meine Mom kurz angebunden.

Tief in meinem Innern weiß ich, dass sie damit recht hat … Aber ich habe mir auch einfach keine Gedanken darüber gemacht. Angestrengt versuche ich, mich daran zu erinnern, wie das alles abgelaufen ist. Derek hat mir den Vertrag gegeben, und ich habe ihn gefragt, ob Maeve mit den Bedingungen einverstanden sei. Ich glaube, er sagte, dass sie ihr Exemplar schon unterschrieben habe? Und dass er einen guten Deal für mich ausgehandelt habe?

»Scheiße«, murmle ich. »Du hast recht. Das ist meine Schuld. Ich hab nur … ich hab gar nicht darüber nachgedacht. Natürlich weiß ich, dass ich es besser wissen müsste, aber ich bin gar nicht darauf gekommen.«

»Du bist nicht darauf gekommen, weil du dir über so was gar keine Gedanken machen musst. Diese Entschuldigung benutzen Männer immer: Sie haben nicht daran gedacht; es ist ihnen nicht aufgefallen; sie haben das nicht gewusst. Ich hab dich besser erzogen, Finn.« Die Enttäuschung meiner Mom tut weh. Und ich will mir gar nicht vorstellen, wie ich mich nach Maeves Reaktion fühlen werde.

»Was mache ich denn jetzt? … Moment mal …« Ich habe mein Handy nicht dabei. Ohne ein weiteres Wort renne ich zurück ins Poolhaus. Ich muss mit Maeve sprechen. Wenn meine Mom schon sauer ist, wird Maeve stinkwütend sein. Als ich feststelle, dass ich weder Textnachrichten noch Anrufe von ihr bekommen habe, weiß ich nicht, ob ich darüber erleichtert sein oder deswegen Angst haben sollte. Vielleicht hat sie den Artikel noch gar nicht gelesen. Vielleicht kann man die Katastrophe noch irgendwie abwenden. Das Ganze wird demütigend für sie sein und ihre Ängste so richtig schüren. Wenn es noch irgendwie möglich ist, will ich das auf jeden Fall verhindern.

Ich haste wieder in die Küche. »Was kann ich tun, um den Schaden so gering wie möglich zu halten? Können wir den Artikel löschen lassen? Ich könnte auch mit Mark und Derek sprechen und eine Stellungnahme rausgeben.«

Sandra lächelt matt. »Ich hab schon mit Mark gesprochen, und er meinte, du hättest von dem Unterschied gewusst. Könntest du mal in deinen Mails nachschauen?«

»Das kann nicht sein«, beeile ich mich zu sagen. Doch ich habe ein ungutes Gefühl. »Ich hätte da nie zugestimmt.«

Ich fange an, alte E-Mails durchzuscrollen. An diese Zeit kann ich mich kaum erinnern. Ich war wie in einem Nebel gefangen, während ich versucht habe, Maeve dazu zu bringen, wieder mit mir zu reden, und mich gleichzeitig ständig fertiggemacht habe, weil ich erst mit Cassidy zusammen war und dann mit ihr Schluss gemacht habe. Doch schließlich finde ich die Mail mit dem Vertrag.

Ich hab auf das, was wir im Meeting besprochen haben, noch ein nettes, kleines Sümmchen oben drauf gepackt. Der Vertrag ist fertig zur Unterschrift. Wie schon gesagt, hat Maeve ihr Exemplar bereits unterzeichnet.

»Er schreibt nicht eindeutig, dass ich mehr bekommen habe«, sage ich leise. Aber wenn ich es jetzt lese, ist mir klar, was er meinte. Ich gebe das Handy mit der widerlichen Mail meinen Eltern und Sandra zu lesen. »Wie kann ich das lösen?«

Sandra macht einen Screenshot von der E-Mail und leitet ihn an sich weiter. »Das wirft leider ein ziemlich schlechtes Licht auf eure ganze Familie. Ich werde eine Stellungnahme aufsetzen, in der wir sagen, dass Unkenntnis zwar keine Entschuldigung ist, aber du schon mit Streamify an einer gerechten Lösung arbeitest. Wir müssen die dazu bringen, Maeve das Gleiche zu zahlen wie dir. Und dann kannst du das, was du zu viel verdient hast, an die Stiftung deiner Mom spenden und versprechen, von jetzt an alle deine Verträge öffentlich zugänglich zu machen. Den Vertrag für deinen Film müssen wir dann auch veröffentlichen.«

»Machen wir.«

»Dann setze ich mich direkt an die Stellungnahme.« Sandra klappt ihren Laptop auf und beginnt zu tippen. »Ich denke, ihr solltet euch auch von Mark trennen.«

Schmerzhaft verzieht mein Dad das Gesicht. »Müssen wir das wirklich? Wir arbeiten schon so lange mit ihm zusammen. Er und ich haben gemeinsam an der USC studiert …«

»Das machen wir«, sagt meine Mom, während sie meinen Dad scharf ansieht. »Er hätte das Maeve niemals antun dürfen. Bei den Verhandlungen hätte er mit Shazia zusammenarbeiten müssen.«

»Ja, das stimmt«, gibt mein Dad schweren Herzens zu. »Ich werde selbst mit ihm reden. Und, Sandra, kannst du ein Meeting mit Derek, uns allen, Shazia und unserem Medienanwalt organisieren?«

»Bin schon dabei«, sagt sie und hämmert wie wild auf ihre Tastatur ein. Offensichtlich plant sie, unsere Küche in ein Krisen- und Notfallzentrum zu verwandeln.

Fragend schaue ich meine Mom an. »Und was ist mit Maeve? Was soll ich tun?«

Beim letzten Wort überschlägt sich meine Stimme, und der Blick meiner Mom wird etwas weicher, während sie mich ansieht. »Finn, du bist erwachsen. Wir haben gerade den Großteil deines Scherbenhaufens beseitigt. Aber das mit Maeve kannst du nur selbst lösen.«

»Aber vergiss nicht, ihr Blumen mitzubringen«, ergänzt mein Dad. »Du brauchst die Grundlagen, zusätzlich zu allem anderen.«

Meine Mom und Sandra verdrehen die Augen. Aber ich nehme jeden Ratschlag an, den ich bekommen kann. Maeve hat sich immer noch nicht gemeldet, und ich will versuchen, sie zu erwischen, bevor sie den Artikel sieht. Vielleicht sind sie und Sarah ja gerade beschäftigt – mit Frühstückmachen, Maniküre oder irgend so was. Vielleicht kann ich mit ihr reden, bevor sie den gnadenlosen Bericht liest oder die beleidigenden Kommentare, Threads und TikToks sieht.

Ich texte ihr.

Bin auf dem Weg zu dir. Mit Kaffee. ♥

Ich bekomme keine Antwort.

Achtunddreißig

MAEVE

Ich wende mich zu Sarah um, während mein Magen sich mit Angst füllt. »Er kommt her.«

»Wann? Jetzt? Lass *mich* mit ihm reden.« Sie will mir mein Telefon aus der Hand reißen, doch ich ziehe es weg. »Ich sag dir, wenn der wieder mit der Entschuldigung kommt, dass er ein Idiot ist … Das kann ich echt nicht mehr hören«, schimpft sie.

Ich lege mein Handy unter mein Bein, damit es sicher vor ihr ist, bevor ich erneut auf den Artikel starre. Ich kann mir nicht vorstellen, dass Finn mich so hintergehen würde. Das kann einfach nicht sein.

Ich texte Shazia.

Schon was gehört?

Ich habe sie gebeten, herauszufinden, ob Finn von dieser Sache wusste. Ich will, dass die Antwort *Natürlich nicht* lautet, aber ich habe das ungute Gefühl, dass das Gegenteil der Fall sein wird. Statt einer Nachricht klingelt mein Telefon.

»Wusste er Bescheid?« Die Worte purzeln nur so aus meinem Mund, bevor ich in der Lage bin, irgendwelche Höflichkeiten auszutauschen.

Ich kann Shazias Zögern hören; wie sie den Atem einzieht. Das ist ziemlich ungewöhnlich für sie. »Derek hat ihm gesagt, dass er einen besseren Deal bekommen hat, per E-Mail. Außerdem hatte er beide Versionen des Vertrags. Bist du sicher, dass er dein Honorar kannte?«

»Ja«, sage ich mit Nachdruck. »Ich hab es ganz oft erwähnt, als wir über die Situation mit Paul Myers gesprochen haben.« Mir wird schlecht, wenn ich daran denke, dass Finn die ganze Zeit über genauso viel verdient hat wie unser größter Konkurrent, während er so getan hat, als würde er meinen Kampf um Gleichberechtigung unterstützen. Selbst wenn er die E-Mail übersehen hat, bekommt er doch mit, wie viel Geld auf sein Konto eingeht, und weiß, was ich verdiene. Es kann nicht sein, dass ihm das alles entgangen ist. Er ist ja nicht blöd. Die Stiftung seiner Mom setzt sich für gleiche Bezahlung ein, und eins ihrer Hauptthemen ist, dass männliche Co-Stars darauf achten müssen, dass ihre Kolleginnen die gleiche Gage bekommen, damit sich überhaupt etwas tut. Hat er gedacht, dass es dabei nur ums Geschäft geht, wie es Paul Myers ausdrücken würde?

»Der Anwalt seiner Familie hat mich schon kontaktiert und darum gebeten, dass wir bei Streamify als vereinte Front auftreten; er will dafür sorgen, dass dein Honorar angeglichen wird. Und ich werde aushandeln, dass du eine Nachzahlung bekommst. Das Gute an der ganzen Sache ist, dass du durch den Artikel noch wesentlich reicher wirst.«

Ich weiß, dass es Shazias Job ist, ans Geld zu denken. Aber es ist verdammt schwer, sich über Extrazahlungen zu freuen, wenn dieser Artikel gleichzeitig das Ende der eigenen Beziehung bedeutet. Ehe ich antworten kann, klingelt es an der Tür. »Danke für deine Recherche, Shazia. Ich muss jetzt los.«

Doch ich rühre mich nicht vom Fleck, und es läutet erneut. Sarah blickt zwischen der Tür und mir hin und her. »Soll ich ihn für dich umbringen? Ich weiß auch schon genau, wo ich ihn im Garten vergraben könnte.«

Abwehrend schüttle ich den Kopf und gehe zur Tür. Finn steht davor, mit einem Riesenstrauß Rosen und drei Iced Latte in der

Hand. Als er mich sieht, macht er ein langes Gesicht. »Du hast es schon gelesen«, sagt er, und es klingt eher wie eine Feststellung und nicht wie eine Frage. Trotzdem nicke ich. »Es gibt keine Entschuldigung für das alles. Aber kann ich wenigstens versuchen, es dir zu erklären?«

Sarah kommt herüber und nimmt ihm alle drei Kaffees und die Blumen ab, während sie ihn die ganze Zeit über mit finsteren Blicken taxiert.

»Leg los!«, fordere ich ihn im Befehlston auf, ohne ihn ins Haus zu lassen. Vielleicht sollte ich mir keine Erklärung von ihm anhören. Aber ich will es so. Ich will irgendetwas, woran ich mich festhalten kann; irgendetwas, um daran glauben zu können, dass er mich nicht vollkommen enttäuscht hat.

»Mir ist nie der Gedanke gekommen, dass wir unterschiedlich bezahlt werden. Ich lese meine Mails ziemlich selten, aber du weißt wahrscheinlich schon, dass ich den Vertrag unterschrieben habe und Derek mir gesagt hat, dass ich mehr bekomme. Wobei ich noch klarstellen will, dass er es nicht so direkt formuliert hat. Man hätte es auch anders verstehen können, vor allem, wenn man die Mail nur überfliegt. Ich war davon ausgegangen, dass, wenn er mir mehr zahlt, du auch mehr bekommst. Was ein Fehler war. Es tut mir wirklich leid, dass ich nicht auf die Gehaltslücke geachtet habe, aber ich werde das wiedergutmachen.« Als er endet, ist er außer Atem, seine Wangen sind gerötet, und seine Augen blicken mich ernst an.

Doch als er meine Hand nehmen will, ziehe ich sie zurück. »Stell dich nicht blöder, als du bist, Finn. Du weißt, dass es die Gehaltslücke gibt. Jeder weiß das. Du hast nur den Vorteil, dass du sie ignorieren kannst. Und du hast dich dafür entschieden, sie zu ignorieren. Das kannst du nicht mehr rückgängig machen.«

Er nickt heftig. »Ja, da hast du vollkommen recht. Wie gesagt, das ist keine Entschuldigung. Ich hab einen Riesenfehler gemacht, und es tut mir so leid, Maeve. Ich bin ein Idiot. Ich sag ja immer, dass du viel klüger bist als ich, und …«

»Hör auf, Finn!« Plötzlich schreie ich ihn an, ohne dass ich es will. »Du redest immer viel, wenn der Tag lang ist, aber das, was du getan hast, kannst du nicht mehr ändern. Du kannst dich auch nicht damit rausreden, dass du nicht darauf geachtet hast, weil du es besser wissen müsstest! Ich bin es so leid, dass du dauernd das Falsche tust und dann erwartest, dass ich dir verzeihe. Bitte geh einfach.«

»Ach, komm, Maeve, ist es denn wirklich so schlimm, dass ich gedacht habe, wir würden beide das Gleiche bekommen? Nennen wir es naives positives Denken. Ich glaube wirklich, dass …«

»Wie schön für dich, dass du dir aussuchen kannst, wann dir das Thema wichtig ist. Das ist keine Blödheit, das ist Sexismus. Und Faulheit. Und dein verdammtes privilegiertes Leben, das du nie hinter dir lassen wirst. Du wirst immer ein reiches Promikind sein, das sich nie für irgendwas anstrengen muss, aber für alles die Lorbeeren kassiert – auf Kosten von Leuten wie mir, die so verdammt hart dafür arbeiten müssen.«

Ich knalle ihm die Tür vor der Nase zu und ersticke damit jegliche Entschuldigung, die er mir als Nächstes präsentiert hätte, im Keim. »Geh!«, rufe ich durch die Tür.

Ich kann ihn ebenfalls von der anderen Seite schreien hören: »Ist das dein Ernst? Maeve, ich entschuldige mich doch! Ich dachte, wir wären ein Team. Wieso können wir nicht ernsthaft darüber reden?«

Ich gehe davon, während er weiterspricht. Ich habe es so satt, mich ständig *ihm* anzupassen. Immer die zweite Geige zu spielen. Dieser Artikel ist die Manifestierung all meiner Ängste. Kann man sie überhaupt als Ängste bezeichnen, wenn sie sich bewahrheitet haben? Ich bin weniger wert als er, obwohl ich die meiste Arbeit an dem Podcast mache. Meine Mom hatte recht: Finn wird mich immer überstrahlen. Und das war für mich okay. Als ich noch dachte, wir wären ein Team. Wenn er in der Öffentlichkeit Anerkennung für meine Leistungen bekommt, verhält er sich immer großartig, stellt es richtig; sagt Nein, wenn er zu Besprechungen auf dem Golfplatz eingeladen wird; nimmt die Schuld für alle Fehler auf sich, da man sie ihm nicht übel nimmt. Aber das alles nützt überhaupt nichts, wenn er sich im entscheidenden Moment nicht für Gleichberechtigung einsetzt. Und seinetwegen stehe ich nun vor der ganzen Welt da wie eine Idiotin. Zuerst wegen Cassidy, dann noch mal wegen Cassidy, dann wegen dieses Artikels. Wieder und wieder und wieder.

Ich stapfe zurück ins Wohnzimmer und lasse mich neben Sarah auf die Couch fallen. Sie hat die Blumen weggeworfen und stattdessen eine große Auswahl an Junkfood und Getränken bereitgestellt. »Ich kann nicht fassen, dass er das getan hat«, sage ich stöhnend. »Das macht mich so wütend! Er wird nie verstehen, wie das ist, wenn man Verantwortung übernehmen muss. Wenn nicht alles super läuft. Er muss sich nie für irgendwas ins Zeug legen und will dann noch Beifall dafür, dass er sich so verhält, wie man es von einem anständigen Mann erwarten kann.«

»Männer sind Schweine. Alle«, pflichtet Sarah mir bei. »Ich meine, was denkt der sich eigentlich? Evangeline ist so was wie die Königin des Gender-Pay-Gap; wie kann er da so tun, als wäre er gar nicht auf die Idee gekommen, dass du weniger verdienen könntest. Und was zählt, sind Taten, nicht Absichten. Wenn er für dich gestorben ist, ist er das für mich auch.«

»Also, gerade ist er für mich gestorben.«

Sarah schnappt sich mein Handy, ruft Finns Kontakt auf und ersetzt seinen Namen durch das Sarg-Emoji. Meine Schwestern machen das so bei all unseren Exfreunden, mit denen wir fertig sind, damit wir, wenn sie uns texten, nicht mal wissen, von wem die Nachricht kommt.

»Denkst du, ich reagiere über?«, frage ich. Manchmal weiß ich nicht, ob meine Gefühle überhaupt real sind. Oder ob meine Angst aus einer Mücke einen Elefanten macht und ich das Gespür für die Realität verliere.

Sarah schüttelt den Kopf. »Ganz sicher nicht. Hier geht's ja nicht darum, dass er den Müll nicht rausgebracht hat oder so was. Das betrifft deine Karriere. Dein echtes Leben. Und er braucht das Geld ja nicht mal. Du dagegen hast so hart dafür gekämpft, an diesen Punkt zu kommen.«

Ich beginne zu weinen. Leise. Diese Tränen haben nichts mit einer Panikattacke zu tun; ich weine aus Angst, weil etwas, das ich liebe, wahrscheinlich vorbei ist. Ich weine aus Zweifel an dem Mann, den ich liebe. Aus Trauer, weil mir etwas, das ich erreicht habe, wieder genommen wurde. »Ich hab mich so darüber gefreut, dass ich es geschafft habe. Dass man mich endlich anerkennt. Aber das ist jetzt alles kaputt.«

Sarah nimmt mich fest in den Arm. Ich habe das Gesicht in ihrer Schulter vergraben, als ich plötzlich noch mehr Arme um mich herum spüre. Erstaunt blicke ich auf und sehe, dass Claude und Tiffany hier sind. »Sarah hat uns die Zutrittsrechte zu deinem Haus gegeben«, erklärt Claude, ohne ihren Griff um mich zu lösen.

»Aber wie seid ihr denn so schnell hierhergekommen?«, frage ich unter Tränen.

Tiffany verdreht die Augen. »Durch den sechsten Sinn und die Zeitverschiebung. Wir haben den Artikel vor dir gesehen. Und jetzt scheiß auf den dämlichen Mistkerl. Lass uns RomComs gucken und kiloweise ungesundes Essen in uns reinstopfen. Oder gesundes Essen. Was immer man hier in L. A. kriegt. Du bist so viel besser und klüger als der Idiot.«

»Ich komme mir nur so blöd vor, weil ich gedacht habe, ich hätte was Tolles erreicht mit der gläsernen Decke.«

Claude löst sich von mir, um mich anzusehen. »Maeve, das hast du auch. Und ich bin mir sicher, dass du als Folge davon sogar noch mehr erreichen wirst. Du solltest nicht dazu gezwungen sein, einen so schmerzhaften Moment als Druckmittel einsetzen zu müssen, um den Kampf für Gleichberechtigung voranzubringen. Aber das müssen wir leider alle – Frauen, People of Color, queere Menschen … Und das ist scheiße, aber es ist nun mal so, und wir werden weiter für uns kämpfen. Du bist hintergangen worden, schlicht und einfach. Aber unterschätze nicht, was du durch deinen Schmerz in Zukunft noch alles bewirken wirst.«

Einen Moment lang lässt mich ihre Rede meine Tränen vergessen. »Du bist doch gerade erst … zehn? Wo hast du gelernt, so zu reden?«

»Ach, halt die Klappe, du bist nicht viel älter als ich. Bei Misswahlen geht es nicht mehr nur um Kleider und Bikinis, du blöde Kuh. Du bist nicht die Einzige, die gut reden kann.«

Ich lege die Arme um meine Schwestern und ziehe sie in eine Gruppenumarmung. »Danke, dass ihr hergekommen seid.« Und nun weine ich nicht mehr wegen des Artikels oder wegen Finn. Ich weine, weil ich so froh darüber bin, dass, egal, wie bekannt ich werde und wie sehr mir mein Leben Angst einjagt, meine Schwestern immer für mich da sein werden.

Neununddreißig

FINN

Am Set herrscht eine ziemlich düstere Atmosphäre seit der Pay-Gap-Enthüllung und meinem Riesenkrach mit Maeve. Sowohl meine Mom als auch Cassidy geben unverhohlen mir die Schuld an dem, was passiert ist. Und damit haben sie ja auch recht, aber es war wirklich ein Versehen! Für das ich mich ehrlich und wiederholt entschuldigt habe. So langsam fängt es an, mich zu ärgern, dass Maeve immer noch nicht mit mir redet und alle anderen weiter sauer auf mich sind. Ich hab doch den gesamten Entschuldigungsreigen durchexerziert; wir haben bei Streamify wesentlich mehr Geld für Maeve rausgehandelt; ich hab alles getan, was man von mir verlangt hat. Also kann man mich auch endlich aus meiner Rolle als Buhmann entlassen.

»Vielleicht sollten wir die Sexszenen erst am Schluss drehen.« Cassidy ignoriert mich vollständig, während sie sich mit meiner Mom und meinem Dad unterhält. »Im Moment … Also, gerade ist einfach nicht der beste Zeitpunkt, was die Chemie zwischen uns angeht.«

»Wir könnten auch noch mal über Körperdoubles nachdenken«, schlägt meine Mom vor.

Mein Dad nickt gedankenvoll. Sie stehen etwa anderthalb Meter von mir entfernt und tun so, als wäre ich gar nicht da. »Ist das euer Ernst?«, platzt es schließlich aus mir heraus. »Ich hab mich doch entschuldigt! Wieso reicht das nicht? Können wir die Sache nicht einfach abhaken? Das war nicht mal euer Vertrag.«

Meine Mom schiebt die Brauen zusammen, während Cassidy dramatisch die Augen verdreht. »Ja, *du* kannst das einfach abhaken«, entgegnet sie in bissigem Tonfall. »Du bekommst ja auch nie die Konsequenzen deiner Handlungen zu spüren.«

»Was soll das denn jetzt heißen? Glaub mir, ich spüre sie. Meine Freundin spricht nicht mehr mit mir – wobei ich eigentlich nicht mal weiß, ob sie überhaupt noch meine Freundin ist. Im Internet hassen mich alle. Und ich hab die gesamte letzte Woche nichts anderes getan, als mich zu entschuldigen.«

»Du hast ein paar negative Tweets bekommen. Und einen Haufen positiver von irgendwelchen frauenverachtenden Arschlöchern. Aber letzten Endes hat der Wind sich zu deinen Gunsten gedreht, und alle Welt preist dich dafür, dass du ein ach so toller Unterstützer der Frauen bist.« Cassidys Stimme ist voller Abscheu.

»Und was ist daran so schlimm?«

Mein Dad kommt zu mir herüber und legt mir eine Hand auf die Schulter, um mich zu beruhigen. »Weil du nicht dafür gelobt werden solltest, dass du das Richtige tust, nachdem du einen großen Fehler gemacht hast. Frauen müssen überall für die Fehler anderer bezahlen und werden nie dafür gelobt. Und denk mal daran, wie Maeve sich fühlen muss.«

»Besser, hoffe ich, schließlich hat sie gerade einen Riesenbatzen Geld bekommen.« Trotz meines Ärgers meldet sich mein schlechtes Gewissen zu Wort. »Okay, ich weiß, dass sie sich betrogen vorkommt. Aber ich habe keine Ahnung, was ich noch machen soll. Und es tut mir wirklich leid.«

»Dafür bekommst du aber keine Medaille, Finn. Nicht von uns«, antwortet mein Dad ruhig.

»Leute, lasst uns mal zehn Minuten Pause machen«, ruft er dann, und um uns herum beeilen sich Beleuchter, Assistenten und alle anderen, das Set zu verlassen. Cassidy stapft in Richtung ihres Trailers davon.

»Sie hat recht, weißt du?«, sagt meine Mom mit Nachdruck. »Du erwartest, dass man dich dafür belohnt, dass du dich entschuldigt hast, weil die Presse so ein Brimborium veranstaltet, wenn du – oder irgendein anderer Mann – mal was richtig macht. Sich zu entschuldigen, ist das Mindeste. Und dass du dich im Nachhinein um eine Angleichung ihres Honorars kümmerst, gehört sich einfach so.«

»Ich glaube, sie wird mir das nie verzeihen«, entgegne ich leise. »Ich hab's wirklich nicht gemerkt. Ich war einfach nur zu blöd. Es war keine Absicht.«

»Das ist schon klar, Finn, nur können es sich Frauen leider nicht leisten, blöd zu sein«, klinkt mein Dad sich erneut in das Gespräch ein. »Wenn du wirklich ein guter Partner sein willst, ob im Team oder als Freund, musst du gegen all die Arschlöcher und Ungerechtigkeiten auf der Welt kämpfen. Mit ihr zusammen, denn du bist in der privilegiertesten Position, die es gibt. Ich weiß, dass du dir Mühe gibst. Aber die kleinen Dinge spielen keine Rolle, wenn du die großen Kämpfe nicht auch angehst.« Sein Tonfall ist freundlich, wodurch seine Worte noch mehr wehtun.

»Ich weiß. Und ich fühle mich echt mies. Aber ich werde mich bessern. Ich will nicht, dass irgendjemand Maeve so hintergeht, wie diese Mistkerle es gemacht haben. Aber ich habe das Gefühl, dass sie mir das ein Leben lang übel nehmen wird.«

Mein Dad öffnet den Mund, um mir weitere Ratschläge zu geben, doch meine Mom drückt seine Hand und bringt ihn damit zum Schweigen. »Schatz, du liebst sie. Und du kennst sie. Wenn wir dir dabei jetzt auch noch helfen, tun wir dir keinen Gefallen damit.«

Nach Drehschluss fahre ich direkt nach Hause und mache das, was ich die ganzen letzten sieben Abende gemacht habe: Ich gehe zu Maeves nun fast fertigem Aufnahmestudio-Schiffscontainer, der vorläufig in unserem Garten steht, und lege mich auf den Boden. Manchmal, wenn Maeve schneidet oder brainstormt und nicht weiterkommt, legt sie sich auf den Teppich, um nachzudenken. Deshalb habe ich Luca gebeten, die Nachrichten von Freunden, Familie und Fans an die Decke zu projizieren, damit sie, wenn sie nun hochschaut, eine Million Bestätigungen dafür sieht, dass sie genial ist und etwas bewirkt.

Ich finde es furchtbar, dass sie durch meinen Fehler nun noch mehr an sich zweifelt, als sie es ohnehin schon tut.

Ich weiß, dass der Gehaltsunterschied sie mitten ins Mark getroffen hat. In letzter Zeit musste sie eine ganze Reihe von Tiefschlägen einstecken – von der Ablehnung ihrer Solosendung bis hin zu dem Artikel, dessen Fokus mehr auf mir lag –, und das war eindeutig zu viel. Ich habe die ganze Woche über meine Wunden geleckt und war sauer, weil sie mir nicht einfach verziehen hat, dabei hätte ich eigentlich daran denken müssen, dass all diese Dinge, die passiert sind, ihre schlimmsten Ängste triggern.

Meine Mom und Cassidy haben recht. Auch wenn ich die ganze Zeit über behauptet habe, dass ich normal sein will, bin ich doch daran gewöhnt, eine Sonderbehandlung zu bekommen. Und das ist auch der Grund, warum ich darauf warte, ein Fleißsternchen für meine Entschuldigung zu bekommen, anstatt zu Kreuze zu kriechen, was ich eigentlich tun sollte. Maeve ist für mich der wichtigste Mensch auf der ganzen Welt. Selbst als ich die Rolle in dem Film angenommen habe – obwohl ich wusste, dass es sie belasten würde –, hat sie nichts gesagt. Im Gegenteil: Sie hat mich unterstützt, ohne mich zu drängen, so, wie sie es immer tut. Sie bewirkt, dass ich tiefgründigere Gedanken habe, Risiken eingehe, mich meinen Ängsten stelle und die beste Version meiner selbst bin. Und während ich die grundlegenden Dinge beachtet habe, um ein guter Mensch zu sein, habe ich nicht wirklich gesehen, wie hart sie arbeiten musste, um an diesen Punkt zu kommen, und dass sie für all die Privilegien, die ich von Geburt an hatte, eine Million Mal so hart arbeiten musste, um überhaupt nur die Chance darauf zu bekommen. Um faire Voraussetzungen zu schaffen, muss ich eigentlich tausendprozentig hinter ihr stehen, auch wenn das manchmal bedeuten sollte, mich im Hintergrund zu halten, so, wie mein Dad es zeitweise für meine Mom tut. Ich muss mich noch einmal entschuldigen. Und diesmal richtig. Mit Anstand und Bescheidenheit und keiner selbstgerechten Reue, die sich dann in Wut verwandelt.

Ich verstehe jetzt, was in ihr vorgeht, und es wird Zeit, dass ich ihr das auch zeige.

Vierzig

MAEVE

Ich bin nun die höchstbezahlte Podcasterin, männlich wie weiblich. Punkt. Auf Drängen aller hat Streamify meine Entschädigung um einhunderttausend Dollar höher als Finns Honorar angesetzt, nur um ein Statement zu setzen. Das ist zwar noch eine weitere gläserne Decke, die ich durchstoßen habe, aber obwohl ich auch dafür gute Presse bekommen habe, ist es etwas ganz anderes. Mehr Geld zu erhalten, weil Streamify dazu gezwungen wurde, fühlt sich nicht so an, als hätte ich es mir verdient, auch wenn sie mit gezinkten Karten gespielt haben und ich vom Verstand her weiß, dass ich es mir sehr wohl verdient habe. Viel mehr als Finn.

Während der bedeutenden Verhandlungen haben wir keine Folge veröffentlicht, und laut einigen Berichten hat Streamify allein in der einen Woche eine halbe Million an Werbeeinnahmen verloren. Wir haben Einfluss. Und jetzt habe ich mehr Geld, als ich mir je hätte vorstellen können, deshalb ist es an der Zeit, dass ich mein Schicksal selbst in die Hand nehme und meine Show produziere.

»Danke, dass du hergekommen bist«, sagt Evangeline, als ich ihr Büro betrete. Es ist seltsam, in Finns Zuhause zu sein und nicht ihn, sondern seine Mutter zu treffen. »Und ich möchte dir noch sagen, dass es mir so leidtut, wie das mit Streamify gelaufen ist. Und wie mein Sohn sich verhalten hat.«

»Danke«, entgegne ich leise. In den letzten anderthalb Wochen haben Finn und ich nicht miteinander gesprochen. Das alles tut immer noch zu weh, und gerade habe ich nichts Neues dazu zu sagen. Meine Schwestern sind gestern Abend nach Hause geflogen, nach zehn Tagen voller Sushilieferungen, Telefoninterviews mit anschließenden Tränen und Selbstmitleid. Ich weiß, dass ich Finn nächste Woche bei den Aufnahmen begegnen werde, aber bis dahin … Ich habe keine Ahnung, wo wir gerade stehen. Und was ich überhaupt will.

»Ich hab gehört, du willst eine rein weibliche Produktionsfirma gründen«, sage ich. Das ist keine Frage, sondern eine Feststellung. Shazia hat mir erzählt, dass Evangeline wirklich mit mir zusammenarbeiten will. Zuerst hatte ich Sorge, dass sie nur versucht, gut Wetter für Finn zu machen. Doch dann habe ich meine Gefühle eine Weile ausgesessen, mit meiner Therapeutin gesprochen, und schließlich hat mein Verstand gesiegt. Evangeline ist eine Künstlerin, vor der ich großen Respekt habe, und meine Sorgen werden nur durch mein Hochstaplersyndrom ausgelöst. Ich will hören, was sie mir vorschlagen will.

Sie nickt. »Das stimmt. Ich will die Projekte produzieren können, die von den Studios abgelehnt werden. Die mit den weiblichen Hauptfiguren über fünfzig und Geschichten, die nicht damit enden, dass der Junge das Mädchen bekommt. Oder das Mädchen den Jungen. Ich will mich auf starke Frauen konzentrieren, mit all ihren Schwächen und Macken, weil ich nämlich denke, dass die Studios vollkommen übersehen, wie viel Macht Frauen als Konsumentinnen haben.«

»Das ist total cool. Und schlau«, füge ich hinzu. »Allerdings bin ich etwas überrascht, dass du auch eine Realityserie in deinem Portfolio haben möchtest.«

»Ich möchte dich in meinem Portfolio haben. Und ja, auch Reality-TV. Vor allem Reality-TV, das sich nicht um Frauen dreht, die um einen Mann wetteifern.« Evangeline schaudert sichtbar, als sie das sagt. »Aber vor allem will ich *dich* dabeihaben. Ich habe mir jede Folge von *Tell Me How You Really Feel* angesehen und muss sagen, ich finde dich wahnsinnig klug. Du brauchst mich nicht, um deine neue Sendung zu finanzieren – dafür hast du selbst genug Geld. Aber ich möchte, dass wir uns als Team zusammentun. Die Alte und die Junge, die ihre Stärken miteinander verbinden, um Geschichten zu erzählen.«

Das ist ganz schön viel auf einmal, um es zu verarbeiten. »Bist du ... bist du sicher?« Ich bin es nicht gewohnt, dass mir jemand mit so viel Macht sagt, dass ich intelligent bin. Normalerweise überschlagen sich die Leute bei Meetings immer mit Komplimenten für Finn, weil er der Berühmtere von uns beiden ist. »Ich muss trotzdem noch den Podcast für Streamify machen. Das heißt, ich würde zwei Tage die Woche dort arbeiten.«

»Das solltest du auch. Du bist sehr talentiert. Aber ja, ich bin mir absolut sicher. Das wird eine Menge Arbeit, so viel steht fest, aber die Organisation der Drehs werden wir bei den meisten Produktionen an externe Dienstleister vergeben. Da kenne ich so ziemlich jeden in der Branche. Ich kann dir eine tolle Editorin für die Serie zur Seite stellen, eine Frau, der du vertrauen kannst. Und wenn du nicht vor der Kamera stehst, kannst du Projekte akquirieren, die es verdient haben, umgesetzt zu werden, und die Teams zusammenstellen, um sie dann mit mir gemeinsam zu verwirklichen.«

Ich schweige einen Moment, während ich darüber nachdenke. Das klingt einfach zu schön, um wahr zu sein. »Wieso machst du das nicht mit Cassidy? Oder Finn?«

»Maeve, wir müssen den Männern doch nicht noch mehr Gestaltungsmöglichkeiten verschaffen. Die haben auch so schon genug. Finn kommt auch ohne mich zurecht. Bestens sogar. Und Cassidy ist eine tolle Frau. Eine talentierte, empathische Schauspielerin und ein begabtes Model. Aber du bist unglaublich intelligent. Du hast Fantasie, Mut und Entschlossenheit. Du bist genau die Frau, die ich in meinem Team haben will, und du hast dir diese Position mehr als verdient. Deine Reality-Therapie-Serie kann unser erstes offizielles Projekt sein. Beginnen wir das Ganze direkt mit einem Knaller, denn eins sollst du wissen: Ich *glaube* an deine Ideen.«

»Okay«, sage ich schließlich vorsichtig, nach einem weiteren Moment des Zögerns. Doch dann breitet sich ein Lächeln auf meinem Gesicht aus, und ich nehme einen selbstsicheren Tonfall an. »Okay. Ich bin dabei!«

Auf der Fahrt nach Hause empfinde ich eine angenehme innere Ruhe, vermutlich zum ersten Mal, seit ich angefangen habe, meine Serie zu pitchen. Zu hören, dass jemand anderes so bedingungslos an mich glaubt, ist unglaublich schön. Und anscheinend funktionieren meine Affirmationen mittlerweile gut, denn ich glaube tatsächlich, dass Evangeline das, was sie sagt, auch so meint. Diese Veränderung wird ziemlich stressig werden, aber ich freue mich auf diesen nächsten Schritt. Mit Finn zusammen den Podcast zu machen, abzuhängen und die Show aufzubauen, hat mir Spaß gemacht. Aber es wird auch schön sein, mal etwas ganz ohne ihn zu machen und aus dem Schatten meines männlichen Co-Moderatoren zu treten. Und obwohl ich weiß, dass Evangeline wesentlich berühmter ist als ich, denke ich, dass man diese neue Position von außen eher als eine Zusammenarbeit wahrnehmen wird und es sich auch für mich so anfühlen wird, was mich irgendwie erleichtert. Weil ich dann nicht mehr jede Sekunde des Tages für das kämpfen muss, was ich verdient habe. Ich werde weiter den Podcast mit Finn machen, aber es ist schön zu wissen, dass nicht mehr meine ganze Karriere davon abhängt. Dass ich etwas noch Bedeutenderes tue.

Als ich zu Hause bin, ziehe ich mir einen Bikini an, lege mich auf eine Luftmatratze in den Pool und starre ins Nichts; in die Dunkelheit des Huts, den ich mir über die Augen gezogen habe, um sie vor der Sonne zu schützen. In vier Tagen sehe ich Finn wieder. Und ich weiß immer noch nicht, was ich ihm sagen will. Nach meinem Gespräch mit Evangeline heute und dann mit Shazia, um zu fragen, wie die Verhandlungen gelaufen sind – und nachdem ich in diversen Presseartikeln gelesen habe, dass Finn sich dazu verpflichtet hat, all seine Verträge offenzulegen, und die Summe, die er zu viel verdient hat, zu spenden –, glaube ich, dass er wirklich versteht, was er falsch gemacht hat. Ich glaube ihm, dass es ihm leidtut. Und ich fange an, mich zu fragen, ob ich vielleicht auch nach Warnsignalen Ausschau gehalten habe. Nach einem Fehler in unserer Beziehung. Einem Grund dafür, dass es nicht funktioniert.

Ich liebe Finn. Tief in meinem Innern spüre ich, dass er der Mann meines Lebens ist. Aber gleichzeitig hat mich sein Verhalten so wütend gemacht. Ich habe mich nicht nur hintergangen, sondern auch gedemütigt gefühlt. Die letzten Wochen haben sämtliche Ängste verstärkt, die mich heimsuchen, seit wir zusammen sind. Die ich, wenn ich ehrlich bin, seit meiner Kindheit habe, als mir zum ersten Mal bewusst wurde, welche Begabungen meine Schwestern haben, und ich mich gefragt habe, wieso ich nichts Besonderes bin. Aber auch wenn die Tatsache, dass Finn den Honorarunterschied übersehen hat, das Riesenproblem war, nach dem meine Angst gesucht hat, glaube ich nicht, dass unsere Beziehung deswegen enden muss. Wir wissen beide, wie man miteinander redet, und es wird Zeit, dass ich auch anfange, um uns zu kämpfen.

Einundvierzig

FINN

Ich beginne, meinen Plan in die Tat umzusetzen, indem ich als Erstes Sarah anrufe.

»Was willst du, Arschloch?«, fragt sie in hartem Tonfall. Falls dieser Maeves derzeitige Gefühle mir gegenüber widerspiegelt, ist das kein gutes Zeichen. Ich spüre Nervosität in mir aufsteigen, und in meinen Achselhöhlen breitet sich Feuchtigkeit aus. Unruhig wische ich mir den Schweiß von der Oberlippe, froh, dass wir nicht videotelefonieren.

»Hi, Sarah! Schön, dich zu hören. Ich wollte dich fragen, ob du mir vielleicht bei etwas helfen könntest.«

»Und wieso sollte ich das tun?«

Ich atme einmal tief durch. »Weil ich … Also, mir ist schon klar, dass ich euch alle enttäuscht habe und Scheiße gebaut habe … richtige Scheiße … Aber trotzdem liebe ich Maeve. Ich will das mit ihr wieder geradebiegen. Und ich brauche deine Hilfe bei einer Überraschung, die ich für sie vorbereitet habe.«

Sarah klingt auf einmal noch alarmierter. »Wenn du vorhast, ihr einen Antrag zu machen, lass es. Ich weiß, ihr Männer denkt, das sei romantisch, aber sie wird auf jeden Fall Nein sagen.«

»Das hab ich nicht vor«, sage ich abwehrend. »Ich will ihr nur etwas geben, das ihr – denke ich – zeigen wird, wie wichtig sie mir ist und dass ich sie wirklich verstehe.« Auf der anderen Seite der Leitung herrscht Stille, während Sarah sich meine Worte durch den Kopf gehen lässt. Ich spüre, dass sie zögert und beeile mich weiterzureden. »Sarah, ich liebe deine Schwester. Und ich glaube wirklich, dass sie mich auch liebt. Mir ist klar, dass es keine Entschuldigung ist, wenn ich einfach nur meinen Fehler wiedergutmache. Das ist selbstverständlich, und dafür habe ich keinen Dank und auch keine Anerkennung verdient. Den ersten Teil hab ich mittlerweile erledigt, und jetzt will ich mich richtig entschuldigen.«

»Und wieso gehst du nicht direkt zu Maeve?«

»Glaubst du im Ernst, dass sie momentan zu mir nach Hause kommen würde?«

Sarah lacht. »Nee, nicht freiwillig.« Sie schweigt erneut. »Weißt du was?«, sagt sie nach einer Weile. »Ich mache es, aber nur dieses eine Mal. Und auch nur, weil ich gesehen habe, wie glücklich Maeve mit dir war. Und damit du's weißt: Einmal Scheißebauen hattest du frei, aber das ist jetzt offiziell aufgebraucht.«

»Glaub mir, ich weiß, dass das schon mein zweiter Versuch ist und ich keinen dritten bekomme.«

»Gut. Dann sag mir, worum es geht und wofür du mich brauchst.«

Und so bekomme ich Maeve dazu, am nächsten Tag bei mir vorbeizuschauen. Noch bevor sie klopfen kann, öffne ich die Tür zum Poolhaus, weil ich das Klimpern ihrer Schlüssel höre, während sie über den Rasen geht. Ich kenne all ihre kleinen Geräusche, Gerüche und Eigenheiten. Ich könnte einen Kurs darüber halten, was Maeve zu Maeve macht.

Sie wirkt überrascht, als sie mich sieht. Und mir entgeht nicht, dass sie das rote Kleid angezogen hat. Mein Lieblingskleid. Ist es jetzt ein Rachekleid? »Du hättest übrigens nicht Sarah einspannen müssen, um mich hierherzubitten, weißt du?«

Das ist das Erste, was sie zu mir sagt, und es kommt ziemlich unerwartet. »Ich dachte, sie sagt dir, dass ich Hilfe brauche! Dass ich mir was gebrochen habe oder so was.«

Maeve verdreht die Augen. »Echt jetzt? Sie ist meine Schwester. Zwischen uns gibt es keine Geheimnisse. Aber ich bin hier, oder? Und das, was sie gesagt hat, war wahrscheinlich besser.«

»Werde ich auch erfahren, was es war?«

Sie lächelt, und es fühlt sich an, als würde mein Herz einen Schlag aussetzen. »Auf gar keinen Fall.«

»Okay, machen wir einen Spaziergang?« Sie nickt, und wir schlendern in Richtung Meer, auf den Strand zu, an dem wir waren, als wir von unserem Sieg über die *Paul Myers Show* erfahren haben. Ich streife ihre Hand mit meiner und bin völlig perplex, als sie ihre Finger mit meinen verschränkt. Langsam führe ich sie ums Haus herum, zu dem mittlerweile ausgebauten Schiffscontainer mit Blick auf den Ozean. Die Wände auf der Küstenseite sind komplett aus Glas, sodass man die Aussicht fast lückenlos genießen kann. Ich überreiche Maeve den Schlüssel.

»Das ist für dich. Aber bevor du irgendwas sagst, lass mich da drinnen erst reden. Ich gebe dir dieses Geschenk nämlich nicht nur, weil ich Mist gebaut habe.«

Maeve öffnet die Tür zum Schiffscontainer-Studio – das viel schöner ist als ein *Gartenschuppen* aus dem Baumarkt –, und wir treten hinein. Zuerst betrachtet sie die Einrichtung, nimmt mit einem sanften Lächeln die Stühle, den Schreibtisch und die Farben in sich auf. Doch als ich anfange zu sprechen, wandert ihr Blick zu mir, und sie sieht mir direkt in die Augen.

»Maeve, ich hab an diesem Studio gearbeitet, seit wir wieder zusammengekommen sind. Das ist also kein Geschenk zur Entschuldigung, sondern einfach nur ein Geschenk. Weil du das perfekte Studio verdient hast, das du immer wolltest. Du hast es verdient, alles zu bekommen, was du dir je gewünscht hast. Und du kannst es für deine neue Sendung gebrauchen, die so oder so richtig toll wird, egal, wer sie produziert.

Es tut mir so leid, dass ich dich enttäuscht habe. Ich weiß, dass es in unserer Branche sexistisch zugeht, und hab trotzdem nicht darauf geachtet, weil ich es nicht muss. Das ist falsch. Und dass ich meinen Fehler wiedergutgemacht habe, ist selbstverständlich und keine Entschuldigung. Deshalb will ich mich hiermit endlich richtig entschuldigen. Es tut mir leid, dass ich dein Vertrauen enttäuscht habe. Wir sind ein Team und hätten das auch dann sein sollen, als wir nicht mehr zusammen waren. Ich hab mich aber nicht wie ein Teamplayer verhalten. Ich bin in einer hochprivilegierten Position, und deshalb sollte ich derjenige sein, der sich Gedanken darüber macht, wie Frauen, queere Menschen, People of Color – alle, die diese beschissene Branche benachteiligt – behandelt werden. Aber hierbei ging es auch um dich, und es tut mir leid, dass ich nicht darüber nachgedacht habe, wie sich das für dich angefühlt haben muss. Wie viel härter du arbeiten musstest, um überhaupt etwas Anerkennung zu bekommen. Ich verspreche dir, dass ich in Zukunft ein echter Teamplayer sein werde, auch wenn das bedeutet, dass ich mal einen Schritt zurücktreten muss, damit du dein eigenes Rampenlicht bekommst.

Ich liebe dich, Maeve. Du bist so klug und kreativ und talentiert und setzt dich immer so für alles ein. Und du bist so wunderschön. Du bringst das Beste in allen um dich herum zum Vorschein. Du hilfst mir, das Beste aus mir herauszuholen, meinen Lebenssinn zu finden, meine Ängste zu überwinden und danach zu streben, gleichzeitig glücklich zu sein und etwas zu bewirken. Du bist mehr, als ich momentan verdient habe, weil ich noch so viel an meiner Persönlichkeit arbeiten muss. Aber ich werde den Rest meines Lebens versuchen, ein besserer Mensch zu sein, der Mensch, den du verdienst. Und ich will, dass du weißt, dass ich nicht der Einzige bin, der sieht, wie unglaublich du bist.«

Zweiundvierzig

MAEVE

Finn nimmt meine Hand und bedeutet mir, mich mit ihm auf den Teppich zu legen. Aus meinen Augen laufen bereits ein paar verstohlene Tränen. Dieses Studio ist genau das, wovon ich immer geträumt habe, bis hin zu den Details der Einrichtung. Und das, was er gesagt hat … Ich merke, er hat mich wirklich verstanden. Ich erwarte nicht von ihm, dass er perfekt ist. Aber mir ist wichtig, dass er sich seiner Handlungen bewusst ist, und er zeigt mir gerade, dass er es ist; dass wir zusammenarbeiten und uns gemeinsam allen Herausforderungen stellen können, die noch unseres Weges kommen werden.

Schulter an Schulter liegen wir auf dem Teppich, und als ich an die Decke schaue, keuche ich auf. Sie ist voller Zitate von Fans, geschrieben in deren Handschrift. Manche sind auch von Leuten, die wir interviewt haben, einige wenige von meiner Familie, aber die meisten stammen von Menschen, deren Namen ich noch nie gehört habe.

Dank Maeve habe ich mich vor meiner besten Freundin geoutet. Sie hat mir geholfen, zu verstehen, dass ich mich nicht für meine Sexualität schämen muss.–Carla D.

Ich habe meinen gewalttätigen Mann verlassen. Ich dachte nicht, dass ich das schaffen kann, bis Maeve darüber gesprochen hat, welche Möglichkeiten es gibt, und mir endlich klargemacht hat, dass ich nicht schuld an seinem Verhalten war. Maeve, du hast mein Leben und das meiner Tochter verändert. –Gen F.

Ich hätte nicht gedacht, dass ich heute noch leben würde. Ich dachte, ich würde keine zwanzig werden, doch dank Maeve habe ich einen Therapeuten gefunden. Du hast mir das Leben gerettet. –Chris J.

Ich hatte meinen ersten Orgasmus, nachdem du erklärt hast, wie frau sich am besten berühren kann. O MEIN GOTT! DANKE, MAEVE. -Jennifer H.

Nun weine ich definitiv. Ich wusste immer, dass der Podcast den Leuten gefällt. Aber nachdem Paul Myers' Fans anfingen, uns zu bedrohen, und Finn seine Panikattacke hatte, haben wir aufgehört, den Großteil unserer Fanmails zu lesen, und ich habe ganz vergessen, wie viel mir diese herzlichen Nachrichten bedeuten. Zu wissen, dass ich all diesen Menschen geholfen habe … Das ist einfach unglaublich.

»Ich weiß, was du leistest. Und diese Leute auch. Du bist so ein besonderer Mensch«, sagt Finn leise. Er drückt meine Hand, und ich drücke seine zurück.

Dann setze ich mich auf, und er tut es mir gleich, dreht sich aber herum, sodass wir uns auf dem Teppich direkt gegenübersitzen. »Vielen Dank, Finn. Vielen, vielen Dank für das hier. Du weißt, wie viel Angst ich hatte, dass ich das alles nicht verdiene. Dass ich einfach nur Glück gehabt habe oder nur wegen dir so weit gekommen bin. Auch wenn ich mir mit dem Verstand zu sagen versuche, dass es nicht stimmt. Das hier … das bedeutet mir echt viel.«

Er öffnet den Mund, um etwas zu sagen, und diesmal halte

ich ihn auf, indem ich meine Hand auf seine Brust lege. »Und das Studio ist wirklich genau so, wie ich es mir vorgestellt habe. Aber zuerst muss ich mich auch bei dir entschuldigen. Weil ich zwar dachte, ich wäre vollen Herzens bei uns als Paar dabei, aber das war ich nicht. Genau genommen habe ich die ganze Zeit darauf gewartet, dass irgendetwas kommt, das alles kaputtmacht. Ich war nicht ganz ehrlich zu dir, und damit war ich auch kein guter Teamplayer. Ich hätte mit dir über meine Ängste wegen Cassidy reden müssen. Auch wenn es mich total freut, dass du wieder spielst! Ich hätte dir ehrlich sagen müssen, wie ich mich fühle. Und auch bei dem Shooting: Ich hätte dich beiseitenehmen und dir sagen sollen, dass das nicht dein Moment war, um im Rampenlicht zu stehen. Ich hab so vieles nicht rausgelassen, weil ich Angst hatte, dich damit zu vergraulen, oder dass unsere Beziehung zu zerbrechlich ist, um all meine Ängste zu überstehen. Denn auch, wenn ich allen anderen sage, dass sie das nicht tun sollen – und trotz der ganzen Jahre in Therapie –, sehe ich tief in meinem Innern meine Angst schon als einen Makel an.

Aber du hast mich immer so geliebt, wie ich bin. Und es tut mir leid, dass ich meiner Angst erlaubt habe, die Kontrolle über mein Hirn zu übernehmen, und dass ich mich von dir zurückgezogen habe, anstatt dir die Chance zu geben, mich zu beruhigen. Die Sache mit dem Honorar hat mich verletzt. Und dann habe ich auf meine schlimmsten Gedanken gehört und war irgendwann davon überzeugt, dass du nicht auf meiner Seite stehst; dass du nur so getan hast. Ich weiß, dass das nicht stimmt. Du hast mich immer wertgeschätzt, auch und vor allem dann, wenn ich es selbst nicht konnte. Es bedeutet mir so viel, dass du versuchen willst, in Zukunft alles richtig zu machen. Aber ich erwarte gar nicht von dir, dass du perfekt bist oder nie wieder Fehler machst. Ich muss nur wissen, dass wir beide immer wieder versuchen werden, an uns zu arbeiten, gemeinsam.«

»Ich bin an deiner Seite, Maeve, jeden Schritt des Weges.« Finns Stimme klingt tief und ernst. »Ich will, dass wir den Rest unseres Lebens miteinander verbringen, als Team.«

»Das will ich auch«, sage ich.

Dann lehne ich mich vor und presse meine Stirn an die von Finn. Er umfasst mein Kinn mit seiner Hand, ganz sanft, und ich hebe mein Gesicht an. Unsere Münder verschließen sich zu einem Kuss, der sich genauso elektrisch anfühlt wie unser allererster. In diesem Kuss liegt ein ganzes Leben voller Versprechen und Möglichkeiten. Ich schiebe meine Finger in sein Haar und ziehe ihn noch enger an mich.

Wir kippen zur Seite auf den Teppich, und er küsst mich, als könnte er gar nicht genug kriegen. Voller Leidenschaft und verdammt sexy, aber auch ganz langsam und innig. Wir haben es nicht eilig. Wir haben alle Zeit der Welt. Als er sich irgendwann von mir löst, um mich anzusehen, kann ich nicht aufhören zu lächeln.

»Was?«, sagt er und grinst wie aus Reflex zurück. Seine Augen sind dunkel und ganz auf mich gerichtet, und er sieht mich an, wie es niemand sonst tut.

»Ich glaube, diesmal kriegen wir es endlich hin.«

Dreiundvierzig

Zwei Jahre später

MAEVE

Finn und ich sitzen in der Limousine, die uns nach der Premiere der zweiten Staffel meiner Solosendung, *Nicht Okay*, nach Hause bringt. Während der letzten zwei Jahre haben Evangeline und ich gemeinsam eine Riesenbandbreite an Projekten von und mit Frauen realisiert – von Filmen über Dokuserien bis hin zu Reality-TV – und uns langsam, aber sicher zu einer ernst zu nehmenden Größe entwickelt.

»Denkst du, es hat ihnen gefallen?«, frage ich Finn halb im Scherz. Eng aneinandergepresst sitzen wir auf der Rückbank, er hat den Arm um meine Schulter gelegt, und ich habe meine High Heels abgestreift.

»Ich würde sagen, die waren völlig aus dem Häuschen.«

Die Menschenmassen, die sich vor der Location versammelt hatten, waren laut und enthusiastisch, und die erste Episode von Staffel zwei, die heute Abend gezeigt wurde, hat sogar Standing Ovations bekommen. Ich bin gleichzeitig geschockt und begeistert von dem Erfolg dieser Sendung. Mir ist nie der Gedanke gekommen, dass ich mal eine Realityserie moderieren würde, aber die letzte Staffel hat tatsächlich den Emmy für die beste Realitysendung gewonnen, und ich habe meine Assistentinnen beauftragt, alle Direktnachrichten und Fanmails zu filtern, damit ich nur von Leuten lese, denen unsere Sendung weitergeholfen hat, und alle negativen Kommentare vermeide. Es freut mich wirklich zu sehen, dass die Welt begeistert vom Thema Psychotherapie ist.

Und es war einfach unglaublich, dass Finn und ich beide im selben Jahr einen Emmy gewonnen haben, in unterschiedlichen Kategorien. Finn und seine Mutter haben den Emmy für den besten Nebendarsteller beziehungsweise die beste Nebendarstellerin bekommen – für ihr Ensembledrama, das von uns produziert wurde, während Finns Dad und eine begabte junge Drehbuchautorin gemeinsam das Skript geschrieben und Regie geführt haben; als Teil des Mentoring-Programms, das wir ins Leben gerufen haben. Ich habe Finn noch nie so strahlen gesehen wie in dem Moment, als er seinen Preis entgegengenommen hat. Es ist toll, Zeuge davon zu sein, wie der Mann, den ich liebe, endlich seine wahre Leidenschaft gefunden hat.

Wir machen immer noch *Tell Me How You Really Feel* zusammen und führen offenherzige Unterhaltungen mit Prominenten. Doch sobald unser Vertrag mit Streamify ausläuft, wird die Show unter dem Dach von Evangelines und meiner Firma weiterproduziert.

»Sie waren wirklich begeistert«, stimme ich freudig zu. »Ich kann gar nicht glauben, dass ich so viel Glück habe.«

»Ich schon. Weil du nicht Glück *hast*, sondern selbst das Glück bist. Du hast das alles durch deine harte Arbeit, deine Intelligenz und deine Leidenschaft erreicht.« Finn nimmt seinen Arm von meiner Schulter und schenkt uns zwei Gläser Champagner ein. Dann gibt er mir eins, und wir stoßen vorsichtig in dem fahrenden Auto miteinander an. »Auf die unglaublichste Frau der Welt. Du erstaunst mich immer wieder aufs Neue, in jeder Hinsicht.«

Wir trinken beide einen Schluck Champagner, bevor er mir das Glas wieder abnimmt und es auf der Bar rechts von uns abstellt. Ich halte ihm meine Hand hin und kann es kaum erwarten, dass er wieder den Arm um mich legt. Es ist großartig, mit so vielen

Leuten zu feiern, wie wir es gerade getan haben, aber es bedeutet mir noch mehr, diesen Moment mit Finn zu teilen.

Doch er legt seinen Arm nicht wieder um mich. Stattdessen wendet er sich zu mir um und holt eine kleine pinke Schachtel aus der Tasche seines Jacketts. Seine Hände zittern merklich, als er zu sprechen anfängt.

»Maeve, ich liebe dich. Ich habe dich von dem Moment an geliebt, als ich dir das erste Mal begegnet bin, und ich verliebe mich jeden Tag noch mehr in dich, weil du die tollste Frau bist, die ich kenne. Du veränderst die Welt, und ich weiß, dafür brauchst du mich nicht, aber ich liebe es, dass ich es mit dir zusammen tun kann. Maeve … willst du mich heiraten?«

»Ja! Ja, ja, ja!« Ich stimme schon zu, noch bevor er das Schmuckkästchen öffnen kann. Glücklich schlinge ich meine Arme um ihn, und die Tränen laufen mir über die Wangen, aber ich küsse ihn trotzdem und schmiere ihm dabei sicher mein ganzes Make-up ins Gesicht.

Er küsst mich fest zurück und löst sich dann gerade so weit aus meiner Umarmung, dass er die Schachtel aufklappen und mir den Ring an den Finger stecken kann. Er ist perfekt. Ein klassischer, quadratischer Diamant an einem wahnsinnig dünnen Goldreif. Genau das, was ich mir immer gewünscht habe.

»Gefällt er dir?«

»Ich liebe ihn. Haben meine Schwestern dir geholfen?«

Stolz schüttelt Finn den Kopf. »Ich kenne dich schon eine Weile, weißt du?«

Zärtlich küsse ich ihn. »Das tust du. Ich liebe dich so.«

»Ich dich auch«, sagt er leise. Dann legt er endlich den Arm um mich, sodass wir wieder in der gleichen Position sitzen wie vorher, nur diesmal bewundern wir beide den Ring an meinem Finger.

Wir haben so vieles mit der Welt geteilt. Ich bin wirklich glücklich, dass wir diesen Moment ganz für uns hatten. Vor zwei

Jahren hätten wir wahrscheinlich noch den Druck verspürt, den Antrag während einer Folge oder der Premiere stattfinden zu lassen – irgendwo, wo unsere Fans es live miterleben können. Aber jetzt fühlt es sich richtig an, dass dieser Moment allein uns gehört. Ich liebe es, die Fans an vielem aus unserem Leben teilhaben zu lassen. Doch es ist auch wichtig, dass wir einige Dinge für uns behalten.

Als wir vor meinem Haus halten, in das Finn mittlerweile eingezogen ist, springe ich praktisch aus dem Wagen, weil ich unbedingt meine Schwestern anrufen und ihnen die Neuigkeit erzählen will. Finn nimmt meine Schuhe, und wir gehen Hand in Hand die Einfahrt hinauf. Als ich jedoch die Haustür öffnen will, hält Finn mich davon ab. »Lass uns hinten rumgehen.«

Irgendetwas an seinem Gesichtsausdruck bringt mich dazu, ihm zu folgen, anstatt erst um den Videoanruf zu betteln. Wir schlendern ums Haus herum, und als wir im Garten ankommen, verschlägt es mir den Atem. Die ganze Fläche ist mit Lichterketten und Kerzen geschmückt, die Hunderte von Rosen erleuchten. Es gibt Champagner und Milchshakes aus dem Diner, und gerade, als ich ihm sagen will, wie schön ich das finde, zucke ich vor Schreck zusammen.

»Überraschung!« Meine Schwestern, meine Eltern und Finns Familie springen hinter den Büschen hervor. Sie halten alle Wunderkerzen in der Hand und sehen überglücklich aus, aber auch ein wenig Furcht einflößend im Kerzenschein.

»Sag mir, dass du Ja gesagt hast!«, ruft Sarah.

»Ja!« Ich halte meine Hand hoch, ohne Finns loszulassen. Das ist so aufmerksam von ihm, den Antrag nur für uns zwei aufzuheben und trotzdem meine und seine Familie einzuladen. Ich schlinge die Arme um seinen Hals und drücke ihn fest an mich, bevor ich ihn küsse.

»Und, Maeve? Was fühlst du?«, witzelt Finn.

Ich werfe den Kopf in den Nacken und lache. »Dass ich dich mehr liebe, als ein Mensch überhaupt jemanden lieben kann. Ich liebe dich so wahnsinnig, Finn. Und, was fühlst du wirklich?«

»Dass ich der glücklichste Mann der Welt bin.«

Nach diesen Worten ziehe ich Finn zu mir herunter, und er hüllt mich in seine Arme ein, um mir einen seiner besten Küsse der Welt zu geben.

Danksagungen

Es hat wahnsinnig viel Spaß gemacht, *Listen To Your Heart – Lass uns über Liebe reden* zu schreiben und zu überarbeiten, und zuallererst einmal möchte ich allen danken, die das Buch mitnehmen und lesen. Ich bin so dankbar dafür, dass ihr Zeit mit dieser Geschichte verbringt, an der ich so gern gearbeitet habe.

Dies war das zweite Buch, das ich zusammen mit meiner unglaublichen Lektorin Eileen Rothschild geschrieben habe, und ich bin so froh über ihre Hilfe. Eileen, du hast aus mir eine bessere Autorin gemacht. Mit dir an diesem Buch zu arbeiten, war so eine großartige Erfahrung. Ich freue mich schon auf das nächste.

Ein großes Dankeschön geht an meine fantastische Agentin Lauren Spieller dafür, dass du mich immer ermutigst und mir bei all meinen Projekten beratend zur Seite stehst. Deine Unterstützung ist von unschätzbarem Wert für mich, und ich bin so dankbar für unsere Zusammenarbeit.

Danke an all die Leute auf BookTok, Bookstagram und BookTube, die in den letzten Jahren meine Videos angeschaut und mein erstes Buch weiterverbreitet haben – vielen, vielen Dank für alles. Ich bin euch unendlich dankbar dafür, dass ihr mir eine Plattform gebt und meine Bücher lest und unterstützt.

Ich hatte das Glück, bei meinem zweiten Buch wieder mit vielen Leuten zusammenarbeiten zu dürfen, die auch schon bei meinem ersten dabei waren, und kann ihnen gar nicht genug für ihre großartige Arbeit danken. An Alexis Neuville und Alyssa Gammello aus den Marketing- und PR-Teams bei St. Martin's: Vielen Dank, dass ihr dafür sorgt, dass die Leser*innen mein Buch entdecken können. An Michael Clark, meinen Herstellungsleiter, und Michael McConnell, meinen Korrektor: Vielen Dank, dass ihr euch um ein klares und wunderschönes Layout für mein Buch gekümmert habt. Und an Char Dreyer, meine Lektoratsassistentin: Danke für deine Anmerkungen und Hilfe in der ganzen Zeit.

Dem Hörbuchteam schulde ich ebenfalls ein großes Dankeschön. Elishia Merricks, Emma Paige West, Chloe Nosan und Isabella Narvaez, ihr habt das beste Hörbuch produziert, das ich mir hätte wünschen können. Ich hatte so viel Spaß mit euch im Studio. Vielen, vielen Dank, dass ihr mir dabei geholfen habt, Social-Media-Content zu filmen.

Ich bin auch unendlich dankbar für meine Schreibgruppe, weil ihre Anmerkungen zu den ersten Entwürfen mir dabei helfen, die Fassung zu schreiben, aus der am Ende das Buch wird. Ich kann es kaum erwarten, dass unsere Bücher irgendwann nebeneinander in den Regalen stehen. Ein Riesendankeschön möchte ich auch an meine Mom Susan senden, für einfach alles, und an meine Schwester, meinen Partner und meine Freund*innen.

Und lieben Dank an meine Freundin Ashley, weil deine Vorschläge, als ich vollkommen blockiert am Entwurf des Endes saß, alles verändert haben. Vielen, vielen Dank für deine Bereitschaft, zu brainstormen, und für deine Freundschaft.